JANINA SCHNEIDER-TIDIGK

Witches & Souls

TÖDLICHE TREUE

DRACHENMOND VERLAG

Copyright © 2022 by

Drachenmond Verlag GmbH
Auf der Weide 6
50354 Hürth
http://www.drachenmond.de
E-Mail: info@drachenmond.de

Lektorat: Stephan R. Bellem
Korrektorat: Michaela Retetzki
Satz & Layout: Astrid Behrendt
Umschlagdesign: Marie Graßhoff
Bildmaterial: Shutterstock
Illustrationen: Jana Runneck

Druck: Booksfactory

ISBN 978-3-95991-826-8
Alle Rechte vorbehalten

Mögliche Triggerthemen:
Blut, Verlust, Trauer, Tod, Suizidgedanken,
psychische und physische Misshandlung

Dieses Buch ist für Alle, die mehr von den Hexen wollten.
Ich bin euch so dankbar! Ihr seid hextastisch. Vergesst das niemals!

Und für meine beiden Opas.

Für Opa F.,
du und ich wir waren schon immer ein verdammt gutes Team.
Ich bin froh, dass ich dir begegnet bin.

Für Opa M.,
auch wenn wir uns nur kurz gekannt haben, hoffe ich doch,
dass ich dich stolz machen konnte.

Playlist

All Hell Breaks Loose – Greya
Swan Song – Dua Lipa
Devil Eyes – Hippie Sabotage
Wicked Game (feat. Chillion) – Bthelick, 9Ts & Seren
I Love It (feat. Charlie XCX) – Icona Pop
Fire In Me – Ibby VK
Monsters You Made (feat. Chris Martin) – Burna Boy
Teeth – 5 Seconds of Summer
Black Magic – Little Mix
How You Like That – BLACKPINK
Damaged (Radio Edit) – Adrian Lux
Here Comes Trouble – Neoni
Go Fuck Yourself – Two Feet
You've Got the Love – Florence + the Machine
Breakout – The Score
Through the Eyes of a Child – AURORA
Nobody's Home – Avril Lavigne
Beggin' - Måneskin
Queen Freya Hymnal (feat. Adeline Rudolph & Abigail Cowen) – Cast of Chilling Adventures of Sabrina
Devil On My Shoulder – Billy Talent
Fight or Flight – Conan Gray

Never Gonna Learn – Asking Alexandria
Sweather Weather – The Neighbourhood
River – Tom Gregory
Tarot – Small Million
HORROR MOVIES – Neoni
Witches – Alice Phoebe Lou
Spooky, Scary Skeletons (Undead Tombstone Remix) – Andrew Gold
Scorpio Season – Charlotte Cardin
Frozen (The Voice Australia 2019 Performance / Live) – Sheldon Riley
In the Air Tonight – Natalie Taylor
Insane – Kendra Dantes
Sorry – Nothing But Thieves
Abracadabra – Qveen Herby
W.I.T.C.H – Devon Cole
The Pumpkin's Song (Menu Theme) – Oskar Schuster
IDGAF (Hazers Remix) – Dua Lipa
Back from the Dead – Besomorph, AViVA & Neoni
I Am a Witch – Twin Temple
This is Halloween (feat. Cody Jamison, Ryan Ridley, Christian Koo & RandAlive) – izzy reign

Prolog

Die Menschen fürchteten und liebten mich gleichermaßen. Ich gab ihnen etwas, das sie sich selbst nicht erklären konnten. Brachte ihnen den Tod nahe. Und jedes Mal sah ich die gleiche Ehrfurcht in ihren Gesichtern. Es war ein Geschenk, ihnen dabei zuzusehen. Der schnelle Herzschlag in meiner Brust, mit dem Kribbeln der Freude, das durch meinen Körper rauschte. Mein Name wurde durch die Straßen der Stadt geflüstert, weil keiner sich traute, ihn laut auszusprechen. Doch niemand wusste, wer ich war. Niemand würde es je herausfinden.

Kapitel 1

MEROPE
Brown Universität

Der Geist von letzter Nacht hauste noch immer in meinen Gedanken. Mich überkam eine Gänsehaut, und ich versuchte mich abzulenken. Hilfe suchend blickte ich auf meine Boots. Schwarz. Die schönste und einzige Farbe, die es in meinen Kleiderschrank schaffte.

Als ich ein Räuspern vernahm, sah ich von meinen Schuhen auf, um Landon ins Gesicht zu blicken. Der gut aussehende Mann hatte seit Wochen versucht, meine Aufmerksamkeit zu erregen, und jetzt war der Zeitpunkt gekommen, an dem ich mich darauf einließ. Er war nett, das konnte ich nicht abstreiten, aber er war irgendwie nicht mein Typ. Obwohl ich ihn optisch attraktiv fand, war es sein Charakter, der mich nicht überzeugen konnte.

Ich hatte auf den vorherigen Dates versucht, mich auf ihn einzulassen. Doch es zündete nicht. Da war keine Anspannung zwischen uns, wir führten nur Small Talk. Er hatte einmal angefangen, über das Wetter zu sprechen. Ich glaube, er spürte auch, dass wir nicht füreinander gemacht wurden. Gerade konzentrierte ich mich auf die Magie, die von ihm ausging. Er war ein Hexer, und das Gefühl einer anderen Energiequelle außer meiner war schön. Ich vermisste die Tage in der Waldhütte. Am Morgen roch es meistens nach Kaffee und Magie. Nach zu Hause. Doch seit wir alle studierten, sahen wir uns nur noch selten.

»Gehst du heute zu eurem Totenfest?«, fragte er mich, und seine Augen blitzten vor Aufregung auf.

»Ja, es werden alle dort sein. Ich freue mich drauf, dann sehe ich endlich meine Freunde wieder.« Ich nahm einen Schluck Kaffee, wobei ein wenig dunkelroter Lippenstift an der weißen Tasse kleben blieb. Ich hätte doch den teureren Markenlippenstift nehmen sollen.

»Cool. Wenn du dann wieder hier bist, können wir uns ja noch mal treffen. Das würde mich freuen.«

Ich öffnete den Mund, um zu antworten, da klingelte mein Handy. Es lag offen auf dem Tisch, und als der Bildschirm anging, erkannte ich einen brennenden Scheiterhaufen. Darüber der Name *Aiden*. Innerlich verkrampfte ich mich.

»Ein Scheiterhaufen?«, fragte Landon verwundert. Nickend überdachte ich meine nächsten Worte genauestens. »Ein Hexenjäger, der versucht hat, mich bei unserer ersten Begegnung zu töten. Bis heute setze ich darauf, dass er mich anzünden wollte.«

Landon riss die Augen auf und sein Mund stand offen. Der Schock war ihm ins Gesicht geschrieben.

»Du kennst Hexenjäger?«, hauchte er.

»Na ja, sie sind keine wirklichen Hexenjäger mehr. Angeblich jagen sie jetzt nur noch die bösen Hexen. Meine beste Freundin ist mit einem von ihnen zusammengekommen. Es war zwar nicht leicht … aber am Ende haben wir überlebt.« Inklusive einiger Verluste. Ein Schauder überkam mich.

»Das ist wirklich … ich finde gar kein passendes Wort dafür.«

Ich winkte ab. »Glaub mir, die finde ich meistens auch nicht. Dann wandelt sich das Gespräch in Beleidigungen.« Landon hob die dunklen Augenbrauen. »Also nicht, dass ich dich beleidigen würde. Eher die beteiligten Personen der Geschichte.«

»Du meinst, die Hexenjäger, die jetzt keine mehr sind, aber irgendwie schon noch?«

Ich nickte bestätigend. Eine Nachricht ließ mich zu meinem Handy blicken.

Geh ran, du sture Hexe.

Ich schnaubte. Nein, das würde ich nicht tun.

Landon versuchte nicht auf das Handy zu achten und starrte mich bohrend an. »Ich glaube, der Hexenjäger, der keiner mehr ist, aber irgendwie schon noch, will was von dir.«

»Ich will auch was von ihm. Meine Ruhe«, sagte ich und schaltete das Display aus.

Landon grinste, offensichtlich erleichtert, dass ich ihm indirekt gesagt hatte, dass Aiden und ich nichts miteinander am Laufen hatten. Mein Handy vibrierte erneut.

»Die wirst du nicht bekommen, wie es aussieht«, stellte er fest.

Antworte mir wenigstens!

»So wie es aussieht, nein.« Ich schüttelte den Kopf, dann entsperrte ich den Bildschirm und tippte meine Nachricht ein. *NEIN!* Kaum hatte ich sie abgeschickt, kam etwas von Aiden.

Wir müssen reden. Ruf mich an.

Gar nichts mussten wir. Und vor allem würde ich nicht darüber nachdenken, was mit Aiden und mir vor ein paar Wochen passiert war. Über seinen nackten, muskulösen, nassen … *Ah! Merope, stopp!* Ich zuckte zusammen, während ich mich selbst rügte. Ein Schluck Kaffee, dann war das Ganze wieder vergessen. Hoffte ich. Ich trank, doch noch immer waren meine Gedanken bei …

»Alles okay, Merope?«, fragte Landon.

Ich zuckte leicht zusammen, als ich bemerkte, dass ich in dem kleinen Café auf dem Campus saß und mich mit Landon traf. Und hier *nicht* an Aiden denken sollte. »Ja, alles super«, sagte ich und räusperte mich, um die kratzige Stimme loszuwerden.

Er hob die Mundwinkel, doch in seinen Augen konnte ich erkennen, dass er mir nicht glaubte.

»Wie läuft es mit deinem Studiu…« Ich wurde von einem Anruf unterbrochen. Erneut leuchtete der Scheiterhaufen auf und ich stöhnte genervt. »Tut mir echt leid. Er ist nerviger als die Geister«, meinte ich und drückte Aiden weg.

»Geister?«, fragte er langsam.

Ich nickte. »Ja, das ist meine Fähigkeit. Ich kann Seelen von Verstorbenen sehen.«

Landons Gesicht wurde blass und seine Augen immer größer. Ich erkannte die Angst darin und fühlte mich augenblicklich schlecht wegen meiner Begabung. Ich fand es auch nicht toll, Tote sehen zu können. Mein Handy klingelte erneut. »Tut mir echt …«

»Geh lieber ran. Ansonsten kommt der Hexenjäger noch hierher. Wir schreiben«, sagte Landon und sprang auf. Waren wir nicht gerade bei den Verstorbenen, die ich sehen konnte? Ich blinzelte ihm verwirrt entgetgen. Ließ er mich jetzt sitzen? Es wirkte auf mich, als käme ihm die Möglichkeit zur Flucht gelegen. Ich wusste, dass er wegen der Geistersache abhaute.

»Sie töten keine mehr«, rief ich ihm hinterher, was mir merkwürdige Blicke der anderen Gäste bescherte.

Ach, Scheiß drauf. Ich wollte sowieso nichts von ihm, es hätte nicht funktioniert, auch wenn wir es versuchten. Ich trank von meinem Kaffee und der intensive Geschmack explodierte auf meiner Zunge. Ja, das war besser. Mein Handy vibrierte weitere Male, doch ich schaltete es einfach aus. Nein, er konnte mir gestohlen bleiben. Die Tasse stellte ich auf den Tisch und verließ das kleine Café.

Ich lief über den Campus und beobachtete die eifrigen Studenten, die sich rege über die Vorlesungen oder Dozenten unterhielten. Ich studierte an der Brown, weit weg von meiner Heimat. Es war eine Achtundvierzig-Stunden-Fahrt. Da ist es doch äußerst praktisch, wenn man hexen kann. In meinem Zimmer schnappte ich mir eine Reisetasche und stopfte alles rein, was ich für den Besuch in Ashland brauchte. Ich hatte nicht vor, lange dort zu bleiben. Immerhin waren wir nur für das Totenfest da. Und um uns mal wieder zu sehen, denn ein Zirkel waren wir ja nicht mehr. Nachdem die Tasche voll war, trat ich auf den Spiegel zu, der exakt dieselbe Größe hatte wie ich.

Ich nutzte meine Magie, wobei meine Augen rot leuchteten. Mit meiner Hand berührte ich das kalte Glas und aktivierte das Portal, das sich darunter verbarg. Ein helles Licht blendete mich, und als ich meine Augen wieder öffnen konnte, entdeckte ich die Waldhütte. Das dunkle Holz, inmitten der bunten Blätter. Der Herbst hatte Einzug gehalten und zeigte jedem seine Farbenpracht. Nur die immergrünen Tannen sahen aus wie eh und je. Ich trat durch das Funken werfende Portal und genoss den Sog, den es mir bescherte. Der leichte Luftstoß kühlte meine aufgeheizten Wangen. Als ich meine Schuhe auf dem Boden aufsetzte, raschelten Blätter unter meinen Füßen. Der Geruch nach Wald, Laub und Magie lag in der Luft. Ich atmete tief ein und der Geschmack zerging auf meiner Zunge. Endlich zu Hause.

»Jetzt kommen alle auf einmal wieder. Na super.« Beim Klang der genervten Stimme blickte ich vom Boden hoch. Auf der Veranda saß

Rufus, der seinen Schwanz hin und her peitschen ließ. Die Hütte wirkte so aus wie immer, von außen klein und alt. Das Holz war dunkel geworden und am Dach begann bereits Moos zu wachsen. Die kleinen Glasfenster ließen nur eingeschränkten Blick auf das Innere zu. Alles in allem war die Hütte heruntergekommen. Wenn man sie jedoch betrat, erkannte man erst, wie schön es dort war. Nirgends hatte ich mich wohler gefühlt.

»Es ist auch schön, dich zu sehen, Rufus«, sagte ich.

»Das ist ja wirklich toll für dich. Wann geht ihr wieder?«

Ich verdrehte die Augen und ging an ihm vorbei. »Freundlich wie eh und je.«

»Es war echt schön, als ihr ausgeflogen wart. Und jetzt kommt ihr wieder. Das letzte Mal, als ihr euch getroffen habt, ist erst über einen Monat her.« Er hatte recht. Ich hatte meinen Zirkel vor einem Monat gesehen. In der Zwischenzeit hatte ich nicht einmal richtigen Kontakt mit Cataleya gehabt, weil sie mit dem Studium und Alistair beschäftigt war. Das verstand ich vollkommen, mein Studium war auch zeitaufwendig. Doch es tat weh, dass wir uns so voneinander entfernt hatten.

»Tja, Rufus, das ist auch unsere Hütte.«

»Ja genau, und ich bin der König des Waldes.« Rufus streckte sich, während er mich aus seinen stechend grünen Augen musterte. Ich ignorierte ihn, ging die Stufen hinauf und öffnete die knarzende Tür zur Hütte. Der Eingangsbereich war mit einem weichen Teppich ausgelegt. Links ging es zum Wohnzimmer und rechts zur Küche. Ich konnte hören, dass ein Feuer im Kamin knisterte. Und trotz der Tatsache, dass ich die Hütte vermisst hatte, fühlte sie sich nicht mehr so an wie zuvor. Sie war auf eine unerklärliche Weise kalt und leer. Levi war gestorben und Cora fortgegangen. Sie hatten ein Stück der Wärme mit sich genommen. Eine Gänsehaut lief meinen Rücken hinab.

»Mer?«, rief eine aufgeregte Stimme.

Ich sah zur Treppe hinauf. »Die einzig wahre.«

Mit trampelnden Schritten nahm meine Freundin die Stufen, bis sie sich in meine Arme warf. Beinahe wären wir umgefallen.

»Hi, wie geht's dir?«, fragte Cat mich.

»Hey. Mir geht's gut.« Das Gefühl ihrer warmen Hände auf meinem Rücken beruhigte mich. Zeigte mir, was für eine Bedeutung die Frau vor mir hatte. Wir hatten uns so lange nicht gesehen. Davor gab es keinen Tag ohne den anderen. Es fühlte sich schön an, wieder mit ihr zusammen zu sein. Ich hatte sie vermisst. Doch irgendwie beschlich mich das Gefühl, dass sie das nicht hatte. Und wenn, dann nicht in einem solch großen Ausmaß wie ich.

»Die anderen sind in der Küche.« Cat strahlte mich mit ihren grünen Augen und den vielen Sommersprossen im Gesicht an.

Ich betrachtete die feinen Augenbrauen, ihre gerade Nase und die vollen Lippen. Ab und zu wünschte ich mir, auch so schön zu sein. Sie zog mich mit sich in die Küche, wobei ich die Tasche fallen ließ. Ich hörte Sara, bevor ich sie sah. »Was glaubst du, wie blöd er geschaut hat, als ich die Antwort wirklich wusste«, sagte Sara stolz und fuhr sich durch ihre langen Haare.

Samuel schmunzelte. Er saß auf dem Stuhl in der Ecke und hatte die Arme vor der Brust verschränkt. Als er mich betrachtete, erschien ein Lächeln auf seinem Gesicht, das sofort wieder in sich zusammenfiel. Er las meine Gefühle. Prima.

Manchmal verfluchte ich seine Gabe. Er wusste ganz genau, dass ich mich nicht wohlfühlte.

Mit seinen dunkelblauen Augen starrte er mich an. Es fühlte sich immer so an, als würde ich auf den Grund eines unendlich tiefen Meeres blicken. Eine Strähne seines dunklen Haares fiel ihm ins Gesicht. Seine Kiefer presste er aufeinander.

»Hey, Merope«, sagte er zurückhaltend und stand auf. Die angespannte Atmosphäre konnte man deutlich spüren. Mir war es zuwider, so zu beginnen.

»Hey.« Ich umarmte ihn und spürte seinen warmen Körper. Der frische Duft, der ihn umhüllte, ließ mich tief einatmen. Selbst seine Umarmung verschaffte mir Ruhe.

Sara stand daneben und betrachtete uns. Ihre hellblauen Augen waren mit Unsicherheit gefüllt, während sie sich mit ihren schlanken Fingern eine dicke Strähne hinters Ohr schob. Sie trat an uns heran und sah mich abwartend an. Wartete darauf, ob ich sie ebenfalls begrüßen würde. Zwar war sie laut und offen, wobei sie mich ein wenig an mich selbst erinnerte, doch trotzdem hatte ich das Gefühl, dass sie uns nicht verärgern wollte. Immerhin hatte Cat letztes Jahr über unser aller Köpfe hinweg entschieden, dass wir Sara aufnahmen. Trotz der Tatsache, dass sie mit James, Cats boshaftem Cousin, zusammengearbeitet hatte, um uns alle zu töten. Vorwiegend Cat, aber da wir ihr Zirkel waren, steckten wir automatisch mit in der Scheiße.

Ich betrachtete sie und schloss meine Arme um sie. »Hey, Sara.« Es war eine steife Umarmung.

Der Ausdruck von Erleichterung legte sich über ihr Gesicht, und sie hörte auf, an ihren Haaren herumzuspielen. Die Wärme, die von ihrem Körper ausging, war nicht natürlich. Sie konnte genau wie Cat das Feuer beherrschen. Hexen hatten alle eine gewisse Grundmagie, und manche besaßen eine weitere spezielle Fähigkeit, die ihnen nur wenig Kraft entzog. Meine war das Geistersehen. Cat und Sara hatten ihr Feuer. Samuel konnte die Gefühle anderer erkennen und beeinflussen. Es war wie ein spezielles Talent.

»Hallo, Merope.«

»Wo ist eigentlich der Jägerboy?«

Cat schüttelte bei dem Spitznamen, den ich ihrem Freund gegeben hatte, den Kopf. Er war vor einem Jahr der *Jägerboy* und würde es für mich bis in alle Ewigkeit bleiben.

»Er ist bei Aiden im Anwesen. Aber später kommt er mit zum Totenfest.«

Verblüfft zog ich die Augenbrauen hoch. »Du nimmst ihn mit?« Nicht dass ich etwas gegen Alistair hätte. Nicht mehr. Trotzdem war ich mir nicht sicher, wie das die anderen Hexen auffassen würden.

»Ja klar. Und Samuel nimmt Alan mit. Immerhin ist Alistair mein Freund, und du weißt, dass enge Vertraute immer gern gesehen sind.«

Ich lachte bitter auf. »Aber doch nicht welche, die bis vor einem Jahr Hexen abgeschlachtet haben«, sagte ich aufgebracht und breitete meine Arme aus. »Das kannst du dir doch denken, Cat.«

»Jetzt machen sie das nicht mehr, Merope.«

»Denkst du, nur weil sie sagen, dass sie es nicht mehr tun, werden sie mit offenen Armen empfangen?« Entrüstet schüttelte ich den Kopf.

»Alan hat sich sowieso aus den Jägerangelegenheiten rausgehalten«, sagte Samuel und zuckte mit den Schultern.

»Das wissen die doch nicht! Die Archers haben den Stempel *Hexenjäger* fett auf ihrer Stirn stehen. Das kann man nicht mit ein paar netten Worten überdecken.« Warum verstanden sie das nicht? Machte Liebe so blind, dass sie noch nicht einmal erkannten, wie andere Leute, im Speziellen Hexen, die Archers wahrnehmen würden?

Cat füllte sich Karottensaft in ein Glas ein und nahm einen Schluck. »Aiden kommt wahrscheinlich auch mit.« Sie betrachtete mich abwartend.

Ich verschluckte mich an meiner eigenen Spucke und hustete laut. »Wie bitte? Da hast du den Jäger, der die Ältesten abschlachtet.«

Cat funkelte mich mahnend an. »Er ist nicht mehr so«, sagte sie und zog ihre Augenbrauen zusammen.

»Ach, das sagen sie alle.«

»Merope.« Cat nahm einen weiteren Schluck Saft, bevor sie das Glas auf der Theke abstellte.

»Ich denke, es wird spannend, wenn sie wirklich mitkommen sollten«, meinte Sara und rieb sich die Schläfen, als hätte sie jetzt schon Kopfschmerzen, bevor wir überhaupt beim Totenfest angelangt waren. »Ich verstehe Meropes Punkt voll und ganz.«

Cat schüttelte den Kopf. »Ihr werdet sehen, dass es ein schöner Abend wird.«

»Wenn du meinst«, sagte ich und verließ die Küche. Genervt schnappte ich mir meine Tasche und ging die Treppe nach oben. Von unten hörte ich die anderen weiter diskutieren. Als ich mein Zimmer öffnete, blieb ich zuerst stehen, um mich an den Anblick zu gewöhnen. Ja, es fühlte sich nicht mehr so an wie zuvor. Ich seufzte und dachte daran, wie es werden würde, die Archers zu sehen. Denn das würde nicht so glatt ablaufen, wie Cat und Samuel sich das vorstellten, da war ich mir todsicher.

Kapitel 2

AIDEN
Ashland

Das Meeting war zu Ende und ich schloss entnervt die Augen. Wenn mir jemand gesagt hätte, dass es so anstrengend sein würde ... hätte ich es wahrscheinlich trotzdem gemacht. Heute arbeitete ich von zu Hause aus. Jemand näherte sich meinem Büro und ich setzte mich wieder aufrecht hin. Ohne Vorwarnung wurde die Tür aufgerissen und Alistair kam hereingestürmt. Ich wandte meinen Blick von der weißen Tür ab, die in ein leeres Nebenzimmer führte. Die Gänsehaut blieb jedoch.

»Hey, also du musst heute mit mir zu diesem Hexenfest, und du hast keine Wahl.«

»Erst mal klopfst du an. Stell dir vor, ich wäre in einem wichtigen Meeting gewesen. Und zweitens, nein, egal was es ist. Ich muss arbeiten.«

Alistair kam auf den Schreibtisch zu und stützte seine Arme darauf ab, um mir tief in die Augen zu blicken. Er hatte die Augen unserer Mutter, das fiel mir jedes Mal wieder auf. Immer wenn ich ihn ansah, zog sich mein Herz kurz zusammen, weil ich wusste, dass ich die Augen unserer Mutter nicht mehr sehen würde.

»Du arbeitest seit Monaten, sieben Tage die Woche. Entweder für *Archer Industries* oder den Orden. Du brauchst mal 'ne Pause. Und heute wirst du mitkommen. Ich weiß, dass du das Totenfest interessant findest. Du wolltest sogar wissen, was man da mitbringt. Also lass einmal die Arbeit liegen und komm mit. Alan kommt auch.«

»Ja, natürlich kommt Alan mit. Samuel ist dort.« Augenrollend stand ich auf und suchte einen Ordner aus dem Schrank.

»Und ich gehe mit Cataleya. Es ist ein wichtiges Fest für die Hexen. Cataleya gehört zur Familie. Genauso wie Samu. Also komm schon. Außerdem weiß ich, dass du dich mit den Hexenbräuchen beschäftigst.«

»Und mit wem soll ich gehen? Wenn ihr zwei ausgebucht seid?«

Alistair grinste mich frech an, und bevor ich etwas dagegen tun konnte, sagte er: »Merope.«

Ich presste meine Kiefer aufeinander und schlug den Ordner ein wenig zu laut auf. »Witzig.«

»Cat meinte, dass sie gerade in der Hütte angekommen ist. Sie hat mir geschrieben.«

»Das ist wirklich schön. Und was soll ich mit der Info anfangen?«

»Du kannst sie ja fragen, ob sie mit dir hingeht.«

»Mein Gott, Alistair, gehen wir auf den Schulball oder zur Totenversammlung der Hexen?«

»Totenfest«, verbesserte er mich.

»Von mir aus auch das.« Ich schloss den Ordner und holte mir den nächsten. Wo hatte ich diesen dämlichen Jahresbericht abgeheftet?

»Es wird toll. Cat hat mir erzählt, dass es dort viel zu essen gibt, und es wird gegrillt.«

»Was?«, fragte ich.

»Wie was?«, erwiderte mein Bruder.

»Na, was gegrillt wird. Hexen?«

»Aiden!«, fuhr Alistair auf und breitete die Arme aus.

»Also kein Hexen-Barbecue?« Meine Stimme klang ein wenig enttäuscht.

»Du bist unmöglich«, murrte er mit verschränkten Armen vor der Brust.

»Wenn du mir die Vorlage dafür gibst, immer.«

Alistair schüttelte den Kopf und ging wieder zur Tür. »Dann bleib halt hier und kümmere dich um deine Arbeit. Ab nächster Woche bin ich wieder an der Uni. Ich dachte, wir könnten so wenigstens etwas Zeit miteinander verbringen.« Alistairs Stimme klang angespannt, und ich konnte die unterschwellige Wut heraushören.

Ach Fuck.

Er ging und schloss die Tür hinter sich. Zuerst blieb ich sitzen, während ich seinen leiser werdenden Schritten lauschte. Er hatte ja recht. Ich sah ihn nur noch selten. Und wenn er mal da war, dann arbeitete ich. Seit Vaters Tod ertränkte ich mich in Arbeit. Egal in welcher. Ob es der Orden war oder *Archer Industries*. Hauptsache, ich war meinen Gedanken nicht ausgesetzt. Es gab einen Grund, weshalb ich nicht darauf brannte, auf das Totenfest der Hexen zu gehen. Und dieser war eine ganz bestimmte vorlaute Hexe. Doch ich wollte wieder Zeit mit meinen Brüdern verbringen. Vor allem, weil unser Verhältnis sich verbessert hatte, seit unser Vater tot war. So schlimm sich das anhörte, es war die Wahrheit. Wahrscheinlich lag es daran, dass Vater nicht mehr zwischen uns stand und ich meine eigenen Entscheidungen traf. Es fühlte sich gut an, frei zu sein.

Ich dachte an Merope und daran, dass sie auch bei dem Totenfest sein würde. Außerdem hatte Alistair recht. Ich fand alles rund um die Hexen spannend. Das tat ich bereits zuvor. Deshalb entschied ich mich in diesem Moment für meine Brüder. Ich stand auf, verließ das Büro. Es war das von meinem Vater gewesen und ich hatte nichts davon geändert. Ich wollte mich an seinen ehemaligen Platz setzen und es besser machen, als er es getan hatte. Manchmal fühlte ich mich jedoch wie sein Schatten. Als würde ich dort nicht hingehören.

Ich ging nach unten. Vorbei an dem plätschernden Springbrunnen, der sich in der Eingangshalle befand und meinen Blick auf sich zog.

Alistair saß an der Küchentinsel und tippte auf seinem Handy herum. Wahrscheinlich schrieb er Cat, was für ein langweiliges Arschloch ich war.

Alan holte etwas aus dem Kühlschrank. »Hey, Aiden.«

»Na, alles klar?«, fragte ich meinen Bruder.

»Jup, ich hoffe nur, dass ich nichts für das Totenfest vergesse.«

Alistair ignorierte mich gekonnt.

»Ich wollte eigentlich nur fragen, wann genau wir dort sein müssen.«

Alistairs Kopf fuhr nach oben und er sah mich mit hochgezogenen Augenbrauen an. »Du kommst mit?«, fragte er vorsichtig. Als läge er auf der Lauer und wäre sich unsicher, ob ich es wirklich ernst meinte. Er wartete auf meine Antwort, bevor er irgendeine Reaktion zeigte.

»Ja, auch wenn es nur langweiliges, normales Barbecue gibt.«
Ein Schmunzeln erschien auf Alistairs Gesicht.

»Dann such dir etwas zum Anziehen raus. In dem Anzug schmeißen sie dich sofort wieder raus«, meinte Alan. Ich blickte an meinem maßgeschneiderten Anzug mit meinen eingestickten Initialen herunter und presste die Lippen aufeinander.

»Ich frage mich vor allem, wer einen Ton in Ton schwarzen Anzug trägt. Die einzige Farbe an dir ist deine Haut und die Haare«, meinte Alistair, der mich eingehend musterte.

»Ich dachte, dort tragen alle Schwarz, weil es eine Totenfeier ist?«

»Nein, jeder trägt das, in dem er sich wohlfühlt. Niemand wird komplett in Schwarz kommen.«

Na ja, bis auf Merope. Nicht dass ich an sie denken würde. Oder daran, dass sie nie auf meine Anrufe reagierte.

»Es soll keine stumme Totenfeier sein, sondern ein Fest, das den Toten zeigt, dass wir an sie denken«, schob Alistair hinterher.

»Na, dann ziehe ich mich mal um.«

»In einer halben Stunde fahren wir los.«

Ich drehte mich um und verschwand nach oben. Da es also keinen Dresscode gab, zog ich das an, worauf ich Lust hatte. Endlich konnte ich den steifen Anzug loswerden. Diesen tauschte ich gegen Jeans und ein Shirt. Ich schrieb meinem Assistenten noch, dass ich nicht mehr zu erreichen war und er nur die wirklich wichtigen Anrufe und Mails an mich weiterleiten sollte. Ich ging wieder in die Küche.

»Müssen wir irgendetwas mitbringen?«, fragte ich meine Brüder.

»Nein, Samu meinte, dass für alles gesorgt wurde und sie sich freuen, dass wir kommen«, sagte Alan.

»Okay, dann wäre ich fertig. Wie sieht's bei euch aus?«

»Wir haben nur auf dich gewartet.« Alistair stand auf und griff nach seinem Handy.

»Ich fahre«, sagte ich und holte meinen Schlüssel.

»War klar«, entgegnete Alan. Die kühle Luft strich um mein Gesicht und füllte meine Lunge. Ich liebte den Herbst, die Dunkelheit und die magische Atmosphäre. Okay, die Atmosphäre war immer magisch, wenn man mit Hexen befreundet war. Ich sperrte meinen Audi auf und setzte mich hinters Steuer. Der Schotter knirschte, als wir aus der Ausfahrt fuhren und durch das Eisentor das Anwesen verließen. Die Klimaanlage wärmte langsam das Auto auf und die neuesten Charthits spielten im Radio. Alan mochte das Radio am liebsten, deshalb ließ ich es an.

Ich machte mir Gedanken darüber, wie die Hexen auf uns reagieren würden. Wussten sie überhaupt, dass wir kamen? Hoffte ich doch. Wir fuhren mitten durch die Stadt hindurch. Ich konnte kaum den Blick von der ganzen Halloween-Dekoration lösen. Überall standen Kürbisse und Skelette. In den bunten Bäumen befanden sich Lichterketten, wodurch es so wirkte, als würden sie in Flammen aufgehen. Es war genial, anders konnte man es nicht betiteln.

»Hast du schon mit der Planung der Halloween-Gala angefangen? Nicht dass es so wird wie vor zwei Jahren, als wir noch nicht mal einen Caterer hatten«, fragte mich Alan vom hinteren Sitz. Über den Rückspiegel wechselte ich einen Blick mit ihm.

»Ja, die Gästeliste steht so gut wie fest, und das Catering ist auch schon besprochen. Mit der Dekoration muss ich noch schauen, wie ich das mache.«

Wie jedes Jahr fand die Archer-Halloween-Gala statt. Dazu wurden alle wichtigen Geschäftspartner sowie Ashlands Bürgermeister und die Mitglieder des Ordens eingeladen. Es war ein aufregender Abend, vor allem für unsere Firma, da wir dort immer wieder neue Deals abschlossen. Und jetzt, da Vater nicht mehr da war und ich seine Firma übernommen hatte, war auch ich dafür verantwortlich, dass die Gala trotz allem stattfinden würde. Bei dem Gedanken an meinen Vater wurde mir schlecht. Schnell verbannte ich das Bild, wie er sterbend vor mir lag.

Mein Studium hatte ich abgebrochen, damit ich der neue Geschäftsführer werden konnte. Für beides hätte ich nicht genug Zeit gehabt. Zuvor hatte ich jedoch den Aufsichtsrat überzeugen müssen, dass ich geeignet für die Stelle der Leitung war. Es war nicht leicht, doch letztendlich hatte ich eine Probezeit erhalten, die bald auslief.

»Ich bin gespannt, wer auf der Gala als Erstes betrunken ist. Der Bürgermeister oder William«, sagte Alistair.

Alan lachte auf der Rückbank. William war mein Assistent, der auch schon auf der letzten Gala ordentlich viel Alkohol intus gehabt hatte. »Ja, ich glaube, da setzen dieses Jahr wieder mehrere ihre Wetten darauf. Wir sind auf jeden Fall dabei.«

Alistair nickte zustimmend. »Cat hat sich schon ein Kleid dafür besorgt. Sie hat gesagt, dass ich mindestens dreimal mit ihr tanzen muss, bevor wir nach Hause gehen«, sagte er beinahe verträumt. Als würde er sich ausmalen, wie es sein würde, mit ihr zu tanzen.

Ich schmunzelte, als ich heraushörte, wie glücklich mein Bruder war. Es war schön, dass Cataleya und er so füreinander da waren. Beide hatten einiges zu verarbeiten, und sie halfen sich dabei. Manchmal fragte ich mich, wie es sich wohl anfühlen würde, so jemanden zu haben.

»Kann das Kleid dann auch so cool brennen wie in *Die Tribute von Panem*?«, fragte Alan aufgeregt und drückte sich zwischen den Sitzen hindurch, um uns beiden zwischen den Gesichtern kleben zu können.

»Du kannst sie ja gern fragen. Übrigens sind wir gleich da.« Alistair deutete mir die Richtung, als wir an einer Abzweigung des Waldweges standen. Ich folgte seinem Fingerzeig und fuhr tiefer in Ashlands Wald hinein. Ich erkannte durch die Windschutzscheibe einige Personen zwischen den Bäumen hin und her wuseln. Wir stiegen aus.

Alistair ging auf Cataleya zu, die unserem Auto entgegenkam. Das karierte Kleid, das sie trug, war beinahe so lang, dass es den Boden berührte. Sie küssten sich, bevor sie sich glücklich anstrahlten.

Alan machte sich umgehend auf die Suche nach Samuel.

Mein Blick schweifte über die Bäume, und ich erkannte die komplett in Schwarz gekleidete Person, die an einem der Bäume lehnte. Merope.

Die dunkelhaarige Hexe blickte zu Alistair und Cat, während sie schwach lächelte. Doch der Schmerz in ihrem Gesicht war nicht zu übersehen. Sie bückte sich nach einem der Kürbisse zu ihren Füßen und hob ihn hoch.

Dabei fiel mein Blick auf das Oberteil ihres schwarzen, engen Kleides. Sofort guckte ich weg und riss mich zusammen. Sie sah gut aus. Doch sie würde mich auf keinen Fall näher als fünf Meter an sich heranlassen. Aus dem einfachen Grund, dass ich sie vor einem Jahr töten wollte. Sagte sie. Meine Wahrheit war eine andere.

Seitdem hatten wir eine schwierige Beziehung zueinander. Oder besser gesagt, Verhältnis. Ich wünschte, dass es anders verlaufen wäre.

Als ich die Tür zuknallte, richtete sie ihren Blick auf mich. Die hellen bernsteinfarbenen Augen blitzten mich an. Aus dieser Entfernung konnte ich nicht wirklich erkennen, welche Farbe ihre Augen hatten. Doch ihre Iriden hatte sich in meine Erinnerungen eingebrannt. Sie ließ ihren Blick an mir herabgleiten, sah mir dann wieder ins Gesicht und hielt mich mit dem Ausdruck in ihren Augen gefangen. Ohne eine Regung wandte sie sich ab und brachte den Kürbis zu einem der Tische, die auf der Lichtung verteilt standen. Dort konnte ich bereits das erste Essen erkennen.

Ja, das war eine tolle Begegnung, vor allem, nachdem die letzte auch so prickelnd verlaufen war. Mein Blick haftete weiterhin an Merope. Irgendwann setzte ich mich in Bewegung und begrüßte Cat, die mir schon zuwinkte. Eigentlich wäre ich lieber der dunkelhaarigen Hexe hinterhergegangen. Ich betrachtete die kleine Lichtung zwischen den Bäumen, dabei fielen mir die drei langen Tische auf, die vor Essen nur so strotzten. Kaffee und Pumpkin Spice Sirup standen daneben. Ich würde mein Anwesen darauf verwetten, dass eine zickige Hexe das mitgebracht hatte. Weiter hinten knisterte ein Feuer in einer Schale, um die sich Kinder tummelten und mit ihren Stöcken Marshmallows in die Flammen hielten. Der Duft von Rauch stieg in meine Nase. Jemand zündete weiße Kerzen an und verteilte sie auf den Tischen.

Ich stupste Cat mit meiner Schulter an. »Hey. Danke, dass ich kommen durfte.«

»Sehr gern.« Cats rote Haare wurden durch den Wind aufgewirbelt.

»Können wir helfen?«

Cat sah sich um. »Du könntest noch ein paar der Kürbisse da verteilen.« Sie deutete auf die Stelle, an der Merope vor ein paar Momenten gestanden hatte. Perfekt, vielleicht bekam ich dort die Chance, mit ihr zu reden.

»Alles klar.« Das Laub unter meinen Füßen raschelte bei jedem Schritt. Ich nahm ein paar Kürbisse mit und stellte sie neben die von Merope. Wahrscheinlich waren sie nur als Deko gedacht. Ich arrangierte sie, damit sie gut zusammen aussahen.

»Ist schon okay, verschieb meinen Kürbis einfach«, sagte Merope, die neben mich getreten war. Sie verschränkte ihre Arme und wünschte sich wahrscheinlich, dass aus ihren Augen Dolche schießen würden, um mich auf der Stelle zu töten. Ich betrachtete sie eingehend.

»Ja, mache ich. Danke. So sieht es besser aus.«

Ihre langen Beine steckten in Overknees. Dazu trug sie ein ärmelloses Kleid, das sich eng an ihren Körper schmiegte. Der ausladende Hut auf ihrem Kopf fügte sich in das Gesamtbild ein. Um Meropes Hals hing eine Kette mit einer Totenkopfmotte. Die Ohrringe zeigten dasselbe Tier. Zuvor kannte ich die Motte nur aus *Das Schweigen der Lämmer*. Die schwarzen, langen Haare berührten ihre Ellenbogen, als sie die Arme verschränkte und sich räusperte. »Guck nicht auf meine Brüste.«

»Das tue ich nicht. Ich habe mir nur deine Kette angesehen. Sieht cool aus.«

Merope zog die Augenbrauen in die Höhe. »Bitte kein Small Talk. Vor allem nicht mit dir.«

»Okay. Kann ich dich dann kurz sprechen? Ohne Small Talk?«

Sie presste die Lippen zusammen und schüttelte den Kopf. »Nein, ich muss Kürbisse holen.«

»Ach was, so ein Zufall. Ich auch.« Merope ignorierte mich und ging davon. Ich folgte ihr und holte weitere Kürbisse für die anderen Tische. Blätter flogen an mir vorbei und landeten beinahe lautlos auf dem Waldboden.

»Aiden, geh jemand anderem auf den Sack«, murrte sie, als sie mit ihren Kürbissen davoneilte. Sie ging schneller, um von mir wegzukommen. Wie konnte man nur so stur sein? Als ich an dem Tisch vorbeiging, fiel mir auf, dass Merope die Kürbisse verschoben hatte.

Also trat ich zum Tisch und richtete sie so hin, wie ich sie hingestellt hatte. Auch wenn sie nicht mit mir reden wollte, loswerden würde sie mich nicht. Und die Schlacht um die Kürbisse würde sie auch nicht gewinnen.

»Du bist ein dickköpfiger Arsch. Das sind Kürbisse«, zischte Merope.

»Genau, Merope. Das sind nur Kürbisse. Also lass sie doch einfach in Ruhe.«

Sie presste ihre dunkelroten Lippen aufeinander und blähte ihre Nasenflügel auf. Die rote Farbe würde sich gut auf meinem Körper machen. Ich schenkte ihr ein schiefes Lächeln und machte mich wieder an die Arbeit. Mir war klar, dass die Kürbisse erneut anders dort stehen würden, wenn ich vorbeikam. Und beim nächsten Mal richtete ich sie wieder so aus, wie ich es für schön empfand. Und weil ich wusste, dass es Merope anpissen würde. Ich sah aus dem Augenwinkel, wie sie auf mich zukam.

»Merope, kannst du mal kommen?«, rief eine Frau, die wie eine ältere Version von Merope aussah. Sie drehte sich auf der Stelle um und ging.

Ha! Der Kürbispunkt ging an mich.

Alistair betrachtete mich belustigt und ich grinste triumphierend. Sein Lächeln wurde breiter und er begann laut zu lachen.

Ich drehte mich um und entdeckte, wie die Kürbisse sich von selbst verschoben.

Merope hatte ein schiefes Lächeln auf den Lippen, das beinahe hämisch wirkte, während sie mit ihren Händen kleine Bewegungen machte, die grüne Funken hinter sich herzogen. Verdammte Hexe. Als ich mich umsah, erkannte ich, dass sich einige der Hexen dem Schauspiel zugewandt hatten. Es wäre peinlich, wenn ich wie ein kleiner Junge erneut zu den Kürbissen stapfen würde, um sie wieder zu verrücken. Denn Merope hätte ihre Kräfte erneut eingesetzt, um ihren Dickschädel durchzusetzen. Ich hatte meinen stummen Protest genug zur Schau gestellt. Hexe müsste man sein. Oder auch nicht. Ich warf Merope noch einen letzten Blick zu, bevor ich zu meinem Bruder ging. Sie betrachtete mich ausdruckslos.

»Ihr seid unterhaltsam wie eh und je«, kommentierte Alistair. Merope sprach mit der Frau, die ihre Mutter sein musste.

»Danke, schön, dass es dir gefallen hat«, murrte ich und kniff die Augen zusammen.

»Ja, das hat es.«

Mein Blick wanderte zu der Feuerschale, an der sich die Kinder weiterhin darum kümmerten, ihre Marshmallows zu rösten. Neben ihnen stand Cat, die mit leuchtenden Augen das Feuer in eine wahre Lichtershow verwandelte. Die Kinder lachten und zeigten immer wieder auf die Flammen, die nun die Form eines Drachen angenommen hatten. Sie ließ mit einer Handbewegung die Flamme auf das Marshmallow eines Kindes schießen. Das Kind schrie freudig auf, der Flammendrache verschwand und das Marshmallow war fertig.

Alistair beobachtete seine Freundin und war so gefesselt, dass es den Anschein hatte, er würde nichts anderes mehr um sich herum wahrnehmen.

»Wehe, ich werde nicht Patenonkel«, sagte ich.

»Patenonkel?«

»Von euren Kindern.« Alistair sah mich überrascht an.

»So wie du sie ansiehst, ist es etwas für die Ewigkeit. Und was wäre das Leben schon ohne magische Hexenbabys?«, fragte ich.

»Ruhig«, antwortete er.

»Langweilig«, erwiderte ich. Ich wusste, wie es war, in einem leeren Haus zu sitzen, in dem es nichts zu hören gab außer die laufende Waschmaschine. Ein Anwesen mit Kindern. Geräusche voller Lachen und Spaß. Das klang nach etwas Erstrebenswertem, das ich in der Zukunft gern haben wollte.

»Erst mal beenden wir unser Studium und dann mal sehen. Vielleicht möchte Cat ja gar keine Kinder.«

»Wenn sie welche möchte, erinnere dich dran – Patenonkel und so.«

Er schüttelte den Kopf. »Schon klar«, gluckste er.

Es waren viele Menschen anwesend. Keine Ahnung, ob alle Hexen waren, aber einige auf jeden Fall. Sie standen in kleinen Grüppchen zusammen und unterhielten sich. Die Atmosphäre war ruhig und der Ort auch. Es war entspannend. Bis ich zu Merope blickte, die um mich herum alles einfrieren ließ.

Kapitel 3

MEROPE

*I*ch unterdrückte den Drang, mich zu schütteln. Aiden durfte nicht sehen, dass er etwas in mir regen konnte. Auf welche Weise auch immer.

Meine Mutter stand neben mir und unterhielt sich mit ihrer Freundin. Die Nachmittagssonne schien durch die Baumstämme und erhellte die kleine Lichtung inmitten des Waldes. Es war ein guter Tag für das Totenfest. Wahrscheinlich dachten die meisten Nichthexen, dass es an Halloween stattfand, aber nein. Kurz davor, in dieser Zeit ist der Schleier zur Geisterwelt am dünnsten.

Kaum dachte ich daran, hörte ich leises Wispern. Stimmen, die einen unheilvollen Klang mit sich brachten. Doch ich ignorierte sie. Ich wollte die Feier mit meinen Freunden und meiner Familie genießen. Jedes Jahr aufs Neue kamen diese Stimmen. Sie ließen sich schwer verdrängen. Heute war mir noch kein Geist begegnet, doch ich war mir sicher, dass ich nicht verschont bleiben würde. Vor allem an einem dieser magischen Tage.

Sybil, eine der ältesten Hexen aus Ashland, klatschte in die Hände und zog dadurch die Aufmerksamkeit auf sich. Meine Großmutter hatte ihrem Zirkel vor langer Zeit einmal angehört. Aus gutem Grund tat sie das heute nicht mehr. Und ich hoffte, sie würde auch nie wieder die Möglichkeit erhalten, Sybil zu sehen.

»Hallo! Wie schön, dass ihr hier seid. Dieses Jahr können wir das Totenfest offener als jemals zuvor feiern. Und das sogar mit alten Feinden, die zu neuen Freunden geworden sind.«

Beinahe hätte ich aufgelacht. Aber sicher doch. Ich hörte Gemurmel aus der Menge und sah, wie alle die Archers anstarrten. Bis jetzt war es friedlich. Noch.

»Jeder von uns hat Freunde oder Familie verloren.«

Aiden verzog krampfhaft sein Gesicht. Vielleicht erkannte er so langsam, was er all die Jahre für eine Scheiße gebaut hatte. Kaum sah er mich, versteinerte er.

»Heute ist der Tag, an dem wir allen Hexen und Hexern gedenken, die nicht mehr an unserer Seite stehen. Um sie niemals zu vergessen und ihre Seelen zu ehren, ritzen wir ihre Initialen in Kerzen. Das Licht wird hoffentlich so hell leuchten, dass sie es sehen werden, egal wo sie sich gerade befinden.« Ich ging zu dem Tisch, der am Rand der Lichtung stand, und griff in den Bastkorb. Ich nahm mir eine Kerze und ritzte mit einem kleinen Messer zitternd Levis Initialen hinein.

Mein Herz schmerzte, als ich mich daran erinnerte, dass wir dieses Fest vor einem Jahr noch gemeinsam gefeiert hatten, bevor die Sache mit den Archers und James begonnen hatte. Nun standen sie hier herum wie kleine Engelchen, während Levi wirklich einer war. Er hatte neben mir gestanden und Initialen eingeritzt, bis heute wusste ich nicht, für wen sie waren. Sein trauriges Gesicht erschien vor meinem inneren Auge.

Mein Blick flog zu Aiden. Er schien zu zögern. Eine tiefe Falte hatte sich zwischen seinen Augenbrauen gebildet, so als wüsste er es selbst noch nicht genau, wessen Initialen er einritzen sollte.

Okay, ja, seine Mutter, aber wie selbstverständlich ist es, dass er *Armin* einritzt? Immerhin war er derjenige, der seinen Vater getötet hatte. Ich fragte mich, wie sich das anfühlen musste. Welche Gefühle trug er in sich?

»Ich würde nun die Feuerbegabten bitten, unsere Kerzen zu entzünden.«

Cat trat mit ein paar weiteren nach vorn. Mein Blick ruhte auf meiner besten Freundin, in deren Augen die Tränen schimmerten, die ich versuchte zurückzuhalten. Ich vermutete, dass ihre Kerze mit vielen Namen geziert war. Ihre Hände zitterten, als Cat sie hob. Es dauerte einen Moment, bevor die Dochte zu brennen begannen und die Gesichter der Anwesenden durch die Flammen erhellt wurden.

Es war schön und so schmerzvoll zugleich. Denn diese Lichter brannten nur für unsere Geliebten, die wir erst wiedersehen würden, wenn wir selbst starben. Dann passierte das, worauf ich mich wirklich freute. Jeder nutzte seine Magie, um die Kerze schweben zu lassen. Zu begreifen, dass all diese Leute magisch waren, stimmte mich hoffnungsvoll. Meine Kerze stieg aus meinen Händen auf und flog über meinem Kopf in die Luft. Levis Initialen konnte ich nicht mehr erkennen.

Meine Mutter legte mir ihre Hand auf die Schulter. Sie war warm. Erst da spürte ich, dass es frisch wurde. Mein Heizzauber ließ langsam nach.

Mom musterte mich sorgenvoll. »Wie geht es dir, mein Schatz?«

Ich zuckte mit den Schultern und presste die Lippen aufeinander. »Keine Ahnung. Es geht schon.«

Sie drückte mich an sich und küsste mich auf die Wange. »Ich hab dich lieb«, murmelte sie.

»Ich dich auch, Mom.«

Ihr Lächeln erwärmte mein Herz. Dann löste sie sich von mir und lehnte sich gegen Dad.

Cat ließ ihre Kerze schweben.

Mein Blick blieb an Aiden hängen, der seine Kerze so schmerzvoll betrachtete. Seine Stirn lag in tiefen Falten und er hatte die Lippen aufeinandergepresst. Er sah zu den schwebenden Kerzen und blickte Hilfe suchend zu Cat, die sich jedoch mit Alistair unterhielt. Er war der Einzige, der seine Kerze noch hielt, und es schien keinem aufzufallen. Auch wenn er mich zur Weißglut brachte und ich ihm nicht vertraute, war es ein äußerst trauriges Bild, das er dort abgab. Deshalb hob ich leicht meine Hand und bewegte sie.

Die Kerze schwebte aus Aidens Händen, sie stieg immer höher und höher auf. Er folgte ihr mit seinem Blick und ein trauriges Lächeln erschien auf seinen Lippen. Waren das etwa Tränen in seinen Augen? Nein, das war mit Sicherheit die Spiegelung des Lichts. Nachdem seine Kerze ebenfalls mit den anderen zusammen schwebte, sah er sich suchend um, bis er mich ins Visier nahm. Schnell senkte ich meine Hand, nachdem ich mir sicher war, dass die Kerze oben bleiben würde. Meine Augen mussten bestimmt noch ein wenig geleuchtet haben. Er betrachtete mich stumm.

»Es ist jedes Mal wieder schön, nicht wahr?«, fragte mich Sara, während sie mit glühenden Augen zu den Baumkronen blickte.

»Ja, du hast recht. Es ist einzigartig.« Die Lichter, die sich mit den Sternen vermischten, die man teilweise durch die Baumkronen sehen konnte, waren faszinierend. Man hörte nur leises Flüstern, ansonsten war es totenstill. Die Blicke der Anwesenden waren alle auf die Kerzen gerichtet.

Sybil strahlte uns an. »Danke für diesen Augenblick. Unsere Geliebten werden niemals vergessen. Zu ihren Ehren ist dieses Beisammensein. Ich wünsche euch guten Appetit und einen schönen Abend. Danke.«

Sara startete gleich zum Büfett durch.

Sybil ging bei jedem vorbei und redete kurz mit ihnen. Sie ergriff meine Hände und hielt sie fest umschlossen. Der Blick aus ihren eisblauen Augen ließ mich frösteln, doch der warme Ausdruck auf ihrem Gesicht machte das wieder wett.

»Wie geht es dir?«, fragte sie. Ein Windstoß fegte ihr die langen weißblonden Haare aus dem Gesicht.

»Okay. Danke der Nachfrage. Und dir?« Ich würde ihr nicht meine aktuelle Gefühlslage bis ins kleinste Detail erklären. Das konnte sie vergessen. Wenn man Menschen die Möglichkeit bot, über sich selbst zu reden, dann ergriffen die meisten diese Chance und vergaßen, was sie eigentlich von einem wollten.

»Ach, weißt du, wir haben alle Liebste verloren. Und auch nach Jahren schmerzt der Verlust noch sehr. Doch ich weiß, dass wir wieder vereint sein werden. Davor höre ich nicht auf …«

»Sybil«, rief eine junge Frau, die mit strahlenden Augen auf sie zugerannt kam, und unterbrach die alte Hexe.

»Tut mir leid, Merope. Ich muss los, wir können danach gern weiterreden.« Sybil ging zurück zu einer Gruppe älterer Damen, mit der jungen Frau im Schlepptau. Die Hexengemeinschaft hatte sich aus dem Schatten getraut und war aufgeblüht. Sie hatten sich versteckt, wenig Kontakte zu anderen Menschen gepflegt und sogar ihre Kinder größtenteils zu Hause unterrichtet oder betreut. Zuvor hatte ich nie ein Hexenkind gesehen. Doch nun liefen sie hier herum und ließen die kleinen gegrillten Würste in der Luft schweben, bevor sie nach ihnen schnappten. Zu realisieren, dass es niemals falsch gewesen war, an die Hoffnung zu glauben, war schön. Auf etwas Besseres zu warten.

Sara kam zurück und drückte mir ein Stück Kirschkuchen in die Hand. »Ich weiß, wie sehr du Kirschen magst.«

»Danke«, sagte ich und seufzte auf, nachdem ich den ersten Bissen davon im Mund hatte. Es war einfach hextastisch.

»Wie kann ein Kerl bitte so eine Ausstrahlung haben? Ich meine, er lehnt nur an einem Baum und blickt in der Gegend umher.« Sie beobachtete Aiden.

»Was meinst du denn für eine Ausstrahlung?«

»Als hätte er einen riesigen Schwanz in der Hose.«

Weil er das hat. Das war mein erster Gedanke, und ich bereute ihn sofort. Ich verschluckte mich heute das zweite Mal an meiner eigenen Spucke und hustete wie wild. Gleich würde ich ersticken.

Sara schlug mir auf den Rücken und beugte sich zu mir. »Geht's wieder?«, fragte sie, als ich röchelnd Luft holte.

Ich machte einen zustimmenden Laut und wischte mir die Tränen aus den Augen. Warum hatte ich ihn denn auch nackt sehen müssen? *Argh.*

»Brauchst du was zu trinken?«

»Wasser? Bitte?«, fragte ich krächzend.

Sara lief sofort los.

Ich sah auf und begegnete Aidens Blick, der mich belustigt musterte. War ja klar. Wenn ich erstickte, war das für ihn wie eine Comedyshow. Aber bis ich abkratzte, würde es noch ein wenig dauern.

Sara gab mir einen Becher mit Wasser und ich stürzte die Flüssigkeit hinunter.

Mein Hals brannte nicht mehr und ich konnte wieder normal einatmen. »Danke.«

»Hoffentlich verschluckst du dich nicht noch mal an der Big-Dick-Energy von Aiden«, witzelte sie. Ich warf ihr einen bösen Blick zu, den sie nur mit einem Schulterzucken beantwortete.

»Wie kommst du darauf, dass es mich interessieren würde?«

»Weil du gerade beinahe erstickt wärst, und außerdem sind deine Wangen knallrot.«

Ich schüttelte den Kopf. »Ja, weil ich gerade beinahe gestorben wäre, deshalb sind sie rot«, sagte ich und versuchte dabei überzeugend zu klingen.

»Schon klar, Merope«, murmelte Sara und biss von ihrem Kuchen ab.

Ich runzelte die Stirn. Um mich herum wurde es kühler, bis ich mir an meine eigenen Oberarme griff. Was sollte das denn jetzt? Fröstelnd blickte ich mich um. Mein Blickfeld wurde bläulich und Atemwölkchen bildeten sich vor meinem Mund. Die Stimmen um mich herum wurden leiser und ein Rauschen trat in den Vordergrund. Andere Stimmen, lauter und gequälter, drängten sich bis an mein Ohr vor. Das war nicht normal. Mein Geist war hellwach, und ich spürte, dass sich unnatürlich viele Geister in unserer Nähe befanden. Doch die Stimmung, die ich bei ihnen wahrnahm, war alles andere als friedlich. Meistens kamen sie auch nicht in einer Gruppe. In meiner Magengegend breitete sich ein ungutes Gefühl aus, das sich mit jeder verstrichenen Sekunde verstärkte. Wie eine dunkle Vorahnung machte sich das Gefühl bemerkbar, wurde unruhiger. Brachte meinen Körper dazu zu schwitzen, obwohl mir kalt war. Dann waren die Geister mit einem Rauschen da. Sie fegten zwischen den Bäumen hervor und über die Kerzen hinweg. Löschten ihre Flammen und ließen das Feuer in der Schale verglühen. Aufgeregte Schreie drangen an mein Ohr. Ich konnte die Geister mit dem bloßen Auge nicht erfassen, da sie aufgebracht hin und her tigerten. Ungehalten schossen sie an uns vorbei und wirbelten die Blätter vom Boden auf.

»Merope, was ist das?«, rief Cat.

»Geister«, sagte ich ausdruckslos. Angst lähmte mich. »Mindestens zehn Geister, wenn nicht mehr. Sie halten nicht an.« Ich trat nach vorn, löste mich aus meiner Starre und blickte nach oben.

Die Anwesenden suchten nach ihnen. Doch keiner von ihnen hatte meine Gabe, mit den Toten zu sprechen, geschweige denn sie zu sehen.

»Was sucht ihr hier?«, rief ich ihnen zu. Doch sie hielten nicht an. »Braucht ihr Hilfe? Ich kann euch helfen, wenn ihr stehen bleibt und mir zuhört«, rief ich. Unfähig. So eine unfähige Hexe wie mich selbst hatte ich noch nie gesehen. Ich hatte keine Ahnung, was ich tun sollte. Sie hörten nicht auf mich. Was konnte ich tun? »Ich kann nicht mit ihnen sprechen. Sie achten nicht auf mich, sondern drehen komplett durch.«

Die Geister rauschten über die Tische hinweg. Das Essen fiel zu Boden, genauso wie die Deko. Dann hielten sie inne. Sie schwebten mit dem Rücken zu mir, hatten sich in eine Richtung gewandt.

Ich erstarrte, wurde zu Eis und konnte nur noch auf die schwebenden Körper blicken, die ein unheilvolles Surren von sich gaben. Ich spürte weder meine Finger noch meine Beine. Es schien, als würde ich nicht mehr zu meinem Körper gehören, weil die Furcht ihn einnahm. Ich wollte vor mir selbst verleugnen, dass ich Angst vor ihnen hatte. So hatte sich bisher noch kein Geist verhalten. Ich hatte absolut keine Ahnung, was ich tun sollte. Sie schossen vor, direkt auf meine Freundin zu. Ich schrie auf. Kurz bevor sie in Cat krachen konnten, verschwanden sie. Dann schüttelte mich jemand am Arm. Blinzelnd und mit rasendem Herzen sah ich in das Gesicht meiner Mutter.

»Ist alles in Ordnung?«, fragte sie mich und strich über meinen Arm.

»Ja, ich ... was ist passiert?«

Sybil und ihr Zirkel hatten einen Bannzauber gesprochen. Obwohl niemand von ihnen meine Fähigkeit besaß, kannten sie einen Zauber. Und ich nicht.

Die Geister befanden sich gesammelt in einer Bierflasche und wirbelten darin wie ein Strudel herum. Ich war unfähig gewesen, etwas zu tun und meine Freundin vor den Geistern zu beschützen. Das Verhalten hatte mich maßlos überfordert. »Ist jemand verletzt?«, fragte ich und mein Blick ging zu meinen Freunden, die glücklicherweise unversehrt waren. Cat kam auf mich zu und griff nach meiner Hand.

»Geht es dir gut?«, fragte sie mich und legte mir ihre Hand an die Wange.

»Ja, ich denke schon, und dir?« Cat sah völlig normal aus.

»Mir geht's fantastisch, warum? Du bist allerdings ein bisschen blass um die Nase.« Samuel und die Archers kamen zu uns herüber.

Mein Atem ging schwer. »Ich glaube, sie wollten dich, Cat.«

»Wie kommst du denn darauf?« Verwundert runzelte sie die Stirn.

»Sie haben in deine Richtung geblickt und sind dann losgestürmt, ich dachte, dass sie dich ...« Angst überzog mich wie eine Gänsehaut.

»Ganz ruhig, es ist nichts passiert, und die Geister hatten es bestimmt nicht auf mich abgesehen. Es ist auch sonst keinem was passiert. Jedem geht es gut.« Ich entdeckte eine kleine Gruppe, die Blut an den Händen und im Gesicht hatten.

»Nein, offensichtlich nicht.« Ich trat einen Schritt nach vorn. »Braucht ihr Hilfe?« Das alles fühlte sich nach meiner Schuld an.

Ein junger Hexer zog sich eine Glasscherbe aus der Hand und Blut lief sofort aus der Wunde. Levi hätte das heilen können.

»Nein, alles gut. Sind nur Glasscherben. Die kriegen wir locker raus. Hätte schlimmer ausgehen können.« Die Glasflaschen waren zersprungen, als die Geister über den Tisch gefegt waren.

Ich nickte ihm zu und spürte selbst, wie mein Atem schneller und hektischer wurde.

Samuel legte mir eine Hand auf die Schulter und ich entspannte mich. Ich würde ihn niemals fragen, ob er seine Gabe anwenden würde, und das wusste er auch. Zum Dank nickte ich ihm zu und er lächelte mich an.

»So eine kleine thematisch passende Unterbrechung kann dieses Fest nicht zerstören. Wir bräuchten noch mal Feuer.« Sybil hielt die Bierflasche mit den Geistern in die Höhe. Cat und Sara wandten sich ab, um die Feuerschale sowie die Kerzen erneut zum Brennen zu bringen. Auch die anderen halfen dabei, die umgeworfenen Sachen wieder herzurichten, dabei hörte ich, wie sie über die Geister redeten.

Ich blieb auf der Stelle stehen und starrte in die Luft, als würden sich die Geister noch immer dort befinden. Die Kälte, die die Geister mit sich gebracht hatten, schien sich in meine Knochen gebissen zu haben.

»Na ja, lieber Geister als Hexenjäger«, hörte ich eine laute Stimme über den Platz hallen.

Ich versteifte mich und sah zu dem Mann mit dem langen Bart und den glühenden Augen.

»Was soll das denn heißen?«, fragte Cat und trat auf den Mann zu.

Alistair griff nach ihrer Hand und wollte sie zurückziehen. Alan und Aiden hatten sich zu ihrem Bruder gesellt.

»Genau das, was ich gesagt habe. Die Geister sind mir lieber als diese Hexenjäger. Warum stellst du dich auf ihre Seite? Sie haben unsere Familien und Freunde getötet. Wir haben uns jahrelang vor ihnen versteckt gehalten! Und jetzt sind sie auf unserer Totenfeier. Zu Ehren der Hexen, die sie getötet haben? Warum wurden sie nicht gleich wieder rausgeschmissen, als sie hier angekommen sind?« Das Gesicht des Mannes wurde feuerrot und er gestikulierte wild umher. Aus der Menge konnte ich zustimmendes Gemurmel hören.

Meine Mutter zog die Augenbrauen nach oben und Dad nickte. Alan trat unbehaglich auf der Stelle herum.

Samuel ging zu ihm und legte ihm eine Hand auf die Schulter, wie er es eben noch bei mir getan hatte. Ja, genau das hatte ich kommen sehen, es war sowieso ein Wunder gewesen, dass sie ihnen nicht gleich an die Kehle gegangen waren, als sie die Lichtung betreten hatten.

»Wir möchten eure Feierlichkeiten nicht stören, wenn ihr möchtet, dass wir gehen, dann werden wir das tun« sagte Aiden und trat nach vorn.

»Aiden«, fuhr Cat ihn an.

»Ich würde mir wünschen, dass ihr gar nicht geboren wärt!«, rief der Mann und deutete mit dem Finger auf die drei. »Eure ekelhafte Familie hat mir meine Frau und mein Kind genommen! Es war noch nicht einmal geboren. Ich konnte es nicht einmal kennenlernen!« Tränen standen dem Mann in den Augen. Eine Gänsehaut überkam mich und ich presste meine Lippen aufeinander.

Aiden sah den Mann an. Ausdruckslos und auch ein wenig hilflos.

Cat erwiderte nun auch nichts mehr. Vielleicht hatte sie jetzt verstanden, was ich gemeint hatte.

»Ich kann mich dafür nicht entschuldigen, was wir getan haben, denn das ist unverzeihlich. Und ich werde mir dafür niemals selbst verzeihen können. Der Hass ist vollkommen berechtigt, und wenn ich es irgendwie wiedergutmachen könnte, würde ich es tun. Das, was wir taten, war falsch.«

»Ja, das war es wirklich«, murmelte der Mann und wischte sich die Tränen aus den Augen. Dann packte er seine Jacke und verließ den Platz.

»Wenn ihr mit Jägern verkehrt, möchte ich nicht mehr an den Versammlungen teilnehmen.« Mit diesen Worten verschwand er. Die anderen starrten Aiden an, der starr in den Wald blickte und darauf wartete, was als Nächstes passieren würde. Niemand traute sich, etwas zu sagen.

Cat hielt die Hand von Alistair fest umklammert.

»Ihr habt doch niemanden an die Hexenjäger verloren!«, sagte eine Frau, die ein kleines Kind auf dem Arm trug. Aiden haderte offensichtlich mit sich, ob er nun etwas sagen sollte oder nicht.

»Wir haben unsere Mutter und unseren Vater verloren. Ich kenne den Schmerz eines Verlustes. Auch wenn Vater ein schrecklicher Mensch war, war er doch unser Vater.« Es blieb still. Ich war es gar nicht gewohnt, von Aiden solch tiefgründige Worte zu hören.

Sybil räusperte sich und zog die Aufmerksamkeit auf sich.

»Ich kann die verschiedenen Emotionen verstehen. Doch ich möchte mich nicht ein Leben lang von dem Hass auffressen lassen, den ich meinen Feinden gegenüber empfunden habe. Es ist schrecklich, das streitet niemand ab. Aber ich glaube, dass man gemeinsamen Frieden finden kann. Und irgendwann kommt der Punkt, an dem jemand die Kluft zwischen den beiden Lagern überwinden muss. Lasst uns den Anfang machen, damit uns weitere folgen werden.« Sybil betrachtete die Versammelten. Einige nickten leicht, andere hatten nur die Augenbrauen gehoben und zeigten deutlich, dass sie mit Sybils Aussage nicht übereinstimmten. »Ich wäre dafür, dass wir den Abend dazu nutzen, uns kennenzulernen und uns nicht mit Hass gegenüberzutreten.«

Die meisten stimmten Sybil zu. Ich fand die Situation weiterhin schwierig. Aiden erregte meine Aufmerksamkeit. Unsere Blicke begegneten sich, und ich konnte nur Leere darin erkennen. Beinahe wäre ich bei dem Ausdruck zusammengezuckt, weil er mich so unvorbereitet traf.

»Wir werden schnell die Bierflasche entsorgen. Ich würde mich freuen, wenn ihr noch bleibt und schöne Gespräche miteinander führt.«

Sybil war mir ein wenig zu harmonisch. Ich stieß die angehaltene Luft aus der Lunge und streckte mich, um die unangenehme Stimmung zu vertreiben. Ich rieb mir übers Gesicht. Die Leute führten gemurmelt ihre Unterhaltungen weiter, während sie den Platz wiederherrichteten. Eigentlich wollte ich nur ein entspanntes Wiedersehen mit meinen Freunden und Eltern. Und ein schönes Totenfest. Was hatte ich bekommen? Hexenjäger, die mit ihrer bloßen Anwesenheit die Party crashten. Und Sybil, die mit ihrer harmonischen Art versuchte, den Karren aus dem Dreck zu ziehen.

»Warum bist du dir so sicher, dass die Geister es auf Cat abgesehen hatten?« Aidens Stimme riss mich aus meinen Gedanken.

»Du hast mir noch gefehlt«, murmelte ich. Er betrachtete mich. Kurz überlegte ich, ihm nicht zu antworten. Doch es lag keine Spur von Spott oder Hohn in seiner Stimme. Nur Neugierde.

»Sie haben sie angestarrt, fixiert wie Raubtiere ihre Beute. Es war unübersehbar. Die Geister wollten sie.«

»Warum?«, fragte Aiden.

»Ich habe keine Ahnung.« Er kratzte sich grübelnd am Kopf, während ich zu Cat blickte, die gerade die eingeschüchterten Kinder mit einer weiteren Feuershow zum Lachen brachte.

Ich wünschte, ich könnte mich auch von der Show meiner Freundin ablenken lassen. Doch das Gefühl des Todes lag wie ein bitterer Geschmack auf meiner Zunge. Cats Gesicht wirkte beinahe fröhlich. Doch mir ging es ganz anders. Was auch immer die Geister dazu gebracht hatte, das zu tun, konnte nichts Gutes bedeuten. Sie waren so komisch. Ich konnte es nicht genau beschreiben. Aber es war nicht normal für Geister.

Ich wollte es wiedergutmachen, dass ich auf voller Linie versagt hatte. Doch aktuell konnte ich das nicht tun. Ich wusste nicht wie. Ich atmete tief durch und beschloss, ein wenig für mich zu sein, die Blicke der anderen Menschen machte mich furchtbar nervös und brachten mich zum Schwitzen, obwohl die Temperaturen eher dazu verleiteten zu frieren. So unauffällig wie möglich entfernte ich mich von der Lichtung und ging hinaus in den Wald, der mir die Ruhe versprach, die ich gerade brauchte. Ich verließ die erhellte Lichtung und ließ mich von der Dunkelheit umfangen. Mein Kopf war voller Gedanken, doch mit jedem kalten Atemzug, der in meine Lunge strömte, klärten sie sich. Bis ich schließlich an nichts mehr dachte und nur noch ging.

Kapitel 4

MEROPE

Ich hatte nicht bemerkt, dass ich eine halbe Stunde verschwunden war, bis ich mein Handy checkte. Meine Freunde hatten mir ein halbes Dutzend Nachrichten geschickt und mich mehrfach angerufen. Auch Mom stand in der Anruferliste. Scheiße. Es war schon dunkel, als ich zu der kleinen Lichtung zurückkehrte. Die schwebenden Kerzen brannten in der Dunkelheit und versuchten den Wald zu erleuchten. Es waren nicht mehr viele Leute da. Das meiste war bereits abgebaut und nur noch ein kleines Feuer brannte in der Feuerschale. Ich ging auf meine Freunde und meine Eltern zu, die allesamt besorgt dreinblickten.

»Merope«, stieß Mom aus, als sie mich aus dem Dickicht des Waldes kommen sah. Ihr angespanntes Gesicht fiel in sich zusammen und sie lächelte erleichtert.

Cat scannte mich von oben bis unten ab, so als wollte sie sichergehen, dass ich von keinem Bären angefallen worden war. »Wo warst du denn? Ist alles in Ordnung?«, fragte sie mich mit aufgeregter Stimme.

Ich trat an die Feuerschale heran. Auch wenn die Flammen nicht mehr groß waren, spendeten sie doch genug Wärme, um die Totenkälte zu lindern. Ich seufzte, als sich das frostige Gefühl von meinem Körper kehrte. Doch das Gefühl des Todes ließ sich nicht durch das Feuer vertreiben.

»Ja, mir geht's gut, ich brauchte nur frische Luft. Nichts weiter.«

Der prüfende Blick von Sara glitt über mich. »Warum bist du nicht an dein Handy gegangen? Wir haben uns Sorgen gemacht.«

»Ich hatte da draußen kein Netz. Sorry«, murmelte ich und strich mir über meine nackten Oberarme. Mein Blick fiel auf die Flammen, und ich starrte beinahe apathisch hinein. Verlor mich in dem Lichtspiel aus den verschiedenen orangen Tönen. Mein Körper wurde starr und ich ließ es zu. Wollte, dass ich mich nicht mehr bewegen konnte. Ich verlor mich in den Flammen, schien durch sie hindurchzusehen und merkte, wie mein Blickfeld verschwamm.

»Merope, du bist ja eiskalt«, stieß Cat aus, die mit warmen Händen über meine Arme fuhr.

Verwirrt blinzelte ich und versetzte mich wieder ins Hier und Jetzt zurück. Ich entspannte mich ein wenig und genoss das Gefühl. Im nächsten Moment legte jemand eine Jacke um meine Schultern. Sie war mir viel zu groß und fühlte sich eher wie eine Decke an. Ein verdammt guter Geruch stieg in meine Nase und ich schloss die Augen. Am liebsten wollte ich mich darin vergraben und nie wieder hervorkommen.

»Ist dir schlecht? So wie letztes Mal«, fragte mich Mom. Sie meinte einen der Geistbesuche, bei dem ich noch zu Hause gelebt hatte. Danach war mir kotzübel gewesen, und keine fünf Minuten später hing ich über der Toilettenschüssel und kotzte mir die Seele aus dem Leib.

»Nein, jetzt ist mir nur kalt.« Ich wusste, dass sich eine Gänsehaut auf meinen Armen gebildet hatte, aber ich konnte sie nicht mehr spüren. Als würden sie nicht zu meinem Körper gehören. Meine Mom strich mir über den Rücken, als vermutete sie weiterhin, dass ich mich jeden Moment übergeben würde.

»Willst du mit nach Hause kommen?«, fragte sie mich. »Nein, es geht. Ich gehe mit in die Hütte. Könntest du mich vielleicht da absetzen?«

»Wir sind zu Fuß gekommen, Schatz«, erinnerte sie mich. Stimmt. Ich war davon ausgegangen, dass sie mit dem Auto gekommen waren.

»Ich kann dich fahren«, schlug Aiden vor, der hinter Alistair und Alan stand und mich stumm musterte. »Also wenn du willst.«

Wollte ich? Nein. War mir wirklich saukalt? Ja. Außerdem hatte ich keine Lust, dass er mit mir über die nackte Angelegenheit sprechen würde. Für mich war das kein Thema. Ich war gut darin, Dinge zu Tode zu ignorieren. Und das gehörte auch dazu. Aber ich wollte nur nach Hause.

»Okay.«

Cat bemerkte meine verkrampfte Haltung und trat vor. »Ich fahr mit, falls dir doch noch schlecht wird.« Dankbar nickte ich ihr zu. Vielleicht würde das Aiden aufhalten, über die Sache zu reden.

»Wir gehen zu Fuß zur Hütte«, sagte Sara und deutete auf sich, Samu, Alan und Alistair. Ich nickte und zog mir die Jacke enger um die Schultern.

»Ich schreib dir, Mom.«

»Mach das.« Sie drückte mich kurz an sich, bevor ich ging. Cat lief neben mir und legte ihre warme Hand auf meinen Rücken. An Aidens schwarzem Auto angelangt, stieg ich ein. Es war klar, dass Aiden Archer, CEO von *Archer Industries,* einen arschteuren Audi fuhr.

Ich wollte nicht, dass meine Zähne klapperten, weil ich Aiden nicht zeigen wollte, dass es mir schlecht ging. Es war reiner Selbstschutz. Bei ihm hatte ich noch immer das Gefühl, ihn zu brauchen. Doch ich konnte nichts gegen das Klappern tun.

Aiden setzte sich ans Steuer, ließ den Motor an und sah kurz zu mir. Er drückte auf einen Knopf am Armaturenbrett und keine Minute später wurde mein Sitz warm. Leicht sank ich in mir zusammen und lehnte den Kopf an die Stütze. Wärme. Ich nahm alles davon, was ich kriegen konnte.

»Sag mal, wie lief dein Date?«, fragte Cat. Ich musste sofort an Landons schönes Gesicht denken.

»Gut, er ist groß, dunkelhaarig, hat ein charmantes Lächeln und ist Hexer. Das gibt einen Pluspunkt. Außerdem ist er nett und interessiert an dem, was ich mache.«

»Aber?«, fragte sie und quetschte ihren Kopf zwischen den Sitzen durch.

»Aber irgendwie hat es nicht gefunkt. Er ist freundlich und aufrichtig, aber da fehlt das gewisse Etwas zwischen uns. Außerdem hat er Angst vor Geistern und ist regelrecht vor mir geflüchtet.«

Aiden spannte seine Arme an und blickte starr geradeaus. Kurz musterte ich ihn. Sein Kiefer spannte sich ebenfalls sichtlich an.

»Wow, toller Kerl«, sagte Cat sarkastisch und lehnte sich wieder zurück auf die Rückbank. Danach verlief die Fahrt zur Hütte stumm, und ich war froh, als wir durch den Tarnzauber fuhren. Die Hütte wurde durch ein spärliches Licht beleuchtet, das an der Veranda hing.

Ich stieg aus und beugte mich in den Türrahmen. »Danke.«

Aiden nickte mir knapp zu. »Gern.«

Ich sah etwas in seinem Blick, was mich innehalten ließ. Doch ich wollte mich nicht damit beschäftigen, was es war. Denn es bescherte mir ein merkwürdig aufgeregtes Gefühl, das ich aktuell nicht gebrauchen konnte. Aiden öffnete den Mund und ich knallte die Tür zu.

Nein, nein, nein. Was auch immer er sagen wollte. Dafür hatte ich keinen Kopf. Ich marschierte zur Veranda.

Cat kam mir kichernd hinterher.

»Ich glaube, Aiden hätte mich beinahe gefragt, ob bei dir alles okay sei. Er hat ziemlich verblüfft über den Rückspiegel zu mir geguckt, bevor er wieder auf deinen Arsch gestarrt hat.«

Ich atmete tief ein und aus, um nicht in die Versuchung zu kommen, irgendetwas Dummes zu tun, was ich danach bereuen würde. Wie beispielsweise zurückzugehen und Aiden eine zu scheuern, dafür, dass er mir auf den Arsch gestarrt hatte. Aber was sollte ich in Bezug auf Aiden schon bereuen?

»Nein, mir geht es wirklich nicht so prickelnd. Aber ich hätte es bestimmt auch ohne seine Hilfe geschafft. Wie bin ich denn auf die Idee gekommen, mich von ihm fahren zu lassen? Wieso hat mich keiner aufgehalten?« Ich trat in die Wärme der Hütte und blieb stehen.

»Du trägst seine Jacke. Nur so zur Info.« Cat deutete auf die dunkle Lederjacke, die sich wie eine Decke um meine Schultern schmiegte. Verdammt, sie hatte recht. Ich kannte den Duft. Mehrere Sekunden starrte ich sie an, bis ich die Jacke so schnell wie möglich auszog und über das Geländer der Treppe schmiss.

Ich presste die Augen zusammen und rieb mir über die Lider. Das war doch nur ein schlechter Traum, oder? Ich konnte nicht fassen, dass ich Aidens Hilfe angenommen hatte. Und dass das vorhin wirklich passiert sein sollte. Die Auseinandersetzung zwischen den Hexen und Jägern, die Geister, Aiden und ... einfach alles.

»Wird ja immer besser. So wie letzte Woche«, murrte ich und schlug den Weg in das Wohnzimmer ein. Das Feuer brannte noch, und ich ließ mich auf den Sessel neben dem Kamin fallen.

»Was war denn letzte Woche?«, fragte Cat mich neugierig und ließ sich mir gegenüber aufs Sofa sinken. Sie beobachtete mich mit einem interessierten Funkeln in den Augen und wartete auf eine Antwort. Wenn sie mehr Zeit hätte, mit mir zu reden, dann würde sie bereits davon wissen. Doch aktuell hatte sie mehr mit anderen Dingen zu tun. Wie beispielsweise ihrem Freund. Ich freute mich für die beiden, aber ich fühlte mich ein wenig vernachlässigt. »Merope?«, hakte sie nach. Da ich wusste, dass sie nicht gehen würde, ehe ich es ihr erzählt hatte, musste ich es ihr sagen. Denn ich brauchte Ruhe. Selbst vor meiner besten Freundin.

»Ich dachte, du wärst bei uns oben im Bad und würdest duschen, also bin ich einfach reingelatscht und habe angefangen, mit dir zu reden. Aber du warst es nicht …«

»Sondern Aiden.«

Ich nickte und Cat brach in Gelächter aus.

Sie gackerte vor sich hin, sodass ich mir Gedanken darum machte, ob sie sich gleich vor Lachen in die Hose pinkeln würde und damit das Sofa ruinierte.

»Das wusste ich da noch nicht. Ich habe mich gewundert, warum du mir nicht antwortest, hab den Duschvorhang zur Seite gezogen und da stand er. Aiden hat sich bei meinem Schrei so erschrocken, dass er ausgerutscht ist, sich an mir festgekrallt hat und samt Duschvorhang auf mich gefallen ist. Nackt.« Ich rieb mir die Schläfen, als ich daran dachte, und verbannte das Bild des nackten Aiden aus meinem Kopf. Ich wollte nicht an ihn denken. An die definierten Muskeln seines Körpers, sein scharf geschnittenes Gesicht mit den nassen Haaren, die ihm in die Stirn hingen, und seinen …

»Nicht dein Ernst, oder?«, unterbrach Cat meine Gedanken und ich atmete erleichtert auf. Sie grinste mich breit an, und ich konnte die Freude in ihrem Gesicht erkennen.

»Doch, schon.«

»Warum hat er überhaupt hier geduscht?«, fragte Cat.

»Keine Ahnung, er hat mit Alistair irgendwas im Garten gemacht oder so«, brummte ich. Cat lachte und schüttelte ungläubig den Kopf.

»Ich habe gehört, wie Sara vorhin etwas von *Big-Dick-Energy* gesagt hat. Hast du dich deshalb so verschluckt, weil du Aiden nackt gesehen hast?«

Ich starrte sie ausdruckslos an. »Das hat man gehört?«, fragte ich und riss die Augen auf.

»Ja, sehr deutlich. Also, stimmt das?«

Ich presste meine Lippen aufeinander. Ach, was soll's. Sie war meine beste Freundin. »Keine Ahnung, möglich«, nuschelte ich und sah überallhin, nur nicht in Cats Gesicht.

»Und du wirst jetzt so rot, weil auch das zutrifft, was Sara gesagt hat.«

Das war keine Frage, sondern eine Feststellung, und ich musste bei der Erinnerung an den nackten Aiden doch wirklich lächeln. Sofort korrigierte ich mich und schüttelte den Kopf. Ich sollte mich nicht so an dem nackten Hexenjäger erfreuen, wie ich es tat. Das war nicht richtig.

»Mehr habe ich nicht zu erzählen«, sagte ich. Trotz der brennenden Wangen war mir eiskalt. Und je länger ich hier vor dem Kamin saß, desto müder wurde ich. »Cat, ich finde es wirklich schön, endlich mal wieder mit dir zu sprechen, aber ich würde am liebsten ein bisschen allein sein. Ich habe keine Kraft mehr, irgendetwas zu tun. Aber wir können gern morgen weiterreden.«

»Bist du sicher, dass ich nicht bleiben soll?«, fragte sie mich und runzelte die Stirn.

»Ja, ich brauche Zeit.«

»Okay, dann lasse ich dich in Ruhe. Wenn es dir morgen besser geht, erzählst du mir von deinem Studium.«

Ich nickte ihr zu.

»Brauchst du noch was?«

»Nein danke, Cat.«

Sie ging nach oben und ließ mich im Wohnzimmer zurück. Ich legte meine Füße auf den Hocker und deckte mich mit der selbst gemachten Strickdecke von Sara zu. Meinen Hut legte ich neben mir auf den Boden und warf Ohrringe sowie Kette hinein. Ich war nicht mehr gezwungen, über Aiden nachzudenken. Ich lehnte mich zurück, genoss das leise Knacken des Holzes und den Geruch nach Feuer. Hier war ich zu Hause. Hier gehörte ich hin. Und langsam spürte ich, wie die Wärme wieder in meinen Körper eindrang.

Kaum hatte ich eine Sekunde Ruhe, schnurrte es hinter mir.

»Junghexe, du siehst wirklich nicht gut aus. Obwohl deine düstere Erscheinung eine Augenweide ist.« Rufus schlich um den

Sessel herum und sprang auf meinen Schoß. »Was bedrückt dich?«, schnurrte der Kater.

»Vorhin wolltest du mich wieder loswerden, und jetzt fragst du mich, was ich habe, *und* machst mir gleichzeitig ein Kompliment? Rufus, bist du sicher, dass du nicht ein wenig verweichlicht bist?«, zog ich ihn auf.

Der Kater fauchte mir ins Gesicht. Statt des brennenden Holzes im Ofen roch ich jetzt nur nassen Thunfisch. Burgh.

»Ich habe einen zu starken Charakter, um zu verweichlichen. Mach dich nicht lächerlich, Junghexe«, ließ Rufus mich wissen.

»Na, dann ist ja alles beim Alten.«

Rufus blinzelte mich an. »So, und nun spuck aus.«

Ich sah dem Kater ins Gesicht und spürte nicht diese Anspannung wie bei den anderen. »Auf dem Totenfest waren Geister.«

»Ja und? Die stehen manchmal einfach vor deinem Bett. Wo ist das Problem?«

»Dass sie dieses Mal so … zielstrebig gewirkt haben. Fokussiert. Als wären sie hinter etwas her. Hinter Cat.« Rufus verengte seine Augen.

»Das ist außergewöhnlich«, murmelte er und legte sich auf meine Beine.

»Ja, schon. Die meisten Geister, die ich treffe, sind ruhig oder verwirrt. Aber nicht so fokussiert wie heute. Als wären sie ein Tier auf der Jagd.«

»Die Frage ist nur, was sie dazu gebracht hat, so zu reagieren.«

»Ich habe keine Ahnung. Aber als die Geister angefangen haben, unser Fest zu sabotieren, war ich wie erstarrt. Ich hatte einen totalen Blackout und konnte nichts machen. Wozu habe ich meine Fähigkeiten, wenn ich sie nicht benutzen kann?« Ich erinnerte mich an die Situation zurück und an das hilflose Gefühl, das sich in meinem Bauch eingenistet hatte wie ein Bienenvolk.

»Vielleicht war noch nie der Punkt gekommen, an dem du deine Gabe wirklich gebraucht hast.« Vielleicht sollte ich mir einen Rat bei Sybil holen. Die alte Hexe war irgendwie zu einem der Oberhäupter der Hexen geworden. Sie wurde von den meisten gemocht und geschätzt. Sie gab einem das Gefühl, sicher zu sein.

»Und was ist, wenn ich es niemals lernen werde? Ich kenne niemanden, der es mir zeigen könnte.«

»Cat hat sich das mit dem Feuer selbst beigebracht. Dabei hat sie sich oft verbrannt.« Ich war aber nicht Cat. Weder war ich so stark noch so leidenschaftlich wie sie. Rufus schnurrte und eine Welle der Müdigkeit überrollte mich. Ich schloss die Augen und schlief ein.

Ich fuhr aus dem Schlaf hoch, bevor ich den Schrei hörte. Sofort schlug ich die Decke zurück und rannte zur Treppe. Ungeachtet dessen, dass ich noch immer Overknees trug, die mich langsamer machten, als mir lieb war. Der Schrei kam aus dem Badezimmer. Ich eilte die Treppen hinauf und stieß die Tür auf. Sie flog gegen die Wand und gab ein lautes Krachen von sich.

Dann sah ich Cat strampelnd in der Badewanne liegen. Das Wasser spitzte umher und landete platschend auf dem Boden. Cat wurde unter Wasser gedrückt. Mit ihren Armen und Beinen ruderte sie wild umher. Ich lief auf die Person zu, die meine beste Freundin ertränken wollte. Mein Atem ging schnell, denn die Panik durchflutete meinen Körper wie Eiswasser.

Ich packte die Gestalt vor mir, doch meine Hände glitten hindurch. Es war eine Geisterfrau. Ihre milchige Hand tauchte unter Wasser in Cats Brust und sie stieß einen erneuten Schrei aus. Dieses Mal konnte man Cat jedoch nur gurgeln hören. Es klang grausam. Ich musste sie da rausholen! So schnell ich konnte formte ich die flimmernde Magie zwischen meinen Händen und schleuderte sie der Geisterfrau entgegen. Doch sie flog durch sie hindurch. Ich hatte noch nie Magie gegen verstorbene Seelen eingesetzt. Verdammt.

Sie drückte Cat weiterhin nach unten und zog mit ihrer anderen Hand etwas Gleißendes aus ihr heraus. Dabei fiel mir eine lange Narbe auf, die ihren Arm entstellte. Ich wollte auf sie zurennen, doch die Helligkeit ließ mich beinahe blind werden. Schützend hielt ich mir die Hände vors Gesicht. Mit einem Schlag verschwand das Licht und ich blinzelte wild. Ich sah zu der Geisterfrau, die nun etwas orange Flimmerndes in der Hand hielt. Es war wie ein flammender Magieball. Die Geisterfrau schwebte zur Wand, um zu verschwinden.

»Bleib gefälligst hier!«, schrie ich und versuchte, einen Bannzauber zu sprechen. Doch gerade als mir einer einfiel, der mir hoffentlich gelingen würde, war sie verschwunden. Ich schrie frustriert auf und lief ans Fenster. Doch von der Geisterfrau fehlte jegliche Spur. Schnell rannte ich zu Cat und zog ihren leblosen Körper an die Oberfläche. Ich hörte Schritte, und als ich mich umdrehte, kam Alistair herein.

»Scheiße, was ist passiert?«, fragte Alistair panisch, der sich zu Cat beugte und nach ihrem Herzschlag suchte. Hoffentlich lebte sie noch. Ich hatte keine Ahnung, was die Geisterfrau mit ihr gemacht hatte. Gemeinsam mit ihm zog ich sie aus der Badewanne heraus und wir legten sie auf ein großes Handtuch.

»Da war eine Geisterfrau und hat Cat unter Wasser gedrückt, dann hat sie ihr etwas herausgerissen. Scheiße! Ich konnte sie nicht aufhalten. Die Geisterfrau konnte sie berühren. Einfach so anfassen. Das dürfte nicht möglich sein. Lebt sie?« Meine panische Stimme hallte durch das Bad.

»Ja, sie atmet und ihr Herzschlag ist auch normal. Verdammt. Was soll das heißen, sie hat etwas von ihr mitgenommen? Und was macht sie damit? Wie können wir das wieder zurückbekommen? Merope? Hey! Sag! Was sollen wir tun?« Alistair klang genauso verzweifelt, wie ich mich fühlte.

»Ich weiß es nicht, Alistair! Okay, ich habe keine Ahnung!«

»Du musst das doch wissen. Wer von uns sieht denn die Untoten?«

»Nur weil ich die Fähigkeit habe, heißt das nicht, dass ich weiß, was ich machen soll. Verdammt!« Meine Hände zitterten vor Wut und Aufregung. Ich war so unfähig. Es fühlte sich an, als würde ich gleich platzen. Doch ich riss mich zusammen und griff nach einem Handtuch, um Cats bewusstlosen Körper abzutrocknen, bevor ich ihr die Klamotten anzog, die auf dem kleinen Hocker neben der Wanne lagen.

Alistair half mir. Stumm griffen wir beide an verschiedene Stellen und zogen etwas an, rubbelten etwas trocken und strichen etwas zur Seite.

»Tut mir leid, Mer. Ich meine das nicht böse. Aber ich habe absolut keine Ahnung von allem Magischen hier. Gerade wurde etwas aus dem Körper meiner Freundin entwendet, und ich habe keine Ahnung, was das überhaupt bedeutet.«

Ich legte ihm meine Hand auf die Schulter und sah ihn mit tränenverschleiertem Blick an. Der Schmerz auf seinem Gesicht machte mein schlechtes Gewissen nur noch größer.

»Ich konnte es nicht aufhalten. Das werde ich mir nie verzeihen, aber ich werde alles tun, damit Cat das zurückbekommt, was ihr genommen wurde. Auch wenn es das Letzte ist, was ich tue.«

Alistair nickte mir zu, bevor wir beide Cats schlaffen Körper in ihr Zimmer trugen. Mein Herz schien zu zerspringen, als sie dort so leblos lag. Wenn ich sie nicht retten konnte, würde ich mir das niemals verzeihen.

Kapitel 5

MEROPE

Ich hörte die schweren Schritte von Aiden. Er riss die Tür zu Cataleyas Zimmer auf und kam mit abgehetztem Gesichtsausdruck herein. Wir standen um ihr Bett herum und sahen bedrückt auf die regungslose Cat hinunter.

»Was ist passiert?«, fragte Aiden aufgeregt seinen Bruder, der neben Cat auf dem Bett saß. Ich betrachtete meine Freundin und presste die Lippen aufeinander.

Alistair schniefte und schüttelte den Kopf, so als könnte er noch immer nicht glauben, dass es wirklich geschehen war. »Eine Geisterfrau hat etwas aus Cat herausgerissen und mitgenommen.«

»Wie, sie hat etwas mitgenommen? Was denn?«, fragte Aiden und sah uns der Reihe nach an.

»Wir wissen es nicht«, sagte Alan und betrachtete Cat.

»Ihr geht es körperlich zwar gut, aber sie wacht nicht auf.« Sara ging einen Schritt auf das Bett zu und seufzte.

»Und was machen wir nun?«, fragte Aiden und trat zu seinem Bruder, um ihm die Hand auf die Schulter zu legen. »Wie kann ich helfen?«

»Keine Ahnung«, sagte Alistair und strich Cataleya eine Strähne aus den Haaren.

Ich betrachtete, wie sich ihre Brust hob und senkte. Meine Magie war unruhig, sie wollte in Aktion treten. Plötzlich hatte ich eine Idee. Mit kribbelnden Fingerspitzen ging ich auf Cat zu und ließ meine

Hände über ihre Brust schweben. Ich tastete nach ihrer Energie und fand sie. Sie pulsierte kraftvoll und stark. Also hatte die Geisterfrau ihre Magie nicht mit sich genommen. Aber irgendetwas fehlte in ihr. Mit geschlossenen Augen trat ich zurück und stolperte prompt über etwas. Jemand bewahrte mich davor, mit dem unaufgeräumten Boden Bekanntschaft zu machen. Als ich vorsichtig die Lider öffnete, sah ich in Aidens markantes Gesicht. Er musterte mich skeptisch.

»Das nächste Mal lasse ich dich aufs Gesicht fallen«, sagte er trocken. Ich erstarrte und runzelte die Stirn.

»Warte mal.« Ich stellte mich auf, wandte mich Aiden zu und ging nicht auf seinen bescheuerten Kommentar ein. »Nicht bewegen.« Ich legte meine Hände auf seine muskulöse Brust und drückte meine Handflächen in sein Fleisch hinein. Er war nicht begeistert. Die Falte auf seiner Stirn wurde immer tiefer und er verengte wütend die Augen. Ich musste gestehen, dass seine Brust nicht nur muskulös aussah, sondern sich auch so anfühlte. Und irgendwie fand ich das attraktiv.

»Was zur Hölle?«, sagte er.

»Pscht, nicht reden«, fuhr ich ihn an und legte meinen Kopf ein wenig schief, so konnte ich besser nachdenken.

Seine Augenbraue vollführte Akrobatik, so intensiv verzog er sie.

Ich drückte meine Hände noch weiter in ihn hinein und entlockte Aiden damit ein Keuchen.

»Was wird das?«, fragte er.

»Auf jeden Fall keine kostenlose Massage«, zischte ich und spürte, wie das Kribbeln auf meine gesamte Hand überging. Das kam jedoch nicht von meiner Magie. Sondern eher von dem Kerl, der vor mir stand. Trotz seiner bösen Miene brachte er mich dazu, auf ihn zu reagieren, obwohl ich das nicht wollte. Ich spürte weiter. Ja, Aiden hatte etwas, was Cat nicht mehr hatte. Aber was war es? Ich ließ die Magie weiter in den Mann eindringen, der mich um mehr als einen Kopf überragte. Es war tief im Inneren. Es pulsierte unter dem Herzschlag. »Du hast etwas, was Cat nicht mehr hat. Was ist es?« Ich ließ meine Magie los und die Funken um meine Hände verschwanden. Doch ich verharrte noch einige Momente in der Position, bis Aiden so aussah, als würde er mich bei lebendigem Leib verbrennen wollen.

»Herz?«, fragte Samu. Ich schüttelte den Kopf und nahm schlussendlich meine Arme herunter. Dann trat ich einen Schritt zurück.

»Schlägt«, meinte Alistair und legte nochmals seine Finger auf ihren Puls.

»Die Magie?«, vermutete Alan.

»Nein, die kann ich spüren.« Ich ging auf und ab, bis ich Sara wahrnahm. »Ich brauche dich kurz. Deine Fähigkeiten sind denen von Cat am nächsten. Darf ich?«, fragte ich und hob meine grün leuchtenden Hände.

Sara nickte und trat einen Schritt nach vorn. Ich schloss die Augen und legte ihr die Hände auf das Dekolleté. Dann spürte ich. Ich konnte die Magie erkennen, und da war noch mehr. Das hatte Aiden auch, Cat nicht.

»Die Seele«, murmelte Aiden und ich erstarrte. Die Seele. Ich sah zu ihm. Unsere Blicke trafen sich. Für einen Moment hielt er mich mit seinen grünen Augen gefangen. Er hatte recht. Schnell ging ich zu Cat zurück und legte meine Hände erneut auf sie. Ja, die Seele.

»Du hast recht. Die Geisterfrau hat ihre Seele.« Ich atmete zitternd aus und presste meine Augen zusammen.

»Verdammt. Und was bedeutet das jetzt?«, fragte Alistair. Ich zuckte mit den Schultern. Die Tür öffnete sich und Rufus kam hereingestiefelt.

»Habe ich das Gespräch gerade richtig belauscht? Cataleyas Seele wurde gestohlen?« Seine sonst genervte Stimme klang in der panischen Tonlage komplett anders. War das überhaupt Rufus?

»Ja. Die Seele ist nicht mehr da. Ansonsten funktioniert ihr Körper weiterhin. Doch sie wacht nicht auf.« Alistair griff nach Cats Hand.

»Wie könnt ihr denn bitte eine Seele verlieren? Wisst ihr eigentlich, wie schwer es ist, eine Seele aus der Geisterwelt zu bekommen? Beinahe unmöglich!« Rufus machte einen Buckel und fauchte zwischen den Sätzen. Wir hatten Rufus' Sprechzauber erweitert, sodass alle mit Archer-Blut den Kater verstehen konnten. Er hatte darauf bestanden, nachdem wir nicht Wort für Wort übersetzt hatten. Darauf folgte ein riesiges Drama, weil er behauptete, seine Eloquenz würde darunter leiden.

»Warum glaubst du, dass ihre Seele in der Geisterwelt ist?«, fragte Sara und runzelte die Stirn.

»Weil Seelen nur dort überleben können. In der realen Welt sterben sie nach wenigen Stunden. Doch die Welt hinter dem Schleier ist voller Magie und kann deshalb eine Seele lange am Leben erhalten.« Ich biss auf meine Unterlippe und ballte die Hände zu Fäusten. Das war große Scheiße. Und wer war dafür verantwortlich? Ich. Am liebsten hätte ich den Frust und die Wut aus mir herausgeschrien und erst damit aufgehört, wenn ich keine Stimme mehr hätte. Doch dadurch würden wir nur Zeit verlieren.

»Und wie lange kann der Körper ohne die Seele überleben?«, fragte ich und sah Rufus in die grünen Augen.

Er maunzte, bevor er antwortete: »Das kann ich dir leider nicht sagen, Junghexe.« Ich wollte schreien, weinen, und das alles auf einmal. Doch ich musste mich konzentrieren und überlegen, wie ich meiner Freundin helfen konnte. »Aber vielleicht solltest du dich über Seelen informieren und versuchen herauszufinden, was eure Möglichkeiten sind. Eines sage ich euch, wenn ihre Seele nicht wiederkommt, schlitze ich euch mit meinen Krallen auf.«

»Danke für die Motivation. Ist ja nicht so, dass wir Cat nicht auch wieder zurückhaben möchten«, bemerkte Sara sarkastisch und schüttelte den Kopf.

Mein Verstand arbeitete auf Hochtouren, und ich wusste, dass es wahrscheinlich riskant war, doch ich musste es versuchen.

»Ich glaube, ich weiß, wo ich ein Grimoire über Seelen und deren Gegebenheit finden kann.« Vielleicht konnte ich dort auch etwas über Geister herausfinden, aber das wollte ich nicht laut aussprechen. Ich hatte das Gefühl, dass sie dachten, ich hätte von sämtlichen Dingen, die mit Geistern zu tun hatten, Ahnung. Dem war nicht so. Und das ärgerte mich zutiefst. Vor allem in der jetzigen Situation.

Samu drückte sich von der Wand ab und trat einen Schritt nach vorn. »Okay, das klingt gut. Sara, Alan und ich sehen in den alten Unterlagen von Cora nach, ob wir irgendeinen Trank für Cat zusammenmischen können, der ihr helfen kann.«

»Ich bleibe bei Cat«, sagte Alistair.

Ich nickte zustimmend.

»Und ich suche nach dem Grimoire.« Ich wollte schon aus dem Raum gehen, als mich eine Stimme innehalten ließ.

»Warte, Merope. Ich kann dir helfen. Lass mich mitkommen.« Aiden stand entschlossen vor mir.

»Nein danke. Das kann ich allein. Ich brauche niemanden, der mir im Weg steht.«

»Ich stehe dir nicht im Weg«, maulte er und verengte seine Augen. »Weder kann ich irgendwelche Tränke brauen noch Cat hier helfen.«

»Dann geh in die Kirche und bete für sie.« Das meinte ich vollkommen ernst. Gerade war alles wichtig, was uns dabei helfen konnte, Cats Körper am Leben zu erhalten und ihre Seele zu retten. Ich wusste nicht, was ich tun würde, wenn sie starb, und ich wollte es auch nicht herausfinden.

Kapitel 6

AIDEN

Dieses kleine Biest. Sie machte mich so wütend, dass ich am liebsten mit ihr gestritten hätte, doch ich wusste genau, dass es dann nur noch schlimmer werden würde. Ich wollte helfen! Die Freundin meines Bruders schwebte in Gefahr und sie ließ mich hier stehen. Einfach so. Ich war nützlich. Und ich würde meinen Teil dazu beitragen, damit Cat wieder aufwachte. Sie gehörte zur Familie. Merope war in demselben Outfit gegangen, in dem sie meine Lederjacke entführt hatte. Die hatte ich bereits über dem Geländer der Treppe entdeckt. Gerade stand ich unten in der Küche der Hütte und goss heißes Wasser in eine Tasse.

Alistair sah so elendig aus, dass ich mich nicht einmal traute, irgendwelche schlechten Witze zu reißen. Es würde den Moment nur verschlimmern. Also hielt ich die Klappe und tat alles, was dabei helfen konnte, die Situation zu verbessern. Und selbst wenn das hieß, dass ich einen Früchtetee zubereitete. Für meinen Bruder würde ich durch die Hölle und zurück gehen.

Ich erinnerte mich an den Tag mit James, als ich meine Brüder zum Sterben vorschicken wollte. Eine Gänsehaut überkam mich, wenn ich jetzt daran dachte. Ich hatte andere Ansichten gehabt. Nicht meine eigenen. Doch das gehörte der Vergangenheit an. Ich hatte mich geändert. Und ich schätzte die Beziehung, die ich zu meinen Brüdern hatte. Es fühlte sich an, als hätten wir sie geheilt oder zumindest damit angefangen. Ich wusste, dass die Beziehung zwischen Alan und Alistair schon immer stärker war, aber nun hatte ich endlich das Gefühl dazuzugehören. Zu meiner eigenen Familie. Mit der Tasse Tee ging ich nach oben und drückte sie Alistair in die Hand.

»Kann ich noch etwas machen?«, fragte ich und betrachtete Cat. Sie sah aus, als würde sie schlafen. Ich wünschte, das würde sie auch.

»Nein danke. Geh und mach irgendetwas. Ich komme hier klar«, meinte er niedergeschlagen.

»Ich sage gern meine Termine ab. Dann kann ich hierbleiben.«

»Das weiß ich, aber das ist nicht nötig. Wirklich, danke. Wenn doch etwas ist, dann rufe ich dich an, okay?«

Ich nickte langsam und legte meine Hand auf Alistairs Schulter. »Wir kriegen das hin, egal wie. Hörst du?«

»Ja, das werden wir.« Seine Stimme klang nicht hoffnungsvoll.

Jase und Boyd blickten mich abwartend an. Ich blinzelte und setzte mich in meinem Bürostuhl auf.

»Was habt ihr gesagt?«, fragte ich und faltete die Hände auf meinem Schreibtisch.

»Der Zirkel in Oakland ist ausgeschaltet. Sie haben versucht, eine andere Hexe zu töten. Aus irgendwelchen uralten familiären Rachegelüsten. Wie Wahnsinnige sind sie hinter ihr hergerannt. Als sie nicht ablassen wollten, haben wir sie aufgehalten.« Ich war wieder im Anwesen, da ich mit Boyd und Jase verabredet war.

»Gute Arbeit«, sagte ich und starrte auf die Tischplatte.

»Danke. Hast du was Neues für uns?« Jase beugte sich beinahe über meinen Schreibtisch und sah mich mit seinen braunen Augen an. Die Bruderschaft hatte sich verändert. Das war schon längst überfällig gewesen. Nun war es der Orden der Weißen Orchidee. Die Mitglieder waren jünger, nicht darauf fokussiert, was ihre Opfer waren, sondern was sie taten. Egal ob Mensch oder Hexe. Wir passten auf die Guten auf und versuchten, das Schlechte von ihnen abzuhalten. Da mein Vater nicht in der Lage gewesen war, das zu tun, war ich an der Reihe. Und bis jetzt funktionierte es. Bei dem Gedanken an meinen Vater lief es mir kalt den Rücken hinunter und ich blickte zur Tür, die in einen weiteren Raum führte. Schnell dachte ich wieder an den Orden.

Natürlich gab es ein paar penetrante Stimmen, die versuchten, die neue Ordnung der Organisation zu ändern, doch das würden sie nicht schaffen. Davor würde ich sie eigenhändig rausschmeißen.

»Aktuell nicht, aber ich melde mich, wenn ich was habe. Okay?« Beide nickten und standen auf. Jase und Boyd waren die Besten, die es zurzeit gab. Ganz abgesehen von mir. Und wir hatten nicht nur die Bösen im Visier, sondern mussten uns auch vor anderen Jägern schützen, die noch der ehemaligen Ideologie hinterherrannten wie blinde Vollidioten. So wie ich ebenfalls einer gewesen war. Ich begleitete die beiden Jäger aus meinem Büro und brachte sie zur Tür. Kurz bevor ich diese öffnen konnte, klingelte es. Wer war das denn? Ich drückte die Klinke nach unten und erkannte, wer vor meinem Haus stand.

»Ich nehme keine Kekse von kleinen biestigen Hexen an«, sagte ich und deutete auf die Schachtel, die eine gewisse schwarzhaarige Hexe in den Händen hielt.

Kapitel 7

MEROPE

Drei Stunden zuvor …

Meine Mutter sah mich skeptisch an.

»Also weißt du, wo sich das Grimoire befindet? Großmutter hatte doch so eines.«

Ich ging jedenfalls davon aus, dass sie so eines gehabt hatte. Hinter mir hörte ich, wie Dad heftig einatmete und dann zu röcheln begann. Mom sah zu ihm, und als sie sich vergewissert hatte, dass er überleben würde, wandte sie sich mir zu.

»Eigentlich möchte ich gar nicht, dass du über sie nachdenkst.« In gewöhnlichen Familien nahm man das Telefon nicht ab, wenn die Großmutter anrief und man keine zwei Stunden Zeit hatte, um über den neusten Klatsch aus der Nachbarschaft zu philosophieren. In unserer Familie sprechen wir nicht über Großmutter, weil sie versucht hat, meine Mom zu töten. Ein schwieriges Thema, das man nicht an Weihnachten ausgraben sollte. Da spreche ich aus Erfahrung. »Außerdem weißt du doch, dass wir uns nicht in eure Zirkelangelegenheiten einmischen dürfen. Obwohl ich Cat so gern helfen würde, darf ich das nicht.«

»Ich weiß schon, Mom. Darum geht es mir nicht. Aber ich muss wissen, wo dieses Grimoire ist und ob sie noch mehr davon hat. Ich dachte, vielleicht kannst du mir einen Tipp oder so geben. Wir sind ja immerhin kein voller Zirkel. Uns fehlt ein fünftes Mitglied.« Es war die oberste Regel der Hexen, dass wenn sich ein Zirkel geschlossen hatte, kein anderer sich in die Entscheidungen und Angelegenheiten einmischen durfte. Ich selbst fand die *Regel* komplett bescheuert und veraltet. Sie existierte seit Hunderten von Jahren und reichte einige Generationen weit zurück. Doch meine Eltern hielten daran fest.

»Du kannst gern oben auf dem Speicher nachsehen. Dort sind alle Sachen, die wir von ihr haben.« Das hieß, dass es mehr gab. Es aber nicht hier bei uns war. Das wiederum bedeutete, dass ich zu Großmutter musste. Ich wollte nicht zu ihr, doch für Cat würde ich es tun.

»Okay, das mache ich. Danke.« Mom hatte eine zweifelnde Miene aufgesetzt, als ich vom Tisch aufstand und sie anlächelte. Ich wusste, dass sie sich Sorgen um mich machte. Denn obwohl ich keinem Zirkel mehr angehörte, mischte sie sich trotzdem nicht ein. So wichtig war ihr die Regel. Es fühlte sich nicht schön an, wenn die eigene Mutter ihr Kind unter ein uraltes Gesetz stellte. Doch ich kam damit klar. Das tat ich immer. Dad hatte einen hochroten Kopf, als ich an ihm vorbeiging.

Ich verließ die Küche und ging auf den Speicher. Die Kisten mit Großmutters Dingen fand ich sofort. Sie waren mit einem Ausrufezeichen markiert, so als wollte man jeden davor warnen, diese Kisten zu öffnen. Es dauerte lange, bis ich sie durchgesehen hatte, doch ich fand weder ein Grimoire noch etwas anderes über Seelen. Nur eine alte Schachtel mit kleinen Edelsteinen und Notizen nahm ich mit. Keine Ahnung warum, aber sie sahen interessant aus. Vielleicht halfen sie Cat. Dann ging ich wieder nach unten und packte meine Tasche. Ich hatte noch einiges vor heute. Denn obwohl meine Mutter nicht wollte, dass ich zu Großmutter fuhr, würde ich es trotzdem tun. Als ich unten ankam, war mein Dad bereits verschwunden.

»Hast du etwas gefunden?«, fragte Mom und blickte auf meine Tasche.

»Ja, habe ich. Kann ich mir das ausleihen und euch dann wiederbringen?«, fragte ich.

»Natürlich. Du kannst es gern behalten. Ich kann damit nichts anfangen.« Das Gesicht meiner Mutter sprach Bände, wie erleichtert sie war, dass ich irgendwas gefunden hatte. Trotzdem trat sie einen Schritt auf mich zu und drückte mir einen kleinen Zettel in die Hand. »Das ist die Adresse deiner Großmutter. Bitte sei vorsichtig. Sie ist nicht ohne Grund dort. Sie hat bereits mehrere furchtbare

Dinge getan. Auch bei ihrer eigenen Familie.« Ich erkannte die glühende Furcht in den Augen meiner Mutter. Eine Gänsehaut breitete sich auf meinem Körper aus.

»Danke, Mom. Vielleicht komme ich morgen noch mal vorbei.«

»Pass auf dich auf, Merope.« Mom drückte und küsste mich auf die Wange.

»Mache ich. Danke.« Sie nickte mir zu, doch die Sorgenfalten verschwanden nicht aus ihrem Gesicht. Draußen musste ich aufpassen, dass ich nicht einen der Horrorgartenzwerge umrannte. Der ganze Rasen war voll damit. Zombiezwerge, Maskenzwerge, blutige Zwerge, Skelettzwerge und so weiter. Es nahm kein Ende, und die Liebe zu Halloween konnte man jedes Jahr in unserem Vorgarten betrachten.

Die unendlich vielen Kürbisse ignorierte ich gekonnt. Denn eigentlich wollte ich einen davon schnitzen, aber meine Pläne in Ashland hatten sich drastisch verändert.

Ich stieg in den grauen Mini von Cat, den ich mir ausgeliehen hatte, und fuhr los.

Meine Großmutter war in einem Altersheim. Ihr Zimmer wirkte dafür eher wie ein Gefängnis. Trotz der entzogenen Magie hatte man rund um die Uhr ein Auge auf sie. Das war meiner Mom wichtig gewesen, als sie ihre Mutter in diese Einrichtung gebracht hatte. Auch ohne Magie war sie nicht ungefährlich. Denn manchmal war es nicht unsere Macht, die andere verletzen konnte, sondern unser Geist. Denn Gedanken verleiteten uns zu Taten. Und Taten konnten auch ohne Magie schädlich sein. Vor allem, wenn man viel Zeit hat, darüber nachzudenken.

Auf der Fahrt nach Weedvalley schaltete ich meinen Kopf ab. Ich konzentrierte mich nur auf die Straße und ließ nicht zu, dass ich über irgendetwas grübelte. Fünfzehn Minuten später kam ich vor dem *Eschenhaus* an. Der Name war groß über dem Tor in eine Eisenplatte eingraviert. Die Bäume bogen sich leicht mit dem Wind, und es schien so, als hätten sie einen eigenen Willen. Ich zog an dem verrosteten Eisentor. Das kalte Metall erinnerte mich an das Gefühl, das ich hatte, wenn ein Geist bei mir war. Ich nahm die dunklen Steinstufen hinauf bis zum Eingang des Hauses und drückte anschließend auf die Klingel. Mit lautem Herzschlag wartete ich darauf, dass mir die Tür geöffnet wurde. Der Wind fuhr in meine Haare und zerrte an ihnen. Zu Hause hatte ich mich umgezogen, damit ich nicht in einem Minikleid bei meiner Großmutter auftauchte. Gerade als ich erneut auf die Klingel drücken wollte, wurde die Tür von einer jungen Frau geöffnet. Sie strahlte mich an.

»Hallo, du möchtest bestimmt zu deiner Großmutter, oder?« Obwohl ich nie hier gewesen war, kannte sie mich. Komisch. Vielleicht von den Bildern, die Großmutter aufgehängt hatte. Was ein bisschen makaber war, dass sie Bilder von ihrer Familie aufhängte, nachdem sie versucht hatte, ihre Tochter umzubringen.

»Ja, genau. Darf ich reinkommen?«, fragte ich. Die Frau trat beiseite und ließ mich hinein. Drinnen roch es nach Lavendel und altem Holz. Ein angenehmer Duft. Vielleicht war der Lavendelduft extra für die Nerven. Damit man nicht so gestresst war, wenn man hier tagein, tagaus bleiben musste. Oder wenn man hier arbeitete. Ich bewunderte jeden für diese intensive Arbeit. Aber ich hatte mir ein genauso anstrengendes Studium vorgenommen. Psychologie. Ob es das Richtige für mich war, würde sich mit der Zeit zeigen.

»Deine Großmutter ist in ihrem Zimmer. Ich bringe dich gern hin.« Wir gingen den langen Flur entlang. An jeder Zimmertür war der Name des Bewohners in ein kleines Holzschild geschrieben worden. Wenn ich mich recht erinnerte, war das Zimmer meiner Großmutter ziemlich weit hinten. An den Wänden hingen farbenfrohe Bilder, die sich schön von der hellgrünen Wandfarbe abhoben und ein wenig Leben hineinbrachten. Obwohl hier kein Fenster in Sicht war, hatte ich das Gefühl, dass hier ein permanenter Luftzug herrschte, der mir um die Ohren pfiff.

»Leider kann ich euch nur eine halbe Stunde einräumen, dann kommt der Arzt zu deiner Großmutter. Ich hoffe, das reicht. Beim nächsten Mal kurz anrufen, damit wir einen Termin vereinbaren können«, sagte sie und strahlte mich erneut an. Sie war ein wenig zu nett für meinen Geschmack. Das Grinsen schien ihr im Gesicht zu kleben wie ein Essensrest.

»Ja. Danke schön. Das reicht vollkommen.« Sie nickte und ging wieder zurück. Es würde hoffentlich kein nächstes Mal geben. Ich schluckte, bevor ich anklopfte. Dann wartete ich gespannt und wusste nicht so recht, wie ich reagieren sollte, wenn ich meiner Großmutter begegnete. Es waren Jahre vergangen, seitdem ich sie das letzte Mal getroffen hatte. Ein grimmiges »Herein« war zu hören und ich öffnete die Tür. Sofort schlug mir der Geruch nach Räucherstäbchen entgegen und ich musste erst ein paarmal einatmen, damit der Geruch sich nicht allzu sehr in meiner Nase festbiss. Ich erkannte Großmutter in einem hölzernen Schaukelstuhl, der sich leicht vor und zurück bewegte. Sie saß mit dem Rücken zu mir, die Haare offen und die Beine in eine Decke gehüllt. Ihr Blick ging aus dem großen Fenster nach draußen in den Wald. So, als würde sie etwas beobachten.

Prüfend sah ich hinaus und erkannte, dass sich ein Geist am Waldrand aufhielt. Trotz der Tatsache, dass meine Großmutter keine Kräfte mehr hatte, konnte sie die Anwesenheit der Geister vielleicht auf eine merkwürdige Art dennoch spüren. Sie hat dieselbe Gabe wie ich. Nur dass sie diese jetzt nicht mehr wirklich hatte, da ihre Magie fehlte. Doch das Gefühl war offensichtlich nicht gewichen.

»Ah, Merope.« Sie sprach meinen Namen wie einen Fluch aus und wandte ihr Gesicht zu mir. Trübe braune Augen blickten mich an. Sie war blind wie ein Maulwurf, dank meiner Mutter, die sie mit ihrer Magie geblendet hatte.

»Hallo.« Woher hatte sie gewusst, dass ich es war?

»Deine Mutter geht jedes Mal aus dem Raum hinaus, bis sie sich dazu überwinden kann, wirklich einzutreten, und dein Vater brummt vor sich hin. Doch du …« Sie machte eine kurze Pause. »… du starrst so bedingungslos wie ich. Da kommst du ganz nach mir.«

»Nein, tue ich nicht.« Ich konnte nicht sagen, dass ich nichts von ihr hatte, denn das stimmte nicht. Sie hatte ein ähnliches Gesicht wie Mom und ich. Außerdem besaß sie dieselbe Art von Magie.

»O doch, mein Kind. Ich spüre, dass du eine Dunkelheit in dir trägst, die nur darauf wartet, freigelassen zu werden.« Ich verkrampfte mich und verdrängte die Worte. Was sollte das denn bitte bedeuten? Was für eine Dunkelheit?

»Deshalb bin ich nicht hier«, antwortete ich mit verbissener Stimme.

»Das hatte ich auch nicht erwartet. Du brauchst etwas von mir, nicht wahr?« Ich trat einen Schritt auf sie zu. Als ich nichts sagte, lachte sie auf. »Du bist immer zu mir gekommen, wenn du etwas gewollt hast. Und wenn es nicht unbedingt notwendig gewesen wäre, dann hättest du auf keinen Fall dieses Zimmer hier betreten. Ich kann deine Wut spüren. Beinahe auf meiner Zunge schmecken.«

Ich schnaubte und lehnte mich gegen die Wand. Neben sie würde ich mich nicht setzen. »Ich brauche ein Grimoire.«

Großmutter schmunzelte. »Und du denkst, dass ich das richtige für dich habe?«

»Ich weiß, dass du es hast.« Ich hoffte es. Sie hatte mir von ihrer Grimoiresammlung erzählt, als ich noch ein kleines Kind war.

»Welches meinst du denn?« Sie legte den Kopf schief.

»Über Seelen und über Geister.«

Großmutter lächelte. Es war kein freundliches, sondern ein wissendes Lächeln. Dann runzelte sie die Stirn. »Alle meine Unterlagen, Notizen und magischen Relikte sind bei euch. Deine Mutter hat sie konfisziert. Als wäre ich eine Jugendliche, die ohne das Wissen ihrer Eltern ein Handy gekauft hat. Lächerlich.«

»Da war es nicht.«

Großmutter zog verwirrt die Brauen zusammen. »Wie? Da war es nicht?« Dann atmete sie tief ein, bevor sich ihr Gesicht wieder aufhellte. »Ah, stimmt. Da konnte es gar nicht gewesen sein.«

»Wo ist es dann?«, fragte ich.

»Warum sollte ich dir mehr erzählen?«

»Weil du das musst«, sagte ich bestimmend.

»Das Einzige, was ich muss, ist leben und täglich meine Tabletten schlucken. Anweisung vom Doktor«, antwortete sie gelangweilt und machte eine wegwerfende Handbewegung.

»Du wirst mir sagen, wo sich die Grimoires befinden«, sagte ich mit energischer Stimme. Sie musste mir sagen, wo sie sind. Das war vielleicht unsere Chance, Cat zurückzubekommen.

»Warum, was springt für mich dabei raus?«, fragte sie.

»Dein Leben, Großmutter. Ich bin kein kleines Mädchen mehr.«

»Oh, wenn du deiner eigenen Familie schon mit dem Tod drohst, dann muss ja etwas Wertvolleres auf dem Spiel stehen.«

»Meine Familie ist das Wertvollste, aber da werde ich von dir keine Zustimmung erhalten, nachdem du Mom töten wolltest. Außerdem zählst du schon längst nicht mehr dazu.«

»Ach, das ist doch lange her. Außerdem war es ja nicht schlimm.«
»Ich war dreizehn! Erzähl mir nicht, dass es nicht schlimm war. Ich habe alles gesehen und alles gehört, was du zu ihr gesagt hast. Du solltest dich schämen, so niederträchtig darüber zu sprechen. Und jetzt sag mir verdammt noch mal, wo die Grimoires sind, sonst löse ich den Schutzzauber von deinem Fenster.«

Großmutters Gesichtszüge entglitten ihr und sie wurde kalkweiß. Mein Blick ging zu dem Geist, der nun nicht mehr am Waldrand stand, sondern direkt vor ihrem Fenster. Sie musste in ihrem Zimmer bleiben, weil der Geist sie sonst heimsuchen würde. Ich erkannte, dass es nicht irgendjemand war, sondern ein Mitglied ihres damaligen Zirkels, das meine Großmutter getötet hatte, eine Frau. Ihre Arme hatte sie hinter dem Rücken verschränkt. Sie war auf einem der Bilder, die neben mir an der Wand hingen und eine Gruppe von fünf Frauen zeigten. Seitdem stand sie wahrscheinlich vor diesem Fenster und wartete auf den Moment, in dem der Zauber nicht mehr funktionierte.

»Das würdest du nicht tun«, flüsterte Großmutter mit unterschwelliger Wut in der Stimme.

»Und wie ich das würde«, sagte ich voller Zorn und Großmutter zuckte zusammen. Auch sie fürchtete sich vor Geistern. Denn sie waren unberechenbar, wenn sie wütend waren. Und wenn sie Rache nehmen wollten.

»Na schön. Sie sind nicht mehr in meinem Besitz. Vor Jahren wurden sie in unserem Zirkelunterschlupf geklaut, als die Hexenjäger kamen und uns töten wollten. Seitdem habe ich sie nie wieder gesehen. Und jetzt geh!« Beinahe hätte ich erleichtert aufgeatmet, als sie mir diese Information preisgab. Sie presste die Lippen aufeinander. Ich wusste, wo ich nun hinmusste.

»Es war schön, dich zu treffen.« Mein Blick ging zurück zum Fenster, an dem noch immer die Frau stand. Sie sah meine Großmutter gierig an. Irgendwann würde ich diesen Schutzzauber entfernen. Doch nicht heute.

»Und sag nie wieder, dass du nichts von mir hast, Merope. So etwas hätte ich auch getan.« Sie klang beinahe stolz, dass ich ihr Leben bedroht hatte.

»Auf Nimmerwiedersehen«, sagte ich und ging zur Tür.

»Und hüte dich vor deiner eigenen Dunkelheit. Sie könnte dich schneller verschlingen als jede Magie auf dieser Welt.« Mit diesen kryptischen Worten verließ ich ihr Zimmer und verabschiedete mich von den Angestellten. Mit schwerem Atem kam ich an Cats Auto an, stützte mich an dem Dach ab und schloss die Augen, damit ich tief ein- und ausatmen konnte. Die Grimoires waren von den Jägern geklaut worden. Keine Ahnung, wozu sie die benötigten, aber ich wusste, wer mir dabei helfen konnte. Auch wenn es mir zuwider war, ihn um Hilfe zu bitten. Mit jedem anderen hätte ich zusammengearbeitet, aber warum musste es ausgerechnet er sein? Mit schnellem Herzschlag setzte ich mich hinters Steuer und fuhr wieder zurück nach Ashland. Die Worte meiner Großmutter schwirrten mir trotzdem im Kopf herum. Die Dunkelheit in mir. Es klang wie ein Buchtitel, aber ich hatte die Vermutung, dass damit viel mehr als das gemeint war.

»Du musst mir helfen.« Aiden sah mich ausdruckslos an. Neben ihm standen genauso breite Typen wie er selbst, die mich belustigt musterten.

»Und du bist wer?«, fragte der Dunkelhaarige mit den hellblauen Augen.

»Das geht dich nichts an«, sagte ich, wobei ich Aiden weiterhin ansah.

»Oh, eine kratzbürstige Kleine He…« Er konnte nicht weiterreden, da unterbrach Aiden ihn.

»Ganz ruhig. Es ist besser, wenn ihr jetzt geht. Bis dann.«

Die beiden Typen warfen sich einen Blick zu und gingen dann schnaubend an mir vorbei. Der Dunkelhaarige zwinkerte mir im Vorbeigehen zu.

»Hast du einen Schlaganfall?«, fragte ich und hörte, wie er schnaubte.

»So eine Bitch.« Die beiden gingen zu dem grauen Van. »Besser als ein aufgeblasener, verklemmter, hängen gebliebener Inquisitionsfanatiker.« Ich schnippte mit den Fingern, der Typ wurde von den Füßen gerissen und landete auf dem Allerwertesten. Ich fing an zu lachen und spürte, wie die Freude in meinem Körper explodierte. Also schadenfroh konnte ich sein.

Aiden packte mich an der Hand und zog mich in das Anwesen hinein.

Mein Lachen verstummte und ich schlug seine Hand fort. »Fass mich noch einmal an und ich trenne dir deine Hände vom Körper ab«, zischte ich.

»Das glaube ich dir sogar«, sagte Aiden gelassen und schloss die Tür hinter sich. »Aber trotzdem zauberst du nicht an meinen Leuten herum.«

»Das sind egoistische Saftsäcke mit einem IQ im Minusbereich. Die sollen Hexen töten?«

»Wir jagen keine Hexen mehr. Wie oft muss ich das noch sagen?«

»So lange, bis ich es glaube, und da ich deinen Worten nicht trauen kann, wirst du das noch viele Male wiederholen dürfen.« Ich schenkte ihm das süßeste Lächeln, das ich bieten konnte, um meine Aussage zu unterstreichen. Er wirkte wenig begeistert.

»Dann glaub mir halt nicht. Störrische Hexe«, grummelte er und sah mich von oben bis unten an. Sein Blick blieb bei der Kiste hängen, die ich in den Händen hielt. Dort waren die Kristalle enthalten, die ich auf dem Dachboden gefunden hatte.

»Warum bist du hier, Merope? Willst du endlich darüber reden?« Ich wollte nicht über den nackten Aiden sprechen, da musste ich Angst haben, dass er mir gleich erzählte, wie toll er sich selbst fand. Das würde ich ihm definitiv zutrauen.

»Nein, will ich nicht. Du musst mir helfen.«

»Ganz sicher nicht. Als Erstes reden wir jetzt darüber, sonst schmeiße ich dich direkt hier raus.«

Ich stöhnte auf. »Mein Gott, Aiden, ich habe dich nackt gesehen und dich nackt auf mir gespürt, durch den Duschvorhang. Fertig. Ich werde dich nun nicht vergöttern und habe auch keine Nacktbilder von dir gemacht, die ich deinen Groupies schicken werde. Also beruhige dich und lass das Thema sein. Ich habe schon mehr Männer nackt erlebt, du warst nicht der erste.«

Aiden presste seine Lippen zusammen und ballte die Hände zu Fäusten. Weswegen war mir schleierhaft. Weil er nicht der erste nackte Mann war, der mir begegnete?

»Und was, wenn ich dir nicht helfen will?«

»Doch, musst du!«, erwiderte ich und griff nach seinem Arm. Aidens Blick fiel auf meine Hand, die auf seinem Unterarm lag. Er gab einen genervten Laut von sich und zog ihn weg.

»Weshalb sollte ich?«, fragte er verständnislos.

»Es geht bei der Sache um Cat.«

Er blieb stehen und drehte sich zu mir um.

»Ich dachte, das kannst du allein?«, fragte er süffisant und schmunzelte. Argh. Ich hasste es, wenn er sich so freute. Er konnte genauso schadenfroh sein wie ich. Als ich nach einigen Sekunden nicht antwortete, zog er fragend die Augenbrauen nach oben. »Wirst du noch etwas sagen oder willst du nur böse starren?«

Ich schnaubte wütend und biss mir auf die Unterlippe. »Ich muss was finden, was nur du haben kannst. Oder irgendeiner deiner Jägerfreunde.«

Aiden runzelte verwirrt die Stirn. »Um was geht es denn?«

»Es sind Grimoires.«

»Bitte was? Zauberbücher meinst du?«

»Nein! Grimoires«, sagte ich.

»Das sind Bücher mit Zaubern und Erklärungen für magische Dinge, oder?«

Ich nickte widerwillig.

»Also Zauberbücher.«

Ich blähte meine Nasenflügel auf und hätte ihm am liebsten seine perfekt gestylten Haare ausgerissen. Dieses selbstgefällige Grinsen dazu machte es nicht besser.

»Woher weißt du, wo sie sind?«

»Das weiß ich eben nicht ganz genau. Meine Großmutter hat mir davon erzählt, als ich bei ihr zu Besuch war. Hast du eine Ahnung, wo so etwas sein könnte?«, fragte ich und ignorierte seine rosigen Lippen.

»Wo warst du denn?«

»*Eschenhaus*«, sagte ich stumpf und wartete auf eine Antwort auf die Frage, die ich ihm gestellt hatte. »Und ja, es gibt ein paar Orte, die infrage kommen würden.«

»Ach, ihr habt euch also nicht nur in Kirchen eingenistet?« Aiden schloss kurz die Augen und schüttelte leicht den Kopf. »Komm einfach mit, Pumpkin«, sagte er und ging davon.

Hatte er mich *Pumpkin* genannt? Entschuldigung. Was sollte das denn bitte? Mein Name war Merope, und das würde auch so bleiben. Mer, Hexe oder auch Bitch ließ ich durchgehen. Aber *Pumpkin*. Ich lachte bitter auf und folgte dem Jägerarsch.

»Also ich habe eine Vermutung, wo diese Zauberbücher sein könnten ...«

»Grimoires«, unterbrach ich ihn harsch, während er sich seine Jacke von dem Garderobenständer nahm.

»Bücher mit Zaubern sind Zauberbücher.« Sein selbstgefälliger Tonfall ließ mich die Hände zu Fäusten ballen.

»Könntest du wenigstens einmal die Hexenkultur achten?«, fragte ich genervt.

»Ich bringe keine mehr um. Keine guten. Und vor allem nicht dich. Ich glaube, das ist ein Anfang.« Ich verdrehte die Augen. Was für ein aufgeblasener Arsch. Er ging hinaus und sperrte sein Auto auf. Ohne darüber nachzudenken, folgte ich ihm und stieg in den schwarzen Wagen ein. Nachdem er den Motor gestartet hatte, beugte er sich leicht nach rechts, um meine Sitzheizung anzuschalten. Ich tat so, als hätte ich es nicht mitbekommen. Doch mein Herz machte einen Sprung.

»Wohin fahren wir?«

»Zu den Büchern.«

Ich sagte nichts mehr und starrte aus dem Fenster. Jeder in Ashland hatte seine Halloween-Dekoration herausgeholt. Überall konnte ich Kürbisse erkennen. Die Bäume standen in voller Farbe und der eisige Wind wirbelte die heruntergefallenen Blätter herum. Aiden fuhr in den Wald hinein und ich zog fragend die Augenbrauen nach oben. Sollten wir die Grimoires etwa ausbuddeln oder was hatte er vor? Wollte er *mich* verbuddeln? Nachdem wir an den Kiefern vorbeigefahren waren, blieb Aiden vor einem Hügel stehen, der direkt an einen unscheinbaren Waldweg endete.

Er stieg aus und schloss die Tür mit einem lauten Knall. Verdammte Axt, das war kein Panzer, sondern ein arschteures Auto. Noch teurer als meine Collegegebühren. Ich stieg missmutig aus und blickte Aiden abwartend an, der mich drängend ansah.

»Los jetzt«, sagte er und machte eine scheuchende Handbewegung, als würde er Hühner antreiben wollen. Er ging direkt auf den kleinen

Hügel zu, der übersät mit Büschen und Gestrüpp war. Und er hielt nicht an, als er mitten durch einen der piksigen Sträucher stapfte. Der Duft von nassem Moos stieg in meine Nase. Die Feuchtigkeit des Waldes legte sich auf meine Haut.

»Was hast du vor? In *Narnia* wirst du nicht rauskommen.«

»Da wollte ich auch gar nicht hin. In *Hogwarts* gibt es aber deine komischen Zauberbücher«, sagte er hämisch. Aiden ging weiter. Ich sah mich um, als ich einen eiskalten Zug spürte. Waren das Geister? Erleichtert stellte ich fest, dass es sich nur um den Wind gehandelt hatte. Ich drehte mich zu Aiden … wo war Aiden?

»Aiden?«, fragte ich in den Wald hinein und ging näher auf den Hügel zu. »Wo zur Hölle …? Ahhh!« Ich schrie, als eine Hand nach mir griff und mich mitten in den grünen Hügel zerrte.

»Ich wusste nicht, dass du so hoch schreien kannst«, sagte Aiden mit belustigtem Unterton.

»Für dich würde ich das auch nie tun«, keifte ich zurück.

»Hast du aber«, murmelte er mit einem schiefen Grinsen und zwinkerte mir zu. »Vielleicht wirst du es bei einer anderen Gelegenheit wieder tun. Das würde mir gefallen.«

»Oh, mir gefällt das hier«, spuckte ich Aiden ins Gesicht und stieß gegen seine Brust. Sein Oberkörper wurde ein wenig nach hinten gedrückt, aber den Gefallen, in die Knie zu gehen, tat er mir nicht. Arschloch.

»Soll ich die Performance von eins bis zehn bewerten?« Gelassen und ohne mich weiter zu beachten, ging er davon.

»Ach, halt den Mund.« Ich hatte erst jetzt Zeit, um zu erkennen, wo ich war. In einem dunklen Tunnel? Ein kleines Rinnsal lief unter meinen Füßen zum Ende des menschengroßen Backsteinrohrs. Aiden ging mit seiner Handytaschenlampe voraus. Meines hatte ich im Auto gelassen. Das Licht, das von ihm ausging, wurde kleiner. Schnell hob ich meine Hände und grüne Magiefunken stoben aus ihnen hervor. Mit meinen Gedanken ließ ich das Licht so hell glühen, bis es den gesamten Tunnel erleuchtete. Aiden drehte sich um und nickte anerkennend, bevor er weiterging. Irgendwie hatte ich ein ungutes Gefühl hierbei. Und das Flattern in meiner Magengegend kam nicht von Schmetterlingen, sondern von der Furcht, die sich in meinem Körper ausbreitete. Es dauerte zehn Minuten, bis wir das Ende des Tunnels erreicht hatten. Eine Stahlleiter befand sich vor uns.

Aiden steckte sein Handy weg und begann nach oben zu klettern. Wahrscheinlich krabbelte ich jetzt in meinen eigenen Tod. Und wenn ich oben angekommen war, würden mich die Jäger filetieren. Doch ich tat es für Cat.

Ich setzte meinen Fuß auf die erste Sprosse und zog mich nach oben. Was wäre, wenn er weiterhin Hexen tötete und ich die nächste war? Wer würde Cat helfen? Angst stieg in mir auf, und auf einen Schlag erlosch das grüne Licht um meine Hände. *Fuck.*

»Hey!«, zischte Aiden und ich presste meine Lippen aufeinander. Ich hörte noch einen Fluch, bevor mich etwas zu Boden riss. Der Aufprall war nicht so hart wie erwartet, das lag aber daran, dass ich auf Aiden gelandet war. Dieses Mal zum Glück nicht er auf mir. Und nicht nackt.

»Wenigstens dieses Mal angezogen«, sagte ich und konnte mir das schiefe Grinsen nicht verkneifen. Der Kerl unter mir stöhnte auf und spannte seinen Körper an. Ich spürte jeden Muskel, den er besaß. Aber auch wirklich jeden. Das Grinsen auf meinen Lippen war wie weggewischt. Mir wurde heiß. Schnell konzentrierte ich mich auf das grüne Licht an meinen Händen und ich konnte Aiden erkennen. Sein Gesicht war verzerrt und er presste die Zähne aufeinander.

»Runter, Hexe«, stöhnte er und schob mich von sich hinunter. »Was zur Hölle sollte das?«

»Komm jetzt, wir müssen weiter«, wiegelte ich ab. Ich würde ihm nicht erklären, dass ich so große Angst davor hatte, dass er mich gleich tötete, sodass ich nicht mehr richtig zaubern konnte. Vor ihm würde ich keine Schwäche zeigen. Oder zumindest nicht öffentlich zugeben. Ich rappelte mich auf. Dieses Mal stieg ich als Erstes nach oben und achtete darauf, mich nicht von Aidens bloßer Anwesenheit ablenken zu lassen. Ich hörte, wie er hinter mir einen Fuß auf die Leiter setzte und sich mit einem Ächzen hochzog. Währenddessen kletterte ich bis zu dem Gitter, das über uns war. »Was jetzt?«

»Du musst es hochdrücken.« Ich tat, wie mir geheißen und stemmte meine Hände gegen das Gitter. Doch es rührte sich nicht.

»Warst du schon mal hier?«, fragte ich ihn.

»Nein, aber Vater hat mir von diesem Ort erzählt.« Ich drückte erneut gegen das Gitter.

»Ich schaffe das mit einer Hand nicht«, sagte ich und versuchte es ein weiteres Mal.

»Warte.« Aiden schlang seinen Arm um meine Taille. Sofort spannte ich mich an. Ich begann flach zu atmen und kniff für einen Moment die Augen zusammen. Hitze durchzuckte meinen Körper. Was sollte das denn nun?

»Hab ich nicht gesagt, wenn du mich noch einmal anfasst, werde ich deine Hände von deinem Körper trennen?«, fragte ich gepresst. Mit einer Hand umklammerte die kühle Metallstange.

»Mach schon, Merope.«

»Warum sollte ich dir vertrauen und loslassen? Wenn du mich nicht hältst, werde ich mir was brechen. Oder sterben.« Er seufzte.

»Ich werde dich nicht fallen lassen«, sagte er, und seine Stimme klang so sanft, dass ich mich für einen Moment fragte, ob da wirklich Aiden sprach. Ach, scheiß drauf. Wir brauchten die Grimoires. Ich ließ los und konzentrierte mich auf seinen Arm, der um meine Mitte geschlungen war.

»Besser ist es«, murrte ich und stemmte nun beide Hände gegen das Gitter. Und tatsächlich tat sich etwas. Hinter uns krachte es so laut, dass ich kurz das Gleichgewicht verlor und nach hinten kippte. Aidens Muskeln spannten sich an und er schob mich wieder zur Leiter. »Pumpkin«, sagte er warnend. Der blöde Spitzname war in diesem Moment mein geringstes Problem. Obwohl ich Aiden dafür gern eine reingehauen hätte.

»Was war das?« Ich drehte meinen Kopf und hob die leuchtenden Hände in die Richtung. Währenddessen hörte ich es weiter weg plätschern. Ich erkannte eine Eisenplatte, die den Tunnel, durch den wir gekommen waren, verschloss. Eine Falle. »Aiden«, sagte ich warnend. Er drehte sich um.

»Ach du Scheiße«, fluchte er und kletterte weiter nach oben, sodass er sich mit mir eine der Sprossen teilte. Seinen Körper presste er an mich. Aidens Hose rieb an meinem Gesäß. Ich räusperte mich.

Mit seinem rechten Arm hielt er uns beide an einer der Metallstangen fest, während er mit der anderen Hand versuchte, das Gitter über uns wegzuschieben. »Verdammt!«

»Darauf hätte man ja früher kommen können, dass sich hier irgendwo eine beschissene Falle befindet. Ich würde meine Informationen auch nicht schutzlos zurücklassen.«

Aiden grummelte und drückte weiter gegen das Gitter. Doch es rührte sich nicht. Unter seinem Arm hindurch konnte ich erkennen, dass aus kleinen Löchern am Boden des Tunnels Wasser hinausschoss. In einem schnellen Tempo verwandelte sich das kleine Rinnsal, durch das wir vorhin gewatet waren, zu einem Bächlein. Und das Wasser würde nicht aufhören zu steigen. Wir würden sterben. »Und Mister Ich-weiß-was-zu-tun-Ist, wie sieht's aus?«

»Du hilfst mir nicht, wenn du mich hetzt«, antwortete er.

»Ich hetze dich? Der Tunnel wird geflutet. Wir werden sterben, wenn wir hier nicht gleich rauskommen!«

Aiden sagte nichts, sondern hämmerte gegen das Metall.

»Lass mich.«

Ich quetschte mich ein Stücken weiter nach oben und spürte, wie er erneut seinen Arm um mich legte. Nur hatte ich keine Zeit, darüber nachzudenken, weshalb mein Körper zu kribbeln begann. Ich musste mich konzentrieren.

»Du bist nicht stärker als ich«, kommentierte Aiden.

»Nein, aber vielleicht schlauer«, erwiderte ich mit einem schiefen Grinsen im Gesicht.

»Das bezweifle ich.« Ich ignorierte ihn. In meinen Gedanken lenkte ich meine Magie auf das Metall und drückte es nach oben. Dinge zu bewegen war das Erste, was jedes Hexenkind lernte. Fliegende Spielsachen waren einfach cool. Doch das Gitter bewegte sich nicht. Keinen Millimeter. Als würde meine Magie davon abprallen. »Meine Magie funktioniert nicht.«

»Wahrscheinlich ist in dem Gitter Hexenkraut eingelassen, sodass Hexen nicht daran zaubern können.« Zum Glück hatte ich mich nicht am Gitter verbrannt. Hexenkraut war ätzendes Zeug, das Hexen unfähig machte zu zaubern, bewusstlos werden ließ oder töten konnte. Die Dosis bestimmte das Gift. Als ich wieder nach unten blickte, erkannte ich, dass das Wasser die zweite Sprosse der Treppe erreicht hatte. Meine Hände wurden schwitzig und ich rutschte ein wenig von den Sprossen ab.

»Und was jetzt? Aiden?« Er schwieg und sah sich um.

»Es muss einen Weg geben, das Wasser aufzuhalten.« Als das kalte Nass meine Füße berührte, zuckte ich zusammen.

»Dann sollten wir ihn besser schnell finden, denn sonst ist es zu spät.« Ich hörte selbst, wie zitterig meine Stimme klang.

»Ganz ruhig, Pumpkin. Wir schaffen das schon.«

»Lass diesen Pumpkinscheiß! Ich heiße Merope!«

»Für mich bist du ein sturer, kompromissloser Kürbiskopf. Deshalb werde ich dich auch weiterhin Pumpkin nennen. Und vielleicht sollten wir das später diskutieren.« Seine Stimme klang für die Situation ein wenig zu belustigt. Im nächsten Moment ließ Aiden die Sprossen los und sprang ins Wasser. Er schwamm nun und suchte an den Wänden. »Komm mit und hilf mir. Es muss hier irgendetwas geben, damit es aufhört.«

Ich zögerte. Die Dunkelheit und der Gedanke daran, dass ich nicht wusste, was in dem Wasser war, machte mir Angst. Ich atmete tief durch und sprang. Als ich eintauchte, umhüllte mich Dunkelheit. Es war eiskalt und ich begann zu zittern. Trotz der Kälte schaffte ich es, meine Magie zu benutzen, und ließ wieder meine Hände leuchten. Ich streckte sie in das Wasser, fuhr die Wände entlang und tauchte unter. Vielleicht war dort irgendetwas am Boden. Doch ich konnte nichts erkennen.

Unter Wasser war es für einen Moment so still. So friedlich. Ich ließ mich von diesem Sog mitreißen, verweilte dort und ließ mich von dem Gefühl tragen. Meine Gedanken waren wie weggeblasen und ich schloss die Augen. Es war so ruhig. Ich lächelte, spürte, wie mein Körper leichter wurde und die Dunkelheit mich zu sich zog. Plötzlich wurde ich nach oben gerissen.

»Kannst du bitte nicht probieren, mit Absicht zu sterben?«, fuhr Aiden mich an und seine Augen waren zu Schlitzen verengt.

»Ich habe nicht … ich …« Keine Ahnung, was das gerade war. Verwirrt schüttelte ich den Kopf, um wieder einen klaren Gedanken fassen zu können. Auf jeden Fall war das Wasser nur noch drei Sprossen von dem Gitter entfernt. Unsere Köpfe würden bald die Decke berühren.

»Ist jetzt egal, such weiter«, forderte er mich auf. Aiden tauchte nach unten, und ich versuchte noch mal, meine Magie gegen das

Gitter zu verwenden. Es passierte wieder nichts. Das Wasser erreichte meinen Hals. Doch mir fiel etwas auf. Wenn ich mit meiner Magie nach dem Metall tastete, fühlte ich nur zwei der sichtbaren drei Stangen. Ich schwamm nach oben, dabei stieß ich mit dem Kopf an der Decke an. Aiden tauchte schwer atmend neben mir auf.

»Scheiße«, rief er und schlug auf die Wasseroberfläche. Ich näherte mich den Sprossen. Nun konnte ich nur zwei sehen. Mit meinen Händen tastete ich nach dem Metall und fühlte, wie meine Magie von der ersten Sprosse abgestoßen wurde. Wenn man eine Leiter nach oben kletterte, war Zug darauf, weil man sich festhielt, doch man drückte niemals die Sprosse einer Leiter. Außer sie war die Lösung.

Das Wasser umhüllte meinen Kopf. Ich wollte erschrocken nach Luft schnappen, als Wasser in meinen Mund gelangte. Sofort schloss ich ihn. Aiden schwamm bis zum Gitter, durch das das Wasser nach oben in das Versteck gespült wurde. Mit meiner letzten Kraft und Luft, die ich in mir hatte, schwamm ich zu der Sprosse und drückte so fest ich konnte. Ungeachtet der Schmerzen, die das bloße Berühren der Stange in mir auslöste. Sie bewegte sich ein wenig, doch sie wurde nicht vollständig hineingedrückt. Wir würden sterben, Cat würde nicht gerettet werden und alles war scheiße. Doch diese Gedanken konnte ich mir nicht erlauben, ich musste handeln, weitermachen. Deshalb griff ich nach Aidens Hand und zog an ihm. Er tauchte hinunter und hob fragend die Brauen. Als ich ihm signalisieren konnte, was ich meinte, legte er seine Hände über meine und gemeinsam drückten wir. Die Stange brannte sich in mein Fleisch. Unter Wasser war es schwerer, die Stange zu bewegen. Ich dachte schon, wir schafften es nicht, diesen doofen Bügel in die Wand zu drücken, da schnalzte er nach innen und über uns öffnete sich das traktorreifengroße Gitter. Quälend langsam schob es sich zur Seite.

Wenn ich gewusst hätte, dass es sich nicht öffnen ließ, wäre ich viel früher auf die Idee gekommen. Ich merkte, dass mir schwarz vor Augen wurde, und ich strengte mich an, nach oben zu kommen. Aiden griff an meine Hüfte und schubste mich zur Öffnung. Ich tauchte auf und schnappte japsend nach Luft. Das Licht meiner Hände erhellte die Umgebung um mich herum, und ich erkannte, dass der halbe Raum unter Wasser stand. Gleichzeitig sah ich nach Aiden. Als ich seinen blonden Schopf entdeckte, griff ich nach seinem Arm und zog ihn nach oben.

»Geht's dir gut?«, fragte ich ihn.

Er kam geschmeidig auf die Beine und blickte mich an. Dann lachte er auf. Schien so, als würde es ihm gut gehen. Und als würde er weniger Luft brauchen als die meisten Menschen, wenn man bedachte, dass ich nach Luft japsend vor ihm stand, während er belustigt den Kopf schüttelte. Das nasse Shirt hatte sich an seinen Körper gesaugt und ließ keine Kontur aus.

»Ich bin nicht aus Zucker.« Von seinem Gesicht und seinen Haaren tropfte Wasser.

»Aber aus viel Arschlochmaterial«, sagte ich und stand vom Boden auf. Aiden lachte trocken auf. Mein Blick lag auf den vielen Rohren, die durch den Boden in den Raum hineinkamen und durch die Decke wieder verschwunden. Das Wasser berührte den Tisch, der in der Mitte des Raumes stand. Alles war nass. Ich hoffte nur, dass die Grimoires nichts abbekommen hatten. Dann betrachtete ich meine Handinnenflächen, die vom Hexenkraut gerötet waren. Lilafarbene Schlieren waren zu erkennen und es brannte wie Säure. Ich zischte.

»Geht es dir denn gut?«, fragte er mich misstrauisch. Er sah an mir herab und blieb an meinen Händen hängen. »Verdammt. Das Hexenkraut.« Hörte ich dort etwa Sorge aus seiner Stimme heraus? Ich nickte. Er wollte mit seinen Fingern nach meinen Händen greifen, hielt sich jedoch in der letzten Sekunde zurück.

»Das wird schon wieder«, murmelte ich und legte einen schmerzlindernden Zauber darüber. In ein paar Stunden sollten die Schmerzen ganz weg sein. Hoffte ich. Aiden sah mich intensiv an, bevor er sich abwandte.

Ich zitterte und versuchte, nicht allzu laut mit den Zähnen zu klappern, weil ich Aiden nicht noch mehr Schwäche von mir zeigen wollte. Die Verletzungen an den Händen reichten aus. »Wo sind wir hier bitte?«

»Wir sind unter dem Heizungsraum der Schule.«

»Der Schule? Wie kann es sein, dass nie Schüler zum Rauchen hier waren? Das ist doch der perfekte Ort.«

Aiden trat auf graue Metallschränke zu, die im ganzen Raum verteilt waren. Das Wasser spritzte um ihn herum.

»Weil der Raum hier nicht existiert. Er ist nicht auf der Karte zu finden. Deshalb ist er perfekt, um Informationen oder Gegenstände aufzubewahren, die nicht in fremden Hände fallen dürfen.« Dabei warf er mir einen vielsagenden Blick zu und zog eine der Schranktüren auf. Lustig, wir wären beinahe durch die Falle gestorben, die diese Informationen beschützen sollte. Aiden ging mit schleifenden Schritten zu einem anderen Schrank. Das Wasser spritzte erneut. »Hier drinnen könnten sie sein. Wie sehen sie denn aus?«

»Hexisch?«, versuchte ich es und erntete ein Schnauben. Stumm wühlten wir uns durch die Schränke, dabei versuchte ich mir warme Gedanken zu machen. Das meiste, was ich in die Finger bekam, waren irgendwelche unwichtigen Unterlagen. Auch ein paar Kristalle, Glaskugeln, Tarotkarten und Pendel fielen mir in die Hände. Ich hatte vor einiger Zeit gedacht, dass ich die Begabung hätte, Visionen oder Vorahnungen zu erhalten. Dem war aber nicht so. Dafür interessierte ich mich weiterhin für Tarot, weshalb ich auch die Karten einsteckte. Sie hatten ein schönes Muster. Damit wollte ich mich bei Gelegenheit intensiv befassen.

Irgendwann hatte Aiden seine Jacke ausgezogen. Nun stand er in einem durchnässten Shirt vor dem Schrank. Und ich hatte eine wundervolle Aussicht auf seinen durchtrainierten Rücken. Bei jeder Bewegung spannte sich ein anderer Muskelstrang an. Doch die Schatten, die ich durch den Stoff erkennen konnte, ließen mich die Stirn runzeln. Ich hätte vielleicht ebenfalls die nassen Klamotten ablegen sollen, doch ich würde mich nicht vor ihm ausziehen.

Manche der Ordner waren durchnässt, und von den Grimoires fehlte weiterhin jede Spur. Wir durchwühlten den gesamten Raum. Ich wollte aufgeben, als Aiden überrascht einatmete.

»Geister. Seelen. Von Moire«, murmelte er und betrachtete zwei in Leder gebundene Bücher.

»Ja, das sind sie.« Euphorisch ließ ich die Schranktür zufallen, ging zu Aiden und nahm ihm die Bücher aus der Hand.

»Hier sind noch mehr Unterlagen über Geister. Vielleicht finde ich noch etwas zu Seelen.« Aiden wühlte weiter im Schrank herum. Ich betrachtete das Grimoire meiner Großmutter und fuhr über das nasse Papier. Ich stockte und schlug es auf. Es war bis zur Mitte hin nass. Die

Schrift war verwischt. Scheiße. Das würde ich mir zu Hause genauer ansehen. »Ich habe noch was gefunden.« Ich blickte zu Boden und entdeckte, dass er nicht mehr mit Wasser bedeckt war. Während unserer Suche hatte ich nicht bemerkt, dass das Wasser abgelaufen war.

»Aiden, sieh nur.« Ich ging zum Gitter und blickte nach unten. Auch dort konnte ich kein Wasser mehr erkennen.

»Ich würde sagen, wir verschwinden von hier.« Aiden klemmte sich die Ordner unter den Arm und schnappte sich seine Jacke, die er auf den Tisch gelegt hatte.

»Bloß raus hier.« Ich stieg als Erstes in den Tunnel hinab und ließ meine Hände wieder aufleuchten. Die Metallplatte, die uns den Weg versperrt hatte, war ebenfalls verschwunden. Aiden folgte mir. Ich leuchtete uns den Weg hinaus und spürte, dass Aiden nah hinter mir ging, um nicht in der Dunkelheit zu stolpern. Sein Handy konnte er nämlich vergessen. Als wir an der frischen Luft angelangt waren, nahm ich einen tiefen Atemzug. Das Zittern verstärkte sich, da der kalte Wind erbarmungslos über meinen nassen Körper fegte. Es war, als würden sich kleine Eiskristalle auf meiner Haut bilden.

»Wir können zu mir fahren und du kannst dort in Ruhe duschen«, schlug Aiden vor. Ich nickte, ohne zu überlegen, und stieg ins Auto. Gerade war ich über alles froh, was ich bekommen würde. Auch wenn es eine Dusche bei Aiden war.

»Können wir noch kurz etwas vom *Saints & Sinners* holen? Ich sterbe gleich.«

»Sag nicht, du hast heute noch nichts gegessen.«

»Es war viel los«, rechtfertigte ich mich und registrierte mit einem kleinen Lächeln, wie er die Sitzheizung auf meiner Seite anschaltete. Dabei tätschelte ich die Grimoires in meinem Schoß. Das hier war die erste Spur, um Cat zu helfen.

»Wehe, ich werde wegen dir krank.«

Kapitel 8

AIDEN

Mit den Tüten des *Saints & Sinners* in der Hand, komplett durchnässt und mit einem Strohhalm vom Milchshake zwischen den Lippen, trat Merope in das Haus ein. Wir stellten die Sachen in der Küche ab. Dabei konnte sie sich einen erleichterten Seufzer nicht verkneifen.

»Du kannst oben duschen. Ich lege dir frische Sachen vor die Tür.«

»Danke.« Merope ging zitternd die Treppe nach oben und verschwand. Ich streifte mir bereits im Gehen meine Kleidung vom Leib und joggte nach oben. Dabei dachte ich an ihre verbrannten Hände, die von der Verletzung feuerrot geleuchtet hatten. Ich hörte schon das Rauschen der Dusche. Aus meinem Zimmer holte ich Klamotten und legte sie Merope vor die Tür. Schließlich suchte ich eines der anderen Bäder auf und ging selbst duschen. Meine steifen Muskeln entspannten sich ein wenig unter dem heißen Wasserstrahl. Ich legte den Kopf in den Nacken und schloss die Augen. Mit einem Seufzen wusch ich meinen Körper. Zehn Minuten später ging ich nach unten. Merope saß am Tisch und aß genüsslich Pommes, während sie auf ihrem Handy herumtippte.

»Danke für die Sachen.« Sie sah so klein in meinem Hoodie aus.

»Klar«, sagte ich und griff nach dem Milchshake. Ein Blick nach draußen verriet mir, dass es dunkel wurde. Im Herbst waren die Tage kurz, obwohl es gerade einmal vier Uhr nachmittags war. »Du kannst gern die Bibliothek nutzen, um in den Büchern zu lesen. Ich kann dich in Ruhe lassen oder dir helfen, nach den Informationen zu suchen«, bot ich ihr an.

»Ich bezweifle, dass du mir bei den Grimoires helfen könntest.« Sie sah mich mit hochgezogenen Augenbrauen an. Eine Strähne ihres feuchten Haares fiel ihr ins Gesicht, die sie mit ihren Fingern wieder zurückstrich.

»Vergiss ja nicht, wer von uns dich zu den Zauberbüchern gebracht hat.« Sie verzog das Gesicht bei *Zauberbüchern*, sagte aber nichts.

»Ja, das war auch das Einzige, wobei du hilfreich warst.« Sie stand auf, warf mir ein Lächeln zu, griff nach den Ordnern und Grimoires auf meinem Tisch, klemmte sie sich unter den Arm und stapfte dann vollgepackt in die Bibliothek. Ich hörte, wie die Tür quietschend aufging.

»Ich bin oben im Büro, wenn du Hilfe brauchst. Erste Tür links.« Sie antwortete nicht und ich ging mit meinem Milchshake nach oben. So ein Kürbiskopf. Ich versuchte mich auf die verschiedenen Mails zu konzentrieren, die für *Archer Industries* bearbeitet werden mussten.

Ich blickte auf die Uhr und erkannte, dass bereits zwei Stunden vergangen waren. Schnell ging ich zu der Hexe. Es war dunkel, als ich in die Bibliothek eintrat. Weiter hinten brannte ein kleines schummriges Licht. Die Staubkörner tanzten freudig durch die Luft, während die Sonne beinahe verschwunden war. Ich musste Rosie darum bitten, die Regale abzustauben. Dann erkannte ich Merope, die den Inhalt der beiden Ordner über die gesamte Fläche des Mahagonitisches ausgebreitet hatte. Die Blätter lagen über- und untereinander, während Merope mit verkniffener Miene vor dem Haufen saß. Ihre Augen schimmerten im schwachen Licht. Ich runzelte die Stirn. Weinte sie etwa? Kurz überlegte ich, ob ich sie ansprechen oder wieder gehen sollte. »Du hättest mich doch holen können, wenn du Hilfe brauchst«, sagte ich und machte einen weiteren Schritt auf sie zu.

»Ich brauche keine Hilfe. Außerdem kennst du dich kein bisschen mit den Sachen aus. Du bist kein Hexer.« Ihre Stimme war dünn. Sie biss auf der Innenseite ihrer Wange herum und zog die Augenbrauen zusammen.

»Aber du bist 'ne Hexe und kennst dich offensichtlich auch nicht aus.« Ihr Blick tötete mich beinahe. Die Augen begannen rot zu glühen, sie blähte die Nasenflügel und presste die Kiefer aufeinander. Da waren sie wieder, die Teufelsaugen.

»Ich hätte doch in die Hütte gehen sollen, aber ich kann nicht dortbleiben. Da sind überall die anderen. Und ich sehe in ihren Augen, wie sehr sie sich auf mich verlassen. Sie denken, ich weiß, was ich hier tue, aber das stimmt nicht. Nur weil ich Tote sehen kann, weiß ich noch lange nicht alles. Ich bin mindestens genauso aufgeschmissen wie ein Wal auf dem Trockenen.« Sie redete sich weiter in Rage und begann, mit fahrigen Bewegungen die Blätter einzusammeln. Ihre Hände zitterten, und ich war mir nicht wirklich sicher, ob es an ihrem Gefühlszustand lag oder aber an ihren Verbrennungen.

Ruhig sah ich ihr dabei dazu und wartete nur darauf, dass sie mir eine Beleidigung an den Kopf warf.

»Arsch.« Es war einfacher, andere für das eigene Versagen verantwortlich zu machen. So hatte ich das auch eine ganze Weile getan.

Ich konnte mir jedoch das kleine Schmunzeln nicht verkneifen. Sie wirkte nicht wie die selbstsichere, vorlaute Hexe, die mich so aus der Fassung bringen konnte wie kein anderer.

»Hey, atme erst mal tief durch. Dann setz dich und ich mach uns eine Kanne Tee. Auch wenn ich kein Hexer bin, kann ich trotzdem ein wenig suchen. Vielleicht sehe ich ja etwas.« Ich schaltete das Deckenlicht an und ging in die Küche, ohne eine Antwort abzuwarten. Dort bereitete ich für mich einen Tee und für Merope einen Kaffee zu. Ich wusste, dass sie keinen Tee mochte. Alistair hatte mir von den Kaffeemaschinenstreitereien in der Früh erzählt. Merope war diejenige, die sich regelmäßig durchsetzte und als Erste ihren Kaffee bekam.

Ich ging wieder zurück, wobei meine Schritte von den hohen Wänden des Eingangsbereichs widerhallten. Das Tablett stellte ich auf die einzig freie Stelle auf den Tisch und reichte ihr die Tasse mit dem dampfenden Kaffee. Er war schwarz mit ein wenig Zucker.

Sie zögerte, bevor sie mit zitternden Fingern danach griff.

Ich hätte in dem Moment ihre Hand gern in meine genommen, damit sie sich ein wenig beruhigte. Als ich selbst bemerkte, wie ich sie anstarrte, verwarf ich meinen absurden Gedanken. Ihre Hände in meinen … schon klar. Merope trank einen kleinen Schluck und schloss für einen Moment die Augen. Ihr verkniffenes Gesicht entspannte sich und ihre Schultern sackten nach unten. Beinahe friedlich. Vielleicht brauchte sie gar keine Hand, die sie festhielt, sondern einen aufputschenden Kaffee. Ich stellte eine kleine Schale mit frisch gebackenen Keksen ab. Rosie hatte sie heute Mittag gemacht. Als Merope ihre Augen wieder öffnete, fand sie meinen Blick.

»Danke.« Ich lächelte ihr leicht zu und wusste, dass das hier ein Augenblick war, in dem wir beide eine Feuerpause einlegten. Für ein paar kurze Momente zumindest.

»Ich hoffe, du magst ihn so.« Natürlich mochte sie ihn so. Keine Ahnung, warum ich wusste, wie sie ihren Kaffee trank, aber ich tat es. Das hatte Alistair mir bestimmt mal erzählt.

»Ich mag meinen Kaffee, so wie ich mich selbst mag. Dunkel, bitter und zu heiß für dich.« Ich denke, das hatte sie gebraucht, denn ein schiefes Grinsen erschien auf ihrem Gesicht.

»Hört sich an, als hättest du nur auf den Moment gewartet, mir das zu sagen.«

»Habe ich auch«, gab Merope ehrlich zu, was die Situation nur noch entspannter machte. »Aber sag mal, Pumpkin Spice hast du nicht, oder?«

Ich schüttelte leicht den Kopf und wandte mich dann zu den Unterlagen. »Nein, so etwas besitze ich nicht.«

»Schade.«

»Nach was soll ich Ausschau halten?« Ich setzte mich neben sie und beugte mich interessiert über die beiden Grimoires.

»Nach irgendetwas, was uns erklärt, wie lange die Seele überleben kann, wie wir sie wieder zurückbekommen und vor allem, was die Geister hier wollen.« Merope fuhr mit den Fingern über die Seiten und legte den Kopf schief.

»Kannst du die Geister nicht selbst fragen?«, fragte ich nach.

»Ja, wenn ich einen sehen würde, der nicht komplett gestört durch die Stadt irrt oder die Seele meiner besten Freundin entführt. Dann ja.«

Die Tinte war durch die Nässe auf einigen Seiten völlig verschmiert, da die die Grimoires nass geworden waren. Hoffentlich würden wir trotzdem das finden, was wir brauchten. Ich las in dem Wälzer über Geister und entdeckte dabei ziemlich interessante Sachen. Doch leider wurde ich bei den meisten Seiten unterbrochen, da ich nichts mehr erkennen konnte. So ein Dreck.

»Sag mal, kann man die Schrift nicht wiederherstellen?« Sie schüttelte den Kopf.

»Das geht nicht. Wenn, dann hätte ich das Buch davor kennen müssen. Wenn zum Beispiel der Springbrunnen da draußen kaputtgehen würde, so rein theoretisch, ohne irgendwelche Taten von mir ankündigen zu wollen, dann könnte ich ihn dir wieder herbeizaubern. Aber nur, weil ich weiß, wie er zuvor aussah. Bei den Grimoires ist das leider nicht der Fall.«

Interessant, wie Magie funktionierte. Kurz bevor ich meine Nase wieder in die Bücher steckte, bestellte ich eine große Pizza. Es dauerte zwanzig Minuten, bis es an der Tür klingelte. Ich stand auf und drückte dem Lieferanten ein gutes Trinkgeld in die Hand. Mit einem Strahlen im Gesicht stieg er wieder in sein Lieferauto ein. Ich ging in die Küche, da die Pizza nicht vorgeschnitten war. Mit dem Karton in der Hand kam ich zurück in die Bibliothek und sah Merope mit zusammengezogenen Brauen und konzentrierter Miene dort sitzen.

»Pizza«, sagte ich und sie blickte auf.

»O ja.«

Ich stellte den Karton vor ihr ab. Merope öffnete gierig den Deckel. Sie hielt inne und starrte einige Sekunden auf die Pizza, bevor sie mich ansah.

»Du lässt dir auch keine Möglichkeit entgehen, oder?«, fragte sie und ich schüttelte den Kopf. Merope betrachtete die Pizza, die ich in ein Pentagramm geschnitten hatte. Kommentarlos griff sie hinein und holte das Stück aus der Mitte raus. Das mit dem meisten Käse. Versteinert betrachtete ich sie. Das war nicht der Plan gewesen. Ich setzte mich neben sie und nahm mir ebenfalls ein Stück. Während ich aß, las ich weiter in dem Grimoire über Geister. Es war interessant. Und ganz besonders mehr über Geister zu lesen war spannend.

Es gibt Geister, die weiterhin in unserer Welt bestehen, weil sie etwas auf dem Herzen haben, das sie vom Gehen abhält. Erst wenn sie im Inneren friedlich sind, können sie in das sogenannte Licht gehen. Dadurch werden die Geister in eine andere Ebene der Welten geschickt. Geister, die nicht in unserer Welt und nicht in das Licht gegangen sind, befinden sich hinter dem Schleier. Einer Zwischenebene. Von dort aus können sie geru-

fen und wieder zurückgeschickt werden. Doch der Schleier kann von den Geistern mit genügend Aufwand zerstört werden. Wenn ein Riss zwischen den Welten entsteht, dann haben die Geister die Möglichkeit, durch ihre Handlungen in unsere Welt einzuwirken. Dies kann schnell gefährlich werden und Schaden an Menschen verursachen. Es ist die Aufgabe von Hexen, diese Risse wieder zu schließen und den Geistern den Weg ins Licht zu weisen. Dabei muss man beachten, dass ...

Die Tinte war verlaufen. Super. Aber ein Riss, durch den Geister hindurchkamen? Könnte das etwas mit den Geistern zu tun haben, die auf dem Totenfest waren? Merope hatte mir gesagt, dass sie das Gefühl hatte, die Geister hätten es auf Cat abgesehen. Und dass sie sich anders verhalten hatten als sonst.

»Also hier steht etwas, sagt dir das was?«, fragte ich. Merope nahm mir das Buch aus der Hand und betrachtete die Seite. Ihre Stirn legte sich in Falten, als sie fokussiert den Text las.

»Ein Riss? Zwischen der Geister- und unserer Welt? So etwas gibt es?«

»Anscheinend.« Merope sprang vom Stuhl auf und klemmte sich das Buch unter den Arm.

»Wir müssen noch mal zur Lichtung, bei der das Totenfest stattgefunden hat«, befahl sie und ging aus der Bibliothek, in dem Vertrauen, dass ich ihr folgen würde. Und das tat ich. »Vielleicht finden wir dort Hinweise auf solch einen Riss.« Die Frage, die ich mir stellte, war: Was würden wir machen, wenn wir wirklich einen fanden?

Kapitel 9

MEROPE

Aiden ging neben mir her, als wir weiter in den Wald vordrangen. Die Lichtung lag vor uns, und ich suchte alles mit meinen Blicken ab. Etwas Ungewöhnliches fiel mir nicht auf.

»Nach was suchen wir?«

»Einem Riss«, erklärte ich.

Aiden schnaubte belustigt. »Das ist mir durchaus bewusst, aber wie sieht er aus?«

»Ich habe keine Ahnung«, gestand ich und erinnerte mich daran, wie schön alles für das Fest aufgebaut gewesen war.

»Perfekt«, murrte er und stapfte über die Blätter der Laubbäume. Die Tannen strahlten in einem dunklen Grün. Sie sahen zwischen den tot wirkenden Laubbäumen noch schöner aus. Ich blickte in den Wald, als mich ein eisiger Hauch erwischte. Verwirrt trat ich zwischen den Bäumen hindurch. Ein unangenehmes Gefühl machte sich in meiner Bauchgegend bemerkbar und wurde mit jedem Schritt präsenter. Die Stimmung wurde kälter und mächtiger. Eine Magie, die ich noch nie gespürt hatte. Etwas Neues.

»Komm mit«, sagte ich zu Aiden. Meine Schritte wurden schneller, bis ich rannte. Aiden sagte etwas, doch ich verstand ihn nicht, war nur auf das Gefühl in meinem Bauch fokussiert. Der Drang, die Quelle dafür zu finden, wuchs mit jedem Atemzug. Schließlich blieb ich stehen, so wie Aiden, der nicht mal annähernd aus der Puste war.

»Was machen wir hier?«

Ich war an dem Ort angelangt, der mich anzog. Neugierig blickte ich mich um und ließ die großen Bäume auf mich wirken. Das Gras war feucht und Nebel waberte über die weite Wiese. Ich stand auf der großen Lichtung, auf die Aiden mich damals verschleppt hatte.

»Alte Erinnerungen wecken«, sagte ich automatisch, doch wirklich darüber nachgedacht hatte ich nicht. Aus dem Augenwinkel sah ich, wie Aiden verletzt das Gesicht verzog, doch darüber konnte ich mir jetzt keine Gedanken machen.

Der riesige Baum erstreckte sich über alle anderen hinweg. Ein Energiepunkt, der das Übernatürliche anzog. Man konnte ihn auch als Mittelpunkt von Ashland bezeichnen. Doch das war nicht das, was meine Aufmerksamkeit auf sich zog. Sondern ein Loch in unserer Welt. Ein Riss, er war wirklich hier. Als ich näher trat, konnte ich Geister erkennen, die auf der anderen Seite warteten. An den Rändern schimmerte der Riss zwischen unseren Welten. Eine Hand kam heraus, ein Oberkörper, bis sich ein Geist voll und ganz hindurchquetschte. Ich keuchte. Nach ihm folgte ein weiterer.

»Was ist?«

»Geister«, hauchte ich ehrfürchtig und schluckte. »Sie kommen aus dem Riss.« Mit jedem von ihnen wuchs die Öffnung. Es mussten schon einige Dutzend herausgekommen sein, da der Riss größer wurde.

»Welcher Riss?«, fragte Aiden und zog die Augenbrauen zusammen, während er die Arme vor der Brust verschränkte.

»Direkt vor uns«, sagte ich und deutete mit meinem Kinn darauf. Ich konnte einen weiteren Blick hinter den Schleier werfen.

Dort standen unzählige Geister, die darauf warteten, durch den Riss zu klettern. Mein Herzschlag wurde schneller und meine Vorahnung dunkler.

»Merope, ich sehe nichts.« Na super, schon wieder etwas, was nur ich sehen konnte. Was aber auch logisch war, da es um Geister ging.

Panik packte mich. Was sollte ich nur machen? Das war definitiv mächtiger als ein Kaffeeklatsch mit einem Geist, der an meinem Bettende darauf wartete, dass ich aufwachte. Nein, das hier war eine Nummer zu groß für mich. Ich wusste nicht, wie ich helfen sollte. Eine Hexe, die ihre Kräfte nicht beherrschen konnte, war unnütz. Ich würde mehr Schaden anrichten als Gutes tun.

»Ich muss es den anderen sagen. Komm, lass uns zurückgehen, bevor sie bemerken, dass ich sie sehen kann.« Aiden versuchte weiterhin etwas zu erkennen, doch das würde er nicht schaffen. Immerhin war er kein Hexer.

»Geht es dir gut?«

»Bestens«, brachte ich hervor und versuchte mir die Angst nicht anmerken zu lassen. Er fragte nicht weiter nach, sondern ließ mir meinen Raum, den ich gerade dringendst benötigte.

AIDEN

Merope hatte die gesamte Autofahrt über nicht gesprochen. Da sie den Mini bei mir hatte, musste sie noch mitkommen. Ansonsten hätte ich sie bereits bei der Hütte rausgelassen.

Sie zog die Nase kraus und verschränkte die Arme vor der Brust, als sie auf das Grimoire starrte, das sie wieder auf den Tisch in der Bibliothek gelegt hatte.

»Wenn es in Ordnung für dich ist, dann lasse ich die Sachen hier und würde morgen wiederkommen? Ich muss nachdenken und es den anderen erzählen.«

Sie wollte ernsthaft die Grimoires in meinen Händen lassen? Ich war überrascht. Und ich war mir sicher, dass sie das an meinem Gesichtsausdruck sah.

»Ja, ich glaube, dir, dass du diese Unterlagen nicht verbrennen oder zerreißen wirst. Dein Bruder bedeutet dir etwas, trotz der Tatsache, dass du manchmal ein richtiges Arschloch bist. Und Cat bedeutet deinem Bruder etwas. Sie gehört irgendwie dazu. Wenn, dann hätte ich eher Angst um mein eigenes Leben. Eigentlich dachte ich ja, dass du mich verbrennen wolltest, aber wie sich heute herausstellte, willst du mich ertränken. Also werde ich in Zukunft einfach Abstand vom Springbrunnen halten«, sagte sie und streckte sich, sodass ihre Wirbelsäule knackte.

Ich war ein bisschen perplex, als sie dort stand und einfach über ihre Nahtoderfahrung sprach, die ich herbeigeführt hatte. So als wäre es für sie ganz alltäglich, beinahe von einem Hexenjäger getötet worden zu sein. Merope hatte Kontakt mit dem Tod, vielleicht hatte sie deshalb weniger Angst vor ihm als ich. Sie machte mich sprachlos. Ich kannte das Gefühl nicht, keine Ahnung zu haben, was man sagen sollte. Doch gerade erfuhr ich zum ersten Mal, wie es sich anfühlte.

»Was denn?« Merope stemmte die Hände in die Hüften und legte den Kopf schief, um mich mit ihren Augen eindringend zu mustern.

»Nichts. Die Sachen kannst du gern hierlassen. Entweder du kommst einfach oder gibst mir davor Bescheid«, sagte ich schnell und rieb meine Hände. Ich stand auf und folgte Merope aus der Bibliothek. Am Springbrunnen glitt sie mit ihren Fingerspitzen über den Rand und belächelte ihn schief.

»Das Ding ist mir einfach unsympathisch. Ich meine, wer hat denn bitte so einen blöden Springbrunnen in seinem Haus?«, fragte sie.

»Wir«, erwiderte ich emotionslos.

»Mhh. Solltest du noch mal überdenken.« Ihr Gesicht war verzerrt, als sie den Brunnen angeekelt musterte. Merope öffnete die Tür. »Die Klamotten bekommst du morgen wieder. Schön brav bleiben und keine Hexen töten.« Damit schloss sie die Tür und ließ mich in dem leeren Haus zurück. Ihre Aussage versetzte mir einen Stich, und ich versuchte mich nicht darauf zu fokussieren. Eigentlich hätte ich mit in die Hütte gewollt, aber dort würde ich jeden nur stören. Bei wem würde ich bleiben können? Rufus? Auf gar keinen Fall. Deshalb stand ich weiterhin hier und spürte die Leere, die wieder in mein Inneres einkehrte. Der Springbrunnen plätscherte dabei munter weiter.

Kapitel 10

MEROPE

Die Hütte lag still da. Nur das Licht auf der Veranda brannte. Ich saß seit einer Stunde hier draußen und traute mich nicht hinein. Meine Angst davor, auf Cats leblosen Körper zu treffen, war zu groß. Die Fragen gestellt zu bekommen, ob ich einen Weg gefunden habe. Eine Lösung. Ich wusste, sie würden es verstehen, aber wenn ich daran dachte, mit welcher Enttäuschung Alistair mich mustern würde, konnte ich einfach nicht aus diesem Auto aussteigen. Es war, als würden mich die Vorahnungen gefangen halten. Ein dunkler Schatten bewegte sich auf mich zu, und ich erkannte einen Moment später Rufus, der auf die Motorhaube des Minis gehüpft war und mich mit verengten Augen musterte.

»Junghexe!«, rief er so laut, dass ich es bis in das Auto hören konnte.

»Verdammt, Rufus, halt deine kleine Klappe«, zischte ich und wedelte mit meiner Hand vor seiner Schnauze herum. Ihn schien es nicht zu interessieren. Immerhin befand sich die Windschutzscheibe zwischen uns.

»Warum sitzt du hier? Ich beobachte dich seit mehr als einer halben Stunde.« Schön, dass mich der Kater dabei beobachtete, wie ich über mein eigenes Leben nachdachte und mich nicht traute, nach Hause zu gehen, weil ich wusste, dass ich dort drinnen einen halben Nervenzusammenbruch erleiden würde. Zu meinen Eltern wollte ich auch nicht, weil sie mich dann über den Besuch bei Großmutter ausquetschen würden. Und das brauchte ich heute definitiv nicht. Ich wollte Frieden. Stille. Genauso wie es unter Wasser war. Ein Schauder lief mir über den Rücken, als ich mir bewusst machte, dass ich heute wirklich hätte sterben können. Aber ich war hier. Ich konnte meiner Freundin helfen. Dafür brauchte ich Schlaf, sonst könnte ich morgen nicht einmal geradeaus laufen. Meine Gedanken gingen zu Aiden, und ich erinnerte mich daran, wie er mich gehalten hatte. Und wie es sich angefühlt hatte. Seine Hände auf meinen Hüften.

Rufus fauchte. Ich erschrak und hätte beinahe gequietscht. Außerdem war ich mir zu hundert Prozent sicher, dass ich den Thunfischgeruch durch die Scheibe riechen konnte.

»Junghexe? Bist du noch anwesend?«

»Ja, Herrgott noch mal. Was willst du denn?«

»Wissen, weshalb du hier draußen wie ein Stalker sitzt.«

»Erstens musst du nicht immer die Antwort auf alles kennen und zweitens bist wohl eher du der Stalker von uns beiden.« Rufus zuckte mit den Ohren. »Immer so mürrisch«, grummelte er und sprang dann von dem Auto, um in den Wald zu verschwinden. Der Kristall um seinen Hals wackelte dabei hin und her. Als er verschwunden war, gab ich mir einen Ruck und ging in die Hütte. Wenn Rufus wiederkam, würde er mich hoffentlich in Ruhe lassen. Manchmal konnte ich nicht mit diesem Kater zusammen in einem Raum sein. Sein Ego war größer als das von Aiden. Und das wollte etwas heißen.

»Merope?« Alistairs hoffnungsvolle Stimme ließ mich in der Bewegung innehalten. Ich wartete, vielleicht würde er nicht aus der Küche kommen. Doch eine Sekunde später stand er vor mir. »Hey. Hast du etwas gefunden?«, fragte er mich.

»Wir haben die Grimoires und weitere Unterlagen gefunden. Doch keine richtige Lösung. Das andere erzähle ich dir, wenn alle da sind.« Der strahlende Blick wurde matt und seine Körperhaltung sackte in sich zusammen. »Tut mir leid, dass ich dir keine besseren Nachrichten geben kann«, murmelte ich und presste die Lippen zusammen.

»Nein. Entschuldige dich nicht. Jeder von uns versucht irgendwie zu helfen und etwas zu finden. Ich bin nur so angespannt. Du wahrscheinlich auch. Und es macht mich fertig.« Er ließ den Kopf hängen. Seine Worte taten mir in meinem Herzen weh. Ihn so zu sehen ließ mich realisieren, wie schmerzvoll diese Situation war. Für ihn, für meine Freunde, für mich. Ich tat das einzig Richtige und umarmte ihn. Alistair seufzte in meine Halsbeuge und klammerte sich an mich. Seine Muskeln spannten sich an, und der Druck an meinem Körper fühlte sich gut an. Der Halt, den Alistair mir gab, half mir, Luft zu holen und dabei zu wissen, dass ich sicher war.

»Ich weiß, was du meinst, und dieses Gefühl ist schrecklich. Ich möchte auch nicht, dass Cat verletzt wird. Aber ich werde etwas finden, egal auf welchem Weg. Ich verspreche es dir«, sagte ich mit fester Stimme. Dieses Versprechen machte ich uns allen.

»Danke, das weiß ich. Du hast Cat vor mir geliebt. Eure Beziehung ist so wichtig. Ich bin froh, dass sie dich hat«, sagte er. Ich lächelte ihn traurig an. Alistair betrachtete mich und wischte mir die Träne von der Wange. »Wir haben gewartet, bis du kommst, damit wir gucken können, was wir haben und wie wir weitermachen können«, sagte er anschließend. Er ging mit mir in die Küche. Am runden Holztisch saßen die anderen und warteten geduldig, bis ich mich setzte. Sie hatten mit Sicherheit alles mit angehört, was Alistair und ich besprochen hatten. Ich musste gestehen, dass ich absolut am Ende war und gern an einem anderen Ort sein wollte. Welcher das war, keine Ahnung, aber er sollte still sein. Meine Gedanken erdrückten mich. Die Sehnsucht nach innerem Frieden schien sich von Stunde zu Stunde zu verstärken.

»Hey, Mer, ich dachte, dass es schlau wäre, zu besprechen, was wir haben und wie wir weitermachen. Also Samu, Alan und ich suchen noch immer nach einem Trank, der Cat helfen könnte. Da Cora so viele Ordner und Unterlagen hier hat, dauert das leider ein wenig. Wie sieht es bei euch aus?«, fragte Sara. Alistair setzte sich aufrecht hin und fuhr sich mit fahrigen Bewegungen über das Gesicht.

»Ich habe dauernd ihren Herzschlag und die Atmung überprüft. Alles ist normal. Ihrem Körper geht es gut. Bis jetzt.« Eine schwere Stille legte sich über uns, und ich wusste nicht, ob ich reden sollte oder nicht. Ich tat es einfach.

»Aiden und ich haben Unterlagen über Seelen und Geister gefunden. Außerdem haben wir eine Entdeckung gemacht. Haltet euch fest. Auf der großen Lichtung, auf die Aiden mich gezerrt hat, wisst ihr noch?«

Sara blickte ein wenig verwirrt drein, bis ihr Gesicht sich aufhellte und sie bei dem Gedanken ungläubig den Kopf schüttelte. Ihre langen braunen Wellen bewegten sich leicht hin und her, während ihre blauen Augen aufblitzten.

»Dort ist ein Riss. Es ist wie ein Loch zwischen den Welten. Und es kommen Geister raus. Sie quetschen sich durch den Spalt und weiten ihn immer mehr«, führte ich aus.

Samuel lehnte sich nach vorn und stützte sich auf seine Unterarme. Mit der rechten Hand strich er sich eine Strähne des dunklen Haares aus den Augen. »Ein Riss? Davon habe ich noch nie gehört.«

»Wir haben die Grimoires gefunden, und dort steht das hier.« Ich zeigte ihnen ein Bild von der Seite, das ich gemacht hatte, bevor ich gefahren war. Das Handy wurde einmal um den Tisch herumgereicht, während ich weitererzählte: »Wir haben auch schon herausgefunden, dass die Geister den Riss auf der Lichtung selbst gemacht haben könnten.«

»Das geht?«, fragte Alan.

»Ich finde es beinahe … beängstigend.« Sara strich sich über die Arme, während sie auf ihrer Unterlippe herumkaute. »Sie haben den Schleier durchbrochen, und durch dieses Portal in unsere Welt können sie ohne Probleme hier eingreifen. Doch wir können das nicht bei ihnen, weil wir nicht Teil ihrer Welt sind. Deshalb muss ich einen Weg finden, den Riss zu schließen, davor aber noch Cats Seele rauszuholen.« Ich seufzte und schloss die Lider.

Samuel hatte die Stirn in Falten gelegt, während Sara große Augen bekam. »Verrückt, oder? Auf jeden Fall sind wir bei dem Versuch, die Unterlagen zu bekommen, beinahe gestorben. Also wirklich. Wir wären fast ertrunken, weil Aiden nicht daran gedacht hat, dass in diesem Tunnel eine Falle sein könnte, um ungebetene Gäste von den Informationen fernzuhalten. Wir wären beinahe abgesoffen«, erzählte ich von unseren heutigen Erlebnissen.

»Warte, was? Du wärst fast gestorben?«, fragte Samuel und zog die Augenbrauen nach oben. Die tiefe Sorge in seinem Gesicht ließ mein kaltes Herz ein wenig warm werden.

»Aiden wäre auch beinahe gestorben?«, fragte Alan schockiert. Seine Augen waren aufgerissen und der Mund stand offen. »Geht es ihm gut? Geht es dir gut?«

Ich nickte und verschränkte die Arme.

»Ja uns beiden. Ich habe bei ihm geduscht und wir haben noch die Unterlagen studiert. Danach waren wir beim Riss und dann bin ich hergekommen.«

»Willst du dich hinlegen, brauchst du irgendwas?«, fragte Samu mich. Dabei war ich mir jetzt nicht sicher, ob er so etwas wie trinken und essen meinte oder seine Gefühlsmagie. Diese würde er mit Sicherheit dazu verwenden, um meine schwermütigen, negativen Emotionen in etwas Neutraleres zu verwandeln. Doch ich brauchte nichts von beiden.

»Danke, aber nein. Alles in Ordnung. Auf jeden Fall gehen Aiden und ich morgen die Grimoires weiter durch und suchen nach Lösungen. Obwohl ich noch weiterlesen möchte, fallen mir die Augen schon nach dem zweiten Satz zu«, gestand ich.

»Dann lasst uns alle morgen weitermachen, es bringt nichts, wenn wir nicht mit vollem Verstand dabei sind«, meinte Samuel und streckte sich, wobei seine Wirbelsäule ein Knacken von sich gab. Sara verzog angeekelt das Gesicht.

»Das sollten wir machen, obwohl ich es verstehen kann, dass du weitermachen möchtest. So geht es uns allen«, sagte Sara, die mich genauestens betrachtete.

Ich verabschiedete mich und ging die Treppe nach oben. Die Tür zu Cats Zimmer war angelehnt, deshalb hielt ich mitten in der Bewegung inne. Es war so, als hätte Alistair sich gedacht, dass sie wieder aufstehen und zu uns runterkommen würde, wenn sie unsere Stimmen hörte. Mit vorsichtigen Schritten ging ich auf das Zimmer zu und schob die Tür auf. Ich sah meine beste Freundin. Sie lag so da wie heute in der Früh. Mein Aufschluchzen konnte ich nicht zurückhalten, ebenso wenig die Tränen. Ich versuchte leise zu weinen. Sodass die anderen es nicht hörten.

»Cat, ich hole dich wieder zurück. Es tut mir so leid, dass ich dir nicht helfen konnte. Dafür rette ich deine Seele. Die sieht im Übrigen sehr schön aus. Sie ist genau wie du. Feurig, orange und strahlend. Genauso, als würdest du in einen Raum hereinkommen und jeden mit deiner Anwesenheit überstrahlen.« Ich flüsterte ihr die Worte zu und strich ihr die Haare glatt. Meine Wangen waren nass und in meinem Schädel hämmerte es gewaltig. Ich sollte wirklich schlafen gehen. Mit den Fingern glitt ich über ihre Hand und dann ging ich. Die Tür ließ ich angelehnt. In meinem Zimmer sperrte ich ab und ließ mich aufs Bett fallen. Ich wollte aufstehen, um mich umzuziehen, aber mir fielen die Augen beim Denken zu. Und so gab ich mich meiner Erschöpfung hin.

Ich fror erbärmlich und wachte durch das Zittern auf. Mein Blickfeld war an den Rändern bläulich, ich schaltete das Licht an und erkannte dank der Helligkeit ein kleines Mädchen. Es war ein Geist und saß am Fußende vor meinem Bett wie ein Hund. Ihre großen Augen musterten mich wachsam. Bis jetzt sah ich nur den oberen Teil ihres Kopfes. Die Haare waren zu einem perfekten Dutt gebunden. Meine Gedanken spielten Tausende Szenen aus Horrorfilmen vor meinem inneren Auge ab. Eine Gänsehaut überkam mich. Ich hasste Horrorfilme, weil sich mein Leben selbst wie einer anfühlte. Das Mädchen krabbelte am Fußende entlang. Seine trappelnden Schritte klangen, als würde sie auf allen vieren rennen.

»Hallo«, sagte ich und wartete darauf, dass das Mädchen antwortete. Es legte den Kopf schief, als würde sie überlegen, ob sie mir antworten sollte oder nicht. Wenn das Mädchen mich berühren sollte oder irgendwelche Anstalten machte, hatte ich ein Problem. Bis jetzt hatte ich nicht wirklich Geisterbannzauber drauf. Ich hatte sie nie gebraucht. Und ich hatte sie auch nie lernen wollen, weil ich die Hoffnung hatte, sie nie gebrauchen zu müssen. Sofort dachte ich wieder an das Totenfest, und ein schlechtes Gewissen überkam mich. »Wie heißt du denn? Ich bin Merope, schön, dich zu sehen. Du kannst gern aufstehen und dich zu mir setzen, wenn du reden möchtest. Wenn nicht, dann geh wieder«, sagte ich freundlich, aber bestimmt. Das Mädchen stand auf und ich erkannte, dass es in einem Tutu steckte, dass bei jedem ihrer Schritte auf und ab wippte.

»Hallo. Ich heiße Rosie, und irgendwie kann mich niemand mehr sehen. Auch nicht meine Eltern. Und dann hatte ich so ein Gefühl, und dann war ich hier.« Sie erzählte, wie ein kleines Mädchen das tun würde. Ihre Lippen bebten und sie ließ sich mit einem Seufzen auf mein Bett fallen. Ich spürte die Bewegung und versteifte mich. Normalerweise merkte ich nichts, wenn sich ein Geist neben mich setzte. Doch *normal* war gerade gar nichts.

»Das tut mir leid, Rosie.« Hieß so nicht auch die Haushälterin der Archers? Gut möglich. Ich betrachtete den Kopf des Mädchens und sah, dass der hintere Teil seines Schädels voller Blut war. »An was kannst du dich denn als Letztes erinnern?«, fragte ich sie und zog die Beine an den Körper, da die Kälte in meine Knochen kroch.

»Ich hatte einen Ballettauftritt, und ich war der Schwan. Die beste Rolle.« Ihre hellen Augen funkelten mich vor Begeisterung an. »Ich habe toll getanzt, doch dann bin ich ausgerutscht und gestolpert. Irgendwie bin ich dann gefallen. Und dann weiß ich nichts mehr.« Sie hatte sich wahrscheinlich bei dem Sturz den Schädel aufgeschlagen. Ein armes Ding.

»Sag mal, siehst du irgendwo ein helles Licht?«, fragte ich neugierig und betrachtete die Kleine.

»Ja, das blendet mich schon die ganze Zeit«, grummelte sie und kniff die Augen zusammen. Sie drehte sich um und zeigte hinter sich.

»Siehst du darin jemanden, den du kennst und gern magst?«

»Ja, meine Großeltern.«

»Dann geh zu ihnen. Sie werden sich freuen, wenn du da bist, und ich verspreche dir, dass deine Eltern irgendwann nachkommen werden«, sagte ich und lächelte ihr aufmunternd zu. Innerlich weinte ich.

»Wie lange dauert irgendwann?«, fragte Rosie und legte den Kopf schief.

»Das kann ich dir leider nicht sagen, Rosie. Aber ihr werdet euch mit Sicherheit wiedersehen. Okay?«

»Und werde ich dich auch wiedersehen? Du bist nett. Ich mag dich.« Rosie grinste mich an und zeigte mir ihre Zahnlücken.

»Ja, irgendwann siehst du auch mich wieder, und in der Zwischenzeit kannst du bei deinen Großeltern bleiben.«

Sie klatschte in die Hände und stand auf. »Das ist eine gute Idee. Ich habe sie so lange nicht mehr gesehen. Keine Ahnung, warum sie uns nie wieder besucht haben.« Ihre Wangen wurden vor Aufregung rosa. »Ich habe ihnen so viel zu erzählen, und dann kann ich ihnen auch endlich einen meiner Tänze zeigen. Sie waren nie auf einer meiner Aufführungen.«

»Das ist doch schön«, sagte ich. Rosie nickte und ging dann auf die andere Seite des Zimmers. Das Licht wurde nun für mich ersichtlich, und bevor Rosie hindurchging, sah sie mich noch mal an.

»Tschüss, Merope. Wir sehen uns.«

»Ja, kleine Rosie, ganz bestimmt«, murmelte ich in das leere Zimmer. Das Licht erlosch und Rosie war verschwunden. In dieser Nacht machte ich kein Auge mehr zu, sondern weinte. Meine Gedanken waren bei Rosie und bei Cat. Würde meine Freundin auch in das Licht gehen müssen, weil ich ihre Seele nicht wiederholen konnte? Würde sie dann wenigstens ihre Familie wiedersehen? All diese Gedanken hielten mich wach. Frierend und allein.

Kapitel 11

MEROPE

Rufus betrachtete mich skeptisch, während ich den dritten Kaffee trank, um den nicht erhaltenen Schlaf zu kompensieren.

»Du siehst aus wie mein ausgekotzter Fellball«, kommentierte er trocken. Ich lachte bitter auf. Was für ein Charmebolzen dieser Kater doch war.

»Danke, Rufus. Tatsächlich fühle ich mich auch so«, sagte ich ausdruckslos. Probehalber schnupperte ich an meinem Oberteil, ob ich nach ausgekotzten Katzenhaaren stank. Nein, Fehlanzeige. Wenigstens sah ich nur so aus und roch nicht danach.

»Das tut mir leid. Kann ich dir irgendwie helfen?«

»Nein danke, ich brauche keine Hilfe.«

»Wenn du meinst«, sagte er mürrisch und sprang vom Tisch. »Keiner ist dankbar für meine Weisheit«, grummelte er unzufrieden. Ich verdrehte die Augen und trank meinen Kaffee aus. Als Nächstes machte ich den vierten. So ein Kaffeekonsum war ungesund, aber ich hatte keine Zeit, mich jetzt, wo es endlich hell war, hinzulegen. Denn ich gab es nicht gern zu, aber wenn ich Besuch von einem Geist gehabt hatte, machte es mir Angst, danach in der Dunkelheit allein zu sein.

Den Pumpkin Spice Sirup kippte ich großzügig in meine Tasse und streute noch ein wenig Zimt hinein. An manchen Tagen ging nichts ohne Pumpkin Spice. Die Sonne ging auf und das Licht schien durch die kleinen Fenster mit dem trüben Glas. Mein Gesicht wurde erwärmt und ich schloss die Augen. Nur für einen Moment.

»Merope?«, fragte Samuel mich. Ich hätte beinahe meinen Kaffee ausgeschüttet.

»Ja?«, fragte ich mit rasendem Herzschlag.

»Alles okay?«

Wieso fragten mich das alle? Sah ich wirklich *so* schlimm aus? Ich zog den Löffel aus meiner Tasse und betrachtete mich darin. Na ja, besser hatte ich auch schon mal ausgesehen. Aber das würde ich nicht laut aussprechen.

»Den Umständen entsprechend, ja. Und selbst?«

»Den Umständen entsprechend.« Er öffnete den Kühlschrank, um sich Orangensaft in ein Glas einzuschenken.

»Ich werde jetzt gleich wieder zu Aiden fahren. Wenn ich etwas finde, dann rufe ich euch an. Okay? Und wenn ihr etwas habt, meldet euch bitte.« Samuel nickte mir zu und lächelte mich aufmunternd an.

»Wir schaffen das schon, Merope. James haben wir auch überlebt«, sagte er. Es sollte mich aufmuntern, aber es hatte genau den gegenteiligen Effekt.

»Nicht alle«, sagte ich traurig.

»Ja ich weiß. Das war ein blödes Beispiel, hast recht.« Er zog die Augenbrauen zusammen und rieb sich mit den Fingern über die Stirn. »Tut mir leid, das war scheiße.« Er war so aufgewühlt wie ich. Nur bei ihm wirkte es, als hätte er ein Neonschild auf seinem Rücken, weil er sonst immer die Ruhe behielt. Bei allem und jedem. Doch jetzt hatte es den Anschein, dass er vor all den Emotionen gleich platzen würde.

»Ist schon okay. Ich weiß, wie du es gemeint hast.«

»Okay«, flüsterte Samu und sah aus dem Fenster. Ich strich ihm über die Schulter und spürte einen Moment später seine Hand auf meiner. Für einige Sekunden verharrten wir in dieser Position. Als er mich freigab, stellte ich die Tasse in die Spülmaschine.

»Dann bis später. Meldet euch.« Er nickte mir zu. Dann verließ ich die Hütte. Mit Cats Mini fuhr ich durch Ashland und drehte die Heizung voll auf, mir war weiterhin kalt. Als das Anwesen der Archers in Sicht kam, setzte ich mich ein wenig aufrechter hin. Dabei fiel mir ein, dass ich ihn gar nicht vorgewarnt hatte. Vielleicht war er ja nicht da. Ich parkte das Auto und klingelte. Es dauerte, bis die Tür geöffnet wurde. Doch dort stand nicht Aiden, sondern Rosie.

»Hallo. Du musst Merope sein. Aiden hat mir von dir erzählt und dass du vorbeischauen könntest. Komm rein. Er ist noch in einem Meeting, danach schicke ich ihn gern zu dir. Kann ich dir denn irgendetwas anbieten?« Sie sah mich lächelnd an. Die Haare waren zu einer eleganten Hochsteckfrisur gebunden und sie trug ein großartiges Make-up. Trotzdem konnte man Fältchen um ihre Augen und den Mund erkennen. Ich schätzte Rosie auf Mitte fünfzig.

»Hallo, schön, Sie kennenzulernen. Das wäre super. Vielleicht ein Wasser, aber das kann ich mir auch selbst holen. Das müssen Sie nicht extra machen.«

»Doch, doch, Kindchen. Das ist immerhin meine Aufgabe. Und die nehme ich sehr ernst.«

»Okay. Dann wäre es toll, wenn Sie mir vielleicht ein Wasser geben könnten.«

»Ach, lass das Gesieze. Ich bin Rosie, und zwar für jeden.« Ich erinnerte mich an die kleine Rosie von gestern Nacht und mein Lächeln fiel in sich zusammen. Zum Glück sprach sie mich nicht drauf an, sondern winkte mich herein und schloss hinter mir die Tür.

»Danke schön.« Sie machte eine wegwerfende Handbewegung und ging dann in Richtung Küche. Bei Tag wirkte das Anwesen noch mal um einiges imposanter. Die Wände schienen höher zu sein und der Springbrunnen plätscherte lauter. In der Bibliothek konnte ich erkennen, dass alles dort lag, wo ich es gestern zurückgelassen hatte. Sonnenlicht fiel auf den weißen Marmorboden und durchflutete den großen, hallenartigen Raum. Die alten braunen Buchrücken wirkten heller, als sie eigentlich waren, und man konnte mit Leichtigkeit den Staub erkennen, der durch die Luft flog. Dieser Anblick hatte bei Tageslicht etwas Magisches. In einem Grimoire steckten mehrere knallgelbe Post-its. Ich schlug die erste markierte Seite auf und las die Notiz.

Sieh dir die Stellen mal an. Helfen sie? - A

Mit einem Schmunzeln ließ ich mich auf den gepolsterten Stuhl sinken, während ich mir die markierten Seiten ansah. Er hatte vieles markiert. Auf einigen Seiten standen nur kurze Sätze, doch sie beinhalteten interessantes Wissen. Ich wollte gar nicht daran denken, wie lange Aiden gestern noch hier gesessen und die einzelnen Klebezettel dort hineingesteckt hatte. Ein warmes Gefühl breitete sich in meinem Körper aus. Bei einigen Seiten standen Informationen, die ich kannte, doch wenn es um etwas Neues ging, war die Seite verwischt.

»Hier, dein Wasser. Brauchst du sonst noch was? Ich könnte dir Pancakes machen.« Rosie zog fragend die Augenbrauen hoch. Ich hatte nicht bemerkt, wie sie hier hereingekommen war.

»Nein danke, das ist wirklich nicht nötig. Und falls ich noch etwas brauchen würde, dann suche ich dich«, sagte ich.

»Okay, dann machen wir das so.« Sie sah mich noch mal prüfend an, verließ dann die Bibliothek und ließ mich mit dem Grimoire zurück, in das ich wieder meine Nase steckte. Ein Klebezettel markierte ein weiteres Thema. *Auch übernatürliche Wesen sind hinter dem Schleier.* Das hieß also, dass man diese ebenso wie normale Geister beschwören konnte. Ich blätterte weiter durch die Seiten und suchte nach etwas zu dem Thema. Nach einigen Minuten fand ich eine Seite über den Schleier. *Beschwörungen durch den Schleier funktionieren noch einfacher, vor allem, wenn die Geister magischer Art sind.* Ich nickte und fotografierte die Seite mit meinem Handy ab. Vielleicht konnten wir jemanden aus dem Schleier fragen, ob er Cat gesehen hatte oder wusste, wie wir den Schleier wieder schließen konnten. Ich suchte weiter und fotografierte jede Seite, die ich als nützlich erachtete. Da ich nun ein bisschen über den Schleier und die Geister wusste, nahm ich mir das Grimoire über die Seelen zur Hand. Auch hier entdeckte ich wieder Klebezettel. Dieses Mal jedoch in Pink. Ein Lächeln umspielte meine Lippen. Mit dem Finger fuhr ich zu den markierten Stellen und legte meinen Kopf schief, einfach weil es mir dabei half zu denken.

Seelen werden in der Zwischenwelt lange überleben, da die Geisterwelt mehr Magie birgt als unsere. Deshalb können körperlose Seelen bis zu einer Mondphase überleben. Danach wird die Seele das restliche Leben verlieren, das sie beinhaltet hat. Die Seele wird zu Staub zerfallen und nicht mehr zu retten sein.

Mein Herz zog sich bei dieser Vorstellung schmerzhaft zusammen. Ich las weiter und fand ansonsten nichts Spannendes heraus. Doch es war ein Fortschritt, dass ich nun wusste, wie lange Cat noch hatte. Jetzt kannte ich zumindest ein zeitliches Ziel, das ich einhalten musste. Und die nächste Mondphase dauerte zum Glück noch ein wenig. Kurz nach Halloween. Vielleicht hatten wir noch knappe zwei Wochen. Jedoch linderte es nicht die Angst, die in meinem Inneren tobte. Ich strich mir die schwarzen Haare aus der Stirn und legte den Kopf in den Nacken. Die gesamte Situation machte mich so nervös und unruhig. Ich hasste es, wenn ich nicht wusste, was als Nächstes passieren würde. Und diese Unsicherheit schien mich schon nach einem Tag umbringen zu wollen. Eine weitere markierte Stelle sprang mir ins Auge.

Seelen können absorbiert werden. Mit einem passenden Zauber ist es möglich, übernatürlichen Wesen wie auch Menschen die Seele zu entziehen und sie somit als Hülle zurückzulassen. Ähnliche Zauber gibt es auch für die Absaugung von Mag...

Seelenabsaugung klang nicht sehr angenehm. Hatte das die Geisterfrau mit Cat gemacht? Nein, sie hatte ihr einfach die Seele entrissen. Ich schlug einen der Ordner auf und durchwühlte dort einige Blätter. Keine Ahnung, wie lange ich damit verbrachte, mich mit den verschiedenen Inhalten der Papiere auseinanderzusetzen, doch irgendwann hörte ich, wie die Tür zur Bibliothek leise geöffnet wurde. Die schweren Schritte von Aiden waren nicht zu überhören.

Ich hob meinen Kopf und sah direkt in sein Gesicht. Fast hätte ich aufgekeucht, so schrecklich ausgemergelt war er. Dunkle Schatten lagen unter seinen Augen und die Haut schien beinah so blass zu sein wie meine eigene. Obwohl er eher einem Sonnyboy glich, der aus dem Meer kam. Die blonden Haare standen ihm vom Kopf ab, als hätte er keine Zeit damit verschwendet, sie zu bändigen. Es machte immer den Anschein, dass Aiden sehr viel Wert auf sein Äußeres legte. Denn seine Haare waren normalerweise ein wenig zerzaust, jedoch mit einem kleinen Maß an Perfektion. Heute sah ich davon allerdings kein bisschen. Seine Körperhaltung war eingefallen und wirkte bedrückt. Irgendwie empfand ich Mitleid mit ihm.

»Na? Hast du schon etwas Neues in den Zauberbüchern entdeckt?«, fragte er mich matt und setzte sich auf den Stuhl neben mir.

Obwohl er versuchte, so zu wirken, als wäre nichts los, schaffte er das nicht. Seine sonst so selbstsichere Art hatte neunzig Prozent ihrer Wirkung verloren. Vor mir saß ein Mann, dem es nicht gut ging.

»Ja, habe ich. Vielen Dank für die markierten Stellen. Das war wirklich nett, dass du dich gestern noch mit den Texten beschäftigt hast«, sagte ich und lächelte.

»Das habe ich gern gemacht. Ich dachte, so könnte ich dir ein wenig Arbeit abnehmen und wir würden schneller vorankommen. Außerdem konnte ich gestern nicht schlafen«, sagte er und zog die Augenbrauen zusammen. Den letzten Satz murmelte er eher zu sich selbst. Doch ich wusste sofort, wie er es meinte. Denn ich hatte letzte Nacht auch nicht geschlafen, und genauso wie Rufus mir gesagt hatte, wie ich aussehe, hatte ich das Gefühl, dass diese Beschreibung ebenso auf ihn zutraf.

»Du hast gute Stellen markiert. Vor allem die Seite, auf der erwähnt wird, wie lange eine Seele in der Zwischenwelt verweilen kann. Das gibt uns ein wenig Zeit, um über unsere weiteren Schritte nachzudenken.« Aiden nickte und fuhr sich dann über den Dreitagebart, der in dem Licht leicht schimmerte. Weshalb genau starrte ich ihn an? Keine Ahnung. Deshalb schwenkte ich meinen Blick schnell wieder zu den Unterlagen und las weiter. So als wäre es komplett selbstverständlich, griff er sich einen Stapel Papier und fing an, diesen durchzugehen. Ich wusste nicht, dass es so lange dauern würde, zwei Ordner und zwei in Leder gebundene Bücher zu lesen.

Es stellte sich heraus, dass es sehr lange dauerte. Und wir waren noch nicht einmal annähernd damit fertig. Ich fragte mich, wie es den anderen in der Hütte ging. Hatten Sie vielleicht schon einen Zauber gefunden, der meiner Freundin helfen würde? Hatte sich ihr Zustand verschlechtert oder ging es ihr weiterhin so wie gestern? So viele Gedanken. So viele Sorgen. Und so wenig Zeit.

»Ich habe gesehen, dass hinter dem Schleier auch übernatürliche Wesen sind, das heißt, dass sich dort Hexen befinden. Ich habe überlegt, ob eine von ihnen uns helfen könnte. Zwar habe ich mir noch keine Gedanken gemacht, wen wir durch den Schleier beschwören könnten, aber da es diese Option gibt und ich die Toten dabei sehen kann, wäre das doch ein Versuch, den man wagen könnte, oder?«, überlegte ich laut. Mein Gegenüber runzelte die Stirn und blickte an die Decke. Einige Zeit blieb er stumm, bis er seine Stimme wiedergefunden hatte.

»Also ich denke, dass es eine gute Idee ist. Vielleicht haben die Geister hinter dem Schleier etwas mitbekommen, was uns helfen könnte«, mutmaßte Aiden und nickte mir zu. Jetzt musste ich nur meinen Freunden von der Idee und der Entdeckung erzählen. Also griff ich zum Handy. Das Klingeln an meinem Ohr wurde von Mal zu Mal lauter und ich immer nervöser. Ich wartete geduldig, bis sich jemand am anderen Ende meldete.

»Hallo?«, fragte Samuel, der sich abgehetzt anhörte.

»Kannst du gerade sprechen?« Er gab einen zustimmenden Laut von sich und ich fuhr fort: »Also in dem Grimoire haben wir herausgefunden, dass sich dort nicht nur Menschen aufhalten, sondern auch übernatürliche Wesen. Das heißt, wir könnten eine Hexe aus dem Schleier beschwören und sie dann fragen, ob sie uns helfen kann. Es gibt bestimmt einige, die uns helfen würden.« Samuel machte einen zustimmenden Laut.

»Okay, lass mich mal überlegen. Spontan fällt mir niemand ein, den ich durch den Riss heraufbeschwören würde. Keine Ahnung, wer uns überhaupt helfen könnte. Aber ich frage die anderen mal und dann rufe ich dich an. Ist das in Ordnung?«, fragte er mich und wartete auf meine Antwort.

»Ja, meldet euch dann. Vielleicht können wir so etwas erreichen.« Samuel verabschiedete sich und legte dann auf. Aiden neben mir sah mich abwartend an und presste die Lippen aufeinander.

»Und, was haben sie gesagt?«

»Sie überlegen sich, wen wir befragen könnten, und melden sich dann. In der Zwischenzeit können wir weitersuchen, ob wir noch etwas Wichtiges finden.« Er nickte und senkte seinen Blick auf die Unterlagen. Stumm suchten wir weiter. Keine Ahnung weshalb, aber die Atmosphäre war heute anders als sonst. Sie war nicht voller Funken und Streiteiereien, sondern eher voller Bedrücktheit und Trübsal. Ich hatte das Gefühl, dass bei uns beiden etwas vorgefallen war, was uns beschäftigte. Bei mir war es die Sache mit der kleinen Rosie gewesen. Doch was es bei ihm war, das konnte ich nicht sagen. Auf jeden Fall wusste ich, dass er sich sonst keine Gelegenheit entgehen ließ, um einen spitzen Kommentar abzulassen. Trotzdem konnte ich mich nicht dazu überwinden, ihn zu fragen, was passiert war.

Ich hatte das Gefühl, dass es für unser Verhältnis unpassend war und wir nicht an dem Punkt waren, an dem wir auf solch eine persönliche Ebene gehen konnten.

Aber würden wir jemals auf dieser Ebene ankommen? Wollte ich das überhaupt? Weshalb sollte ich das wollen? Immerhin war es Aiden Archer. Der Jägerarsch höchstpersönlich. Dessen einziges Ziel es gewesen war, Hexen zu töten, und der dabei den Spaß seines Lebens gehabt hatte. Weshalb machte ich mir Gedanken darüber, wie es ihm ging? Ich war eine Hexe, er ein Jäger. Okay, ich glaubte ihm zwar, dass er keine guten Hexen mehr tötete. Aber das hatte er einmal getan. Irgendwie konnte ich es nicht aus meinem Kopf bekommen, wie er all diese unschuldigen Menschen töten konnte. Bis heute verstand ich nicht, was in den Jägern vorging und weshalb sie so überzeugt von dem waren, was sie taten. Und nur weil es die Archers geschafft hatten, ihr Verhalten zu ändern, war es immer noch so, dass genug andere Hexenjäger da draußen waren und lauerten. Auf ihre Beute. Auf uns. Auf Hexen.

»Wieso siehst du so aus, als würdest du gleich kotzen müssen?«, fragte Aiden und lehnte sich ein Stückchen zurück. Es wirkte so, als würde er Abstand von mir nehmen wollen, falls ich tatsächlich kotzen musste. Immerhin wollten wir ja nicht, dass seine teuren Designerklamotten beschmutzt wurden. Auf die Schuhe könnte trotzdem etwas kommen, wenn man bedachte, wie nah ich ihm war.

»Ich sehe überhaupt nicht so aus, als würde ich kotzen müssen. Du siehst eher aus, als würdest du gleich einen Schwächeanfall bekommen«, erwiderte ich. Aiden lachte trocken auf und verschränkte die Arme vor der Brust. Ich tat es ihm gleich und so saßen wir uns gegenüber wie kleine Kinder, die nicht ohne Streiten auskamen. Trotz der Tatsache, dass wir beide keinen guten Tag hatten. Ich sah ihn böse an, genauso wie er mich. Und keiner wagte es, die verschränkten Arme vor der Brust zu lösen. Es war, als würde diese Geste zu unseren Gesprächen dazugehören.

»Woher willst du wissen, wie ich aussehe, wenn ich einen Schwächeanfall erleide?« Fragte Aiden und grinse mich schief an.

»Weil du so aussiehst, als würde es dir wirklich dreckig gehen. Außerdem habe ich heute kaum eine spitze Bemerkung von dir zu hören bekommen. Das zeigt, dass es dir nicht gut geht. Und du musst gar nicht versuchen, es abzustreiten. Ich kann förmlich sehen, wie scheiße du dich fühlst.« Meine Stimme hatte den leisen Sport verloren und dafür einen leichten Klang von Empathie und Verständnis erhalten. Ich löste die Arme vor meiner Brust und zeigte ihm damit, dass er in diesem Moment er selbst sein konnte. Ohne sich hinter dem Ich-bin-ein-Hexenjäger-Gehabe zu verstecken. Und tatsächlich. Sein Gesichtsausdruck wurde weicher und er ließ die Arme sinken. Sein Körper sackte in sich zusammen und er schloss entkräftet die Augen. Mit seiner Hand fuhr sich über die Haare und stützte seine Ellenbogen auf die Knie, um das Gesicht in seine Hände zu betten. Unter seinen dichten Wimpern blickte er mich mit seinen grasgrünen Augen an und ich erkannte so viel Schmerz und Hoffnungslosigkeit darin, dass ich von einem auf den anderen Moment meine Sprache verloren hatte. Ich wusste nicht, was ich zu ihm sagen sollte, um ihm diesen Ausdruck des Schmerzes zu nehmen.

»Kannst du mir verraten, warum du das so schnell erkennst? Das ist ja schrecklich«, murmelte er. Ich schenkte ihm ein Grinsen.

»Weißt du, was mein Geheimnis ist? Ich schlafe von sieben Nächten in der Woche vielleicht zwei ganz durch, weil ich von keinem Geist und keinen Albträumen heimgesucht werde. Und wenn sie kommen, sehe ich am nächsten Morgen genauso schrecklich aus wie du. Heute sehe ich auch so aus, ich weiß nicht, ob du es nur nicht bemerkt hast oder einfach mal den Mund gehalten hast, weil es dir selbst nicht so prickelnd geht. Auf jeden Fall bin ich dir dankbar, dass du mich nicht als hässlich oder leichenblass bezeichnet hast. Ich weiß, dass ich aussehe wie ein Mozzarella. Und ich stehe dazu.« Ich konnte Aiden ein kleines Lächeln auf sein Gesicht zaubern und musste schmunzeln, als sich kleine Grübchen in seinen Wangen bildeten. Er hatte Grübchen? Die hatte ich nie so richtig bei ihm gesehen. Entweder er lächelte nie und wenn, dann nur leicht. Niemals so, dass ich diese entzückenden kleinen Dinger richtig bemerkt hätte.

»Wieso sollte ich dir sagen, dass du schrecklich aussiehst? Selbst wenn du dich so fühlst, bist du immer noch schön anzusehen«, sagte er.

Ich erstarrte mitten in der Bewegung und blinzelte ihn verblüfft an. Mein Magen kribbelte. Sein Grinsen wurde nur noch breiter, als er bemerkte, welch eine Wirkung seine Aussage auf mich hatte. Ich wollte mich nicht so fühlen. Oder wollte ich es doch? Wollte ich, dass ich mich euphorisch dabei fühlte, wenn er mir ein Kompliment machte? Wollte ich, dass ich dieses Kompliment ohne jeden Zweifel glaubte und mich darüber freute? Vielleicht wollte es ein kleiner Teil von mir. Doch der Rest holte gerade die Kettensäge aus dem Keller.

»Du brauchst jetzt nicht anfangen zu schleimen, bloß weil du nicht mehr weißt, wie du in diesem Zustand gemeine Dinge sagen kannst«, sagte ich und versuchte mir weiterhin nicht anmerken zu lassen, dass ich mehr als verwirrt war.

»Oh, ich weiß ganz genau, wie ich gemeine Dinge zu dir sagen kann. Nur weil ich einmal nett bin, heißt das nicht gleich, dass es daran liegt, dass ich schlecht geschlafen habe.« Er wollte erneut den Mund öffnen, um mir höchstwahrscheinlich etwas Fieses an den Kopf zu werfen, als mein Telefon klingelte. Ich drückte den grünen Knopf und nahm mein Handy hoch.

»Ja?«, sagte ich und wartete gespannt.

»Ich weiß nicht, warum mir das nicht gleich eingefallen ist, aber wir könnten meine Großmutter beschwören. Sie kann uns bestimmt helfen. Mit der Geisterwelt kannte sie sich hervorragend aus, und da du sie sehen kannst, ist das doch perfekt. Oder was sagst du?«, fragte Samu mich.

»Das klingt nach einem guten Plan, vor allem kann sie uns vielleicht verraten, was hinter dem Schleier los ist.« Aiden neben mir beobachtete mich stumm und spielte währenddessen an den Seiten des Grimoires herum.

»Das ist eine hervorragende Idee! Ich würde sagen, wir treffen uns kurz in der Hütte, vielleicht brauchen wir noch etwas für den Beschwörungszauber.«

»Alles klar.«

»Super! Dann bis gleich«, sagte Samuel und beendete damit das Gespräch.

»Perfekt, dann gehen wir mal einen Geist beschwören«, sagte ich und setzte ein gezwungenes Lächeln auf. Ich stand schwungvoll auf und schob dabei so laut den Stuhl zurück, dass Aiden mich mit einem mahnenden Blick betrachtete. Ich verdrehte die Augen und sah, wie seine Augen aufblitzen.

»Sucht du dein Ge–«

Ich unterbrach ihn prompt, bevor er seinen Satz zu Ende sprechen konnte, denn ich wusste, worauf er hinauswollte. »Nein, ich suche nicht mein Gehirn. Ich hatte diesen Spruch als Erstes, also denk dir deine eigenen aus.« Er schloss langsam seinen Mund und ein leichtes Schmunzeln bildete sich auf seinen Lippen. Er wollte mir wirklich meinen Spruch klauen. Unfassbar.

»Wer sagt denn, dass ich das sagen wollte?«

»Das hat man dir ganz genau angesehen. Also denk dir eigene Sprüche aus. Danke sehr«, sagte ich und wandte mich von ihm ab. Ich schob den Stuhl zum Tisch und sah auf die Uhr. Ich war keine ganze Stunde hier gewesen und schon war ich dabei, wieder abzuhauen. »Möchtest du mit in die Hütte kommen?«, fragte ich, ohne groß darüber nachzudenken.

»Was soll ich denn machen? Ich werde kein Tierblut in ein Gefäß tröpfeln lassen, damit ihr irgendwelchen magischen Schnickschnack machen könnt«, prophezeite Aiden und erhob sich von dem gepolsterten Stuhl, dessen linke Lehne ein wenig zerkratzt war.

»Also erstens wirst du dich nicht in unseren Zauber einmischen, zweitens ist es kein Zauber und drittens sind wir keine Satanisten und brauchen deshalb kein Tierblut«, stellte ich klar und hätte beinahe missbilligend mit der Zunge geschnalzt.

»Das hört sich wiederum schon ein bisschen besser an.« Aiden nickte und folgte mir. Aus der Küche hörte ich leise Musik und Geräusche, die mir verrieten, dass Rosie sich noch immer dort befand. Gemeinsam mit Aiden ging ich nach draußen.

Dort war es keine Frage, mit welchem Auto wir fuhren. Wie selbstverständlich stieg ich in seinen Audi ein, und kaum hatte mein Po den Sitz berührt, schaltete er die Heizung an. Diese Geste kommentierte ich mit einem kleinen Lächeln, das er dank des hohen Kragens meiner Jacke nicht sehen konnte. Er schielte einen kurzen Augenblick zu mir, bevor er losfuhr.

Ein paar Minuten später standen wir zwischen all den bunten Blättern und hohen Bäumen, die mein Zuhause vor ungebetenen

Blicken verdeckten. Die Waldhütte sah von außen aus wie immer. Doch irgendwie fühlte es sich falsch an, dort hinzugehen. Eine Welle von Bedrücktheit schien über mich zu schwappen und überschwemmte mich mit der starken Emotion. Meine Schultern sanken nach unten und ich spielte nervös mit meinen Fingern herum.

»Hey, ganz ruhig. Sie werden dich schon nicht auffressen«, sagte Aiden locker. Er griff über die Mittelkonsole und umschloss mit seinen langen warmen Fingern meine Hand, um mich von der nervösen Spielerei abzuhalten. Für einen Moment erstarrten wir beide. Unsere Blicke verhakten sich ineinander, und ich konnte mich nicht von ihm lösen. Das intensive Grün hielt mich gefangen, und die Wärme, die von seiner Hand ausging, brachte mein Herz zum Rasen. Keiner von uns wagte sich zu bewegen. Es fühlte sich an, als wären wir in der Zeit eingefroren.

»Wie geht es deinen Händen?«, fragte er mich flüsternd und ich entzog sie ihm. Sein Gesichtsausdruck war für einen kurzen Moment traurig, bevor er seine Fassung zurückerlangte.

»Gut, fast weg«, meinte ich und zeigte ihm die Handflächen. Dabei vermied ich es, erneut mit ihm Blickkontakt aufzunehmen. Als ich einen Schatten am Haus erkennen konnte, stieg ich schnell aus dem Auto aus. Was war das denn? Ich hatte das Gefühl gehabt, mich nicht mehr bewegen zu können. Gefangen zu sein in dem Augenblick zwischen Aiden und mir. Lächerlich. Ich verdrängte den Moment. Auf der Veranda erkannte ich Rufus. Er hatte sich einen neuen Lieblingsplatz ausgesucht, von dem er alles überblicken konnte. Außerdem hatte er dort seine Ruhe vor uns und wir vor ihm.

»Junghexe, wie schön, dass du wieder da bist. Ich dachte schon, du kommst nicht, die anderen tüfteln am Trank.« Seine scharfe Stimme stach in mein Herz wie ein Fleischermesser. Es lag ein Vorwurf in dem, was er sagte. Und ich musste gestehen, dass es mir wehtat. Denn ich liebte es, hier zu sein. Ich hatte es die ganze Zeit vermisst und mich so sehr darauf gefreut, meine Freunde, dieses Haus und ja, sogar Rufus wiederzusehen. Denn sie waren mein Zuhause. Sie waren meine Familie, die ich mir ausgesucht hatte. Und ich liebte sie. Doch dass Cat dort oben so leblos lag und wir die Einzigen waren, die helfen konnten, machte mich fertig. Und je mehr ich darüber nachdachte, desto schlimmer wurde das Gefühl in meinem Bauch.

»Ich versuche eine Seele zurückzuholen. Und was machst du?«, entgegnete ich mit einem genauso scharfen Ton, wie ihn der Kater angeschlagen hatte.

Er schnappe empört nach Luft.

»Meinen wundervollen Arsch retten. Weil die dort oben die ganze Luft verpesten, und ich bin mir sicher, dass in den nächsten Minuten irgendetwas explodieren wird. Wobei …« Rufus legte den Kopf schief und blickte zur Tür. »O ja, es wird gleich etwas in die Luft fliegen. Sie haben das falsche Kraut verwendet!« Mit einem Affenzahntempo lief er zur Tür und stieß sie mit seinem kleinen Köpfchen auf. Aiden und ich wechselten einen Blick und rannten dann dem Kater hinterher. Wir trampelten wie Elefanten. Oben unter dem Dach angekommen, roch man schon den Duft nach Kräutern und allem Möglichen, was der Speicher zu bieten hatte. Als wir in das Zimmer hereinkamen, fielen mir als Erstes all die Kräuter, Blumen und Pflanzen, die von der Decke hingen und getrocknet gelagert wurden, ins Auge. Außerdem sammelten sich Fläschchen und Schälchen auf verschiedenen Tischen, Fensterbänken und Regalen. Samuel, Sara und Alan standen um einen Tisch herum und blickten in eine kleine schwarze Schüssel, aus der eine neblige Rauchwolke emporstieg.

»Okay, das sieht bis jetzt tatsächlich ganz gut aus. Nun geben wir noch das …« Alan nahm ein kleines Fläschchen und schüttete etwas von dem Pulver hinein. Rufus sprang auf den Tisch und öffnete sein kleines Maul, um Alan anzuschnauzen und ihn von seinem Vorhaben abzubringen. Doch da berührten bereits die ersten Körner der Mischung die Schüssel. Mit einem lauten Knall flog das Gebräu in die Luft. Die magische Flüssigkeit spritzte aus der Schüssel heraus und flog direkt auf Alan zu. Dieser versuchte auszuweichen, wurde dennoch von dem Glibberball aus grünem und gelbem Matsch getroffen und zu Boden geschleudert. Das Scheppern, als Alan mit dem Rücken in ein Regal voller Phiolen hineinkrachte, erschütterte die gesamte Hütte. Wie angewurzelt blieb ich stehen. Wir verstummten und betrachteten ihn.

»Das war das falsche Pulver. Ich habe euch vorhin gesagt, dass es nicht das richtige war. Die Kräuterhexe hatte ein anderes Kraut genommen«, murrte Rufus und stolzierte wie ein aufgeblasener Gockel auf dem Holztisch herum, während er Sara und Samuel vorwurfsvoll ansah. Dann setzte er sich genau an die Stelle, an der zuvor noch das Gefäß mit dem klebrigen Schleim gestanden hatte, der sich nun überall auf Alan verteilt hatte, und betrachtete diesen angeekelt.

»Kann mir mal einer verraten, warum ich die ganze Zeit so eine Scheiße abbekomme? Es reicht nicht nur, dass man ziemlich oft versucht, mich umzubringen, und es ein paarmal auch beinah gelungen wäre. Jetzt werde ich auch noch von irgendeiner magischen Glibbersubstanz an die Wand genagelt«, meckerte Alan und warf die Arme in die Luft. Er sah an sich hinunter und schleuderte mit einer ruckartigen Bewegung ein wenig des Glibbers von sich.

»Ja, irgendwie scheinst du das Unheil praktisch anzuziehen«, murmelte Samuel, der seinen Freund mit einem unterdrückten Grinsen betrachtete. Alan kämpfte sich mithilfe von Aiden auf die Füße und wischte sich das klebrige Zeug vom Körper.

»Ich werde das sauber machen«, murrte Alan mit genervtem Gesicht und ging hinaus. Seine wütenden Schritte hallten durch die Hütte.

»Soll ich dir helfen? Nicht dass du noch aus Versehen explodierst«, meinte Samuel. Er ging ihm hinterher, während Sara und ich einen belustigten Blick wechselten.

»Hey, das ist nicht witzig.« Aiden zeigte mit dem Finger auf uns zwei. »Er hätte sich ernsthaft verletzen können.«

»Ach, sagt der Typ, der seine Brüder zum Sterben vorgeschickt hätte«, erwiderte ich kühl und reckte mein Kinn nach vorn. Cataleya hatte mir erzählt, dass Aiden zu James gesagt habe, dass er als Erstes Alistair und Alan töten könne.

Aiden verzog schmerzvoll das Gesicht und zog zischend Luft durch seine Zähne.

»Das war ein Fehler, der nie wieder passieren wird. Ich habe mich geändert, auch wenn du mir keinerlei Glauben schenken magst«, sagte er gepresst. Ich erkannte deutlich, dass ihm das Thema zusetzte. Er senkte den Blick, versuchte mir nicht in die Augen zu sehen, damit ich die Scham darin nicht erkennen konnte. Doch mittlerweile konnte ich ihn gut einschätzen, und die hängende Körperhaltung tat ihr Übriges. Es war ganz so, als hätte sich eine dunkle Wolke voller Schuld über ihm zusammengebraut, die kurz davor war zu donnern. All das auf ihn niederzulassen wie ein unheilvolles Gewitter.

»Ganz sicher nicht. Ohne Beweise mache ich gar nichts.« Ich misstraute ihm nicht so wie nach unserer ersten Begegnung, aber er hatte versucht, mich zu töten. Da war es doch klar, dass ich ihm nicht voll und ganz vertrauen konnte. Er hatte mich mit Hexenkraut betäubt und dann auf eine Lichtung gezerrt, um mich zusammen mit den anderen Jägern zu ermorden. Das stärkte alles, außer positive Gefühle für ihn. Dass er sich so für Cataleya einsetzte, war super und ich war ihm dankbar. Doch Vertrauen hatte er sich noch nicht verdient.

Rufus maunzte und schlich um den Rußfleck auf dem Tisch herum. »Ihr solltet euch lieber darauf konzentrieren, irgendjemand Hilfreichen aus diesem Schleier zu ziehen, damit ihr aus der Scheiße gezogen werdet. Also los jetzt, sammelt zusammen, was ihr braucht, und raus hier«, forderte er uns auf. Rufus stellte die Ohren auf.

»Ja, Rufus, wir sind dran«, sagte ich. Er gab einen missmutigen Laut von sich und stolzierte auf dem Tisch umher. Es war ein Wunder, dass er nicht die ganzen Glasflaschen herunterschmiss. Geschmeidig schlängelte er sich bis zu dem Regal auf der Stirnseite und tippte mit der Pfote gegen eines der Gläser.

»Nimm das mit, damit kannst du den Geist bannen und länger bei euch behalten.« Ich musterte die Flasche skeptisch und griff danach. Bannpulver. Die geschwungene Handschrift konnte nur von Cora stammen.

»Danke, ich wusste gar nicht, dass wir so etwas haben. Woher weißt du das bitte?«, fragte ich ihn.

»Ich weiß viel, Junghexe. Du musst einfach nur fragen. Außerdem ist Etikettenlesen nicht schwer.« Er trat neben mich und schmiegte sich an meine Seite. »Viel Erfolg.«

»Danke, Rufus.«

»Merope, ich sehe mal nach den anderen, damit wir dann loskönnen«, sagte Sara und ging an Aiden vorbei. Nun standen nur noch wir beide und ein aktuell schmusebedürftiger Kater hier oben. Die

Atmosphäre wurde zunehmend unangenehmer, weshalb ich mich von Rufus entfernte und Aiden auffordernd ansah.

»Also du kannst sehr gern mitkommen und dabei sein, oder du bleibst bei Alistair in der Hütte. Wie du möchtest.« Mit diesen Worten ließ ich ihn hier oben stehen und ging die Treppen hinunter bis zu Cataleyas Tür. Dort verweilte ich und spähte hinein, traute mich aber nicht einzutreten oder Alistair anzusprechen. Er saß an ihrem Bett und hielt ihre Hand, während sein Blick ununterbrochen auf ihrem Gesicht ruhte. So als würde sie sich jeden Moment bewegen und uns sagen, dass es ihr gut ginge. Das passierte leider nicht. Es wäre schön gewesen. Doch leider war es nur eine Wunschvorstellung.

Um ihre Seele wiederzuerlangen, mussten wir herausfinden, wie wir das konnten und wie es am schnellsten ging. Und dazu würden wir Hilfe von einer Hexe benötigen. Entschlossen ging ich auch die letzte Treppe hinunter und kam in der Küche an. Alan und Samuel saßen dort, wobei mir sofort auffiel, dass sich der jüngste Bruder umgezogen hatte. Nur in seinen Haaren konnte ich noch einzelne Reste des Glibbers erkennen. Samuel sah meinen Blick und zupfte die klebrigen Brocken aus den Haaren seines Freundes. Der liebevolle Blick, mit dem er Alan betrachtete, ließ mein Herz für einen Moment warm werden. Dann bemerkte ich Aiden hinter mir und das Lächeln auf meinen Lippen verschwand beinahe vollkommen. Irgendwie verhielt er sich in Anwesenheit von anderen so viel arschlochmäßiger, als wenn wir allein waren. Woran lag das? Musste er zeigen, dass er so ein harter Brocken war? Na ja, tat ich etwas anderes? Denn ich war auch nicht die abgebrühte Bitch, die ich zur Schau stellte. Vielleicht ähnelten wir uns in gewissen Punkten. Aber definitiv nicht in vielen. Denn das würde mir Angst machen.

»Okay, also du hast Bannpulver und ich habe einen Beschwörungszauber herausgesucht, mit dem wir eine beliebige Hexe beschwören können. Brauchen wir sonst noch etwas?«, fragte Sara und blickte in die Runde. Keiner sagte ein Wort oder schüttelte den Kopf. Entschlossen nickte ich und ging in Richtung Ausgang.

»Dann würde ich sagen, wir machen uns mal auf den Weg, um einen Geist zu beschwören«, sagte ich und klatschte in die Hände. Ich wusste nicht, ob Aiden mir folgen würde, aber ich hatte so ein

Gefühl, dass er es tat. Keine Ahnung, woher es kam und ob ich richtiglag, aber es war wie ein Instinkt. Als sich der schwarze Audi von Aiden entriegelte, schmunzelte ich und stieg vorn ein. Dann wartete ich, bis auch er den Platz hinter dem Fahrersitz einnahm und losfuhr. Ich sah aus dem Fenster, und einige Minuten später wurde mein Sitz warm. Ein kribbelndes Gefühl machte sich in meiner Brust breit, und ich konnte das leichte Lächeln auf meinen Lippen nicht zurückhalten, obwohl ich ihm gern ins Gesicht gesprungen wäre.

Kapitel 12

MEROPE

Die Bäume zogen an uns vorbei und wir hielten erst an, als wir am Parkplatz der Schule angekommen waren. Von hier aus konnten wir am leichtesten die Lichtung erreichen. Dort befand sich der Riss. Neben uns hielt das Auto von Cat, aus dem Samuel ausstieg. Nun hatte er endlich Gelegenheit dazu, den Mini zu fahren.

Ich warf die Autotür zu und lief neben Sara auf die Schule zu. Keine Ahnung weshalb, aber irgendwie vermisste ich das Highschool-Leben. Erst jetzt erkannte ich, wie unbeschwert es doch gewesen war. Nun studierte ich, musste meine Freunde durch ein magisches Portal besuchen und hatte zu allem Übel die Seele meiner besten Freundin verloren. Irgendwie lief das nicht so, wie ich mir das vorgestellt hatte. Aber was sollte ich machen? Ich hatte immerhin keine Wahl. Leider. Ich musste mitten durch die Scheiße.

Der kühle Wind wirbelte meine offenen Haare umher, und ich hatte Mühe, sie mir aus dem Gesicht zu streichen. Wir gingen gemeinsam an der Schule vorbei und betraten den Wald. Äste knackten unter den Schuhsohlen und der Geruch nach feuchtem Moos und Fichtennadeln stieg mir in die Nase. Ich blickte mich kurz um, wollte sichergehen, dass uns niemand sah. Doch da war keine Menschenseele. Als ich mich wieder zu meinen Freunden drehte, erkannte ich, dass Aiden stehen geblieben war und auf mich wartete. Sein Blick lag auf mir, und ich spürte, wie es mir kalt die Wirbelsäule hinunterlief. Ich schloss wieder zu ihm auf und ging direkt neben ihm her. Seine

Schulter war auf der Höhe meines Kopfes und zeigte mir mal wieder, wie groß er doch war. Er sah verbissen nach vorn, ohne auf mein Starren zu reagieren. Entweder ihm war schlecht, weil wir gleich etwas Magisches taten, oder er hatte generell keinen Bock auf die ganze Wir-holen-eine-Seele-wieder-zurück-Sache. Das wusste ich nicht so genau. Oder der nicht vorhandene Sicherheitsabstand zwischen uns ließ ihm unwohl werden. Keine Ahnung, was es war.

Sara rieb sich die Arme. »Kannst du den Zauber auswendig?« Ich nickte und ging ihn automatisch in meinem Kopf durch. Es waren Worte, die keinen Sinn ergaben, wenn man sie las. Doch wenn man sie aussprach, dann wusste jede Hexe sofort, welcher Zauber es war. Zaubersprüche hatten eine eigene Note. Einen Klang, der ihren Inhalt bestimmte. Für alle, die keine Hexen oder Hexer waren, hörte es sich an, als hätten wir eine sprachliche Einschränkung. Zaubersprüche waren mächtige Dinge, die man nur durchführte, wenn es wichtig war. Denn sie konnten nicht nur einen hohen Preis fordern, sondern einem selbst Energie entziehen. Und einen Geist durch einen Riss zwischen den Welten zu rufen zählte definitiv zu der Kategorie anstrengend.

Meine Hand streifte aus Versehen die von Aidan und er atmete erschrocken ein. Ich presste die Lippen zusammen und blickte nicht zu ihm hinüber, denn ich spürte bereits seinen Blick auf meiner Wange. Er brannte sich in mein Gesicht, so intensiv betrachtete er mich. Ein Schauder lief mir den Rücken hinunter, und ich hatte das Gefühl, dass die kalte Luft meinen Körper nicht kühlen konnte. Denn innerlich sprühten Funken in mir, die mein Gesicht rot werden ließen.

»So, Merope, wo ist denn dieser Riss?«, fragte Alan und sah sich suchend um. Ich hatte gar nicht mitbekommen, dass wir uns bereits auf der Lichtung befanden. Als ich meine Aufmerksamkeit auf die Umgebung lenkte, erkannte ich den Riss in seiner vollen Pracht. Und er war nun größer. Zuvor hatte er die Größe eines Traktorreifens, nun war er bereits auf das Doppelte angewachsen. Ich betrachtete ihn eine Weile und stellte fest, dass gerade kein Geist dabei war, sich durch den Riss zu quetschen.

»Genau dort ist er«, sagte ich und deutete auf die Stelle.

»Also ich sehe nichts«, erwiderte Aiden und sah mich mit hochgezogener Braue an. Meinte er das ernst? Hatte er die Situation mitbekommen oder was war sein Problem?

»Wenn du das sehen könntest, dann wärst du ein Hexer, herzlichen Glückwunsch. Sei froh, dass du es nicht kannst.« Ich ging auf den Riss zu und blieb einige Schritte davor stehen. Meine Freunde folgten mir. Aiden schnaubte. Er hörte sich an wie ein bockiger Esel. Alan und Aiden blieben weiter weg stehen. Wir drei nahmen uns an den Händen, ich umgriff fest die Finger von Samu und Sara. Ich schloss die Augen. Dann öffnete ich eines wieder.

»Könnt ihr den Zauber überhaupt?« Es wäre unpraktisch, wenn nicht.

»Ein bisschen, aber wenn wir mehrmals wiederholen, dann kriegen wir das hin«, sagte Samuel und nickte mir zu. Ich schloss mein Auge wieder.

»Okay stopp, ich brauche erst ein Bild von deiner Großmutter, Samuel, sonst weiß ich ja nicht, wen ich rufen soll«, rief Sara und ließ unsere Hände los.

»O ja, stimmt. Das zeige ich euch.«

Er zog sein Handy aus der Hosentasche und suchte einige Momente, bis er es uns unter die Nase hielt. Ich erkannte eine alte Frau mit grauen Haaren und einer riesigen Hornbrille auf der Nase. Ihr Gesicht war voller Falten und ihre Wangen wirkten eingefallen. Doch die dunkelblauen Augen erkannte ich sofort wieder. Es waren die gleichen, die Samuel hatte.

»Und wie heißt sie?«, fragte ich und deutete auf das Bild.

»Margret«, antwortete er, wobei seine Stimme bedrückt klang. Wir nahmen wieder unsere Position ein, reichten uns noch mal die Hände und schlossen die Augen. Dieses Mal war die Atmosphäre ernster, angespannter und voller Magie. Ich spürte, wie um mich herum die grünen Funken flogen, als ich begann, den Spruch aufzusagen. Worte, die in meinen Ohren eine wunderschöne Melodie bildeten. Samuel und Sara setzten nach dem vierten Mal ein, und so sprachen wir zu dritt den Zauber. Während des gesamten Sprechens hielt ich die Augen geschlossen und spürte nur das elektrische Sirren des Machtgefühls, das durch meine Adern strömte. Auch die Magie der anderen fühlte ich bis in mein Innerstes, und ich liebte es, wie sie sich mit meiner Magie verband. Ich vermisste es, dass wir kein Zirkel mehr waren. Dass wir unsere gegenseitige Magie nicht mehr permanent spürten. Es hatte mir Halt gegeben. Doch nun hatte ich lernen müssen, mein eigener Halt zu sein.

Die gesprochenen Worte schwollen zu einer wunderschönen Melodie an und wurden lauter und lauter. Mächtiger. Mehr Magie durchzuckte meinen Körper und umhüllte uns wie ein Schleier. Brauste durch mich hindurch, und ich wollte dieses Gefühl bei mir behalten, nicht loslassen. Unsere Stimmen wurden leiser und die Magie verschwand aus unseren Körpern, bis nur noch das leise Kribbeln dort war, das mich daran erinnerte, welche Macht wir miteinander geteilt hatten.

Ich schlug die Augen auf, und das Erste, was ich sah, war Aiden, der mich mit Staunen betrachtete. So als würde er mich zum ersten Mal sehen. So richtig. Voller Magie und Kraft. Doch in einem solch verletzlichen Moment; als die Person, die ich im tiefsten Inneren, hinter der Rolle meiner selbst war. Der Blick aus seinen grasgrünen Augen schien mein Gesicht zu streicheln und es mit jeder Feinheit in sich aufzunehmen. Und ich sah zurück, blickte in das Gesicht, dessen Träger mich töten wollte, und hielt den Blick fest. Versank in den wundervollen Augen und ließ mich gefangen halten. Es war so, als würde er mich hypnotisieren. Und ich ihn. Ein seltsam schöner Moment, der mich komplett aus der Spur brachte.

»Seht nur!«, rief Sara und deutete mit ihrem Finger auf den Riss. Ich löste meinen Blick von Aidan und drehte mich um. Dort kam etwas mit hoher Geschwindigkeit auf den Riss zugeflogen. Jedoch nicht auf unserer Seite, sondern hinter dem Schleier.

Verschwommene Gestalten kamen darauf zu. Sie wurden größer und größer, bis sie durch den Riss hindurchschossen und in der Luft schwebten. Ich versuchte die Flasche mit dem Bannzauber zu öffnen und zog an dem Verschluss. Er hakte. Ich zog erneut und er ließ sich öffnen. Dann warf ich das Pulver in die Luft, doch es war zu spät. Die Gestalten flogen bereits in den Wald hinein und verschwanden.

»Verdammte Scheiße!«, sagte ich und hätte am liebsten wie ein kleines Kind mit dem Fuß aufgestampft, so sauer war ich. Weshalb zur Hölle waren diese Geister so schnell? Und weshalb konnte ich sie nicht richtig sehen? Es waren verschleierte Gestalten. War es deswegen, weil sie so schnell waren? Und vor allem, warum waren es mehrere? Ich hatte nur an die Großmutter von Samuel gedacht und an niemand anderen. »Was war das denn?«

»Ich habe keine Ahnung. Aber es war definitiv nicht meine Großmutter.« Samuel blickte ein wenig traurig drein und Sara sah in die Richtung, in der die Schatten verschwunden waren. Ich ging auf Samu zu und legte ihm die Hand auf die Schulter.

»Hey, sieh es so, vielleicht war es gar nicht deine Großmutter und sie konnte erst gar nicht kommen, weil sie schon längst ins Licht gegangen ist und ihren Frieden gefunden hat.« Ich umarmte Samuel und strich ihm über den Rücken.

Er nickte, doch ich wusste, dass es ihn dennoch mitnahm. Und das verstand ich.

»Ja, du hast vielleicht recht. Doch in unserer jetzigen Situation hilft es nichts«, antwortete er. Ich zog mich von ihm zurück, und sofort war Alan zur Stelle und zog ihn in eine weitere Umarmung.

»Sollen wir jemand anderen rufen?«, fragte Sara und zog nachdenklich die Augenbrauen zusammen.

»Ich wüsste nicht wen, aber wenn euch jemand einfällt, dann können wir es gern noch mal probieren«, sagte ich und blickte wieder zu dem Riss. Meine Augen weiteten sich und es schien so, als würde mein Herz für ein paar Schläge aussetzen. »Okay, ich nehme alles zurück. Ich glaube, das ist keine gute Idee, denn wenn die Geister, die da gerade zum Riss kommen, erkennen, dass ich sie sehen kann, dann werden sie zu mir wollen. Ich habe keine Ahnung, wie das ausgehen würde, aber ich möchte es ehrlicherweise auch nicht herausfinden. Wenn sie nämlich genauso in die menschliche Welt eingreifen wie die Geisterfrau bei Cat, dann könnt ihr meine Seele auch gleich aus der Geisterwelt retten.« Es waren viele Geister, die auf den Riss zustürmten. Dieses Mal konnte ich aber ihre Gestalt erkennen und ihre Gesichter ausmachen. Nicht wie bei den Geistern, die einfach an mir vorbeigerauscht waren wie ein Rennwagen. So als wäre unsere Beschwörung ein Signalfeuer gewesen, das sie direkt hierherführte. So eine Scheiße. Irgendwie hatte ich das Gefühl, dass ich alles nur schlimmer machte.

»Wie nah sind sie?«

Ich sah mich prüfend um. »Sie sind gleich da. Es reicht nicht mehr für einen neuen Zauber. Und das Bannpulver ist außerdem irgendwo hier auf der Wiese.« Ich deutete auf unsere Umgebung und verzog mein Gesicht. Die Geister wurden größer, und nun begann sich einer durch den Riss zu drängeln. Mein Atem ging schneller und meine Freunde bemerkten mein verändertes Verhalten, weil sie mich an den Armen packten und hinter sich herzogen. Ich war wie versteinert. Meine eigene Angst lähmte mich. Die Angst vor Geistern. Nach dem, was ich miterlebt hatte, wie Cat von einer Geisterfrau unter Wasser gedrückt wurde und keine Chance hatte, sich zu wehren, wurde ich beim Anblick von Geistern stocksteif. Schnell liefen wir in Richtung des Schulparkplatzes. Ich hatte keine Ahnung, wie ich ins Auto gekommen war, aber dort saß ich nun und starrte abwesend aus dem Fenster. Aus Angst, dass zwischen den Bäumen einer der Geister hervorkommen könnte.

»Geht es dir gut?«, fragte Aiden, der sich über die Mittelkonsole zu mir herüberbeugte. Ich bemerke ihn erst, als er nach meinem Arm griff und daran schüttelte. »Hallo?« Ich blinzelte perplex, und als ich registrierte, wie nah er mir war, rutschte ich ein Stück nach hinten, bis mein Rücken an der Autotür angekommen war.

»Hast du schon mal was von Abstand gehört?«, fauchte ich ihn an und schob ihn mit den Händen auf seinen eigenen Sitz. Aiden lachte auf.

»Ich sehe, dir geht's gut. Dann können wir ja fahren«, sagte er belustigt. Er drehte den Schlüssel des Audi um und fuhr vom Schulparkplatz. Die Fahrt verbrachten wir schweigend, wobei ich bemerkte, wie er mir prüfende Blicke zuwarf. Als würde er darauf warten, dass ich jeden Moment explodierte oder tot umfiel. Wobei ihm das Letztere wahrscheinlich ganz recht wäre. Ich hatte keine Ahnung, wohin wir fuhren, aber als wir wieder in den Wald einbogen, wusste ich, dass wir gleich zu Hause waren. Bei der Hütte. Nervlich war ich so aufgewühlt, dass meine Hände ganz schwitzig waren und mein Puls sich nicht beruhigte. Trotz der fünfzehnminütigen Fahrt. Draußen erkannte ich, dass Rufus seinen Platz auf der Veranda eingenommen hatte und uns abwartend betrachtete. Ich hasste es zu versagen. Und vor allem, wenn es mir noch jemand wie Aiden oder Rufus unter die Nase rieb. Das machte die gesamte Situation nicht besser. Mit einem Seufzen stieg ich aus dem Wagen aus und ging auf die Hütte zu. Rufus erhob sich und sah mich skeptisch an.

»Es hat offensichtlich nicht so funktioniert, wie wir uns das vorgestellt hatten«, sagte Rufus mit einem tadelnden Ton.

»Nein, es hat absolut nicht so funktioniert, wie wir uns das vorgestellt hatten«, maulte ich ihm entgegen und stapfte hinein. Kaum hatte ich die Hütte betreten, hörte ich von oben Alistairs Schritte. Mein Herz zog sich qualvoll zusammen und meine Gedanken wanderten sofort zu meiner Freundin, die dort oben lag. Das schlechte Gewissen überrollte mich. Ich erkannte Alistairs hoffnungsvolles Gesicht und sah dabei zu, wie diese Hoffnung sein Gesicht schlagartig verließ, als er mich erblickte.

»Es hat nicht funktioniert«, stellte Alistair fest und blieb mitten auf der Treppe stehen. Ich schüttelte niedergeschlagen den Kopf.

Er kehrte auf der Stufe um und ging wieder nach oben. Seine Schritte klangen dieses Mal leiser und trauriger. Wenn Schritte überhaupt so klingen konnten. Doch in diesem Moment taten sie es. Hinter mir hörte ich, wie meine Freunde ebenfalls die Hütte betraten und in die Küche gingen. Ich blieb hier im Gang stehen und starrte auf den Punkt, an dem Alistair zuvor gestanden hatte. Verdammte Scheiße. Aiden machte sich hinter mir bemerkbar, indem er sich kurz räusperte.

»Kommst du mit in die Küche?«, fragte er mich und wartete auf meine Antwort. Es dauerte einige Momente, bis ich antwortete.

»Ja, ich komme sofort«, sagte ich, blieb jedoch noch eine Weile hier, bis sich Rufus um meine Beine herum anschmiegte.

»Ach Junghexe, es läuft nicht immer so, wie man es sich wünscht. Aber glaub mir eines, am Ende wird es Sinn ergeben und du wirst die passende Lösung finden. Ich glaube an dich«, sagte er mir aufmunterndem Tonfall. Er wartete nicht mehr ab, ob ich etwas sagen wollte, sondern rannte nach oben und verschwand. Beinah hätte ich gelächelt bei dem Kompliment, das mir der Kater gemacht hatte. Wieso war er denn auf einmal so nett? Ich dachte eher, dass er auf meinem Versagen herumtrampelte und anschließend darauf Discofox tanzte.

Ich glaube an dich.

Es tat gut, das zu hören. Denn ich glaubte das nicht. Wenigstens tat es Rufus. Langsam ging ich in die Küche, in der sich die anderen mit bedrückten und bemüht leisen Stimmen unterhielten.

Samuel saß in seiner Ecke und hielt sich vollkommen aus dem Gespräch heraus. Die verschränkten Arme vor seiner Brust und die verschlossene Miene zeugten davon, dass er nicht darüber hinweg war, dass er seine Großmutter nicht gesehen hatte. Alan legte Samuel eine Hand auf den Oberschenkel und die beiden lächelten sich verliebt an.

Aiden zog den Stuhl neben sich heraus und ich nahm, ohne zu murren, darauf Platz.

»Was können wir denn jetzt machen?«, fragte Sara in die Runde.

Alan und Aiden hielten sich raus. Samuel antwortete nicht und ich wusste nicht, was ich sagen sollte. »Das nenne ich eine Maßnahme«, sagte Sara, nachdem es einige Momente totenstill im Raum war.

»Ganz ehrlich, ich habe absolut keine Ahnung. Ich glaube, es ist gut, wenn wir weiter in den Grimoires recherchieren und bestenfalls eine andere Lösung entdecken, als jemanden durch den Riss zu beschwören. Denn ich habe keine Lust, von einer Horde Geister niedergemetzelt zu werden. Am besten wäre es, wenn wir direkt eine Lösung finden, wie wir Cataleyas Seele retten können«, sagte ich und rieb mir übers Gesicht. Genauso wie alle anderen am Tisch war ich niedergeschlagen und erschöpft. Samuel in der Ecke nickte mir träge zu und biss sich kurz auf die Unterlippe, bevor er sich aufsetzte und den Blick hob.

»Das ist ein guter Vorschlag. Wir arbeiten in der Zeit an einem der Tränke weiter, damit wir Cataleyas Körper so lange wie möglich lebendig erhalten können.«

»Habe ich gesagt, wie lange eine Seele in der Geisterwelt bleiben kann?«, fragte ich und riss die Augen auf.

»Nein, das hast du nicht«, meinte Sara und betrachtete mich neugierig.

»Bis zum nächsten Vollmond«, verkündete ich.

Samuels Augen hellten sich auf.

»Das ist erst im November«, stellte er fest und setzte sich auf.

Nickend lehnte ich mich gegen den Stuhl, wobei Sara hoffnungsvoll dreinblickte. Das Handy vibrierte in der Tasche. Mom, stand auf dem Bildschirm, und schnell überlegte ich, ob ich drangehen sollte, sie würde mit Sicherheit alles über das Treffen mit meiner Großmutter wissen wollen. Doch Lust, darüber zu reden, konnte ich absolut nicht aufbringen. Trotzdem drückte ich auf den grünen Hörer.

»Merope?«, fragte meine Mutter. Ihre Stimme verriet, dass etwas nicht stimmte. Sie war zu hoch und schrill, als dass alles in Ordnung sein könnte.

»Mom?«, fragte ich alarmiert und stand vom Stuhl auf. »Geht es dir gut?« Ich fing an, an der Küchenzeile auf und ab zu gehen.

»Ja, mir schon, aber … Großmutter nicht.«

»Warum, was ist passiert?«, fragte ich und strich mir mit der Hand die Haare aus dem Gesicht. Bei dem Namen wurde mir gleich ganz anders zumute.

»Sie ist tot. Sie wurde ermordet«, flüsterte meine Mutter in ihr Handy und ich hörte, wie erstickt ihre Stimme dabei klang. Ich zog scharf die Luft zwischen den Zähnen ein. Meine Mutter schluchzte am anderen Ende der Leitung auf und ich erstarrte mitten in der Bewegung. Eine brennende Wut entflammte in mir und breitete sich in meinem Körper aus. Durchdrang jede Pore und Zelle, setzte meinen Körper in Flammen. Jemand hatte meine Großmutter ermordet. Zwar war ich kein großer Fan von ihr oder dem, was sie getan hatte, aber sie gehörte zur Familie. Auch sie war einst eine liebende Mutter gewesen, so wie es meine Mom war. Wie konnte das passieren? Ich dachte, Aidens Sippe kümmere sich darum, dass niemandem etwas in der Umgebung passieren würde. Ich drehte mich zu Aiden, der mich aufmerksam musterte.

»Aber dir geht es gut, oder? Dad geht es gut? Euch geht es gut?«, fragte ich sie und warte gespannt die Antwort ab.

»Ja, uns geht es … okay.« Ich nickte, so als könnte meine Mutter mich sehen. »Ich wollte dir Bescheid geben, damit du und deine Freunde auf euch aufpasst. Wir haben keine Ahnung, was wirklich passiert ist, aber es sieht definitiv nach Magie aus. Versprich mir, dass ihr aufeinander achtet«, wisperte sie ins Handy.

»Versprochen«, sagte ich zu ihr. Dann legte ich auf. Ich ließ meine Hand langsam sinken und behielt dabei Aiden die gesamte Zeit über im Blick. Es konnte niemand anderes gewesen sein. Es musste die

Bruderschaft gewesen sein. Auch wenn sie sich jetzt Orden nannten. Es machte nichts besser. Sie waren noch immer abgebrühte, kalte Mörder. »Was habt ihr getan?«, rief ich. Die Frage klang eher wie eine Anklage. Er runzelte verwirrt die Stirn und sah mich mit einer hochgezogenen Augenbraue an.

»Redest du mit mir?«, fragte Aiden und wartete auf meine Antwort.

»Natürlich rede ich mit dir, mit wem denn sonst? Du leitest doch diese bescheuerte Bruderschaft«, zischte ich ihm zu und ballte meine Hände zu Fäusten. Aidens Gesicht verhärtete sich und er setzte sich auf.

»Was ist dein Problem? Was ist denn passiert, dass du mich jetzt so anfährst?«

Ich trat einen großen Schritt auf ihn zu und blickte auf ihn hinunter. »Meine Großmutter wurde ermordet. Und ich glaube nicht, dass es ein Zufall war, nachdem ich dir davon erzählt hatte. Dir sagte, in welchem Heim sie ist! Immerhin waren doch deine *Brüder* gestern bei dir.«

Aiden stand auf und überragte mich um einiges. Jetzt war ich diejenige, die nach oben blicken musste. »Möchtest du damit etwa sagen, dass ich angeordnet habe, deine Großmutter zu töten?«, fragte er mich mit flüsternder Stimme. Er hatte eine ungläubige Miene aufgesetzt. Als würde er nicht fassen können, dass ich ihn beschuldigte. »Das meinst du doch nicht ernst, oder?«

»Du hast Hexen getötet. Du wurdest dein ganzes Leben lang darauf trainiert. Du wolltest mich umbringen! Natürlich denke ich, dass du das warst. Wer sollte es sonst gewesen sein?« Ich trat auf ihn zu, musste meinen Kopf dabei noch mehr in den Nacken legen, doch das war mir egal. Ich war ihm so nah, dass sich unsere Oberkörper beinahe berührten. Wütend starrte ich ihn an und spürte, wie die Magie in meinem Körper brodelte. Sie wollte freigelassen werden. Sie wollte etwas zerstören. Sie wollte ihn zerstören. Ich führte meine Hand nach oben und richtete sie gegen Aiden.

»Ich setze mich für die Guten ein, egal ob Mensch oder Hexe. Und ich weiß, dass du mir nicht glaubst. Das ist auch völlig in Ordnung, aber ich kann dir versichern, dass ich es nicht war und auch keiner meiner sogenannten *Brüder*«, sagte er mit Nachdruck. Er beugte sich zu mir hinunter und ich konnte seinen heißen Atem auf meiner Wange spüren. Meine Hand lenkte ich auf seine Brust.

»Wage es ja nicht, deine Magie gegen mich zu verwenden«, grollte er und presste anschließend seine Kiefer aufeinander. Die grünen Augen funkelten mich herausfordernd an. Würde ich mich auf dieses Spiel einlassen? Natürlich würde ich das. Immerhin war ich Merope Carter, und ich würde mir von niemandem etwas sagen lassen. Ich ließ einen Magiestoß los, der Aiden einen heftigen Ruck verpasste.

»Und was, wenn ich es doch tue? Wenn ich es noch mal mache? Was willst du tun? Mich umbringen, schon wieder? Nur dieses Mal richtig? Oder hast du einen anderen Plan? Folter? Das hatten wir noch nicht!« Ich redete mich in Rage und merkte dabei nicht, wie ich ihm näher kam. Unsere Gesichter waren keine Fingerlänge mehr voneinander entfernt. Mein Atem ging schwer, und ich spürte selbst, wie sich meine Nasenflügel aufblähten.

»Ja, vielleicht werde ich das. Du bist eine selbstgefällige, egoistische und schwache kleine Hexe!« Seine Stimme war so tief, dass ich sie beinahe nicht erkannt hätte. Und obwohl ich keine Ahnung hatte weshalb, taten mir seine Worte weh.

Samuel und Sara standen auf. Diese Aussage war zu viel, und Aiden erkannte das selbst. Denn er trat einen Schritt zurück, entfernte sein Gesicht von meinem und betrachtete mich mit abschätzigem Blick. Er war so, wie ich ihn kennengelernt hatte. Ein richtiges selbstgefälliges Arschloch. Ein Hexenjäger, dem es am Arsch vorbeiging, wen er tötete. Denn das war er. Ein Jäger. Ein Mörder. Ich konnte froh sein, dass er mich nicht schon gestern getötet hatte.

»Ich würde vorschlagen, dass du dich verpisst.« Meine Stimme war leise, aber ein gefährlicher Unterton schwebte darin mit. Und wenn er nicht gleich aus meinem Zuhause verschwinden würde, dann war ich diejenige, die ihm als Erste wehtun würde.

Aiden lachte auf. »Vor ein paar Stunden hatte ich echt das Gefühl, dass wir zwei dieses Kriegsbeil begraben könnten. Doch da habe ich mich wohl geirrt.« Er warf mir einen letzten Blick zu und ich erkannte den verletzten Ausdruck darin. Was hatte er erwartet? Dass wir beste Freunde wurden und händchenhaltend über eine Wiese voller Gänseblümchen hüpften? Ich erlaubte mir nicht, an meiner Meinung zu zweifeln. Mir fiel niemand anderes ein, der diese Hexen hätte töten können. Außer der Orden.

»Hau ab«, zischte ich und ballte meine Hände zu Fäusten. Mit schweren Schritten verließ er die Hütte und knallte die Tür so laut zu, dass die Teller von Samuels Großmutter an der Wand klapperten. Alan warf Samuel einen entschuldigenden und mir einen zornigen Blick zu. Dann ging er hinter seinem Bruder her.

»Ich muss schauen, dass er keinen Unsinn baut, dann komme ich wieder.« Mit diesen Worten verschwand auch er. Die Tür schloss sich und Stille kehrte ein. Sara trat hinter mich und legte ihre Hand auf meine Schulter.

»Glaubst du wirklich, dass er es war?«, fragte sie mich.

Ich schnaubte. »Ja. Du weißt nicht, wie es war, als er mich umbringen wollte. Ich werde niemals dieses Gefühl vergessen, hilflos zu sein. Kurz davor, von Jägern getötet zu werden. Ich kenne ihn nur so. Und deshalb ist es für mich klar, dass er es war.«

»Okay. Ich war nicht dabei, deshalb kann ich es nicht beurteilen. Aber ich glaube dir. Ich vertraue dir, Merope. Wir werden der Sache auf den Grund gehen«, sagte sie und lehnte sich kurz gegen mich, um mir mit ihrer Berührung zu zeigen, dass sie für mich da war. Doch das wusste ich. Obwohl sie ein paar Jahre jünger war, hatte ich trotzdem das Gefühl, dass sie so reif war wie wir. Wahrscheinlich sogar mehr. Vielleicht lag es an den Ereignissen, die sie überstanden hatte. Daran, dass ihre Eltern verloren hatte und an James geraten war, der sie nur ausgenutzt hatte und schlussendlich töten wollte. Sie hatte gelernt. Aus dem naiven sturen Mädchen war eine mutige, schlaue junge Frau geworden. Ich betrachtete Samuel, der nachdenklich dreinblickte.

»Was hältst du davon, Samu?«, fragte ich ihn.

Zweifel lag in seinen dunkelblauen Augen. »Ich kann nicht genau sagen, ob er es war. Er war enttäuscht. Und verletzt.« Samuels Fähigkeit, Emotionen zu lesen, war in manchen Situationen ziemlich hilfreich. Doch das bewies noch längst nicht Aidens Unschuld.

»Er kann sich von mir aus gern verletzt fühlen«, sagte ich und schüttelte den Kopf.

Sara kam auf mich zu. »Merope, es tut mir leid wegen deiner Großmutter.«

Mir nicht. »Danke.« Auch Samuel bekundete mir sein Beileid. Ich atmete tief durch und ging raus auf die Veranda. Dort setzte ich mich in den quietschenden Schaukelstuhl und schloss für einen Moment die Augen, um durchzuatmen. Die kühle Luft legte sich über mein Gesicht und beruhigte meinen aufgeheizten Körper. Das Herz in meiner Brust schien heute ein Marathon hinter sich zu haben, denn kaum ließ ich meinen Kopf nach hinten sinken, entspannte ich vollkommen. Der wenige Schlaf machte es nur noch schlimmer, und so war ich kurz davor, in dem Schaukelstuhl einzuschlafen. Mein Telefon klingelte erneut. Ich musste einige Male blinzeln, bis ich wieder meine Umgebung erkennen konnte. Meine Augen brannten und waren komplett ausgetrocknet. Ich brauchte dringend Schlaf, doch die Ereignisse hatten nicht vor, mir etwas Zeit dafür zu geben.

»Mom?«, fragte ich in mein Handy und wartete auf eine Antwort.

»Hey, wir sind im Heim angekommen. Vielleicht magst du auch kommen und dir das hier ansehen.« Ich atmete tief durch und setzte mich auf.

»Ich bin auf dem Weg.«

Kapitel 13

AIDEN

»Kann mir einer von euch sagen, was da passiert ist?« Ich war so aufgekratzt, dass ich meine Freunde anschnauzte, als hätten sie wirklich Meropes Großmutter ermordet. Doch ich wusste, dass sie es nicht gewesen waren. Nicht diese beiden. Nicht mit der Hintergrundgeschichte, mit der ich sie kennengelernt hatte. Sie waren zuvor nicht bei der Bruderschaft gewesen. Doch als sie hörten, dass sich etwas veränderte, wir die Bösen jagten, egal ob Hexe oder Mensch, kamen sie zu mir. Die beiden hatten Freunde mit magischen Fähigkeiten, und das jahrelange Kampftraining, das sie vollzogen hatten, machte sie in meinen Augen zu guten Kämpfern. Sie waren nützlich und halfen dabei, etwas zu bewirken. Zum Besseren, für alle. Mensch wie Hexe. »Wisst ihr irgendwas? Von den anderen Mitgliedern?«

Jase und Boyd wechselten einen Blick, bevor sie mit bedauernder Miene den Kopf schüttelten. »Leider nicht. Es ist schrecklich. Dabei ist in Ashland und Umgebung kein Mord seit James De Vere passiert«, sagte Jase.

Ich nickte mit ernster Miene und betrachtete mein Gegenüber.

»Es gab keinerlei Anzeichen. Hast du eine Ahnung, wie die Großmutter gestorben ist? Waren es vielleicht andere Hexen? Haben sie sich merkwürdig verhalten? Ich meine, du warst ja selbst auf dem Totenfest von Ihnen. Hast du da etwas gemerkt? Etwas, was darauf schließen lässt, dass es einer von ihnen war?«, fragte Boyd mich und nahm einen Schluck aus dem Glas. Mit seinen blauen Augen musterte er mich dabei. Ich schüttelte den Kopf und überlegte noch mal, doch mir war nichts aufgefallen. Außer dass Meropes Sachen ziemlich kurz waren und sie so ausgesehen hatte, als würde sie frieren. Und dass es eine wunderschöne Feier war, um die Toten zu ehren. Doch ansonsten war es unauffällig. Na ja, außer die Geister, die das Fest mit ihrem Auftauchen gestört hatten. Und die Situation, die beinahe mit den Hexen und Hexern eskaliert wäre. Es war unangenehm, dabei zuzusehen, wie ein paar der Leute gegangen waren. Wegen uns. Wahrscheinlich dachten die anderen Hexen und Hexer auch, dass wir es gewesen waren.

»Nein, mir ist nichts Außergewöhnliches aufgefallen. Nicht so, dass ich sagen würde, jemand von den Anwesenden hätte die Großmutter getötet. Vor allem ergibt es keinen Sinn, dass sie sich untereinander umbringen. Nicht die Menschen, die ich dort gesehen habe, sie wirkten wie eine eigene Familie. Und sie standen auch nicht in Kontakt mit ihr. Denke ich zumindest«, sagte ich. War es vielleicht möglich, dass die Geister sie getötet hatten? Nein, oder? Ich meine, sie konnten zwar in unsere Welt eingreifen, aber warum sollten Sie Meropes Großmutter aus dem Nichts auslöschen? Das ergab in meinen Augen keinen Sinn, und mich würde es wundern, wenn das so wäre. Deshalb ging ich eher davon aus, dass es andere Hexenjäger waren, die aus der Bruderschaft ausgetreten waren, nachdem mein Vater starb.

Ein Schauder lief mir den Rücken hinab, doch ich verdrängte meine Gefühle. Dafür hatte ich keine Zeit. Und da ich die Bruderschaft beziehungsweise den Orden leitete, war es für einige nicht der beste Weg, dass ich dazu die Motivation und den Ansatz änderte. Ich hatte einige schwere Gespräche hinter mir, in denen ich darum gekämpft hatte, dass man uns in Ruhe lässt, wenn man nicht derselben Überzeugung war. Doch ich wusste, was für verzwickte Gedankengänge Hexenjäger haben konnten. Denn ich wurde selbst von klein auf dazu erzogen. Es war schwer, diese Mauer an Lügen und irrsinnigen Idealen zu durchbrechen, um den Blick auf das Wesentliche zu erhalten.

»Okay, wir versuchen herauszufinden, was geschehen ist, und die Verantwortlichen ausfindig zu machen. Aber wir sollten vorsichtig sein, die Hexen werden uns nicht mit offenen Armen willkommen heißen«, sagte Jase entschlossen und löste die verschränkten Arme vor seiner Brust. »Aiden, wir kriegen das hin. Ganz sicher. Lass dich nicht fertigmachen.«

Ich musste ein wenig schmunzeln, dass er mich aufmuntern wollte. Ich würde mich von niemandem fertigmachen lassen. Auch nicht von Merope. Ich verstand, weshalb sie dachte, dass es jemand vom Orden war. Und ich fragte mich, wie ich ihr beweisen konnte, dass ich mich geändert hatte und versuchen wollte, etwas richtig zu machen. Ich wollte all das, was ich falsch gemacht hatte, wiedergutmachen. Und das war ein Anfang. Es würde niemals reichen, um alles wettzumachen, aber es würde unschuldige Leben retten, wenn ich mich dafür einsetzte, dass sie sicher waren.

»Sag mal, was ist mit dieser kleinen Hexe? Das war ihre Großmutter, richtig? Du hilfst ihr bei irgendetwas, oder?«, fragte Boyd.

Ich nickte und erzählte den beiden von der Situation, in der sich Cataleya befand. Und welchen Teil ich dazu beitrug.

»Das hört sich definitiv nach etwas an, bei dem Zusammenhalt gefragt ist. Du weißt, wenn du uns brauchst, musst du nur anrufen, dann sind wir sofort zur Stelle«, teilte Jase mir mit und betrachtete mich aufmerksam.

»Danke, das weiß ich wirklich zu schätzen, Jungs«, antwortete ich und ein Lächeln umspielte meine Lippen. Ich arbeitete mit den beiden schon seit einem knappen Jahr zusammen, und sie hatten mir geholfen, den Orden wieder aufzubauen und zu verändern. Unsere Vision an unsere Ziele anzugleichen und alles Erdenkliche dafür zu tun, dass wir die Mission fortführen konnten. Jeder von ihnen kümmerte sich um eine Hälfte des Ordens. Jase hatte Mitglieder unter sich, genauso wie Boyd. Dadurch, dass ich *Archer Industries* leitete und den Orden, konnte ich nicht beides gleichzeitig stemmen. Jase und Boyd erstatteten mir Bericht und gemeinsam planten wir das weitere Vorgehen. Sie waren wie meine engsten Berater, die darauf achteten, dass es glattlief, während ich nicht da war. Ich vertraute ihnen.

»Für dich immer gern. Und du weißt, wir sind nützlich«, sagte Jase. O ja, durch ihn hatten wir einige neue Waffen im Arsenal. Er hatte sie selbst entwickelt, und man konnte sie sowohl gegen Hexen als auch gegen Menschen einsetzen. Er schien niemals müde zu werden, neue Ideen auszutüfteln. Wir züchteten weiterhin Hexenkraut und verarbeiteten es in unsere Waffen. Wenn Alistair mit Cat bei uns war, musste ich aufpassen, dass sie nichts davon in die Finger bekam. Oder in die Atemwege.

»Das weiß ich. Ich möchte gern wissen, wer den Zirkel getötet hat, wo sie sich aufhalten und wie wir sie am besten von weiteren Attacken abhalten können. Denn wenn sie so weit gehen, dass sie einen gesamten Zirkel niedermetzeln, dann wird das nicht der letzte gewesen sein.« Und an einem ganz besonderen hing ein Stück meines Herzens und die meiner Brüder. Deshalb musste ich dafür sorgen, dass alle in Sicherheit waren. Jeder, der uns etwas bedeutete.

»Wird gemacht. Ich rufe dich an. Charlie wollte mir von einer neuen Aktivität in Jacksonville erzählen«, sagte Boyd, stand auf und verabschiedete sich mit einer schnellen Handbewegung, bevor er den Raum verließ. Jase sah ihm nach. Dann wandte er sich zu mir.

»Möchtest du vielleicht darüber reden?«, fragte er, als Boyds Schritte verklungen waren.

»Worüber?«

»Na, über die Kleine. Wie heißt sie?«

Ich zögerte einige Momente und überlegte, ob ich ihm wirklich ihren Namen verraten wollte. »Sie heißt Merope«, sagte ich, und sofort tauchte ein Bild vor meinem inneren Auge auf.

»Ahhh, Merope also. Die Kleine hat dir ganz schön den Kopf verdreht«, sagte er und grinste.

Ich erstarrte einen Moment, bis ich mich daraus befreien konnte. »Was?«, fragte ich ein klein wenig zu harsch.

Jase' Grinsen wurde breiter. »Ach komm, das rieche ich schon, wenn ich an euch vorbeigehe. Sie sieht gut aus, da kann man nichts sagen.«

Ich wusste, dass Merope gut aussah, darum ging es auch überhaupt nicht. »Nicht wirklich«, antwortete ich murrend.

»Ganz sicher, ich bin zwar genauso blond wie du, aber nicht blöd.«

»Das ist schön für dich, aber es bedeutet noch lange nicht, dass du recht hast«, sagte ich und lehnte mich auf meinem Stuhl zurück.

»Du hättest niemanden vor Boyds Sprüchen beschützt. Noch nicht mal deine Brüder. Doch Merope hast du in das Haus gezogen und uns weggeschickt. Sag mir nicht, dass ich falschliege.« Ich wusste nicht, was ich sagen sollte, denn irgendwie hatte er recht. Doch eingestehen wollte ich es mir nicht.

»Das spielt keine Rolle. Egal ob ich sie auf irgendeine Weise mag oder nicht. Sie denkt, dass der Orden den Zirkel ermordet hat.«

Jase setzte sich ruckartig auf. »Warte, was? Nicht dein Ernst!«

Ich nickte und kniff die Lippen zusammen. »Doch, mein Ernst«, sagte ich und schüttelte leicht den Kopf.

»Warum sollte sie das denn von uns denken?«

Zischend zog ich die Luft ein und seufzte dann. »Weil wir uns kennengelernt haben, als ich sie töten wollte.«

Jase öffnete den Mund und hatte geweitete Augen. »Das ist wirklich unglücklich«, sagte er gedehnt.

Ich war froh, dass Jase und Boyd so wie viele weitere der Mitglieder mir meine Taten nicht nachtrugen, obwohl sie jeden Grund dazu hatten. Jo und Brian waren weiterhin im Orden aktiv, wenn sie nicht gerade an der Universität waren.

»Ja, das war es. Und ich kann verstehen, weshalb sie mir das unterstellt. Immerhin war ich derjenige, der sie betäubt und verschleppt hat.« Ich musste auflachen, als ich an den Moment auf der Lichtung zurückdachte. »Dann hat sie mir eine blutige Nase verpasst.«

Jase zog belustigt die Augenbrauen nach oben. »Das nenne ich doch Liebe auf den ersten Blick«, feixte er.

»Aha, genau.« Für ein paar Momente herrschte Stille. »Auf jeden Fall weiß ich nicht, ob ich ihre Meinung jemals ändern kann. Ich dachte, wir hätten einen Weg gefunden, Vertrauen aufzubauen, dann wurde dieser Zirkel ermordet und schon bin ich wieder der Böse.« Ich fuhr mir über das Gesicht und spürte deutlich die Stoppel auf meiner Wange. Mein Gott, die mussten weg.

»Wir werden ihr beweisen, dass wir es nicht waren. Das du es nicht warst. Aus der Aktion mit dem Töten kann ich dich leider nicht rausziehen. Da musst du dir selbst etwas ausdenken.«

»Das weiß ich. Danke.«

»Na klar. Weißt du, wir machen alle Fehler. Manche davon sich klein oder groß. Und manchmal ziehen sie Folgen nach sich, die uns ein Leben lang prägen. Aber wir verändern uns, und irgendwann finden wir den Weg, der uns vorbestimmt ist. Und ich denke, du bist auf deinem angekommen. Ich bin froh, dass du dir deine Taten selbst eingestanden hast. Du lernst wie jeder Mensch. Dadurch wird man stärker.«

»Ja. Ich glaube, ich habe endlich einen Weg gefunden, um aus meiner anerzogenen Welt auszubrechen und die Ketten zu sprengen, die seit meiner Geburt um mich geschlungen waren«, sagte ich und schloss für einen Moment die Augen.

Kapitel 14

MEROPE

Aiden hatte meine Großmutter nicht getötet, als ich das Heim betreten hatte, war der Geschmack des Todes in meinen Mund gekrochen und mir wurde übel. Meine Mutter weinte in den Armen meines Vaters. Gemeinsam, eng umschlungen standen sie am Ende des Flurs, den ich vor Kurzem noch entlanggegangen war. Doch dieses Mal würde ich Großmutter nicht mehr lebendig begegnen. Vater richtete seine dunklen Augen auf mich. Er verzog bedauernd den Mund, doch wirkliche Trauer konnte ich nicht erkennen. Jedoch auch keine Erleichterung. Es war irgendetwas dazwischen.

»Mom, Dad.« Ich wurde in eine Umarmung gezogen und schloss für einen Moment die Augen. »Es tut mir leid«, flüsterte ich meiner Mutter zu.

»Danke, Schatz.« Nächstes Jahr beim Totenfest würden die Initialen von Großmutter in Moms Kerze sein. Auch wenn sie keine gute Hexe gewesen war. Vorsichtig löste ich mich von meinen Eltern und spähte ins Zimmer.

Dad ging mit mir hinein.

Mom blieb draußen. Vielleicht konnte sie es nicht aushalten, hier in diesem Raum zu sein.

»Sie wurde so gefunden. Siehst du es? Deine Mom hat es entdeckt.« Ich trat näher an den Schaukelstuhl heran. Großmutter saß darin, die Augen geschlossen. Sie wirkte beinahe friedlich. Ein eiskalter Schauer lief mir den Rücken hinunter. Es war eine Leiche.

Doch etwas stimmte nicht. Ich legte den Kopf schief und betrachtete das Gesicht der älteren Frau. Schnell blinzelte ich, bis ich erkannte, dass ein Tarnzauber über sie gelegt wurde. Mit all meiner Konzentration schaffte ich es, durch den Schleier zu blicken, und keuchte auf. Ich trat einige Schritte zurück, bis ich an das kühle Fenster stieß.

»O mein Gott«, hauchte ich. Ich musste schlucken, um den Anblick ertragen zu können. Ihr Gesicht und die Hände waren mit schwarzen Linien überzogen, die aussahen, als wären sie mit einem Eisen in die Haut gebrannt worden. Ihre vorher noch friedlich lächelnden Lippen waren zu einem stummen Schrei verzogen. So töteten keine Jäger. Es waren Zeichen schwarzer Magie. Das konnte ich nicht nur sehen, sondern auch spüren. Der dunkle Zauber hatte sich wie ein schlechter Duft über den Raum gelegt. Mit jeder Pore konnte ich die Magie wahrnehmen. Ihre Anwesenheit bescherte mir eine Gänsehaut. Sie war so stark, dass ich mich prüfend umsah, ob nicht noch jemand anwesend war, der diese Magie praktizierte.

Doch ich entdeckte nur Mom vor der Tür und Dad, der neben mir stand. Der Tarnzauber war über Großmutter gelegt worden, damit niemand sah, was wirklich mit ihr geschehen war. Die Polizei durfte die Leichen so nicht zu Gesicht bekommen.

Mein Blick blieb an den schwarzen Linien hängen, die bis in die Augäpfel vorgedrungen waren. Ich beugte mich zu meiner Großmutter und kniff die Augen leicht zusammen. Ohne darüber nachzudenken, berührte ich ihre Hand. Sofort schrie ich auf und machte einen Schritt zurück, als die schwarzen Linien auf meinen Arm springen wollten. Schnell schüttelte ich sie ab und hielt mir die Hand an die Brust.

»Verdammt!«

»Merope! Was tust du?« Mom kam herein und nahm meine Hand in ihre, um sie zu betrachten. Die schwarzen Linien auf Großmutters Haut bewegten sich kurz wie kleine Schlangen, bevor sie still wurden. Der Schmerz pulsierte in meiner Hand. Die Rückstände der schwarzen Magie waren ätzend und gefährlich. Erneut blickte ich zu der Leiche vor mir und mein Magen zog sich schlagartig zusammen.

»Ich muss an die frische Luft«, sagte ich hektisch und entzog mich meiner Mutter. »Braucht ihr noch etwas? Ich weiß nicht, ob ich weiter hier sein kann.« Mom schüttelte den Kopf und legte mir ihre Hand an die Wange, bevor sie einen Schritt zurücktrat, um mich gehen zu lassen.

»Fahr nach Hause.« Mit schnellen Schritten verließ ich das Heim und blieb draußen stehen. Vielleicht konnte ich noch ihren Geist sehen. Einige Minuten vergingen und ich ging los. Nach einigen Minuten gab ich auf. Vielleicht, weil ich ihrem Geist nicht wirklich begegnen wollte. Weil sie all das Positive mit sich genommen hatte, als sie Mom töten wollte. Sie hatte nichts Gutes getan, das mir bekannt wäre. Nichts Nennenswertes. Schnell stieg ich in das Auto und fuhr nach Hause.

Der Anblick ging mir nicht aus dem Kopf. Die grauenvollen Schlieren auf ihrer Haut. Wer hatte ihr das angetan? Wer hatte den Schutzzauber durchbrochen und sie ermordet? Mit dunkler Magie. Mein Blickfeld verschwamm und ich wischte mir hastig über die Augen, um keinen Unfall zu verursachen. Den Wagen parkte ich und stieg aus. Ich musste mich bewegen, vor meinen Gedanken und Gefühlen davonlaufen. Jetzt war der letzte Zeitpunkt, an dem ich still sitzen konnte, deshalb ging ich los. In irgendeine Richtung. Nichts brachte mich dazu, stehen zu bleiben. Meine Gedanken waren so voll, dass es sich beinahe so anfühlte, als wäre mein Kopf komplett leer. Es war ein merkwürdiges Gefühl. Ich konnte keinen einzigen der vielen Gedanken greifen.

Es tat gut zu gehen. Dabei fielen mir herumirrende Geister auf, die ganz frisch hier herumstreunen mussten. Sie schlenderten über den Bürgersteig, als wären sie niemals gestorben, und blieben an einem großen Plakat stehen, um einen genaueren Blick darauf zu werfen.

Zumba Abend. Sei dabei. Lass die Hüften kreisen!

Ja, alles klar.

Wenn da der Geist auftauchen würde und mitmachte, dann war es wirklich vorbei. Danach konnte ich behaupten, ich hatte viele verrückte Dinge beobachtet. *Sehr viele.*

Nach einiger Zeit wurde mir kalt. Das lag zum einen an den Geistern, die an mir vorbeigingen, und zweitens daran, dass die Sonne untergegangen war. Meine Finger waren eisig und ich hatte es aufgegeben, zu versuchen, nicht an das zu denken, was ich gesehen hatte.

Als ich bemerkte, wo ich war, schluckte ich hart. Wie von selbst waren meine Füße zu dem Anwesen der Archers gelatscht. Was für ein

Mist. Ich hatte absolut nicht darüber nachgedacht, was mein Ziel war. Deshalb redete ich mir ein, dass es deswegen war, weil hier die Grimoires waren. Es dauerte eine gute halbe Stunde, um den ganzen Weg wieder zurückzulaufen. Darauf hatte ich keine Lust und ich musste dringend auf die Toilette. Suchend sah ich mich um, als würde sich eine Toilette auf zauberhafte Weise manifestieren. In Aidens Busch wollte ich nicht pinkeln.

Ich entschied mich, zu dem Eisentor zu gehen, und drückte es auf. Zwar war es abgeschlossen, aber magiesicher war es nicht. Ich fragte mich wirklich, weshalb dort kein Hexenkraut eingelassen wurde. Das hätte das Anwesen beinahe unbetretbar gemacht. Außer man hatte einen Besen, mit dem man fliegen konnte. In erinnerte mich, wie Cat bei dem Versuch, genau das zu tun, aus zehn Meter Höhe abgestürzt war. Rufus hatte sich dabei seinen puscheligen Katzenschwanz abgelacht. Ich musste gestehen, es war schon witzig. Und sie hatte das überlebt. Offensichtlich. Levi hatte sie zwar zusammenflicken müssen, aber dann war alles okay gewesen.

Levi …

Sein grinsendes Gesicht tauchte vor meinem inneren Auge auf. Ein Schmerz durchfuhr mein Herz und ich zuckte zusammen. Ich dachte oft an ihn. Bald war es ein Jahr her, dass er nicht mehr lebte, doch es fühlte sich so an, als hätte ich ihn vor wenigen Stunden noch neben mir lachen gehört. Als hätte er mich gefragt, ob er mir den Arm aufschlitzen durfte, um seine Heilkräfte anschließend zu üben, und ich ihm gedroht hatte, stattdessen ihn aufzuschlitzen.

Sein panisches Gegacker war so laut in meinem Kopf, dass ich mich kurz umsah, um sicherzugehen, dass er nicht dort stand.

Ich hatte mich oft gefragt, wo er war und weshalb er nicht kam. Zu gern hätte ich ihn noch einmal wiedergesehen. Weshalb hatte ich diese Gabe, wenn ich die Menschen, die ich liebte, im Tod nicht mehr zu Gesicht bekam? Es war eine grausame Folter, denn die Hoffnung starb nie, dass ich ihnen noch einmal begegnen würde. Von diesem Gefühl würde ich erst erlöst werden, wenn ich selbst die Augen für immer schloss.

Als das Licht über mir anging, zuckte ich zusammen. Dieser bescheuerte Bewegungsmelder. Jedes Mal wieder erschrak ich bei diesen automatisierten Dingern. Wenn die Kaffeemaschine sich von selbst spülte, war ich die Erste, die sich an Rufus festklammerte, bis er sich aus meinem Griff schälte und etwas von »Unselbständige Hexe« murmelte. Was sollte ich machen? Solche Dinge machten mir irgendwie Angst. Das durfte ich nur niemals Aiden wissen lassen, denn sonst würde ich nachts nicht mehr ruhig schlafen können. Obwohl ich das jetzt schon nicht tat. Apropos Aiden. Er stand in der geöffneten Tür des Anwesens und betrachtete mich mit ausdrucksloser Miene.

»Was kann ich für dich tun?«, fragte er mit eiskalter Stimme. Er musterte mich abschätzig und sein Mund war zu einer schmalen Linie gepresst. Die Wut war nicht zu übersehen. Ich wunderte mich, dass er mich nicht postwendend wieder wegschickte.

»Hey. Ich ... keine Ahnung, wie ich hier überhaupt hergekommen bin, ab...«

»Was willst du?«, unterbrach er mich mitten im Satz. Seine Geduld sollte ich jetzt nicht auf die Probe stellen.

»Ja, wenn du mich ausreden lassen würdest, dann könnte ich dir das verraten«, zischte ich. Meine Emotionen zu kontrollieren war leider eine meiner Schwächen, und so passierte es immer wieder, dass ich meine Klappe nicht halten konnte. »Okay, hör zu.« Ich atmete tief ein und schloss kurz die Augen, bevor ich wieder in Aidens verkniffenes Gesicht blickte. »Ich möchte dir sagen, dass es mir leidtut. Wirklich. Das war unangebracht, und ich habe mich von meiner Wut mitreißen lassen. Also entschuldige bitte, dass ich dir und deinen Leuten vorgeworfen habe, dass ihr ... meine Großmutter getötet habt. Das war nicht in Ordnung von mir.«

Aiden und ich starrten uns einige Momente stumm an. Trotz der Stille war es keine unangenehme Atmosphäre. Es war einer dieser Momente, der gerade wegen der Stille so wundervoll war. Jeder von uns hatte Zeit, um den anderen zu betrachten, seine nächsten Taten zu planen und die Gedanken zu ordnen.

Aiden brach als Erstes das Schweigen.

»Danke. Schön, dass du gekommen bist und mir das sagst«, meinte er und nickte. In seinen Augen sah ich es funkeln, und als sich sein Gesicht aufhellte, merkte ich, dass es ihm etwas bedeutete, meine Entschuldigung zu hören. Und das machte etwas mit mir.

»Ja, es war bescheuert von mir, dich anzuschnauzen und dir zu unterstellen, dass du sie ermordet hast. Da ist etwas mit mir durchgegangen. Ich habe mich von meinen Gefühlen überrennen lassen und nicht mehr nachgedacht.«

»Ich glaube, dass du noch immer deine Schutzhaltung mir gegenüber aufrechterhältst. Irgendwie. Das ist völlig in Ordnung, aber ich werde dir zeigen, dass ich mich verändert habe, weil die Situation sich gewandelt hat. Ich bin nicht mehr der Aiden, der dich angeblich umbringen wollte«, sagte er mit fester Stimme.

»Was für ein Aiden bist du dann?«

»Ich denke, das werden wir gemeinsam herausfinden.«

Gemeinsam. Es klang seltsam. Als würde es etwas geben, was mehr als Aiden und ich war. Es klang nach einem Wir.

Ich betrachtete ihn, wie er dort stand, die Hände in den Taschen seiner Jeans vergraben. Ich sprach eine Zeit lang nichts und analysierte sein Gesicht. Versuchte herauszufinden, ob er es ernst meinte oder ob er nur das sagte, was ich hören wollte. Was er dachte, was ich hören wollte. Doch seine Miene war so offen und aufrichtig, dass es mir beinahe die Sprache verschlug. Zum Glück hatte ich sowieso nicht gesprochen. Jedoch wusste ich nicht, wie ich damit wieder anfangen sollte, denn seine Worte bewegten mich. Sie gaben mir ein leises Gefühl von Hoffnung. Hoffnung, dass sich wirklich etwas verändern konnte. Dass ich etwas verändern würde. Dass sich schon etwas verändert hatte. Das leichte Lächeln auf seinen Lippen ließ mich die Mundwinkel heben.

»Ich werde alles auf mich zukommen lassen«, sagte ich mit einem leichten Grinsen. Ich würde ihm nicht verzeihen können. Nicht einfach so, nicht ohne dass er etwas dafür tat. Und deshalb war ich gespannt darauf, was er tun würde, um mich davon zu überzeugen, dass er kein schlechter Mensch mehr war. Dass er sich wirklich geändert hatte und sich für das Richtige einsetzte. Seine Schuld konnte er nie wieder wettmachen, aber er konnte es zumindest versuchen. Ich wusste nicht, ob ich ihm jemals vollkommen vergeben würde. Dafür wurden zu viele Hexenleben genommen. Aber ich konnte ihm einen Schritt entgegentreten und ihm eine Chance geben. Eine zweite Chance, die er vielleicht nicht verdient hatte. Doch wenn wir niemandem die Möglichkeit dazu gaben, über seinen Schatten zu springen und zu wachsen, würde man niemals erkennen, was wirklich hinter der Fassade eines Menschen steckte. Man könnte die schönste Begegnung seines Lebens verpassen. Und dazu war es zu kurz.

»Das wollte ich hören«, murmelte er. Aiden trat zur Seite und öffnete gleichzeitig die Tür, während er mit der anderen Hand in das Innere deutete. Eine Einladung einzutreten. Diese nahm ich, ohne zu zögern, an und ging die Stufen zu ihm hinauf, bis ich vor ihm stand. Sein warmer, herber Duft umfing mich, und ich musste mich beherrschen, um nicht die Augen zu schließen. »Die Bibliothek gehört dir, außer du willst etwas anderes tun.«

»Erst mal muss ich aufs Klo, außerdem habe keine Ahnung, was du unter etwas anderem verstehst. Aber ich denke, ich möchte es gar nicht wissen.« Mit einem schiefen Grinsen sah er mir dabei zu, wie ich an ihm vorbeiging und zur Toilette verschwand.

»Vielleicht ja zu einem anderen Zeitpunkt«, sagte er und ich hörte das Schmunzeln in seiner Stimme. Die Haustür wurde geschlossen. Nachdem ich fertig war, ging ich in die Bibliothek. Ein einsames Gefühl hatte sich in mir breitgemacht und immer wieder erschienen die Bilder von meiner Großmutter vor meinen Augen. Mit dem verzerrten Gesicht, den schwarzen Linien. Es war erschreckend. Eine Gänsehaut kroch meine Wirbelsäule hinauf und breitete sich auf meinem gesamten Körper aus.

Ich hätte gern jemanden bei mir. Doch ich wollte nicht nach Aiden rufen, obwohl er mir in diesem Moment auch genügen würde. Ich wartete gespannt darauf, ob er zu mir kommen würde. Keine drei Minuten später hörte ich seine Schritte. Er trug zwei Gläser mit Cola und einen Teller voller Keksen herein. Erleichterung durchspülte mich, und das beklemmende Gefühl der Einsamkeit verzog sich, als er sich neben mich setzte. Sein Duft stieg in meine Nase.

»Wie geht es dir? Ich habe dich vorhin nicht danach gefragt. Außerdem möchte ich dir mein aufrichtiges Beileid aussprechen.«

Ich nickte. »Danke, das ist lieb. Mir geht es … komisch. Es ist nicht zuzuordnen, was ich empfinde. Eine Mischung aus allem und auch wieder aus nichts.« Während meines Versuchs, ihm meine Lage zu erklären, schob er mir das Glas und den Teller zu.

»Wenn du darüber reden möchtest, brauchst du es nur zu sagen.«

Ich nickte und starrte ihn an, versuchte die Trauer, die trotz alledem in meinem Inneren schlummerte, nicht ausbrechen zu lassen. Es half nichts.

»Weißt du, ich mochte meine Großmutter nicht mehr, seit ich ein Mädchen war. Nicht, nachdem sie versucht hat, Mom zu töten, um an ihre Magie zu gelangen. Doch zu wissen, dass sie tot ist, macht mich … traurig.« Ich biss mir auf die Unterlippe und blickte an die Decke. »Es war schwarze Magie. Ich denke, dass sie für ihren Tod verantwortlich war. An solch grausamen Schmerzen zu sterben wünsche ich noch nicht einmal meinem Feind.« Schnell räusperte ich mich, als meine Stimme versagte.

»Was kann ich für dich tun?«, fragte er mich und hatte einen mitfühlenden Gesichtsausdruck aufgelegt.

»Ich … keine Ahnung«, gestand ich und umklammerte das Glas. Aidens Blick spürte ich weiterhin auf mir, bis ich schließlich den Stuhl über den Boden kratzen hörte. Einen Moment später erkannte ich Aiden, der neben mir kniete und zögerlich seine Arme um meinen Oberkörper schlang. Im ersten Moment war ich zu erstaunt, um zu reagieren, das tat mein Körper von ganz allein. Er versteifte sich und kam ihm nach. Doch als ich mich entspannte und die Augen schloss, hörte ich, wie er erleichtert ausatmete. »Danke.«

»Es gibt nichts, wofür du dich bedanken müsstest.« Ich spürte seinen Atem an meinem Hals, und es kribbelte an der Stelle wie verrückt. Meine innere Unruhe hatte sich gelegt und meine Gedanken klammerten sich nun daran, ob das Cat auch passieren würde. Vielleicht nicht das mit der dunklen Magie, sondern der Tod. Würde er sie auch ereilen, wenn ich mich nicht anstrengte?

»Übrigens war es scheiße, dass ich an dir gezaubert habe. Das war ein Schritt zu weit.«

»Genauso wie das, was ich gesagt habe«, erwiderte er und löste sich von mir. »Vielleicht haben wir beide nicht optimal in dieser Situation reagiert.«

»Möglich. Wenn es für dich okay ist, würde ich gern noch ein wenig in den Grimoires nachschlagen, je schneller wir eine Lösung haben, umso sicherer bekommen wir Cats Seele wieder.« Und dabei konnte ich mich hoffentlich von dem Anblick meiner Großmutter losmachen.

Aiden nickte und stand auf. Er griff nach seinem Glas und ging zur Tür.

»Wenn du etwas brauchst oder noch weiterreden möchtest, dann ruf nach mir. Ich bin oben im Büro.« Ich nickte und er verließ die Bibliothek. Tief atmete ich aus und dachte einfach nicht daran, was das gerade für eine Situation war. Ich machte mich an die Grimoires und durchforstete sie nach weiteren Informationen.

Meinen Kopf versuchte ich nur auf wichtige Sachen zu fokussieren, die mir bei der Seelensache weiterhalfen.

Ich hätte niemals erwartet, dass ich so lange vor Büchern sitzen würde. Eigentlich waren sie gar nicht so dick. Aber irgendwie schon. Dadurch, dass sie so groß und breit waren, gab es auf der Seite mehr zu lesen, und so dauerte das Ganze erheblich länger als erhofft. Dazu kam auch noch, dass an den spannenden Teilen die Seiten gewellt und der Text verschwommen war.

Mit der Zeit bemerkte ich, wie müde ich wurde. Natürlich hätte ich gehen können. Nach Hause. Entweder in die Hütte oder zu meinen Eltern. Doch an beiden Orten fühlte ich mich nicht wohl, aus verschiedenen Gründen, und ich wollte gar nicht länger darüber nachdenken. Das Bild von Cat schoss mir durch den Kopf, und das von meiner Mutter, die vollkommen aufgelöst war. Ich sollte eine gute Tochter und Freundin sein, mich um sie kümmern, doch ich brachte es nicht übers Herz. Stattdessen verschanzte ich mich in der Bibliothek und versuchte vor der Entscheidung, wo ich hinsollte, wegzulaufen. Deshalb blieb ich hier sitzen und starrte weiterhin die Grimoires vor mir an. Ich beugte mich tiefer über die Bücher, bis ich schließlich im Liegen las. Und irgendwann, als die Müdigkeit mich überrannte, fielen mir die Augen zu. Die Dunkelheit umschloss meinen Geist und friedliche Stille drang in mein Innerstes ein.

Laute Schreie weckten mich und ich fuhr auf. Zuerst blickte ich mich suchend um, da ich nicht wusste, wo ich war. Verdammt! Ich war doch in der Bibliothek. In der Dunkelheit tastete ich meine Umgebung ab, während ich mit der anderen Hand meine Magie herbeirief, damit sie alles um mich herum erhellte.

Ich erkannte ein Zimmer. War ich noch bei den Archers? Wo sollte ich sonst sein? Ein erneuter Schrei riss mich aus meinen Gedanken und ich stand auf, um den Schreien auf die Spur zu gehen. Ich eilte durch den Gang, dabei bemerkte ich, dass ich ein langes schwarzes Shirt trug und meine Leggings. Das Schreien wurde lauter und lauter. Schnell öffnete ich die Zimmertür und versuchte die Lage zu erfassen. Ich hatte angenommen, dass Aiden von jemandem angegriffen wurde oder aus dem Bett gefallen war und sich seine Knochen gebrochen hatte. Doch er lag dort im Bett und wand sich. Dabei schrie er, als hätte er Todesschmerzen. Gänsehaut überkam mich, als ich ihn betrachtete.

Ich trat näher auf ihn zu. Meine Magie und das Licht des Mondes erhellten sein verschwitztes Gesicht. Ich wusste nicht, ob sich ebenfalls Tränen mit dem Schweiß vermischt hatten. Seine Haare klebten an der Stirn und seine Brust glänzte. Das Gesicht war verzerrt und die Augen zuckten hinter den Lidern wild hin und her. Er hatte einen Albtraum. Ich wusste nicht, ob ich ihn aufwecken sollte, eigentlich durfte man das nicht machen. Oder etwa doch? Ach egal, bei Cat hatte ich das auch gemacht. Er schrie erneut auf, bis er schmerzvoll winselte. Mein Herz zog sich zusammen. Was konnte er nur träumen, das ihm so zusetzte? Ich atmete durch, dann legte ich meine Hand an seine Schulter und schüttelte leicht.

»Aiden, du musst …« Ich konnte nicht weitersprechen, da schlug er die Augen auf, griff nach meinem Arm und riss mich zu sich herunter. Mit gewaltiger Kraft wurde ich auf die andere Seite des Bettes geworfen. Aiden war über mich gebeugt und hatte eine Jägerklinge an meine Kehle gepresst. Ich verzog das Gesicht. Das leise Zischen meiner Haut und Aidens heftiges Atmen war das Einzige, was ich hörte. Das Blut rauschte in meinen Ohren und ich blickte in Aidens angespanntes Gesicht. Die Klinge ätzte sich in meine Haut. Mit erhobenen Händen erleuchtete ich unsere beiden Gesichter, während er meinen Körper hinunterpresste und mich auf der Matratze gefangen hielt. Mit der linken Hand drückte er meine Schulter nach unten, während er mit der rechten die Klinge gegen meine Kehle drückte.

»Aiden«, krächzte ich. So laut ich mich traute, ohne dass die Klinge weiter in meine Haut vordrang. Ich spürte, wie ein warmer Tropfen meinen Hals hinablief. Es war nicht viel Blut, aber es zeigte mir, dass er es ernst meinte, und eine gewaltige Angst packte mich. Ich trat mit meinen Beinen um mich, um ihn aus seinem Traum zu befreien. Doch er sah mich weiterhin an, als wäre er in Trance. Seine Augen fokussierten nicht, sie waren trüb und leer. »Aiden! Geh runter.« Er bewegte sich nicht. Er starrte durch mich hindurch. Beinahe leblos. Er träumte weiter, egal was ich tat.

Was war, wenn er dort eine Hexe tötete? Wenn er mich als Nächstes töten würde? Mir wurde kalt. Und Angst erfasste mich. Der Druck auf meinen Hals wurde erhöht. »Du tust mir weh«, wisperte ich leise und legte meine Hand an seinen angespannten Unterarm. »Aiden«, fügte ich keuchend hinzu.

Er atmete erschrocken ein und blinzelte angestrengt, bis er mich wahrnahm. In seinem Gesicht konnte ich erkennen, das sich etwas regte. Er war nicht mehr starr. Seine Augen fanden meine und er blickte schockiert auf mich. Als er seine eigene Hand an meiner Kehle sah, zog er sie sofort zurück. Ich holte tief Luft und presste meine Hand an den Schnitt, den die Jägerklinge zurückgelassen hatte. Aiden rutschte hastig von mir herunter, während ich mich nach oben hievte, um aufrecht zu sitzen. Ich hustete und kniff die Augen zusammen. Das Hexenkraut biss sich weiterhin in meine Haut, obwohl die Klinge nicht mehr mit meinem Körper in Berührung kam. Es brannte wie die Hölle. Und ich musste mich zusammenreißen, um nicht zu schreien.

»Scheiße. Merope, geht es dir gut? Verdammte Scheiße!«, stieß Aiden aus. Er kam fluchend auf mich zu, seine Hand erhoben, um mich zu berühren. Doch ich zuckte zurück. Er hatte mich mit einer Jägerklinge angegriffen. Verdammt. Er verzerrte das Gesicht aufgrund meiner Reaktion. »Wie konnte das nur passieren? Warum hast du mich denn nicht mit deiner Magie angegriffen?«, fragte er verzweifelt. Das war eine gute Frage. Ich wusste die Antwort darauf nicht. »Zeig mir deinen Hals.« So viel Schmerz war in seinem Gesicht zu sehen. Seine Haare klebten ihm auf der Stirn und er war schweißgebadet. Er sah komplett fertig aus. Seine Hand hatte er zu mir gestreckt und wartete auf meine Reaktion.

Es war nicht seine Absicht und dadurch nicht seine Schuld. Sondern die der Jäger, die ihn zu dem gemacht hatten. Also beugte ich mich nach vorn und spürte im nächsten Moment die kalten Finger, mit denen er meine Hand vom Hals wegschob. Kalte Luft strich darüber und eine Gänsehaut überkam mich. Das aggressive Brennen wurde für einen Moment besänftigt.

»Hattest du einen Albtraum?«, fragte ich ihn leise. Er hielt mitten in der Bewegung inne und seine Finger verweilten an meinem Hals.

»Schlimmer. Eine Erinnerung«, murmelte er. Schatten legten sich über sein Gesicht und er schluckte hart. »Habe ich dich dabei geweckt?«, fragte er mich. Aiden blickte mir in die Augen und Bedauern stand darin.

»Du hast geschrien.« Meine leise Stimme klang heiser. Das musste das Hexenkraut sein.

»Es tut mir leid, Pumpkin, ich wollte dich da nicht mit hineinziehen. Du hättest mich einfach liegen lassen können.«

»Schreiend und weinend? Du bist schweißgebadet, Aiden. Natürlich lasse ich dich nicht in dieser Erinnerung. Das grenzt ja an Folter.« Da er nichts darauf erwiderte, nahm ich an, dass ich mit meiner Aussage recht behielt. Er blickte nach unten auf meine zitternden Hände, die ich in meinen Schoß gelegt hatte. Mit seiner freien Hand umschloss er sie, dann sah er mich wieder an.

»Es tut mir leid, dass ich dich verletzt habe. Ich weiß nicht, wie ich mich dafür entschuldigen soll.«

Ich lächelte ihn leicht an, während ich das warme Gefühl seiner Finger genoss. »Das musst du nicht. Es ist okay.«

Seine Finger glitten von meinem Hals und ein Schauder überkam mich. »Nein, ist es nicht. Es ist ein kleiner Schlitz, jedoch hat das Hexenkraut die Haut sichtbar gereizt. Und ist wahrscheinlich durch die Wunde in deinen Blutkreislauf geraten. Leider habe ich keine Salbe dafür da, aber ich fahre dich sofort zur Hütte«, sagte er hastig. Er war im Begriff aufzustehen, doch ich hielt ihn am Arm fest.

»Nein, ich möchte nicht in die Hütte.« Alle würden wissen wollen, was passiert war, doch ich wollte Aiden nicht in diese Situation bringen, sich erklären zu müssen. Außerdem konnte ich den Schmerz aushalten. Der Linderungszauber würde auch hier helfen. Genauso wie bei meinen Händen.

»Bist du dir sicher? Wir fahren sofort los.«

»Vielleicht ziehst du dir als Erstes mal etwas an«, sagte ich. Mein Blick fiel auf seine Boxershorts, die das einzige Kleidungsstück an seinem Körper war. Ich musste gestehen, dass ich gern mehr Licht gehabt hätte. Doch die Schatten, die sich an bestimmten Stellen abzeichneten, waren bereits vielversprechend.

Sein Gesicht spannte sich augenblicklich an und er versteifte sich, als würde er realisieren, dass er kaum etwas anhatte. Ich hatte gedacht, dass ihm das nichts ausmachen würde. Vor allem, da ich ihn nackt gesehen hatte. Zwar waren das nur wenige Sekunden gewesen, doch das Bild, das dabei in meinem Kopf entstanden war, reichte.

Aiden krabbelte vom Bett und entfernte sich rückwärts. Er schnappte sich ein dunkles Shirt vom Boden und zog es sich über. Erst dann wandte er sich um und griff nach seiner Hose. Sein Arsch wurde in der engen Boxershorts gut betont. Als er sich angezogen hatte, stieg er wieder auf das Bett.

»Was kann ich für dich tun?«

»Nichts. Vielleicht mir sagen, weshalb ich in einem eurer Gästezimmer liege und schlafe?«

Aiden schmunzelte und blickte mir in die Augen. »Du bist über den Zauberbüchern eingeschlafen.«

»Grimoires«, grummelte ich und warf ihm einen gespielt bösen Blick zu, was ihn dazu bracht,e sich mit den Zähnen auf die Unterlippe zu beißen. Ich räusperte mich und wandte den Blick von seinen Lippen ab.

»Auf jeden Fall warst du so fertig, dass du mich noch nicht mal bemerkt hast, als ich dich hochgehoben habe. Ich dachte schon, dass du mich gleich lynchen wirst.«

»Ich hatte nicht gut geschlafen. Oder besser gesagt gar nicht«, gab ich leise zu. Der Mond am Himmel leuchtete so wunderschön in das Zimmer, dass ich von seinem Anblick einige Momente gefangen wurde.

»Das kenne ich«, erwiderte er. Aiden blickte auf seine Hände hinunter. Dann beugte er sich zu dem Nachttisch neben dem Bett und zog ein Taschentuch hervor, ging aus dem Zimmer und kam einen Moment später wieder. Er hatte es ein wenig nass gemacht. Langsam beugte er sich nach vorn und sah mich abwartend an. »Darf ich?«, fragte er erneut und deutete mit seinem markanten Kinn auf meinen Hals.

Ich nickte leicht und betrachtete, wie er sich auf seinen Unterarm stützte, während er mit seiner anderen Hand das Tuch an meinen Hals presste. Danach wischte er damit den Tropfen Blut fort, der irgendwo an meinem Dekolleté klebte.

Ich legte meinen Kopf in den Nacken und schloss die Augen. Seine Bewegungen waren langsam und vorsichtig. Wie die Berührung einer Feder. Trotzdem unterdrückte ich die Schmerzenslaute. Es brannte bei jeder Bewegung, als hätte ich glühende Kohle verschluckt. Ich hörte, wie er etwas aus dem Nachttisch zog und aufschraubte, kurz darauf spürte ich, wie er mit seinen Fingern eine Creme auf meiner Haut verteilte. Er verstrich sie mit vorsichtigen Bewegungen, unter anderen Umständen hätte ich es als eine Massage empfunden. Doch dadurch, dass er so vorsichtig vorging, war es erträglich. Meine Konzentration war einzig und allein auf seine Bewegungen fokussiert, die meinen Herzschlag ein wenig besänftigten. Obwohl er mich gerade noch mit einer Jägerklinge bedroht hatte, fühlte ich mich in diesem Moment … sicher.

»Fertig«, murmelte er. Ich öffnete die Augen und sah in sein Gesicht. Sein Blick hing an meinen Lippen und ich leckte mir darüber.

»Danke«, flüsterte ich ihm entgegen. Er betrachtete mich, und ich hatte das Gefühl, dass es viel zu warm im Zimmer war. Ich hatte keine Ahnung, was ich tun sollte, denn wir starrten uns beide nur an. Die Anspannung im Raum war auf der Haut spürbar. Wie kleine elektrische Funken tanzte sie über meinen Körper und ließ meinen Atem schneller werden. Dabei brannte mein Hals weiter vor sich hin. Aiden betrachtete mich so eingehend, dass ich das Gefühl bekam, nackt vor ihm zu sitzen. »Ich gehe dann mal wieder in das Gästezimmer.« Sein enttäuschter Gesichtsausdruck ließ mich für einen Moment zögern, es war eine merkwürdige Situation, und ich wusste nicht, was ich tun sollte. Es war so … intim. Auf eine ungewöhnliche Art. Deshalb wollte ich gehen.

»Findest du den Weg zurück?«, fragte er mich, während ich vom Bett aufstand.

Schnell nickte ich. Da ich nicht wusste, ob er das sehen konnte, sagte ich leise: »Ja.«

»Okay. Dann schlaf gut. Morgen arbeiten wir an den Grimoires weiter.« Ich wusste, dass er das nur sagte, damit er die unangenehme

Stille füllen konnte. Außerdem hörte ich, wie belegt seine Stimme klang.

»Gute Nacht, Aiden.« Dann ging ich und schloss die Tür hinter mir. In dieser Nacht schlief ich ruhig, mit dem Gedanken, dass Aiden nur wenige Meter von mir entfernt war.

Kapitel 15

AIDEN

War es komisch, dass ich wollte, dass Merope bei mir geblieben wäre? Ich tat kein Auge mehr zu. Mein Traum hatte mir die Lust auf Schlaf verdorben und so trank ich lieber mehrere Energydrinks und ging in den Keller, um meine Emotionen am Boxsack auszulassen. Das regelmäßige Schlagen brachte mir eine innere Ruhe, in deren Genuss ich nicht allzu oft kam.

Keine Ahnung, wie lange ich hier verbrachte, doch als ich nach einer gefühlten Ewigkeit auf mein Handy blickte, realisierte ich, dass es sieben Uhr in der Früh war. Also ging ich nach oben, stieg unter die Dusche und zog mich anschließend an.

Rosie hatte heute frei, weshalb ich dieses Mal das Frühstück herrichtete. Obwohl ich nicht allzu oft in die Küche kam, konnte ich dennoch Rühreier, Pancakes und Bacon machen. Die Sonne schien durch die Fensterfront und erwärmte meine kühle Haut. Schlafentzug war ich gewohnt, doch angenehm war es nicht. Mein Geist war müde, genauso wie mein Körper.

Ich war gespannt, was wir heute finden würden. Hoffentlich einen neuen Weg, nachdem der Zauber auf der Lichtung fehlgeschlagen war. Doch dabei zuzusehen war definitiv eine neue Erfahrung gewesen. Es war atemberaubend, all diese Funken und dazwischen Merope, die mich mit ihrer bloßen Anwesenheit gefangen hielt. Wie ihre Augen in dem verheißungsvollen Rot geglüht hatten. Sie hatte Teufelsaugen.

Dass ich sie gestern verletzt hatte, konnte ich mir nicht verzeihen. Ich hatte ihr am Abend gesagt, dass ich ihr beweisen würde, dass ich mich verändert hatte, doch mit dieser Tat hatte ich ihr genau das Gegenteil gezeigt. Wenn ich daran dachte, überrollte mich eine Welle der Übelkeit, wie sie dort unter mir lag und mich mit ihren braunen Augen anblickte.

Ich hörte noch immer, was sie gesagt hatte. *Du tust mir weh.* Mitten in der Bewegung verharrte ich und betrachtete die Rühreier in der Pfanne. Keine Ahnung, wie ich das wiedergutmachen konnte. Das Blut, das ich vergossen hatte, gefangen in dem Traum. Ich hatte nur die Person gesehen, die ich verletzen wollte. Dann hatte ich es getan, doch schlussendlich war es Merope. Sie wollte mich aus der Erinnerung befreien und mich nicht dort liegen lassen.

Das schlechte Gewissen plagte meinen gesamten Körper und ich wusste nicht einmal, ob ich ihr gegenübertreten konnte. Wie gerufen, hörte ich die Schritte von den hohen Wänden des Eingangsbereichs widerhallen. Ich spannte mich an und sah abwartend zur Tür. Sie kam mit feuchten Haaren herein, blieb abrupt stehen und blickte mir direkt in die Augen.

Ich hatte erwartet, dass ich darin Wut oder Zorn entdecken würde, doch ihr Gesicht war vollkommen ausdruckslos. Zwar war das nicht gut, jedoch besser, als wenn sie mich gleich umbringen würde. Wir sahen uns einige Augenblick in die Augen und warteten ab, bis der andere zu sprechen begann.

»Guten Morgen«, sagte Merope und lehnte sich in den Türrahmen. Ich schluckte, wobei mir auffiel, wie trocken mein Mund war.

»Hallo. Wie geht es dir?«, fragte ich. Als Ablenkung rührte ich noch ein bisschen in der Pfanne herum, obwohl die Eier fertig waren und nicht mehr auf der heißen Herdplatte standen.

»Gut«, folgte ihre knappe Antwort, und ich hörte, wie sie auf die Küchenzeile zuging. Kurz darauf nahm ich ihren Duft nach ... meinem Duschgel wahr. Sie roch nach mir. Es kribbelte und ich starrte sie an. Sollte ich wegen ihrer Verletzung nachfragen? Oder hatte sie vor, das Ganze totzuschweigen? Ach, egal.

»Wie geht es deinem Hals?« Sofort merkte ich, wie sie sich neben mir anspannte. Aufgrund ihrer dunklen Haare, die ihr ins Gesicht hingen und ihren halben Körper verdeckten, hatte ich bis jetzt noch nicht gesehen, welche Ausmaße meine Attacke auf sie gehabt hatte. Doch jetzt, wo sie so neben mir stand, hatte ich den perfekten Blick auf ihren geröteten Hals, der an manchen Stellen leicht lila schimmerte.

Das Hexenkraut war noch immer in ihrer Wunde und würde dort bleiben. Es dauerte eine Weile, bis die Magie in Meropes Körper das Gift abbauen konnte. Hexenkraut war langlebig und konnte viel Leid auslösen. Merope hatte weiterhin Schmerzen, das wusste ich. Vielleicht hatte sie denselben Zauber angewendet wie bei ihren Händen. Sie meinte, dass er die Schmerzen linderte. Aber ganz verschwinden würden sie dadurch nicht.

»Okay.« Ich presste die Lippen aufeinander und nickte, während ich weiterhin ihren Hals betrachtete. Dass ich wusste, dass sich Hexenkraut in ihrer Wunde befand, machte es nur schlimmer. Nicht nur die Tatsache, dass ich sie verletzt hatte, sondern dass ihre Schmerzen einige weitere Stunden anhalten würden.

»Warum hast du deine Jägerklinge noch?«

»Ich ... weiß es nicht genau. Manchmal brauche ich sie, aber ich denke, es ist Gewohnheit, dass ich sie unter meinem Kopfkissen habe.«

Merope lachte auf. Doch es war in kleinster Weise bitter oder verachtend. »Willst du damit sagen, dass sie irgendwie angewachsen ist?«

»Wie, angewachsen?«, fragte ich verwirrt und legte meinen Kopf schief.

»Na ja, verbunden mit deinem Geist. Du kannst dich offensichtlich nicht von ihr trennen.«

Ich würde nicht wieder sagen, dass ich sie eventuell noch gebrauchen konnte, weil es mich nur daran erinnerte, dass ich sie nicht immer für die richtigen Dinge eingesetzt hatte. Und vor allem, dass ich sie gestern nicht bei Verstand benutzt hatte. Das schlechte Gewissen zog durch meinen Körper, als würde es auf sich aufmerksam machen wollen und mir sagen, was für ein schlechter Mensch ich doch sei. Und ich verstand es. Wirklich. Leider hatte das mein altes Ich nicht erkannt. Und jetzt war ich derjenige, der mit den Entscheidungen meines blöden Ichs klarkommen musste.

»Ja, du könntest recht haben«, murmelte ich.

Sie ließ das Thema fallen und begann ein neues. »Also was machen wir heute?«

Ich blinzelte sie verwirrt an. Na ja, was hatte ich erwartet? Sie war immerhin Merope. Auf ein Gespräch darüber, was gestern passiert war, hätte ich nicht hoffen sollen. Keine Ahnung, warum ich es trotzdem getan hatte. Vielleicht weil ich derjenige war, der es gebrauchen konnte. Nicht Merope. Sie kam damit klar. Irgendwie, so hatte ich zumindest den Eindruck.

»Wir können in den Zauberbüchern nachschauen, ob wir etwas finden?« Unsicher sah ich sie an und beobachtete, wie sie einwilligend lächelte. »Perfekt.« Es wunderte mich ernsthaft, dass sie keinen Kommentar zu den Zauberbüchern abgelassen hatte.

»Gut, aber als Erstes frühstücken wir«, bestimmte sie eifrig. Merope spähte über meine Schulter und erblickte das Rührei sowie die aufgestapelten Pancakes.

»Da sage ich nicht Nein.« Also deutete ich auf den Küchentisch und wartete, bis sie sich hingesetzt hatte. Dann reichte ich ihr einen Teller sowie eine Tasse frischen Kaffee, genau so, wie sie ihn mochte. Ich trat mit der Pfanne an sie heran, um ihr und mir etwas auf den Teller zu laden. Die Pancakes stellte ich in die Mitte des Tisches, genauso wie den Bacon.

»Brauchst du noch was?«, fragte ich und drehte mich suchend um, als würde mir gleich etwas ins Auge springen, was ich auf den Tisch stellen könnte.

»Nein. Nur du fehlst noch«, sagte sie und deutete auf den Platz neben sich. Ich hatte das Gefühl, dass sie heute ein wenig ihrer sonst so meropeartigen Weise abgelegt hatte. Oder vielleicht zeigte sie auch einfach nur eine andere Seite von sich. Eine sanfte, verständnisvolle und eine liebende Seite. Ich hatte das Gefühl, dass ihr etwas an mir lag. Irgendwie. Auch wenn es nur für diesen Moment war, es fühlte sich gut an, jemandem wichtig zu sein. Mit einem Lächeln im Gesicht setzte ich mich mit meinem Teller zu Merope und trank einen Schluck meines Tees, der neben ihrem Kaffee stand. »Danke, dass du Frühstück gemacht hast.«

»Das ist das Mindeste, was ich tun konnte.«

Sie schüttelte leicht den Kopf. »Auf jeden Fall hatte ich nicht gedacht, dass du irgendeines dieser Dinge zubereiten kannst. Vielleicht noch den Speck, aber da hätte ich erwartet, dass du die ganze Küche abfackelst.« Ich sah in ihr belustigtes Gesicht.

»Dann muss ich dich leider enttäuschen, ein paar Dinge kann ich tatsächlich kochen. Rosie ist zwar die meiste Zeit hier und bekocht uns. Oder besser gesagt mich. Aber ich bin durchaus in der Lage, selbst für mich zu sorgen.«

Meropes Augen wurden größer, bis sie schockiert dreinblickte, sodass ich mit der Gabel auf halben Weg zu meinem Mund stehen blieb.

»Du kannst selbst für dich sorgen? Ich bin erschüttert. Das habe ich nicht kommen sehen«, sagte sie und betrachtete mich von Kopf bis Fuß. »Heißt das, du kannst Wäsche waschen?«

Ich musste lachen und schmunzelte anschließend. »Nein, das kann ich tatsächlich nicht. Sagen wir mal, ich bin vorwiegend dazu in der Lage, mich selbst zu versorgen.«

»Wenn du es nicht schaffst, dann kann ich dir helfen.« Ich erstarrte in meiner Bewegung. Genauso wie Merope. Wir beide hatten nicht erwartet, dass sie so etwas sagen würde. Es klang so selbstverständlich, als wären wir Freunde, die sich umeinander kümmern.

»Das werde ich mir merken.« Schweigend aßen wir, während im Hintergrund leise das Radio lief.

»Der Tod der fünf älteren Bewohnerinnen von Ashland erschüttert die kleine Stadt in Oregon, nachdem seit den letzten Morden in der Kleinstadt bereits über ein Jahr vergangen ist.« Der Radiosprecher seufzte zwischen seinen Sätzen und ich horchte auf. »Das FBI geht dem Ganzen auf die Spur. Bis jetzt wurden keine Anzeichen für einen Mord gefunden, doch was für ein natürlicher Tod hätte es sein können, wenn alle fünf Frauen auf einmal starben? Wir berichten, wenn es etwas Neues zu diesem Fall gibt.« Als Nächstes folgte das Lied *Damaged* von Adrian Luz. Und irgendwie hatte ich das Gefühl, dass es Merope und mich perfekt beschrieb.

»Sag mal. Woher wusstest du, dass ich und der Orden es nicht waren?«

Sie legte die Gabel zurück auf den Teller, bevor sie zu mir blickte. Man sah ihr an, dass ihr in diesem Moment der Appetit vergangen war.

»Weil ich sie gesehen habe.«

»Die Leiche?«, fragte ich und legte ebenso mein Besteck auf den Teller. Sie machte ein zustimmendes Geräusch, und ich erkannte in ihren Augen, wie verletzt sie war, als sie daran dachte. »Wer hat sie dann umgebracht?«

»Wir wissen es nicht. Aber auf jeden Fall kann man Anzeichen von dunkler Magie an den Körpern erkennen. Was eindeutig ein Zeichen dafür ist, dass ihr es nicht wart. Außer ihr habt jetzt Hexen in euren Reihen, was ich nicht denk…« Sie brach mitten im Satz ab, als sie mein Gesicht bemerkte. »Ihr habt Hexen im Orden. Echt jetzt? Du willst mich nicht verarschen?«

»Nein, ich verarsche dich nicht. Sonst gern, aber dieses Mal nicht, Pumpkin.«

Kapitel 16

MEROPE

Aiden war noch in der Küche, während ich wieder über den Grimoires saß. Seelen, Geister. Ich musste doch endlich etwas finden, was wir gebrauchen konnten. Mit meinen langen schwarzen Nägeln fuhr ich über die Seiten und hielt in der Mitte inne, weil dort nichts mehr zu lesen war. Wären wir nur früher in den Raum gekommen, dann hätten wir die Antwort vielleicht schon längst.

Geister sind kommunikativ. Hexen, die die Möglichkeit haben, sollten mit ihnen in Kontakt treten, um sie auf die andere Seite zu schicken oder ihnen bei den hinterlassenen Angelegenheiten zu helfen. Geister können sich außerdem gegenseitig berühren, wenn sie sich darauf konzentrieren und sich anstrengen. Generell suchen sie weiterhin Kontakt, unter sich wie auch zu ihren noch lebenden Nahestehenden.

Geister waren nicht nur kommunikativ, sondern manchmal auch verwirrt und konnten sich teilweise nicht mal mehr an ihre eigenen Namen erinnern. Es war nicht schön, die Geister in diesen Situationen zu sehen. Doch ich hatte noch nicht wirklich probiert, mit den Geistern zu sprechen. Außer mit Rosie, aber da war ich nicht auf die Idee gekommen, sie irgendetwas zu fragen. Es könnte ja sein, dass jemand etwas gehört hatte, was uns weiterhelfen würde. Einen Versuch war es auf jeden Fall wert. Doch bevor ich das machen würde, musste ich wenigstens einen Bannzauber draufhaben. Dazu brauchte man nicht das Bannpulver, das Rufus mir gezeigt hatte. Es klappte auch mit einem einfachen Zauber. Es gab welche mit bloßen Handbewegungen und manche mit Spruch. Doch die Zauber mit Sprüchen wurden weniger, da die meisten Hexen sich ihre eigenen Zauber einfallen ließen, die sie nur mithilfe ihrer Gedanken ausführten. Da ich mir noch selbst keinen erschaffen hatte, suchte ich in dem Geister-Grimoire meiner Großmutter. Dort musste bestimmt so was zu finden sein. Denn wenn man sich selbst solch einen bedeutungsvollen Zauber erschuf, dann ging er in der Übungsphase meistens schief. Und das wollte ich jetzt aktuell nicht riskieren. Außerdem brauchte man eine gewisse Zeit, bis man ihn fehlerfrei ausführen konnte.

Ich blätterte durch das in Leder gebundene Buch und fand weit hinten eine Seite, auf der die Beschreibung für einen Bannzauber stand. Und der Zauber nahm nur die halbe Seite ein, das hieß also, es fehlten keine wichtigen Informationen dafür. Glück gehabt. Die Handbewegungen wurden dort genauestens beschrieben und ich versuchte sie nachzuahmen. Dazu stand ich auf und brachte so viel Abstand wie möglich zwischen mich und den Tisch. Mit festem Stand ging ich die ersten Bewegungen durch. Irgendwann fand ich eine Sicherheit in der Abfolge und erkannte, wie die ersten grünen Funken um mich herum stobten. Nun fügte ich die letzten Bewegungen hinzu und spürte, wie meine Magie sich rührte.

»Merope, hast du …« Der Zauber flog von meinen Fingern, pustete die Blätter auf dem Tisch in alle Himmelsrichtungen und umhüllte Aiden. Ein Kreis bildete sich auf dem Boden und sperrte ihn ein.

»Ups«, sagte ich und presste meine Lippen aufeinander. Aiden sah zu seinen Füßen, anschließend zu mir.

»Was ist das?«

»Ein Bannzauber.« Funktionierte auch bei Menschen, wie ich feststellte.

»Hoffentlich geht dieser tolle Bannzauber von dem arschteuren Kirschholz weg«, sagte er gereizt und deutete auf den Boden, auf dem ein durchgehender glühender Kreis zu sehen war.

Ich hatte, ehrlich gesagt, überhaupt keine Ahnung, ob es irgendwelche Spuren hinterlassen würde; und selbst wenn, ich wusste, wie der Boden aussah. Deshalb könnte ich ihn ohne Probleme wiederherstellen. »Das kriegen wir hin«, sagte ich und machte eine wegwerfende Handbewegung.

»Auch dass ich aus diesem Teufelskreis wieder herauskomme?« Aiden presste die Lippen zusammen, blickte zu Boden und verschränkte die Arme vor der Brust. Ja gut, das war wiederum eine andere Angelegenheit.

»Es ist ein Bannkreis.«

»Mir egal, wie komme ich hier wieder raus?« Er trat auf den Rand des Kreises zu und streckte seine Hand aus.

»Nicht, du bekommst …«, Aiden berührte die schillernde Barriere und bekam eine gewischt, »… einen Schlag.« Er presste die Lippen aufeinander und schüttelte seine Hand. Doch kein Laut kam aus seinem Mund. Dafür schimmerten seine Augen verdächtig. Als der Schmerz vergangen war, deutete er mit dem Zeigefinger auf mich.

»Mach den Dreck hier weg, sonst explodiere ich.«

»Gern, aber pass auf, dass du dabei nicht den Rand berührst«, sagte ich süffisant.

»Du miese Hexe«, antwortete er.

»Ja, ich kann schon cooles Zeug, nicht wahr?« Es fühlte sich beinahe so an wie immer. Die Keifereien nahmen erneut Fahrt auf, doch es hatte nicht mehr den hassenden Unterton, sondern eher einen neckischen. Spielerischen.

»Kein Wunder, dass du Teufelsaugen hast, so schadenfroh wie du bist. Wenn ich hier raus bin, zeige ich dir auch cooles Zeug«, brummte er und sah sich die Barriere genauer an. Teufelsaugen klangen cool. Ich betrachtete ihn. Als er meinen Blick bemerkte, breitete er fragend die Arme aus. »Was guckst du so? Mach es weg.«

»Geht nicht.«

»Wie, geht nicht?« Ungläubig warf er die Arme in die Luft.

»Ich kenne den Aufhebungszauber nicht«, gestand ich.

Aiden stöhnte auf und lachte verzweifelt.

»Das meinst du nicht ernst, Merope, oder?« Er fuhr sich mit den Händen über das Gesicht und legte anschließend den Kopf in den Nacken.

»Doch, irgendwie schon.« Immerhin war mir das nicht bei einem Geist passiert. Jetzt hatte ich wenigstens die Möglichkeit, zu üben.

»Bring das in Ordnung. Ich bekomme gleich Besuch.«

Mit hochgezogenen Augenbrauen beugte ich mich über das Grimoire in meiner Hand und suchte nach dem Entbannzauber. »Aha. Tja, es sieht so aus, als würde der Auflösungszauber nicht mehr dort sein.«

»Weggerannt ist er ja nicht, oder?«, sagte Aiden genervt. Ich hielt ihm das Grimoire vor die Barriere und deutete auf die verwischte Tinte. »Toll.« Er kniff die Augenbrauen zusammen und überlegte. Während er in der Barriere schmorte, sah ich mich weiterhin nach einem anderen Zauber um, der Aiden befreien konnte. Aber es gab zu Recht für jeden ausgesprochenen Zauber einen Gegenzauber. Sie waren aufeinander abgestimmt. So wie ein Topf seinen Deckel hatte. Es würde Deckel für den Topf geben, die einigermaßen passten. Sie waren aber nicht *der* Deckel. »Kannst du mein Handy holen und Jase eine Nachricht schreiben, dass er später vorbeikommen soll?«

»Was jetzt? Dich schnell hier rausholen oder lieber deinem Bestie texten?«

Aiden bedachte mich mit einem bösen Blick, als es klingelte. »Na super«, sagte er und schloss die Augen.

»Das wäre erledigt.« Ich legte das Grimoire auf den Tisch und ging aus der Bibliothek. Aiden sagte etwas, aber ich konnte ihn nicht hören. Als ich die Tür öffnete, kam ein kalter Luftstoß hinein und schmiegte sich um meine Beine.

»Ah, Merope«, sagte der blonde Mann und sah mich mit aufmerksamem Blick an. Er reichte mir die Hand und betrachtete meinen Hals. Seine längeren lockigen Haare bewegten sich im Wind, während er lächelte.

»Ah, irgendein random Jäger.«

»Du weißt schon, dass wir keine Jäger sind.«

»Jaja. Schon klar.« Er hatte seine Hand weiterhin erhoben und ich ergriff sie. Mit einem starken Händedruck schüttelte ich sie.

»Wo ist denn Aiden?«, fragte er mich.

»Der kann sich gerade nicht vom Fleck rühren.« Der Mann zog überrascht die Augenbrauen nach oben. Ich erinnerte mich, dass Aiden ihn Jase genannt hatte.

»Warum, hast du ihn ans Bett gefesselt?«, fragte er belustigt. Ich war für einen winzigen Moment sprachlos, dann grinste ich.

»Nein, aber so ähnlich. Komm rein.« Ich trat beiseite und ließ ihn herein.

»Jase?«, rief Aiden aus der Bibliothek.

»Ja?«

»Na super. Jetzt sind hier zwei, die über mich lachen«, maulte Aiden. Jase sah mich fragend an und ging zu ihm, während ich die Tür schloss. Kurz bevor ich in die Bibliothek trat, hörte ich tiefes Lachen. Beim Eintreten traf mich der meuchelnde Blick von Aiden. »Danke. Super Arbeit, Merope. Die Hexe des Monats.«

Entschuldigend zuckte ich mit den Schultern. »Dafür bin ich die heißeste«, behauptete ich und ging wieder zu dem Grimoire. Dabei trat ich über die ganzen Blätter, die kreuz und quer auf dem Boden lagen.

»Ja, da stimme ich dir zu.« Jase' Blick lag auf der eng sitzenden Jeans, die meinen Arsch gut betonte.

»Jase, halt deine Klappe«, sagte Aiden leise und Jase hob abwehrend die Hände.

»Ich habe nur ihre Aussage bestätigt.« Dann betrachtete er seinen Freund und hob den Finger zur Barriere. Ich wartete, ob Aiden etwas sagen würde. Doch er tat nichts. Also öffnete ich den Mund, um Jase vor der Barriere zu warnen, doch es war wieder mal zu spät. Er bekam eine gewischt. Und zwar so heftig, dass er von den Füßen gerissen und durch das Zimmer geschleudert wurde. Weiter hinten bei den Bücherregalen kam er mit einem dumpfen Knall auf dem Boden auf, stöhnte gequält und biss die Zähne aufeinander.

»Du bist so ein Arsch«, sagte ich zu Aiden und ging auf Jase zu. Ich streckte ihm meine Hand entgegen und zog ihn nach oben. »Geht's?«

»Mhhh«, brummte er und setzte sich anschließend auf einen der Stühle. »Autsch.« Aiden betrachtete seinen Freund mit einem Schmunzeln. Er war mindestens genauso schadenfroh wie ich. »Was ist das denn?«

»Ein toller Bannzauber, für den diese sture Hexe keinen Auflösungszauber hat«, fasste Aiden die Situation zusammen und deutete dann auf den glühenden Kreis am Boden. »Außerdem ist der Boden danach Schrott.«

»Hast du es mit einem Auflösungstrank probiert?«, fragte Jase an mich gewandt und knetete derweil seine Hand, die ein bisschen zuckte. Kurz verharrte ich in meiner Bewegung und sah in sein fein geschnittenes Gesicht.

»Woher …?«

Jase grinste leicht. »Meine Schwester ist 'ne Hexe.«

»Und du?«, fragte ich neugierig und ließ das Grimoire ein wenig sinken.

»Nein, stinknormal. Meine Schwester wurde adoptiert, deshalb wissen wir nicht, wer ihre Eltern sind. Sie hat sich viel selbst beigebracht und sich mit anderen Hexen ausgetauscht«, erzählte er. Interessant.

»Und du bist trotzdem bei den Jägern«, stellte ich verwundert fest. Aiden öffnete den Mund.

»Ehemaligen Jägern«, fügte ich hinzu. Ein zufriedener Ausdruck lag auf seinem Gesicht.

»Ja, ich möchte, dass die Hexen Hilfe bekommen. Von anderen Hexen und von Jägergemeinschaften. Ich weiß, mit welcher Angst meine kleine Schwester gelebt hat, deshalb habe ich angefangen, Kampfsport zu betreiben, um sie im Ernstfall beschützen zu können. Seit Aiden den Orden gegründet hat, kann ich meine Fähigkeiten endlich einsetzen.« Ich nickte. Beachtlich, dass er sich Aidens Gefolgschaft angeschlossen hatte. Er musste ihm vertrauen, immerhin wäre seine Schwester vor einem Jahr ein Ziel gewesen. Ein warmes Gefühl breitete sich in mir aus, als ich Aiden anblickte, der mich interessiert musterte. Erst jetzt merkte ich, dass ich lächelte. Sofort gefror meine Miene und ich setzte mein Resting-Bitch-Face auf. So und nicht anders.

»Schön, dass ihr euch näher kennenlernt, aber ich würde hier liebend gern wieder rauskommen und nicht den ganzen Tag hier stehen bleiben«, sagte Aiden und trat von einem Fuß auf den anderen.

»Wenn du nicht alle Zutaten für einen Trank dahast, kann ich meine Schwester fragen, ob sie die Sachen vorbeibringen kann.« Jase rieb sich das Kinn. Nachdenklich starrte er auf das Grimoire in meiner Hand. »Oder du probierst es rückwärts.«

»Den Zauber?«, fragte ich nach.

»Ja. Ich glaube, das macht man nicht wirklich so, aber wenn meine Schwester den Rückzauber nicht kannte, hatte sie den Anfangszauber umgedreht. So hat sie viele Dinge wieder rückgängig machen können.«

Er verzog das Gesicht, als würde er an eine spezielle Sache denken, die ihm einfiel. Darüber hatte ich noch nie nachgedacht, aber es schien Sinn zu ergeben. Vielleicht klappte es. Es war ja derselbe Zauber, nur umgekehrt. Beinahe wie der Deckel für den Topf.

»Dann wollen wir mal.« Ich brachte mich in Position, hob die Hände und versuchte mich daran zu erinnern, in welcher Reihenfolge die Bewegungen rückwärts verliefen. Dann probierte ich es aus. Ein paarmal brauchte ich, bis ich den Dreh raushatte. Schließlich kamen wieder die grünen Magiefunken. Nun würde es klappen. Da war ich mir sicher. In diesen Versuch legte ich alles hinein, führte die Bewegungen perfekt aus und ließ den Zauber von meinen Fingerspitzen gleiten. Der grün glitzernde Nebel traf auf die Barriere. Erst geschah nichts, und ich hatte das Gefühl, dass alle Anwesenden die Luft anhielten. Inklusive mir. Etwas bewegte sich und das Schimmern verschwand, bis sich der grüne Kreis auf dem Boden auflöste und Aiden freigab.

»Krass«, murmelte ich und wandte mich zu Jase um. »Das werde ich mir merken. Richte deiner Schwester bitte liebe Grüße aus.«

»Mache ich.« Jase wandte sich an Aiden. »Und was machst du jetzt als Erstes, freier Mann?«, fragte er.

»Scotch«, antwortete er und ging zu einem kleinen Servierwagen, auf dem viele Glaskaraffen standen. In ein Glas füllte er die bernsteinfarbene Flüssigkeit hinein und nahm dann einen Schluck, bevor er zu uns blickte. »Ihr auch?« Jase nickte.

Er brachte uns den Scotch und hob sein Glas. Der Blick seiner grasgrünen Augen ruhte auf mir und ein Lächeln zupfte an seinen Mundwinkeln.

»Gut gezaubert«, murmelte er mir zu.

»Danke«, sagte ich. Dann tranken wir und der Augenkontakt brach dabei nicht ab. Keine einzige Sekunde.

Kapitel 17

MEROPE

Aiden und Jase verschwanden nach oben, während ich die Blätter neu sortierte, die beim Zauber vom Tisch gefegt worden waren. Nun kannte ich einen Bannzauber und wusste, wie man ihn wieder auflösen konnte. Das war doch schon mal ein guter Fortschritt. Keine Ahnung, wie lange die zwei brauchten, aber so langsam wollte ich zu dem Riss, damit ich die Geister befragen konnte. Nur weil ich Angst davor hatte, mit ihnen zu reden, hieß das nicht, dass ich es nicht tun würde. Es könnte uns weiterhelfen. Und wenn die Möglichkeit bestand, dass wir Cataleyas Rettung ein Stückchen näher kamen, dann würde ich alles dafür tun, was ich konnte.

Ich übte den Zauber noch einige Male mit einem Buch, das ich wahllos aus einem der Dutzenden Regale gezogen hatte. Der Zauber blieb nie bestehen, weil das Buch keine Seele hatte, doch ich sah, dass er von meinen Fingern glitt. Also klappte es. Der glühende Kreis hinterließ Spuren auf dem Boden, doch bevor Aiden das bemerken würde, wären sie verschwunden. Nachdem ich noch nicht einmal mehr darüber nachdenken musste, welche Bewegung als Nächstes erforderlich war, klatschte ich begeistert in die Hände und machte mich an den Wiederherstellungszauber. Es dauerte ein wenig, bis sich der Boden wieder komplett zurückgebildet hatte, doch am Ende konnte man nicht erkennen, wo der glühende Kreis gewesen war. Zufrieden packte ich das Grimoire über Geister ein und verließ die Bibliothek.

»Aiden?«, rief ich und wartete, ob er antwortete, doch ich konnte nichts hören. Also ging ich die Treppen hinauf und erinnerte mich daran, wo das Büro war. Er hatte es mir mal gesagt. Ich hörte die Stimmen von Aiden und Jase.

»Wie ist das passiert? Ich dachte, deine Träume sind besser geworden«, sagte Jase. Die Tür zum Zimmer war nur angelehnt, wodurch ich jedes Wort hören konnte, das die beiden redeten. Ich blieb einige Meter davon entfernt stehen und lehnte mich gegen die Wand. Mein Herzschlag wurde lauter und die Atmung schneller. Als würde mein verräterischer Körper wissen, dass ich dort etwas Falsches tat. Es waren private Dinge, die die beiden besprachen. Doch ich wollte erfahren, worum es ging. Ja, so ein Arsch war ich.

»Nein. Manchmal habe ich gar keine und dann wieder jede Nacht. Doch dieses Mal habe ich jemanden verletzt. Ich habe Merope die Jägerklinge an die Kehle gehalten und es in meinen Ohren zischen gehört. Doch ich habe sie nicht realisiert. Ich dachte nicht, dass es wahr wäre.« Eine Gänsehaut lief meinen Rücken hinunter, als ich meinen Namen hörte.

»Ich habe ihren Hals vorhin gesehen. Hast du dich entschuldigt?«, fragte Jase.

»Natürlich! Was ist das denn für eine Frage?« Aidens Stimme wurde laut und er klang ein wenig entrüstet.

»Ich meine ja nur. Was hat sie gesagt?«

»Dass es in Ordnung sei.«

»Sie hat dir nicht deinen adeligen Arsch aufgerissen?«, fragte er. Warte was? Adelig? Davon hörte ich zum ersten Mal.

»Nein, außerdem weißt du, dass ich nicht adelig bin, sondern nur der Anführer des Ordens, das ist kein Adelstitel. Auch wenn du das denkst. Merope sagte nur, dass alles gut sei. Aber das war es nicht, Jase. Sie hat nicht wirklich geblutet, aber das Hexenkraut ist noch immer in ihrem Organismus. Diese Schmerzen hat sie nur wegen mir.« Seine Stimme klang verzweifelt, und ich hörte, wie er mit etwas auf den Tisch donnerte. Ich vermutete, dass es seine Faust war. »Ich wollte nie wieder jemandem wehtun. Niemand Unschuldigem mehr.« Der Schmerz in seiner Stimme schlug in meine Brust ein wie ein rasend schneller Pfeil. Beinahe hätte ich mich geräuspert, weil sich ein Kloß in meinem Hals bildete.

»Dann sag ihr das doch. Sie wird es verstehen.«

»Nein, wird sie nicht. Merope ist niemand, den man mit schönen Worten abspeisen kann. Sie ist jemand, den Taten interessieren. Wie ein Mensch wirklich ist und nicht das, was er sagt.« Ich biss mir auf die Unterlippe und betrachtete meine Schuhspitzen.

»Dann versuch es ihr zu zeigen. Nimm sie mit zu Einsätzen oder zeig ihr die ganzen Hexen, die wir in den letzten Monaten vor Hexenjägern gerettet haben.«

»Ich weiß nicht, ob das funktioniert.«

»Probiere es aus«, meinte Jase.

»Weißt du, ich mag sie.«

»Und ich glaube, sie mag dich auch.« Tat ich das etwa? Ich horchte in mich hinein, und anhand des warmen Gefühls in mir war ich mir sicher, dass er recht hatte. Ich, Merope Carter, mochte Aiden Archer, obwohl er mich einst hatte umbringen wollen. Eine Hexe und ein ehemaliger Hexenjäger. Unvorstellbar, aber dennoch wahr. Dort war mehr als Hass. Mehr als Wut. Dort war ein zartes Gefühl. Wie eine Blütenknospe, die sich langsam öffnete. Sie begann die dunklen Emotionen in den Hintergrund zu schieben, sich über sie zu legen und aufzublühen.

»Da bin ich mir nicht sicher.« Oh, ich war es schon. Obwohl ich erwartet hätte, dass ich mich mehr dagegen wehren würde. Aber weshalb sollte ich es mir selbst so schwer machen? Meine Gefühle waren eben so. Darüber hatte ich keine Gewalt. Und die zu verdrängen würde mir nur weiteren Stress und schlaflose Nächte bescheren. Davon hatte ich allerdings genug.

»Das musst du selbst herausfinden.« Ich schmunzelte und verlagerte mein Gewicht auf mein anderes Bein. Der Boden knarzte unter mir.

»Hast du das gehört?«

Schnell schlich ich einige Schritte zurück und ging dann so laut ich konnte auf das Zimmer zu.

»Aiden?«, fragte ich und öffnete die angelehnte Tür. »Hey, ich wollte nur Bescheid geben, dass ich mich dann auf den Weg mache«, sagte ich und versuchte mir meine Schuld nicht ansehen zu lassen.

»Wohin willst du?«, fragte er mit zusammengezogenen Augenbrauen.

»Ich will versuchen, die Geister selbst zu fragen. Also, bis dann. Tschüss, Jase.« Ich hob meine Hand und wandte mich wieder zur Tür.

»Du gehst definitiv nicht allein«, sagte er. Aiden stand von seinem großen Ledersessel auf. Darauf wirkte er ein bisschen wie ein Bösewicht. Nur Rufus fehlte auf seinem Schoß, den er dann langsam streicheln konnte, während er irgendeinen Plan aushecke.

»Du verbietest mir bestimmt nichts, Aiden«, sagte ich mit Nachdruck und sah ihn herausfordernd an.

»Ich verbiete dir nichts, sondern dränge dir lediglich meine wundervolle Gesellschaft auf. Natürlich auf eine angemessene Art und Weise, versteht sich.« Aidens Lippen umgab ein schiefes Grinsen.

»Wenn es sein muss«, sagte ich genervt. Jase war offensichtlich unterhalten, denn er verzog belustigt den Mund und stand ebenfalls von seinem Stuhl auf.

»Dann werde ich es packen. Danke für das Gespräch und die gute Unterhaltung.« Er reichte mir die Hand und nickte. »Bis dann, Merope«, verabschiedete er sich.

»Bis dann.« Er ging an mir vorbei und verschwand aus dem Büro. Aiden trat währenddessen an mich heran und der Geruch nach Tannen umhüllte mich. Der leicht herbe Geruch ließ mich nochmals tief einatmen.

»Brauchen wir noch irgendetwas?« Aiden betrachtete mich aufmerksam und ich ihn. *Wir.* Klang gar nicht so ätzend wie gedacht.

»Nein, wir können los«, sagte ich und ging voraus. Ich spürte den Blick, der auf meinen Hinterkopf gerichtet war. Ich fuhr mir durch meine Haare und legte sie mir über die Schulter. Aiden reichte mir die Jacke vom Ständer. Draußen biss sich die Kälte in meine Jeans und ich bekam eine Gänsehaut. Im Auto angelangt, drückte er auf einen der Knöpfe und die Sitzheizung schaltete sich ein. Ich beobachtete ihn beim Fahren, während er angestrengt nach draußen sah. Als ich meinen Schal zurechtzog, brannte mein Hals. Ich gab keinen Laut von mir und versuchte das unangenehme Gefühl wegzuatmen. Aiden und ich parkten dieses Mal nicht auf dem Schulparkplatz, sondern im Wald. Wir gingen nebeneinanderher und warfen uns immer wieder Seitenblicke zu. Doch keiner sagte etwas. Irgendwann konnte ich nicht mehr still bleiben und packte Aiden am Arm.

»Was ist los?«, fragte ich und brachte ihn dazu, stehen zu bleiben.

»Nichts ist los. Wir machen uns auf den Weg, um mit Geistern einen Kaffeeklatsch zu halten.«

»Ja. Aber es ist noch etwas anderes.«

»Keine Ahnung, wovon du sprichst.« Er wollte weitergehen, doch ich hielt ihn zurück und stellte mich ihm in den Weg. Aiden blickte auf mich herab und musterte mein Gesicht, bevor er wegsah und den Augenkontakt mied.

»Doch. Du bist bedrückt, und du kannst mir nicht mal ins Gesicht sehen.«

Aiden seufzte und presste die Lippen aufeinander, bevor er seinen Kopf wieder zu mir wandte. »Doch, das kann ich«, sagte er mit angespannter Stimme.

Er versuchte keine Miene zu verziehen. Er quälte sich. Die Schuldgefühle in seinen Augen schimmerten wie Sternschnuppen am Nachthimmel. »Nein, kannst du nicht«, sagte ich leise und legte meine Hand auf seinen Unterarm. Er ließ die angehaltene Luft aus seiner Lunge entweichen und sah über mich hinweg. »Aber es gibt keinen Grund dazu, Aiden.«

»Doch, den gibt es, Pumpkin.« Er presste die Kiefer aufeinander, sodass sie leicht hervortraten. Seine grünen Augen funkelten. »Ich habe dich verletzt. Okay. Und ich habe mir geschworen, nie wieder jemanden zu verletzen. Nie wieder. Ich möchte den Unschuldigen helfen, damit ich vielleicht ein wenig meiner Schuld wiedergutmachen kann. Und dann presse ich dir meine Jägerklinge an die Kehle.« Er spannte seinen Körper an und seine Hände wurden zu Fäusten, dabei blickte er überallhin, nur nicht in meine Richtung. Und wenn, dann nicht lange. Ich legte ihm meine Hand an die Wange und zwang ihn, mich anzusehen. »Ich hätte dich töten können, Merope.«

»Das hast du schon einmal versucht und es hat nicht funktioniert«, sagte ich mit scherzhaftem Unterton, doch Aidens Gesicht blieb starr.

»Ich habe dich verletzt. Das wollte ich nicht«, flüsterte er.

»Du musst mir das nicht sagen. Ich weiß, dass du es nicht mit Absicht getan hast. Es ist okay.«

»Das hast du gestern auch gesagt, aber das ist es nicht! Es ist nicht okay, dass ich dir eine Klinge an die Kehle halte und du danach sagst, es sei in Ordnung.« Nun legte ich meine andere Hand ebenfalls an seine Wange und zog sein Gesicht ein wenig zu mir herunter.

»Aber du hast es nicht mit Absicht getan. Das ist es, worum es mir geht. Du wolltest mir nicht wehtun. Deshalb halte ich dir nichts vor.«

»Das solltest du aber, Merope. Ich bin ein Monster.«

»Oh, ich bin schon mit schlimmeren Dingen klargekommen«, antwortete ich und konnte ihm ein kleines Lächeln entlocken.

»Du bist unmöglich, Pumpkin«, murmelte er und musterte mich intensiv.

»Das kann ich nur zurückgeben.« Er blickte in meine Augen und ich in seine. Zwischen uns passte lediglich noch ein Blatt Papier. Ich spürte seinen warmen Atem auf meiner Wange und merkte, wie er seine Hände auf meinen Rücken legte, um mich an sich zu pressen. Ich wusste nicht genau, wie es passierte, aber auf einmal küssten wir uns. Seine Lippen berührten meine. Zaghaft, vorsichtig. Sein Griff um meinen Körper wurde fester und ich schlang die Arme um seinen Hals. Ich wusste nicht, was ich denken sollte. Oder fühlen. Denn ich war im Moment gefangen. So als würde ich von einer hohen Klippe stürzen. Im freien Fall. Mit Gänsehaut auf meinem Körper. Hände, die an mir zerrten. Hände, die an mir zerrten? Ich riss die Augen auf, da wurde ich schon von Aiden fortgerissen.

»Merope!«, rief er und kam auf mich zugerannt. Um mich herum konnte ich Geister erkennen, die an meinen Armen zogen. Ihre eiskalten Finger gruben sich in mein Fleisch und rissen an mir. Mein Blickfeld war bläulich verschwommen und die Kälte drang bis in meine Knochen vor.

»Lasst mich los«, schrie ich. Es waren mindestens fünf Geister. Sie blickten auf mich herab und zogen mich quer über die Lichtung. Meine Finger leuchteten mit Magie und ich schleuderte sie wild um mich. Doch die Blitze flogen durch die Geister hindurch.

»Dein Bannzauber«, rief Aiden, der mich beinahe erreicht hatte.

»Ich kann nicht, meine Hände sind dafür zu unruhig!« Die Geister rissen mich umher und ich kniff die Augen zusammen. *Denk nach, Merope.* Wie kam ich hier wieder raus? Ich schrie auf, als einer der Geister an meinen Haaren zog und ein Ruck ging durch die Hüllen.

Sie kamen ins Straucheln, doch fingen sich schließlich wieder. Geister brauchten Frieden, Ruhe. »Aiden. Deine Waffe.«

»Meine Waffe?«

»Tu nicht so, als hättest du keine dabei«, rief ich.

»Na schön«, sagte er und zog sie hinten aus dem Bund seiner Hose heraus. Ich sah die Geister über mir an. Zwei Männer und drei Frauen. Sie machten keine Anstalten, auch nur ein Wort zu verlieren, und Zeit, sie genauer zu betrachten, hatte ich nicht. Aiden richtete die Waffe auf mich. Also in meine Richtung, ich hoffte, dass er nicht wirklich auf mich zielte.

Schieß ja nicht daneben, dachte ich mir und atmete tief ein.

Aiden sah mich entschlossen an, hob die Waffe und streckte seine Arme aus. Er drückte ab. Ich hielt seinen Blick fest, während die Kugel auf mich zuraste. Und mir war klar, ich würde sterben. Wenn er danebenschoss. Der Knall ließ mich zusammenzucken und im nächsten Moment wurde ich fallen gelassen. Er hatte mich nicht getroffen, ich lebte. Aiden kam auf mich zu, schoss weiter in die Luft und scheuchte die Geister so von mir weg. Als er sich zwischen mich und meine Angreifer stellte, rappelte ich mich auf.

»Alles okay?«, fragte er, während seine Waffe weiterhin auf die Geister gerichtet war. Er konnte sie zwar nicht sehen, aber die Richtung war gut. Solange er nicht mich traf. Hauptsache, es war laut genug, dass sie sich verpissten.

»Ja, ich denke schon.« Ich trat neben ihn, hob die Hände und führte den Bannzauber aus. Die grünen Funken schwirrten um mich herum und meine Hände leuchteten. Um jeden Geist erschien ein glühender Kreis, der sich um ihn legte. Sie tauschten einen verwirrten Blick und rannten dann gegen die Barrieren. Allesamt bekamen einen Schlag. Ich atmete tief aus und stützte meine Hände auf die Knie. Mir tat jeder Knochen weh. Wie mussten sich bitte die Menschen fühlen, die geviertelt wurden? »Jetzt kannst du sie wieder wegpacken«, sagte ich und deutete auf die Waffe, die in Aidens Händen lag. Er sah sie an und nickte. Das Hexenkraut, das sich in den Patronen befand, konnte ich bis hierhin riechen. Ich hustete.

»Ja, ich denke, das wäre besser. Vielleicht sollten wir erst mal abhauen und später wiederkommen«, meinte Aiden. Fragend sah ich ihn an. »Die Schüsse hat man bis zur Schule gehört. Die flippen bestimmt gerade aus.« Da hatte er absolut recht.

»Dann sollten wir schleunigst von hier verschwinden. Die Geister laufen uns zum Glück nicht weg.«

Er ging voraus und wechselte irgendwann ins Laufen über. Ich versuchte mit ihm mitzuhalten, aber eine Läuferin war ich definitiv nicht. Von sportlich redete ich überhaupt nicht. Wir erreichten das Auto und fuhren wieder über die Waldwege hinaus. »Kannst du mich zur Hütte bringen?«, fragte ich ihn und vermied es, ihn anzusehen. Es war alles ein wenig viel.

»Klar«, sagte er.

Wir erreichten die Hütte und ich stieg aus.

»Danke, ich ruf dich an, wenn ich wieder zur Lichtung gehe.« Er antwortete nicht, und ich war mir nicht sicher, ob er mit in die Hütte kommen würde. Immerhin waren dort seine Brüder. Ich öffnete die Tür und blickte in die Küche. Samuel, Alan und Sara saßen dort und aßen irgendetwas. Ich hatte keine Zeit, darauf zu achten, ob es ein Sandwich oder vielleicht doch ein Mensch war. »Hey. Ich erzähle euch gleich alles. Ist der Dachboden frei, ich müsste mal kurz rein?«, sagte ich hastig.

»Ja, wir machen gerade Pause. Bist du okay?«, fragte Sara und musterte meine zerzausten Haare.

»Ja, alles gut. Ich komme gleich wieder.« Meine Freunde sahen mir mit komischen Blicken hinterher, als ich die Treppe nach oben rannte. »Rufus?«, rief ich durchs Haus und hörte es maunzen.

»Was ist denn jetzt schon wieder? Nie hat man seine Ruhe vor diesen Hexen«, grummelte er, als er aus meinem Zimmer schlurfte.

»Komm mit«, forderte ich ihn auf und rannte ganz nach oben. Als der Kater seinen Arsch durch die Tür bewegt hatte, schloss ich sie und lehnte mich dagegen. »Hilf mir«, jammerte ich verzweifelt. Rufus sprang auf den Tisch und beäugte mich misstrauisch.

»Was ist passiert?«, fragte er. Nun blickte er mich aufmerksam an. Ich riss mir den Schal vom Hals, zog meine Jacke aus, genauso wie mein Oberteil. So stand ich nur noch im BH vor ihm. Rufus fauchte und machte einen Buckel, als er meinen Oberkörper betrachtete. »Geister.« Sein Fauchen war vollkommen entrüstet, und er streifte auf dem Tisch unruhig hin und her.

»Es tut weh«, flüsterte ich, als ich zum ersten Mal die Handabdrücke erkannte, die sich auf meinem Oberkörper befanden. Sie waren auf den Armen, Schultern, wahrscheinlich auch auf meinem Rücken, so wie es sich anfühlte.

»Was ist das an deinem Hals? Hexenkraut, das rieche ich bis hierher«, maulte Rufus.

»Das ist etwas anderes. Ein Versehen. Können wir das nicht später besprechen?«

»Von dem Jäger? Oh, warte nur ab, dem kratze ich die Augen aus seinem hübschen Schädel.«

»Rufus, Fokus. Wie gehen diese Schmerzen weg?« Es fühlte sich an, als würden sie mich noch immer festhalten und ihre Finger in mein Fleisch bohren. Sehr viel länger hätte ich es nicht ausgehalten.

»Es sind Zeichen dunkler Magie. Das waren keine normalen Geister.«

Kapitel 18

MEROPE

Ich stand halb nackt vor Rufus. Erneut. Doch dieses Mal schmierte ich mir stinkende Paste auf den Körper. Auf die Stellen, an denen die Geister mit ihrer dunklen Magie Handabdrücke hinterlassen hatten. Die Paste besaß die gleiche Konsistenz wie Durchfall und roch auch beinahe so. Ich war nicht begeistert, und an Rufus' Gesicht konnte ich erkennen, dass er es ebenso wenig war. Mit zusammengezogenen Augenbrauen versuchte ich, an die Stellen am Rücken zu gelangen und erinnerte mich an einige Momente zuvor, als ich mit Rufus die letzte Zutat für diese magische Paste geholt hatte. Graberde.

»Siehst du den da drüben?«, fragte Rufus mich und deutete mit seinem Kopf auf einen Grabstein rechts von uns. »Das war ein Arsch.« Er ging einige Schritte weiter und blieb erneut stehen. »Ach, und was auf dem Grabstein steht, ist eine waschechte Lüge. Aber man kann ja nicht einfach draufschreiben, dass er langweilig war. Auch wenn es die Wahrheit ist. Na ja.« Er ging weiter und wackelte mit seinem Po. Dieser Kater.

»Sag mal, weshalb weißt du, wie man diese Paste anmischen muss?«, fragte ich den Kater. Rufus, der vor mir auf dem Tisch saß, schnalzte mit dem Schwanz hin und her.
»Junghexe, bei all den Hexen und Hexern, bei denen ich bereits war, habe ich einiges aufgeschnappt. In Bezug auf Geister, Tränke mischen, Rituale, alles. Ich bin ein wandelndes Hexengrimoire.«

»Du redest nie über die Hexen und Hexer, bei denen du schon warst. Wieso nicht?«

»Ach, das muss ich dir bei einer anderen Gelegenheit erzählen.« Ich blickte Rufus in seine grünen Augen und nickte. Vielleicht würde er es mir irgendwann wirklich sagen und mich nicht nur vertrösten. Aber ich hatte das Gefühl, dass er eigentlich mehr sagen wollte. Seltsam.

Ich spürte, wie der stechende Schmerz auf meinem Körper nachließ. Erleichtert atmete ich aus und stellte das kleine Schälchen mit der Paste zur Seite. Graberde, Weihwasser, unzählige Kräuter und ein Zauber, damit dieses Zeug dabei rauskam.

»Wie lange muss das jetzt einwirken?«

»Eine gute Stunde.«

»Eine Stunde? Na super.«

Rufus lachte auf und schleckte sich danach die Pfote. »Ja, Junghexe, gute Dinge brauchen eben Zeit. Die Geister sind in deinem Bannzauber, oder?«, fragte er nach.

»Ich habe eigentlich alles richtig gemacht, also sollten sie dort sein.«

»Eigentlich?«, fragte Rufus mit überprüfendem Blick.

»Ich habe alles richtig gemacht«, sagte ich fest entschlossen.

»Na dann. Vielleicht bekommst du etwas aus diesen Geistern raus. Auf jeden Fall kann ich dir sagen, dass es höchstwahrscheinlich Hexen waren. Diese Art Abdrücke habe ich nur ein einziges Mal gesehen.«

»Heißt, ich soll mich am besten nicht mehr von ihnen berühren lassen.«

»Das wäre schon mal ein Anfang bei deinen blöden Ideen …« Rufus' missmutiger Blick legte sich auf mein Gesicht, bevor er ein wenig nach unten rutschte. »Aber es sieht so aus, als würde die Mischung schnell bei dir wirken.« Und tatsächlich, als ich nach unten sah, erkannte ich, dass die Abdrücke schon wesentlich heller geworden waren.

»Du hast recht«, murmelte ich. Die Paste zog nach und nach immer mehr in meine Haut ein. Ich hatte das Bedürfnis, sie abzuwischen, aber ich hielt mich zurück. »Warum darf ich das nicht wegwischen?«, fragte ich ihn und blickte auf.

»Ganz einfach, weil die Paste in deine Haut eindringen muss.«

»Hört sich widerlich an«, murmelte ich.

»Es hilft, hör auf zu jammern, Junghexe.« Da hatte er recht. Ich hatte den anderen gesagt, dass ich gleich zu ihnen kommen würde, jetzt war bereits eine Weile vergangen … es würde mich nicht wundern, wenn sie jeden Moment an die Tür klopfen. »Du musst daran denken, dass deine Kräfte ein wenig schwächer werden könnten. Durch den Kontakt mit den Geistern und der Paste wurde sowohl dein Körper als auch deine Magie angegriffen.«

Auch die Handabdrücke waren verschwunden. Erleichtert atmete ich aus und wartete, bis das letzte Kribbeln von meinem Körper gewichen war. Erst dann zog ich mich wieder an.

»In einer Stunde sollten die Schmerzen weg sein.« Den Rest der Paste füllte ich in ein kleines Gläschen und stellte es zu den anderen ins Regal. Wer wusste, ob wir sie nicht noch einmal brauchen würden. Immerhin war es nicht unwahrscheinlich, dass ich noch mal mit Geistern in Kontakt kommen würde. Doch ob es normale Geister waren oder Hexengeister, da würde ich mich überraschen lassen.

»Was ist das da?«, fragte Rufus mich erneut anklagend.

»Was meinst du?«

Er hob seine Nase und deutete damit zu meinem Gesicht. »Na dort.«

»Was denn?«

»Junghexe, ich habe keine Finger, um darauf zu deuten, denk mit. Was ist an dir anders und sollte dort eigentlich nicht sein?«

Meine Finger fanden wie von selbst zu meinem Hals, der leicht brannte, als ich darüberfuhr. Es hatte sich bereits eine Kruste über dem kleinen Schnitt gebildet.

»Haben wir für das Hexenkraut etwas?«, fragte ich und deutete auf meinen Hals.

»Wenn es das ist, was ich denke, dass es ist, dann ja. Haben wir. Du wolltest mir ja nicht sagen, was passiert ist. Dort hinten im Regal, oberstes Fach«, grummelte er. Ich ging zu besagtem Regal und holte ein Fläschchen heraus. Hexenkraut-Linderung. Jap, das brauchte ich. Zwar hatte der Linderungszauber geholfen, aber das würde schneller helfen. Es unterstützte bei der Wundheilung. Mit zittrigen Fingern trug ich die Salbe auf den Schnitt auf. Ich musste gestehen, dass ich wegen der Handabdrücke nicht gemerkt hatte, dass es wehtat, doch als Rufus es erwähnte, waren die ziependen Schmerzen wieder zurückgekehrt. Der Zauber, den ich dagegen angewandt hatte, war wirkungslos. Er hatte lediglich einige Stunden angehalten. Doch die Salbe wirkte. *Danke, Cora.* »O Junghexe, du wirst ein paar Tage mit dir zu kämpfen haben. Erst die Geister und die Heilung davon, und jetzt auch noch Hexenkraut, das dir der Jäger verpasst hat. Was kommt als Nächstes?«, fragte Rufus.

»Etwas Normaleres? Sterbliches?«

»Mit 'ner Magen-Darm-Grippe musst du mir gar nicht erst ankommen. Das kannst du schön vergessen. Dann bin ich raus«, grummelte er und formte seine Pupillen zu Schlitzen.

»Ja, Lust habe ich nicht darauf, aber manchmal ist das besser als all das Übernatürliche, mit dem wir es hier zu tun haben.«

»Merope, das ist es, was du bist. Übernatürlich. Magisch. Du bist eine verdammte Hexe. Sei stolz darauf. Sei auf *dich* stolz, denn das kannst du sein.« Rufus stand auf und kam auf mich zu. Dann schmiegte er sich an meinen Arm und betrachtete mich aus seinen grünen Augen.

»Danke, Rufus.«

»Du kannst dich auf mich verlassen, Junghexe. Wenn du Hilfe brauchst, bin ich für dich da.« Mit einem Lächeln strich ich ihm über den Kopf und lauschte seinem rhythmischen Schnurren.

»Okay, wie sieht es aus?«, fragte Samuel, als wir versammelt am Tisch saßen. Ich sah kurz zu Aiden, der neben Alistair saß und mir verstohlene Blicke zuwarf. Erst da realisierte ich, dass ich ihn geküsst hatte. Und er mich. Scheiße, wie konnte ich das denn nur vergessen? Ich erstarrte und vergaß für einige Momente, wie man atmete.

»Also, wir haben ein paar Geister eingefangen, die jetzt auf der Lichtung in einem Bannkreis warten«, sagte ich und verdrängte meine innere Panik. Die anderen am Tisch sahen mich entweder mit hochgezogenen Augenbrauen oder gerunzelter Stirn an.

Samuel rieb sich am Kinn.

»Und hast du schon etwas von ihnen erfahren?«, fragte Alan mich und lehnte sich auf dem Stuhl zurück.

»Nein, weil wir wegrennen mussten, weil Aiden mit seiner Knarre rumgeschossen hat, damit die Geister aufhören, mich abzuschleppen.« Die Blicke wurden nur merkwürdiger und ich bemerkte, was ich da gesagt hatte. »Die Geister haben mich angegriffen, und da sie empfindlich gegen Lautstärke sind, habe ich zu Aiden gesagt, dass er seine Pistole rausholen soll, um auf die Geister zu schießen. Dadurch haben sie so lange von mir abgelassen, dass ich den Bannzauber ausführen konnte und sie daraufhin eingesperrt habe«, erzählte ich.

»Aber …?«, fragte Sara, die sich über den Tisch beugte.

»Aber wir mussten dringend weg, weil die Schule so nah an der Lichtung ist, dass man die Schüsse hören konnte. Darum haben wir die Geister erst mal dort gelassen und sind dann abgehauen.«

»Okay. Und wo warst du mit Rufus?«, fragte Alistair misstrauisch. Ich warf einen Blick zu dem Kater, der mich abwartend betrachtete. »Hast du etwas Hilfreiches gefunden?«, setzte Alistair nach.

»Wir waren Graberde holen.«

»Graberde?«, fragte Aiden mit gerunzelter Stirn und setzte sich auf.

»Der Kontakt mit den Geistern hat Spuren hinterlassen, und deshalb mussten wir ein wenig von der Erde holen, damit wir eine Paste herstellen konnten.«

»Was denn für Spuren?«, wollte Samuel wissen und betrachtete mich. Wahrscheinlich las er meine Gefühle und fragte sich nun, ob die Aussage auch mit den Gefühlen übereinstimmte.

»Es waren Handabdrücke, an den Stellen, wo die Geister mich lange gepackt hatten. Irgendwie sind davon Rückstände übergeblieben, die sich auf meiner Haut abgezeichnet haben«, sagte ich und fuhr mir über die Arme.

»Warum sagst du das denn nicht? Ich hätte dir doch geholfen«, meinte Aiden und legte seinen Blick auf mich, indem er sich zu mir beugte. Sein Duft nach Tannennadeln wehte zu mir herüber. Beinahe hätte ich die Augen geschlossen.

»Wie hättest du mir denn helfen wollen? Ich wusste ja selbst nicht, was ich dagegen tun kann. Aber Rufus hat mir geholfen.« Besagter Kater stand auf und drehte eine Runde auf dem Tisch, um sich sein Lob abzuholen, das ihm auch wirklich zustand.

»Ja, Junghexen, da seht ihr, was für einen wertvollen Mitbewohner ihr doch habt.« Er kam zu mir und setzte sich wie ein Erdmännchen aufrecht vor meine Nase und legte den Kopf schief. »Ich bin bedeutender als ihr alle zusammen.« Mit diesen Worten schmiegte er sich an mich und legte sich auf meinen Schoß.

»Wir haben verstanden, dass du der tollste Kater auf Erden bist«, sagte Alistair und verdrehte dabei die Augen. »Wie geht es dir?«, fragte er mich.

»Wieder gut. Danke.« Ich bemerkte, wie Aiden auf meinen Hals blickte. Doch die Paste hatte den Hexenkrautanteil in der Wunde so gelindert, dass nichts mehr zu sehen war. »Aber jetzt zu den Dingen, die wirklich wichtig sind. Habt ihr schon ein Mittel für Cat gefunden, das ihrem Körper helfen kann?« Alan, Samuel und Sara nickten eifrig. Das war gut.

Sara lehnte sich vor und sagte: »Ja, haben wir. Aber wir müssen den Trank noch brauen. Der war echt in der letzten Ecke versteckt gewesen, und es hat ewig gedauert, bis wir ihn gefunden haben.«

»Wahrscheinlich, weil er nicht so oft benutzt wird«, vermutete Alistair.

»Gut, dass wir ihn jetzt haben«, fügte Alan hinzu.

»Ja, Aiden und ich sind an einem Weg dran, um Cats Seele wieder zurückzuholen.«

Alistair blickte starr auf die Tischplatte und hatte die Augenbrauen zusammengezogen. »Schade, dass wir sie nicht einfach rausholen können.«

Ich dachte über seine Worte nach. Was, wenn man sie nicht durch einen Zauber zurückholen konnte, sondern selbst dort hingehen musste, um ihre Seele zu finden? Wo auch immer sie in der Geisterwelt war. Was, wenn ich sie holen konnte? Wenn das der einzige Weg war, sie zurückzubekommen?

»Das ist es, Alistair!«, rief ich und stand auf. »Wir müssen keinen Weg finden, um Cats Seele herzuzaubern, sondern einen Weg finden, selbst zu ihr zu gelangen. Das muss irgendwie möglich sein. Und wir können ihr helfen, den Weg wieder herauszufinden.«

Samuel nickte und strich sich über die Wange. »Damit könntest du recht haben. Ich kenne Geschichten von den Besuchen in der Geisterwelt. Aber ich bin mir nicht sicher, ob wir das wirklich können.«

»Ich werde sofort in dem Grimoire meiner Großmutter nachsehen. Vielleicht fällt euch ein Ort ein, an dem wir eine Lösung finden, um in die Geisterwelt zu gelangen.«

»Ich versuche mich daran zu erinnern, was James zu mir gesagt hatte wegen der Auferstehung meiner Eltern. Vielleicht kann uns das helfen.« Sara stand auf und richtete sich an Alan und Samuel. »Schafft ihr zwei es, den Trank zu brauen, während ich versuche, Merope zu helfen?« Die beiden nickten entschlossen und Sara ging zur Tür. »Gut, dann versuche ich mehr herauszufinden und komme dann wieder.«

»Brauchst du Hilfe?«, fragte ich sie.

»Nein danke. Das geht allein.« Sie verschwand.

»Hat sich bei Cats Körper irgendetwas getan?«, fragte ich, doch Alistair schüttelte den Kopf.

»Nein, es ist alles genauso wie zuvor. Glücklicherweise.«

»Gut, dann suche ich, ob es einen Weg gibt, hinter den Schleier zu gelangen. Wir wissen zum Glück schon, dass sie bis zum nächsten Vollmond überleben kann.«

»Vielleicht könnten wir durch den Riss gehen?«, vermutete Aiden.

»Nein, das wird nicht klappen. Die Geister bestehen nur noch aus ihrer Seele, nicht mehr aus dem Körper, in dem sie einmal steckten. Deshalb ist es Menschen aus Fleisch und Blut nicht möglich, durch den Schleier zu gehen«, sagte ich und schüttelte den Kopf. Aber eine Möglichkeit dafür musste es geben. Irgendwo, und ich würde sie finden.

Kapitel 19

AIDEN

Merope saß mit zusammengezogenen Augenbrauen vor mir und schlürfte an ihrem Milchshake, während sie in das Buch ihrer Großmutter starrte. Die schwarzen Haare umrahmten ihr Gesicht, und auf der blassen Haut konnte ich deutlich die leichten Sommersprossen erkennen. Sie waren nicht so ersichtlich wie die von Cataleya, aber dafür schöner. Aber man musste genau hinsehen, dem flüchtigen Betrachter blieb diese Schönheit an Merope verborgen. Ich überlegte, warum ich so über ihr Aussehen philosophierte. Sie war hübsch, das sah man. Das konnte ich nicht abstreiten.

»Kannst du mal nicht so starren?«, nuschelte sie mit dem Strohhalm zwischen den Lippen und dem Blick auf dem Grimoire.

»Kannst du ordentlich sprechen?«, neckte ich sie und schmunzelte leicht. Sie hob den Kopf und ihre bernsteinfarbenen Augen blickten mich an. Es hatte den Eindruck, als würde die Sonne in ihnen scheinen. Wie ein Sonnenuntergang.

»Nicht mit dir«, konterte sie und brachte mich zum Lachen, das sie mit einem Grinsen erwiderte. Sie klappte das Grimoire zu und legte ihre Lippen wieder um den Strohhalm, während sie daran saugte. Ich beherrschte mich, ihr die ganze Zeit über in die Augen zu blicken.

»Und? Schon was in deinem Zauberbuch gefunden?« Ich wusste, was jetzt kam.

»Grimoire«, motzte sie. »Und nein, nichts, was ich nicht schon wusste oder mir weiterhelfen würde. Aber ich bin mir sicher, dass hier etwas zu einem Zauber oder Ritual stehen muss, wie man hinter den Schleier gelangen kann.« Zugegeben, es war weder ein kleines noch dünnes Buch. Und da wir es schon beinahe durchgearbeitet hatten, aber nun nach etwas gänzlich anderem suchten, fingen wir noch mal von vorn an, da es sein konnte, dass wir wichtige Seiten übersprungen hatten. Was hieß, dass wir uns damit erneut Tage um die Ohren schlagen würden.

»Hey, habt ihr noch einen Wunsch?«, fragte Sara, die in einer *Saints & Sinners*-Uniform auf uns zukam. Ihre braunen langen Haare hatte sie zu einem hohen Pferdeschwanz gebunden.

»Nein danke. Wie lange geht deine Schicht denn heute?«, fragte Merope und betrachtete ihre Freundin.

»Noch drei Stunden.« Sara verdiente hier neben der Schule Geld, damit sie nicht auf Kosten von Cats Vermögen lebte.

»Okay, wir bleiben nicht mehr so lange, aber wenn du willst, kann ich dich abholen«, bot Merope ihr an.

»Nein danke, Dave holt mich ab.« Saras Gesicht wurde rot, als Merope fragend die Augenbrauen nach oben zog.

»Oh, wie läuft es mit Dave?«

»Gut. Sehr gut.«

Merope strahlte Sara an. »Das freut mich für dich.«

»Danke. Sag mal, hast du schon etwas Geeignetes in den Grimoires gefunden?«, fragte sie.

»Du meinst in den Zauberbüchern?«, warf ich ein. Nun erntete ich zwei Todesblicke.

»Halt die Klappe«, sagte Merope und wandte sich wieder an Sara, die uns mit neugierigem Blick musterte. »Nein, ich bin noch nicht weitergekommen.«

»Wenn du willst, kann ich dir dann helfen. Also wenn die Jungs den Trank nicht versauen.« Sara seufzte und presste die Lippen aufeinander. »Ich habe Angst, dass wir es nicht schaffen«, wisperte sie und blickte dann wieder Merope an.

»Das kriegen wir hin«, sagte Merope. »Wir haben es immer hingekriegt.« Mit ihrem ruhigen Blick brachte sie mich dazu, innezuhalten. Über unsere jetzige Situation nachzudenken und mir darüber klar zu werden, dass wir es hinkriegen mussten. Denn ich wollte mir nicht vorstellen, was passieren würde, wenn wir es nicht schafften, Cat wieder zurückzubekommen. Oder besser gesagt, ihre Seele.

»Ja, du hast recht. Ich muss dann wieder.« Sara lächelte Merope kurz an, bevor sie mitsamt dem Geschirr verschwand.

»Also wir gehen jetzt wieder zu den Geistern und versuchen etwas aus ihnen herauszubekommen, oder?«, fragte ich nach.

»Genau, danach sehen wir weiter.«

Merope telefonierte mit jemandem, doch leider war ich ahnungslos, ob es überhaupt etwas mit unserem Vorhaben zu tun hatte. Doch mich interessierte schon, wer das war. Merope stand auf und gemeinsam verließen wir das *Saints & Sinners*. Dass wir uns gestern geküsst hatten, wurde so behandelt, als wäre es gar nicht passiert. Wir redeten nicht darüber. Keinen einzigen Ton. Aber gerade gab es wichtigere Dinge. Obwohl ich gestehen musste, dass ich in jenem Moment schon ein wenig gefangen gewesen war, so wie sie ihre Hände sanft an meine Wangen gelegt und mich zu sich hinuntergezogen hatte, um …

»Aiden?« Merope winkte vor meinem Gesicht umher und ich realisierte, wo ich war. Angeschnallt im Auto. Huch.

»Ja, alles klar«, murmelte ich. Schnell startete ich den Motor, der wie ein Kätzchen schnurrte, und fuhr vom Parkplatz. Ashland war so schön wie eh und je. Vor allem zur Halloween-Zeit. Die farbenprächtigen Bäume und die Kürbisse. Deko und die Atmosphäre des Herbsts. All das lag wie ein guter Duft in der Luft und ließ die Stadt erstrahlen. Leuchtend oranges Blattwerk wich nach einer Zeit Fichten, und um uns herum wurde es dunkler. Wir stiegen aus und gingen wieder zur Lichtung. Dieses Mal ohne Kuss.

»Fuck«, rief Merope aus und warf die Hände in die Luft. »Das gibt es doch nicht!«

Verwirrt runzelte ich die Stirn. »Was ist?«

Sie drehte sich zu mir um und ich konnte ihr frustriertes Gesicht erkennen. »Die Geister, sie sind weg«, sagte sie und kniff die Augen zusammen.

»Wie geht das denn?« Ich sah mich um. Natürlich erkannte ich nichts weiter außer Bäume und Wiese.

»Jemand muss die Bannkreise aufgelöst haben.«

Ich befürchtete, dass sie gleich explodieren würde, so sehr spannte sie ihren Körper an.

»Scheiße.«

»Oberscheiße«, setzte sie noch einen drauf und fuhr sich mit den Händen übers Gesicht.

»Okay, das ist blöd, aber was machen wir jetzt?«

»Wenn wir hier keine Geister finden und keiner versucht, aus dem Schleier zu kriechen, dann suchen wir uns eben unsere eigenen. In Ashland laufen genug rum.«

Ich nickte entschlossen.

Zehn Minuten später schlichen wir durch die Gassen von Ashland. Ich konnte Merope nicht wirklich bei der Suche helfen, weil ich keinen einzigen von diesen Geistern sehen konnte. Was ich einerseits schade, aber auch irgendwie beruhigend fand. Ich stellte es mir merkwürdig vor, wenn ich sie sehen würde.

»Und?«, fragte ich vorsichtig. Sie schüttelte den Kopf und blickte starr geradeaus. Sogar ihre Schritte hallten wütend von dem Steinboden wider. »Vielleicht musst du …«

Sie blieb stehen und verschränkte die Arme vor der Brust. »Sag mir nicht, wie ich eine Hexe sein soll. Wenn ich Regeln und Anweisungen gewollt hätte, wäre ich in die Kirche gegangen«, sagte sie biestig und stach mir mit dem Finger in die Brust.

»Du bist schrecklich«, sagte ich.

»Danke, gleichfalls.« Sie ging weiter und ich betrachtete die Umgebung. Alte Häuser. Bunte Blätter. Eine fliegende Mülltonne. Moment. Die Mülltonne flog bereits auf uns zu.

»Merope!«, rief ich warnend. Da hob sie bereits die Hände und die Tonne stoppte wenige Schritte von uns entfernt.

»Das ist aber wirklich nicht nett«, sagte sie zu dem Geist, der meiner Einschätzung nach irgendwo auf der anderen Straßenseite stand. Prüfend hielt ich nach Zeugen Ausschau. Niemand zu sehen. »Darf ich dir eine Frage stellen? Weißt du, warum …« Ein ausgerissener Busch flog auf uns zu. Ich riss Merope zu Boden.

»Ich kann zaubern, Aiden«, erinnerte sie mich mit einem Stöhnen und rappelte sich wieder auf.

»Das war ein Instinkt«, verteidigte ich mich und nahm meine Hände von ihren Hüften.

»Aha.« Merope wandte sich wieder zu dem Geist, der einen Briefkasten abmontiert hatte. Das wurde ja immer besser. »Ich möchte mich nur mit dir unterhalten. Vielleicht kann ich dir helfen.« Der Briefkasten flog auf uns zu. Merope stoppte ihn mit ihrer Magie und ließ ihn achtlos neben sich fallen. »Ich möchte dir helfen«, wiederholte sie.

»Merope, ich denke nicht …« Sie wandte sich zu mir.

»Ich mache so ein Ding, das nennt sich Ich-mache-was-und-wie-ich-das-will, und es funktioniert echt gut, also lass mich damit weitermachen.«

»Wenn du tot bist, wirst du das aber nicht mehr können«, sagte ich und deutete auf das schwebende Auto. Verdammt, hatten diese Geister Kraft. Sie sah das Auto und fluchte. Die Handbewegungen, die sie als Nächstes ausführte, kannte ich. Der Bannzauber. Das Auto fiel scheppernd zu Boden. Zum Glück nicht auf uns.

»Hoffentlich beruhigt er sich jetzt.«

Ich blickte verständnislos die Hexe an und schüttelte den Kopf. »Warum lässt du dir von mir nichts sagen?«

»Würdest du dir etwas von mir sagen lassen, wenn es um dein Kampftraining ginge?« Ich schüttelte sofort den Kopf. »Eben«, meinte sie.

»Auf jeden Fall ist der Geist schon mal nicht so gesprächig«, vermutete ich und sah mich um, in der Befürchtung, dass gleich noch mehr auf uns zufliegen würde.

»Leider muss ich dir da recht geben. Vielleicht treffen wir einen Geist, der weniger Randale macht und mehr mit sich reden lässt.«

Wir liefen weiter und ich beobachtete unsere Umgebung genauestens, nicht dass wir noch einmal angegriffen wurden. Merope und ich liefen stumm nebeneinanderher. Sie legte ihren Kopf zur Seite und zog die Augenbrauen zusammen. »Irgendwie sind hier keine Geister mehr. Das gibt es doch nicht. Dann, wenn man sie mal braucht, wollen sie nicht auftauchen«, sagte sie entnervt.

Ich blieb stehen und musterte sie. »Was hast du dann vor?«, fragte ich.

»Ich glaube, ich habe jemanden an der Hand, der uns mit einem Zauber für den Übertritt in die Geisterwelt helfen kann.«

Ich konnte es kaum glauben, was sie da sagte.

»Sag mir nur, wohin wir müssen, und ich bringe dich dorthin, Pumpkin.« Merope starrte mich an, und obwohl ihr Gesicht noch mit dem Frust überzogen war, sah sie schön aus.

»Danke.«

Wir fuhren weiter, dorthin, wohin Merope uns leitete. Die Umgebung wurde dunkler, bis wir schließlich Ashland verließen. Wenig später bogen wir zu einer alten Lagerhalle ab, die nur spärlich beleuchtet war. Merope knetete ihre Hände und sah sich immer wieder um.

»Okay, und was genau machen wir *hier*?«, fragte ich und betrachtete sie. Merope blickte starr aus dem Fenster und beobachtete die Umgebung, als würde sie vermuten, dass jeden Moment ein Geist aus der Dunkelheit springen könnte. Was definitiv nicht unrealistisch war.

»Ich habe jemanden, der uns helfen könnte«, wiederholte sie dasselbe wie vorhin. Misstrauisch musterte ich die Umgebung und wartete darauf, dass *jemand* auftauchen würde.

»Und du bist dir sicher, dass wir hier richtig sind?«, fragte ich und betrachtete die heruntergekommene Lagerhalle.

»Ja, sind wir.«

»Und woher hast du diese Info?«

»Ich habe Kontakte.«

»Ist das der, mit dem du vorhin telefoniert hast?«

»Ja und nein, der kennt sich mit Seelen aus. Ihn habe ich wegen etwas anderem gefragt.«

»Ist er auch Hexer?«, fragte ich und runzelte die Stirn.

»Nein, er ist etwas anderes.« Ich hatte keine Ahnung, was das bedeuten sollte, und war fast sicher, dass Merope es auch nicht erzählen würde.

»Wirst du mir verraten, was er ist, oder soll ich mir das selbst aussuchen?«

»Denk dir was Tolles aus.« Merope stieg aus dem Auto aus.

»Sieht der Kerl gut aus?«, fragte ich. Warte, was? Warum fragte ich das? War ich etwa eifersüchtig? Nein. Bestimmt nicht. Merope hatte mich nicht gehört, davon ging ich aus, da sie schon einige Meter vornweg war. Ich tastete nach meiner Waffe, die weiterhin hinten in meinem Hosenbund steckte, und folgte ihr dann. Wir liefen einmal um das gesamte Gebäude herum und gingen zur ersten Tür, die ich erblickte. Die Nacht brach herein, und ich konnte nicht weiter als zehn Meter sehen. Schlecht.

»Komm.«

Ich folgte ihr in die Lagerhalle. Die Tür fiel mit einem lauten Knall zu. Wir gingen durch die verwinkelten Durchgänge der Halle, bis ich irgendwo Stimmen hörte.

»Ah, hallo, Merope«, sagte eine mir bekannte Hexe. Sybil. Ihr Blick landete auf mir, und sie wirkte ein wenig überrascht, so wie sich ihre Augen weiteten und sie blitzschnell ein Grinsen aufsetzte, nachdem sie den Mund missmutig verzogen hatte. »Wie ich sehe, hast du einen Freund dabei. Wie heißt du noch gleich, Archer-Junge?«

Ich richtete mich auf. »Aiden.«

»Ich wusste nicht, dass du jemanden mitbringst, Merope. So war das aber nicht abgesprochen.« Merope reckte ihr Kinn nach vorn und verzog freundlich die Mundwinkel.

»Ja, du sagtest, ich solle keinen anderen Hexer oder eine Hexe mitbringen. Von einem ehemaligen Hexenjäger war nicht die Rede«, antwortete sie. Ich musste aufpassen, dass ich nicht lachte. Sie nahm mich hierher mit, weil sie niemanden von ihrem Zirkel mitnehmen durfte.

»Das stimmt. Und ich hoffe, dir ist bewusst, dass ich dich unterstütze, weil du keinem Zirkel mehr angehörst und hiermit Cat gerettet werden kann. Immerhin kannte ich ihre Großmutter. Sie würde wollen, dass ich ihr helfe.«

»Ich weiß, geschlossene Zirkel dürfen sich nicht in die Angelegenheiten der anderen einmischen.«

Aha, so war das also. Interessant. Davon hatte ich noch nie gehört.

Sybil nickte und winkte uns zu sich. »Dann können wir ja gleich beginnen.«

Merope folgte der alten Hexe.

Hatten wir uns deswegen in einer Lagerhalle getroffen, damit es keiner mitbekam? Warum erzählte sie mir nicht, was hier gleich abgehen würde? Wie sollte ich sie beschützen?

Wir bogen um eine Ecke und ich erhielt den Blick auf die anderen Mitglieder von Sybils Zirkel. Sie sahen allesamt dinosaurierwürdig aus. Sie kannten Zauber und Rituale, die mit Sicherheit als antik galten. Ein Kreis aus brennenden Kerzen war auf dem Boden geformt. Seltsame Zeichen waren mit schwarzer Kohle hineingezeichnet, und ein merkwürdiger Duft zierte den Raum.

»Leg dich bitte hier hin.« Sybil deutete auf den Kreis.

Merope tat, wie ihr geheißen und warf mir einen Blick zu. Der Zirkel brachte sich in Position und richtete die Hände auf Merope. Sie lag steif wie ein Stock dort und wartete gespannt. Die dunklen Haare hatten sich wie ein Schleier um ihren Kopf ausgebreitet. Jetzt konnte ich sie schlecht fragen, ab wann ich auf die Hexen schießen durfte. Vielleicht würden sie etwas Seltsames machen, was Merope schadete. Dann hatte ich kein Problem damit, auf alte Frauen zu schießen.

»Gut, wir fangen an. Du wirst in die Geisterwelt gelangen und musst dich dort zurechtfinden. Jedoch hast du nicht lange Zeit, um nach deiner Freundin zu suchen«, erklärte Sybil. Die anderen Hexen waren in einer Art Starre und leise melodische Geräusche drangen aus ihren Mündern.

»In Ordnung«, meinte Merope.

Sie wollte *was* tun? War sie denn von allen guten Geistern verlassen? Der Zirkel hob die Hände und ihre Augen begannen zu glühen. Merope suchte meinen Blick und starrte mich an. War das Angst, die ich in ihrem Gesicht erkannte? Warum hatte sie mir nicht davor gesagt, was sie vorhatte? Immerhin hatte sie in der letzten Zeit genug mit sich rumgeschleppt.

»Wartet mal«, sagte ich, machte einen Schritt nach vorn und hob die Hände. Zaubern würde ich allerdings nicht. »Was genau wollt ihr hier tun?«

Sybil sah mich an und rümpfte beinahe angeekelt die Nase.

»Deine Freundin in die Unterwelt bringen, damit sie eine Seele rausholen kann.«

»Und das ist sicher?«

»Kein Zauber ist jemals *sicher*. Es gibt immer eine Chance, dass etwas schiefläuft. Damit muss man leben.«

Merope bedachte mich mit ernstem Blick. »Das klappt. Und dann haben wir Cataleya wieder«, sagte sie entschlossen. »Ich vertraue Sybil.« Die alte Hexe grinste mich selbstgefällig an, was Merope nicht mitbekam.

Vielleicht war es eine gute Möglichkeit, womöglich aber auch nicht. Ich hatte keine Ahnung, wie ich die Situation einschätzen sollte. Aber ich tat das, was ich nicht wollte. Zurücktreten, meinen Mund halten und Merope dem Zirkel überlassen. Mein Innerstes schrie. Ich wollte sie packen und hier rausschaffen. Sie retten. So schnell es ging. Egal welcher Zauber bei ihr angewandt wurde, ich würde nicht zulassen, dass ihre Sicherheit in den Händen anderer lag. Doch ich wusste, dass Merope einen Plan hatte. Sie war eine schlaue Hexe.

»Gut.«

»Perfekt, Archer-Junge. Dann können wir ja anfangen.« Sybil blickte wieder auf Merope und reichte ihren Mitgliedern die Hände. Um uns herum schien es dunkler zu werden. Die Luft wurde kühler und der Geschmack von Magie lag darin. Ich wartete angespannt auf das, was als Nächstes geschehen würde. Die Kerzen im Kreis entflammten und bildeten ein flackerndes Licht um Merope. Sie hatte bereits die Lider geschlossen. Die Augen des Zirkels leuchteten. Dann begann der Zauber.

Kapitel 20

MEROPE

Ich stand in einem Wald. War es der von Ashland? Ich sah mich um und hielt meine erleuchteten Hände höher. Ja, tatsächlich. Woran ich das erkannte? An dem großen Baum, der alle anderen überragte. Es war unser Wald. Vorsichtig ging ich einige Schritte weiter und ließ meinen Blick über die dicken Stämme der Tannen und das Dickicht streifen. Je angestrengter ich lauschte, umso mehr fiel mir auf, wie leise es war. Keine Vögel, kein Rascheln. Absolute Stille in diesem Wald. Ich ging weiter und hatte die Hoffnung, dass ich nach einigen Metern auf einen Geist treffen würde. Es sollte im Schleier doch nur so von ihnen wimmeln. Doch heute war nichts los bei den Geistern. Erst in Ashland, und dann waren sie nicht mal in ihrer eigenen Welt aufzufinden. Den Zauber hatte ich gar nicht mitbekommen, da ich schon zuvor ein wenig weggetreten gewesen war. Ich ging einige Minuten umher. Irgendwann begann ich zu rufen.

»Cataleya? Wo bist du?« Keine Antwort. Ich sah mich um, ob ich irgendwo etwas entdecken konnte, doch es blieb ruhig. Das konnte nicht wahr sein. Hatten die Geister heute keine Lust, oder weshalb zeigte sich keiner von ihnen? Ich stiefelte weiter durch das Unterholz und rief weiter nach meiner Freundin. Ich wollte mir nicht vorstellen, wie ich mich fühlen würde, wenn sie nicht gerettet werden konnte. Wenn ich versagte. Deshalb suchte ich weiter. In der Hoffnung, meine Freundin wiederzusehen und sie nach Hause bringen zu können. Zu unserer Familie. Deshalb ging ich weiter, bis es sich so anfühlte, als wäre ich seit Stunden auf den Beinen. Mir ging langsam die Puste aus und ich kam ins Schwitzen.

Was war denn jetzt los? Irgendwie spürte ich Hände an meinem Körper, aber als ich mich nach allen Seiten umwandte, konnte ich keine Geister erkennen, die mich festhielten. Obwohl ich froh gewesen wäre, wenn ich welche zu Gesicht bekommen hätte, na ja, ich …

Kapitel 21

AIDEN

Irgendetwas stimmte hier nicht, aber ich wusste nicht was. Merope lag mit geschlossenen Augen in der Mitte des Kreises und Sybils Zirkel hatte die Hände auf sie gerichtet. Aus ihren Mündern wurde irgendein Zauber gemurmelt. Ich hatte mein Handy in der Hand. Dann trat ich einen Schritt weiter auf den Kreis zu. Mein Blick lag auf Merope. Sie begann zu schwitzen. Man sah es ganz deutlich, wie sich die kleinen Schweißperlen auf ihrer Stirn bildeten. Ihre Atmung wurde schneller. Ihr Brustkorb hob und senkte sich viel zu rasant.

Als ich nochmal genauer hinsah, erkannte ich irgendwelche komischen Linien auf Meropes Gesicht. Zuerst waren sie blass und so wenig, dass ich sie nicht wirklich erkannt hatte. Doch sie wurden dunkler. Bildete ich mir das bloß ein? Wind pfiff durch den Raum und gruseliges Flüstern drang aus den Mündern der alten Hexen. Für einen Moment schien eine weitere Person hinter Sybil zu stehen. Das hatte ich mir nur eingebildet. Jetzt sah ich auch schon Gespenster!

Merope wimmerte wie ein verwundetes Tier. Ihr Körper bebte unkontrolliert, sie warf den Kopf von einer Seite zur anderen, während ihre Hände sich in regelmäßigen Abständen zu Fäusten verkrampften. Etwas in mir brüllte, sie sofort hier rauszuschaffen. Jetzt und keinen Moment später. Denn länger würde ich es nicht ertragen, zusehen zu müssen.

Nein, es reichte! Das konnte nicht gesund sein. Der Zirkel schien wie in einer Art Rausch zu sein, denn sie bemerkten nicht einmal, dass ich in den Kreis trat. Ob das eine gute Idee war, keine Ahnung.

Am Ende befand ich mich auch noch hinter dem Schleier und würde mit meiner Mutter sprechen. Das wäre eigentlich schön. Ich griff nach Meropes schlaffen Körper und hob sie hoch. Obwohl sie die Erscheinung eines Fliegengewichtes hatte, wog sie doch mehr als erwartet. Vor allem, weil ihr Körper so kraftlos in meinen Armen herunterhing. Ich spürte, wie sich meine Muskeln anspannten und mein Shirt dehnten.

Gemeinsam mit ihr trat ich aus Sybils Zirkel heraus. Ja, sie waren die ältesten Hexen, ja, vielleicht klappte es mit der Geisterwelt, ja, eventuell würde Merope mich dafür umbringen, dass ich das hier tat. Aber das war mir egal, denn es fühlte sich nicht richtig an. Es wirkte nicht so, als würde es etwas bewirken.

In dem Gesicht von Sybil zuckte ein Muskel. Sie spürte die Veränderung anscheinend. Merope drückte ich enger an meine Brust, sodass ihr Kopf nun an meiner Schulter lehnte.

»Was tust du da?«, fauchte mich eine der Ältesten an. Ich hatte nicht bemerkt, dass sie die Augen geöffnet hatten.

»Ich? Meine Freundin hier herausschaffen, weil es alles andere als gesund aussieht.«

»Dir ist bewusst, dass wir sie nicht ein weiteres Mal hinabschicken können. Also leg sie wieder dorthin und wir machen weiter, um das Ritual zu vollenden«, knurrte Sybil, wobei ihre Augen gefährlich aufblitzten.

»Nein, ich werde jetzt gehen. Danke für eure Hilfe, aber augenscheinlich hat es nicht geholfen, sondern nur geschadet.« Ich machte ein paar Schritte rückwärts und behielt die gesamte Zeit über den Zirkel im Auge. Fünf Hexen gegen einen trainierten Jäger und eine bewusstlose Hexe, das konnte lustig werden.

»Du trägst die Verantwortung, Junge«, ermahnte mich Sybil, die so aussah, als würde sie mich gern mit ihren bloßen Händen erwürgen. Die Wut verzerrte ihr Gesicht zu einer unheimlichen Fratze. Ich schluckte. Kaum hatte ich den Raum mit dem Zirkel hinter mir gelassen, rannte ich so schnell ich konnte. Mit Merope in meinen Armen. Den Weg nach draußen fand ich ohne Probleme.

Als ich die Halle verließ, hörte ich aufgebrachte Stimmen. Schnell sperrte ich das Auto auf, setzte Merope so vorsichtig wie es eben ging hinein und startete den Motor. Mit quietschenden Reifen fuhr ich davon und ließ die Lagerhalle zurück. Ich hatte keine Ahnung, ob Merope nun wegen mir Ärger dafür bekam, dass ich sie aus dem Zauber geholt hatte. Oder ob es wirklich funktioniert hatte, denn Meropes Anblick ließ mich Schlechtes vermuten. Doch das Wichtigste war erst mal, dass es Merope gut ging. Ich warf ihr einen Seitenblick zu und presste die Lippen hart aufeinander. Sie wirkte wie ermordet. Schlaff und ohne Leben. Wie lange würde es dauern, bis sie aufwachte? War es überhaupt sicher, dass sie wieder erwachen würde? Immerhin hatte der Zauber komische Dinge mit ihr angestellt …

Kapitel 22

MEROPE

»Wach auf!«, rief eine Stimme. Ich fuhr hoch und musste vom tiefen Luftholen husten. »Hallo, Pumpkin.« Ich verdrehte die Augen. Er konnte diesen blöden Spitznamen echt nicht sein lassen. »Schön, dass du da bist. Alles klar?« Aiden warf mir einen prüfenden Seitenblick zu. Mit einem Lächeln hielt ich ihn fest, bis ich die Sorge darin erkannte.

»Ja, geht schon. Warum?« Ich sah mich um und verstand, dass ich in dem Audi von Aiden saß. »Was ist passiert?«, fragte ich. Sofort richtete ich mich auf und blickte den ehemaligen Jäger fragend an.

»Ich habe dich da rausgeholt. Die haben irgendetwas Komisches mit dir gemacht, Merope. Dir ging es nicht gut. Du hast geschwitzt und warst außer Atem. Dein Körper hat gezuckt. Außerdem haben sie ewig an dir herumgezaubert. Es war wirklich gruselig«, erklärte er. Seine Stirn war mit einer tiefen Sorgenfalte überzogen.

»Aber warum hast du mich rausgeholt? Ich hätte sie doch finden können«, behauptete ich vorwurfsvoll.

»Merope, du warst seit einer halben Stunde in diesem Zauber! Ich hatte Angst um dich.«

Ich wollte dazu ansetzen, etwas auf seine Aussage zu erwidern, da bemerkte ich, was er zuletzt gesagt hatte. »Wie, du hattest Angst um mich?«

»Ja, na klar hatte ich Angst. Es sah wirklich nicht gut aus. Wenn *du* dich dort gesehen hättest, wärst du selbst eingeschritten und hättest dich rausgeholt, da bin ich mir sicher.«

»Okay.«

»Okay, was?«

»Okay, ich vertraue und glaube dir«, antwortete ich ihm.

Auf Aidens Gesicht breitete sich ein Grinsen aus. Erst langsam, als wollte er sichergehen, dass ich ihn nicht veräppelte, dann breit und hemmungslos. Er betrachtete mein Gesicht. »Gut.«

»Außerdem muss ich zugeben, dass ich dort keinem einzigen Geist begegnet bin. Es gab noch nicht einmal ein Rascheln im Wald oder Zwitschern von Vögeln. Nichts. Es war totenstill.«

»Stellt man sich das mit Geistern nicht genauso vor? Still, friedlich und vollkommen entspannt?«, fragte Aiden.

»Es war nicht diese Art von Stille, sondern eher eine gefährliche. Furcht einflößende. Aus welchem Grund auch immer.« Ich bemerkte, dass meine Sitzheizung an war, und lehnte mich tiefer ins Polster, um die Gänsehaut loszuwerden, die sich bei der Erinnerung an die Geisterwelt über meine Arme gelegt hatte. »Was haben sie gesagt, als du gegangen bist?«, fragte ich.

»Sie meinten, dass ich dich wieder zurücklegen soll und dass es schon klappen würde.«

Ich zog die Augenbrauen zusammen und dachte nach. Warum hatte es nicht funktioniert? Weshalb hatte ich Cat nicht gefunden? Und warum fühlte ich mich merkwürdig? »Mhh.«

Ich war am Verhungern. Wann hatte ich zuletzt so einen riesigen Drang nach Essen verspürt? Der Zauber hatte mir erheblich viel Energie genommen. »Ich habe absolut keine Ahnung. Aber was ich weiß, ist, dass ich unbedingt einen Burger brauche. Ich rufe die anderen an.« Er nickte verstehend. Zwar waren wir vor ein paar Stunden erst im *Saints & Sinners* gewesen, aber man konnte nie genug von diesem Diner bekommen.

»Gut, dann fahren wir zum *Saints & Sinners*«, meinte Aiden und bog ab. Ich lächelte. Doch in meinem Kopf tauchte wieder diese eine Frage auf. Warum hatte ich Cat nicht gefunden? Warum?!

Als ich jedoch daran dachte, dass Aiden sich um mich gesorgt hatte und mich offensichtlich beschützen wollte, musste ich lächeln. Es war ein schönes Gefühl, zu wissen, dass jemand über einen wachte. Aiden stellte den Motor ab und stieg aus, wenig später folgte ich ihm. Nebeneinander gingen wir auf den Diner zu.

Die kleinen Glöckchen bimmelten, und Joey kam mit seinem massiven, quadratischen Schädel hinter der Theke hervor.

»Hallo, ihr zwei! Setzt euch, ich komme gleich zu euch«, rief er über die Musik hinweg.

»Hey, danke«, erwiderte Aiden. Wir gingen zu den Bänken und setzten uns weit nach hinten. Ich musterte die Wände, an denen verschiedenste Sprüche über das Leben und den Tod hingen. Es war ein Diner, den man so nicht kannte, denn er hatte seinen eigenen, ganz speziellen Charme. Und er passte einfach perfekt zu Ashland. Als ich wieder nach vorn zur Theke blickte, erkannte ich, dass Joey ein Skelett aufgestellt hatte, das mit dem Rücken an der Bar lehnte und einen Milchshake in der Hand hielt. Eine leichte Berührung an meiner Hand ließ mich zusammenzucken.

»Geht es dir besser?« Aidens sorgenvoller Blick war so intensiv, dass ich wegsehen musste. Ich horchte in mich hinein und stellte fest, dass ich müde war. Doch ansonsten konnte ich nichts Eigenartiges feststellen, außer den Bärenhunger. Vielleicht war das eine blöde Idee gewesen.

»Ich bin einfach ein bisschen platt. Mehr nicht.« Aiden nickte verständnisvoll. Mein Blick schweifte zum Fenster. Ich hatte Cat nicht gefunden. Mein schlechtes Gewissen schien mich zu überrumpeln, und ich biss mir mit den Zähnen in die Unterlippe, um die Tränen zurückzuhalten. Schweigend stand Aiden auf, setzte sich neben mich und legte einen Arm um meine Schulter. Ich ließ zu, dass er mich berührte, genoss das Gefühl seiner Hand auf meinem Arm und lehnte mich gegen ihn.

»Es ist okay, dass es nicht funktioniert hat«, sagte er.

»Nein. Ich muss sie wieder zurückholen.«

»Und das wirst du. Es gibt so viele Wege, um seine Ziele zu erreichen.« Er strich mit seinen Fingern federleicht über meinen Oberarm. »Manchmal müssen wir scheitern, damit wir den richten Weg zum Erfolg finden.« Ich nickte und lehnte meinen Kopf an seine Schulter, wobei ich zur Decke blickte. Die Lichter blendeten mich ein wenig, doch das störte mich nicht.

»Ja, vielleicht hast du recht«, meinte ich zu ihm.

»Merope«, sagte er ernst, »ich habe immer recht.« Das Grinsen auf seinem Gesicht war breit und vollkommen überzogen.

»Du bist so überzeugt von dir.« Ich schüttelte ungläubig den Kopf.
»Ganz genau, darum geht es ja«, meinte er und zwinkerte mir zu.
»Ich frage mich, ob du beim Sex deinen eigenen Namen rufst.«
Er lachte auf. »Das können wir gern herausfinden.«

Ich bemerkte, wie wenig unsere Gesichter voneinander entfernt waren. Als ich hörte, wie die Glöckchen über der Tür schellten, zuckte ich kaum merklich zusammen. Schnell zog Aiden die Hand von meiner Schulter und setzte sich aufrecht hin. Ich erkannte meine Freunde.

Sara vorweg, die mich mit einem interessierten Blick musterte.

Alan und Samuel folgten ihr.

Genauso wie Alistair. Er starrte die ganze Zeit in seine Hand. Dort lag ein Kristall. Ah, ein Spiegelzauber. Ich verwettete meinen Arsch darauf, dass er damit überprüfen konnte, ob es Cat gut ging. Eine schlaue Idee.

»Hey.« Sara setzte sich uns gegenüber. »Schön, mal hierherzukommen, um zu essen. Und nicht, um andere zu bedienen.«

»Ja, das glaube ich dir gern.« Versuchte Aiden sich hier an Small Talk? Gruselig. Samuel und Alan setzten sich zu Sara. Alistair neben seinen älteren Bruder.

»Na, wie sieht's aus?«, fragte ich Alistair und erkannte, dass er seinen Kopf ein wenig nach rechts hielt, als könnte er ihn nicht weiter bewegen. Das kam bestimmt daher, dass er neben Cat am Bett einschlief und ihr auch sonst nicht von der Seite wich.

»Unverändert. Das ist schon mal gut«, meinte er. Er zeigte mir den Kristall, den er in der Hand hielt, und ich erkannte darauf Cataleya mit Rufus. Der Kater saß auf ihrer Brust und betrachtete die schlafende Cat. »Rufus wird Bescheid geben, wenn irgendetwas Ungewöhnliches passiert.« Er legte den Stein neben Aiden, setzte sich auf die Bank und fuhr sich dann übers Gesicht.

»Wir haben den Trank fertig bekommen. Er muss noch eine Stunde ziehen, dann können wir ihn Cat geben«, sagte Samuel euphorisch und nickte zufrieden.

»Und der wirkt?«, fragte Aiden und runzelte die Stirn.

»Hoffentlich ja, das werden wir dann sehen.« Alan sah sich nach Joey um, der bemerkt hatte, dass wir vollzählig waren. Gemächlich kam er mit schweren Schritten auf unseren Tisch zu.

»Hallo, ihr. Wo ist denn eure rothaarige Freundin mit dem netten Lächeln?«, fragte er. Die Anspannung am Tisch war mehr als greifbar.

»Sie ist krank, ihr geht es nicht so gut, aber nächstes Mal ist sie hoffentlich wieder dabei«, sagte Sara, wobei ihre Augen einen dumpfen Schleier erhielten.

»Ach, das ist blöd. Hab schon gehört, es geht wieder was rum. Mein Koch ist auch ausgefallen. Aber das interessiert euch sicher nicht«, meinte er. »Was darf ich euch denn bringen?« Er schenkte uns ein breites Grinsen, das niemand von uns unerwidert lassen konnte.

Alistair versuchte es, doch scheiterte dabei.

Joey nahm unsere Bestellungen auf und ging dann wieder hinter seine Theke. Die Archer-Brüder hatten sich unterschiedliche Milchshakes bestellt, was ich sehr amüsant fand. Andere Geschwister bestellten meist das Gleiche.

»Also wenn wir nach Hause kommen, können wir ihr den Trank verabreichen?«, hakte ich nach und Alan nickte.

»Ja, in den Unterlagen stand, dass er mindestens eine Stunde ziehen muss, bevor man ihn jemandem geben sollte«, sagte er.

»Und wozu ist er gut?«, fragte Aiden.

»Er hält den Köper länger am Leben«, sagte Sara. »Ich habe leider nichts Neues herausfinden können. Wie sieht's bei euch aus?«

Sofort wurde meine Haltung ein wenig steif, doch das Bein von Aiden, das sich in diesem Moment gegen meines lehnte, beruhigte mich.

»Nichts Neues, die Geister sind verschwunden. Keine Ahnung wer, aber irgendjemand hat sie aus dem Bannzauber befreit«, erzählte ich.

Sara zog zischend die Luft durch die Zähne ein und schüttelte den Kopf. »Verdammt.«

»Dann waren wir hier in Ashland, um andere Geister zu fragen, doch das lief nicht so gut.«

Aiden lachte bitter auf. »Ein Geist wollte ein Auto auf uns werfen«, erzählte er den anderen und schüttelte ungläubig den Kopf.

»Warum ist bei euch beiden immer etwas los und bei uns fliegen nur die Tränke in die Luft?«, fragte Alan.

»Keine Ahnung, aber von jemand Unsichtbarem angegriffen zu werden ist tatsächlich nicht so cool.« Alan machte ein zustimmendes Geräusch.

Ich wollte ihnen das von Sybil erzählen. Doch ich wusste selbst nicht, was ich von der Situation halten sollte.

»Ich muss euch noch etwas sagen«, gestand ich und spürte Aidens Anwesenheit neben mir überdeutlich. So als würde er mir versichern, dass er für mich da war. »Aiden und ich waren gerade bei Sybils Zirkel. Ich dachte, dass sie mir helfen könnten. Sie sind immerhin alt und haben bereits viele Zauber und Rituale durchgeführt. Deshalb hatte ich die Hoffnung, dass sie mir dabei helfen würden, in die Geisterwelt zu gelangen. Ich dachte auch, dass es klappt, aber Aiden meinte, es sei seltsam gewesen. Am Ende hat er mich dort rausgeholt. Und irgendwie war es komisch.« Ich wartete auf die Reaktionen, die ich mir bereits vorgestellt hatte.

»Wir wären mitgekommen, dann wäre es nicht so gefährlich gewesen«, sagte Samuel prompt.

»Ich weiß, aber Sybil meinte, dass ich nicht in Anwesenheit anderer Hexen auftauchen darf, deshalb habe ich ja auch einen Jäger mitgenommen.« Schnell deutete ich auf Aiden, der die Hand hob. »Sie wollte mir auch nur helfen, weil ich ihr versichert hatte, dass wir kein geschlossener Zirkel mehr sind. Jedoch hätte ich es euch erzählen müssen. Es tut mir leid, dass ich es nicht gemacht habe.«

Samuel gab ein zustimmendes Brummen von sich.

Sara nickte und strich sich ihre Haare hinters Ohr. »Was hast du gesehen?«, fragte sie mich.

»Ich war im Wald. Er sah aus wie bei uns, aber dort waren keine Geister.«

»Vielleicht hat etwas nicht so funktioniert, wie es sollte«, mutmaßte Alan und runzelte die Stirn, während er sich nachdenklich am Kinn rieb.

»Was war denn merkwürdig?« Die Frage richtete sich an Aiden.

»Ich verstehe ja nichts von Ritualen, aber nach einiger Zeit hat Merope angefangen zu schwitzen und zu zittern, nein, zu beben und …« Er brach ab, als ihn ein Schauder überkam und er sich schüttelte. »Wenn ich darüber nachdenke, wird mir ganz anders.« Sein Blick traf meinen und ich erkannte die unruhigen Emotionen darin.

»Ich habe keine Ahnung, was bei diesem Zauber geschehen ist, aber es war auf jeden Fall gut, dass Aiden mich da rausgeholt hat.« Ich schluckte, weil ich mich an etwas anderes als den Wald zu erinnern versuchte. Hatte ich noch etwas anderes mitbekommen? Nein, ich denke nicht. »Danke, dass du mich vor etwas Schlimmerem bewahrt hast.«

»Na klar.« Er presste die Kiefer hart aufeinander, so als würde er an etwas Unschönes denken.

Alistair sah uns der Reihe nach an. »Wir halten fest, der Trank ist gleich fertig, die Geister haben nichts gebracht und auch der Zauber von Sybil nicht, der dich in die Geisterwelt bringen sollte. Richtig?«

Zustimmendes Gemurmel erklang. Und ein schlechtes Gewissen nistete sich in mir ein.

»Und wie geht es jetzt weiter?«, fragte Alistair und seine grellen Augen hielten meinen Blick fest. Die schimmernde Hoffnung darin war beinahe verblasst. Er verlor den Glauben daran, dass wir es schaffen konnten. Ich presste die Lippen hart aufeinander.

»Ich probiere es auf einem anderen Weg. Es muss etwas geben, wie wir in die Geisterwelt gelangen können. Keine Ahnung, wo ich ansetzen soll, aber weder aus den Grimoires noch aus den Unterlagen der Jäger geht etwas hervor, was mir helfen würde. Ich werde versuchen, nochmal mit einem Geist zu sprechen, der nicht versucht, mich mit Sachen zu bewerfen. Die Stadt wimmelt eigentlich nur so davon. Da muss ja einer dabei sein, der mir helfen kann.«

Meine Freunde bleiben einen Moment stumm, bevor Samuel das Wort ergriff. »Vielleicht helfen die alten Geschichts- und Legendenbücher über die verstorbenen Hexen Ashlands. Dort sind einige verzeichnet, die deine Fähigkeiten hatten. Vielleicht gelangen wir von den Hexen und Hexern an alte Informationen, die uns helfen.«

Meine Fähigkeiten. *Na super. Die haben mir in der letzten Zeit nicht wirklich weitergeholfen.* »Ja, vielleicht hilft das. Kannst du sie mir besorgen?«

»Na klar, sie liegen bei mir zu Hause rum. Ich hole sie dir morgen direkt.«

»Danke, Samuel.« Er nickte mir zu und schwieg.

»Wir haben den Trank, um Cataleyas Körper am Leben zu erhalten, und ihr seid dabei, einen Weg zu finden, um in die Geisterwelt gelangen zu können. Das ist ein Fortschritt. Vielleicht sind wir dem Ziel näher, als wir glauben«, sagte Sara.

»Das wäre doch schön.«

Joey kam mit den Milchshakes auf uns zu und stellte sie vor uns ab. Jeder mit einem Haufen Sahne und einer knallroten Kirsche garniert. Wie aus einer Diner-Werbung.

»Ja, das wäre es«, murmelte er.

Wir waren auf dem neuesten Stand, und langsam wechselten wir zu anderen Themen. Ich glaubte, dass jeder von uns ein wenig Normalität benötigte. Auch wenn diese aus Milchshakes, Burgern und Freunden bestand. Doch manchmal reichte das vollkommen aus, um einem den Tag zu retten.

Kapitel 23

AIDEN

Das Gebräu schimmerte golden. Es sah nach etwas aus, das sich Menschen zu dekorativen Zwecken in ihr Zimmer stellten. Das kleine Fläschchen wurde in Samuels Hand hin und her geschwenkt, wodurch es nur noch mehr glitzerte. Und es glühte ein wenig. Aus welchen magischen Gründen auch immer. Das würden sie gleich Cat verabreichen. Ich war gespannt, ob das irgendetwas bringen würde. Vor allem, woran erkannte man das denn bitte?

»Sieht gut aus, ich denke, dass wir ihn Cat jetzt geben können«, sagte Sara, trat auf das Bett zu und betrachtete Cataleya. Ihre roten Haare waren ein wenig fahl, doch ansonsten sah sie aus wie immer. Sehr regungslos. Merope stand auf der anderen Seite und wohnte dem Geschehen schweigend bei. Doch aus ihrem Gesicht konnte ich herauslesen, dass sie mindestens genauso zweifelte wie ich.

»Dann los.« Alistair saß neben Cat und hielt ihre Hand. Er nahm das Fläschchen entgegen und betrachtete den Inhalt darin kritisch. »Ihr seid euch sicher?«, fragte er.

»Ja, sonst hätten wir nicht gesagt, dass es geklappt hat. Wir wollen nicht, dass etwas Schlimmeres passiert«, sagte Sara und blickte meinem Bruder fest in die Augen.

»Okay.« Er entkorkte das Fläschchen und schnupperte an seinem Inhalt. Im nächsten Moment roch er erneut daran. »Riecht ja gar nicht schlecht.« Ich hätte, ehrlich gesagt, erwartet, dass er gleich würgen musste.

»Ja, darin sind Rosen und viele weitere Kräuter sowie Blumen«, erklärte Alan.

»Es erinnert mich ein bisschen daran, wie sie riecht«, murmelte Alistair. Mein Blick ging automatisch zu Merope. Ich wusste auch, wie sie roch. Lavendel und Kirsche. Ein sinnlicher Duft, den ich dauerhaft in meiner Nase haben wollte. Als würde sie meine Bewegung bemerken, trafen sich unsere Blicke und hielten einander fest.

»Du brauchst nicht viel, nur wenige Tropfen sollten ihr bereits helfen. Vier bis fünf«, erklärte Samuel. Mein Bruder setzte Cat das Fläschchen an die Lippen und flößte etwas des Tranks in ihren Mund. Die Stille im Raum war beinahe beängstigend. Jeder von uns wartete gespannt darauf, was passieren würde. Nach den ersten Sekunden geschah absolut gar nichts, doch dann erkannte ich, dass Cats fahle Haare wieder ihren Glanz zurückbekamen und ihre Haut ein wenig mehr Leben erhielt. Jeder schwieg, aus Angst, wir könnten den Zauber damit unterbrechen. Doch das Staunen schien mir ins Gesicht geschrieben zu sein, denn als ich erkannte, das Merope mich mit einem Grinsen ansah, bemerkte ich erst, dass mir wortwörtlich der Mund offen stand. Magie war anscheinend grenzenlos.

»Es hat gewirkt«, wisperte Alistair. Ein wenig Hoffnung schwang wieder in seiner Stimme mit.

»Ja, aber aufgewacht ist sie davon nicht«, fasste Samuel zusammen, wodurch die Situation wieder einen fahlen Beigeschmack erhielt. »Nur ihr Körper wird weiterhin am Leben erhalten und vor dem Verfall geschützt. Geschafft haben wir es leider noch nicht.«

»Erst wenn sie ihre Seele wieder hat«, fügte Alistair nickend hinzu. Ich verspürte den Druck weiterzumachen. Wir hatten nur bis zum nächsten Vollmond Zeit. Merope wirkte niedergeschlagen, vielleicht hatte sie sich mehr von dem Trank erhofft.

»Es ist schon spät. Ich würde sagen, wir schlafen jetzt und machen morgen weiter. Dann gebe ich dir die Bücher. Du kannst uns ja die Unterlagen und die Grimoires bringen, vielleicht sehen wir ja etwas, was ihr nicht gefunden habt«, sagte Samu. Merope nickte.

»Ja, das hört sich gut an«, meinte sie an ihn gewandt, während sie weiterhin Cat betrachtete.

»Perfekt. Ich bin hundemüde, Leute. Schlaft gut. Das war schon mal ein großer Erfolg heute«, murmelte Sara, winkte uns mit ihrer Hand grazil zu und ging in ihr Zimmer. Alan und Samuel verabschiedeten sich ebenfalls von uns, und so standen nur noch Merope und ich auf dem Flur. Ich wollte sie küssen. Das hatte ich bereits getan, und jetzt wollte ich dieses Gefühl wieder spüren. Sie blickte mich fest an, während sie sich durch ihre Haare fuhr und einen unordentlichen Knoten band.

»Gute Nacht, Aiden«, sagte sie und ging einige Schritte zurück. Ich sollte etwas machen, sie festhalten oder zu mir ziehen. Doch als ich sie erneut anblickte, konnte ich erkennen, dass sie müde aussah. Heute war viel passiert, und es war nicht der richtige Moment, um über unseren Kuss zu reden.

»Nacht, Pumpkin.« Bei dem Namen verdrehte sie die Augen.

Ich wollte schon fragen, ob sie ihr Gehirn suchte, als sie sagte: »Vergiss es. Du brauchst noch nicht einmal daran denken.« Das kleine Lächeln auf ihrem Gesicht brachte mein Herz dazu, schneller zu schlagen. Wenigstens hatte ich sie zum Lachen bringen können. Ich ging zur Treppe und wartete, bis Merope in ihrem Zimmer angelangt war, bevor ich das Haus verließ. Draußen auf der Veranda traf ich Rufus an. Er saß auf dem Schaukelstuhl und verfolgte mich mit seinen grünen Augen.

»Ah, der Jäger«, sagte er.

»Ah, der Kater«, erwiderte ich. Rufus setzte sich aufrecht hin und musterte mich mit skeptischem Blick, als hätte ich einen schweren Modefehler begangen und zwei unpassende Kleidungstücke miteinander kombiniert.

»Ich möchte dir das genau einmal sagen. Wenn du Merope je wieder mit deiner Hexenklinge bedrohst, werde ich einen Weg finden, dich zu töten. Verstanden? Meine Junghexen haben bereits zu viel durchgemacht.« Seine Stimme war so ernst und tief, dass mich eine Gänsehaut überkam. Ich war schockiert, dass der Kater sich doch so um die Hexen kümmerte. Es hatte meistens den Anschein, dass er sie gern selbst abmurksen würde.

»Ich habe nicht vor, sie zu verletzen. Das war ein Fehler, ein Versehen, und es tut mir schrecklich leid, dass es überhaupt dazu gekommen ist«, erklärte ich mich und erinnerte mich an das Blut, das an Meropes Hals hinuntergelaufen war. Ich unterdrückte den Drang, mich zu schütteln.

»Das hoffe ich für dich.« Er verengte seine Augen zu schmalen Schlitzen, aus denen er mich weiterhin mit einem bösen Blick betrachtete. Und wenn der Kater sagte, er würde mich umbringen, dann glaubte ich ihm. Ohne jeden Zweifel. Denn dieser Kater hatte es faustdick hinter den flauschigen Ohren.

»Alles klar«, sagte ich.

»Gut, Jäger. Pass auf, was du tust, ich behalte dich im Auge.« Ich nickte ihm noch mal zu, bevor ich zu meinem Auto ging und einstieg. Während der Heimfahrt hatte ich viel Zeit, um über alles nachzudenken, was mir so durch den Kopf ging. Ganz vorn war dort aktuell Merope. Und ich fand es gut. Ich fand sie gut. Das tat ich bereits, als ich Merope das erste Mal gesehen hatte. Doch das wusste niemand. Keine Menschenseele, außer mir.

Vor 11 Monaten ...

AIDEN

Wie konnte eine Frau so attraktiv sein? Sie war komplett in Schwarz gekleidet und trug die langen dunklen Haare offen. Ihre Beine waren lang und sie hatte Kurven an den richtigen Stellen, dabei sah sie zierlich aus. Ich stand bereits fünf Minuten am anderen Regal und beobachtete sie wie irgendein abgedrehter Stalker. Sie nahm sich ein Buch nach dem anderen aus dem Regal und betrachtete zuerst das Cover, dann blätterte sie durch die teilweise vergilbten Seiten. Doch keines davon schien das richtige zu sein.

An den Füßen hatte sie schwere Boots, die jedes Mal einen lauten Knall auf dem Linoleum verursachten. Zum Glück war die Bibliothekarin nicht in der Nähe. Sonst hätte sie die junge Frau schon längst rausgeschmissen. Hier irgendwo musste Troy sein, eines der Mitglieder der Bruderschaft. Er hatte mich gebeten, ihn hierher mitzunehmen. Doch bis jetzt war er nicht wieder aufgetaucht.

Ich straffte meine Schultern, doch hielt mitten in der Bewegung inne, als der Schmerz mein Rückgrat hinauf explodierte. Das Atmen fiel mir schwer, und erst als ich die Schultern wieder fallen ließ, schwand er.

Die Frau legte ihren Kopf schräg, wodurch sie ihren Hals entblößte. Man sah, dass sie blass war, doch ihr Hals wirkte so grazil und zart, dass ich schlucken musste. Verdammt, warum fand ich sie so attraktiv? Sollte ich sie auf einen Kaffee einladen?

Ja, das würde ich machen. Ich kam hinter meinem Regal hervor. Die Frau griff nach, oben um an einem der Bücher zu ziehen. Doch irgendwie schaffte sie es, dass beinahe alle Bücher aus dem Fach auf sie hinunterfielen. Wenn sie die auf den Kopf bekam, müsste ich den Krankenwagen rufen. Die Bücher kippten ein wenig und fielen. Sie atmete erschrocken ein und hob blitzschnell ihre Hand. Ein Reflex. Doch ich konnte nicht glauben, was meine Augen zu sehen bekamen. Die Bücher stoppten mitten in der Luft, ein winziges Stück über ihrem Kopf. Als wäre die Welt pausiert worden. Ich hielt den Atem an. Als sie ihre Hand bewegte, flogen die Bücher wieder an ihren vorhergesehenen Platz. Sortiert nach Alphabet. Meine Hoffnungen auf ein Date waren futsch.

»Aiden, hast du …« Troy kam hinter mir zum Stehen und betrachtete mit großen Augen das Szenario. »Du hast sie gefunden. Es ist deine Hexe.« Er zog sich zurück, und ich wusste, dass er es mir überlassen würde, sie zu fangen und zu töten. Er klopfte mir auf die Schulter und ich presste die Lippen zusammen, um nicht zu keuchen, als der Schmerz sich bemerkbar machte. »Ich muss echt dringend los, um pünktlich bei der Besprechung zu sein. Aber sag mir Bescheid, wie es war, oder noch besser, schick mir ein Video.«

Die Konzentration, die ich benötigte, war vollkommen zurückgekehrt. Meine Aufgabe rief mich zur Besinnung. Ich hatte hier eine Hexe vor mir. Das hieß … das Spiel war eröffnet.

Kapitel 24

MEROPE

Hier sind die Bücher über die aufgezeichneten Hexen und ihre Geschichten. Vielleicht findest du ja etwas«, meinte Samuel und reicht mir die Bücher.

»Danke, Samu. Die Grimoires nehme ich heute Abend mit.«

»Perfekt, wir müssen sowieso noch ein wenig von dem Trank anmischen. Irgendwie ist jetzt schon nicht mehr allzu viel davon da.«

»Vielleicht solltet ihr ein größeres Fläschchen nehmen«, schlug ich vor.

»Da könntest du recht haben. Keine Ahnung, warum schon so viel davon weg ist.« Samuel runzelte die Stirn, als würde er sich fragen, wie das passieren konnte, dass der Trank beinahe leer war. Gute Frage. Nicht dass Alistair Cat eine Überdosis des Tranks gab.

»Okay, dann bis heute Abend.« Mit einem guten Gefühl im Bauch ging ich vom Dachboden nach unten und holte mir aus dem Kühlschrank etwas zu trinken. Dabei fiel mein Blick auf den Karottensaft, der in der Kühlschranktür stand. Und mein schlechtes Gewissen setzte augenblicklich wieder ein. Ich konnte bis jetzt noch nichts für Cat tun. Und das machte mich wirklich fertig. Doch ich würde nicht aufgeben. Definitiv nicht. Deshalb holte ich mein Handy aus meiner Tasche und drückte auf Aidens Nummer. Das laute Klingeln am Ohr machte mich mit jedem Bimmeln nervöser. Wir hatten nicht über den Kuss geredet, aber das war auch nur so semiwichtig. Doch warum beschäftigte es mich dann so sehr? Das war eine Frage, die ich mir selbst nicht beantworten konnte. Die Mailbox ging ran und ich seufzte genervt auf.

»Na, Junghexe?«, fragte Rufus mich und sprang auf den Küchentisch. »Was hast du so vor?« Er leckte sich die Pfote, während sein Schwanz hin und her peitschte.

»Ich versuche, Aiden zu erreichen.«

»Ah ja. Der Jäger.«

»Was ist mit ihm?«, fragte ich.

»Nichts, nichts. Ich habe ihn gestern nur noch mal gesehen, als er gegangen ist.«

Ich runzelte die Stirn und fragte mich, was er damit meinte. Hatte er irgendetwas zu ihm gesagt? Na ja. Sollten die beiden sich von mir aus anzicken. Ich rief noch mal an und es ging wieder nur die Mailbox ran. Genervt ließ ich mein Handy sinken und sah zu Rufus, der mich mit einem kritischen Blick musterte.

»Was ist?«, fragte ich ihn und wartete gespannt, was der Kater zu sagen hatte. Denn das hatte er immer. Seine Meinung konnte man schön förmlich riechen, so sehr wollte er sie einem vor die Füße kotzten.

»Ich denke, dass der Jäger kein schlechter Mensch ist.« Oh, wow. »Trotzdem behalte ich ihn im Auge«, murrte der Kater. Er zeigte mir seine spitzen Zähne und rümpfte die kleine Nase.

»Okay, Rufus. Alles klar.« Ich nahm einen Schluck des Wassers und stellte es dann auf die Theke. Rufus öffnete sein Maul, um zu sprechen, da klingelte mein Handy. Aiden.

»Hey.«

»Hey«, antwortete Aiden und schnaufte.

»Darf ich wieder in die Bibliothek?«, fragte ich und wartete angespannt, was er sagen würde.

»Ja, aber davor musst du mir kurz bei etwas helfen.«

»Was genau soll das sein?«, fragte ich.

Er seufzte. »Es hat was mit Kürbissen zu tun.« Verdammt. Ich liebte Kürbisse.

»Okay, bin dabei«, sagte ich hastig, legte auf und verließ die Hütte.

»Warum steht der Kater vor meiner Tür?«, fragte Aiden genervt und blickte zu Rufus.

»Ach Blondie, seit wann ist das denn dein Haus?« Rufus ging geschmeidig an Aiden vorbei und erkundete das Anwesen.

»Er hat gesagt, entweder ich nehme ihn im Auto mit oder er läuft zu Fuß hierher, und dann kratzt er so lange an der Tür, bis er das Glas kaputt gemacht hat«, meinte ich.

Aiden sah mich fassungslos an. »Also der hat doch 'nen Knall. Natürlich ist das mein Haus.«

»Ich habe niemals etwas anderes behauptet«, sagte ich.

Er betrachtete mich einen Moment lang und ließ mich dann herein. Sein Duft stieg in meine Nase, als ich an ihm vorbeiging.

»Komm mit. Wo ist der Kater hin? Der wühlt gleich in meinem Unterwäschefach rum. So einer ist er.«

Mein Kopf spuckte automatisch ein Bild aus, das ich eigentlich nicht sehen wollte. »Aiden … stopp. Die Bilder«, murmelte ich und schüttelte mich.

»Ja, du hast recht.« Er presste kurz die Augen zusammen, bevor er weiterging. Ich zog meine Jacke aus und reichte sie Aiden, der schon seine Hand ausgestreckt hatte. Freundlich.

»Wobei soll ich dir jetzt helfen?«, fragte ich ihn. Er bedeutete mir, ihm zu folgen, und führte mich in die Küche. Auf dem kompletten langen Esstisch und der Bar, inklusive der Kücheninsel, lagen überall Kürbisse. »O mein Gott!«, sagte ich und riss die Augen auf. »So viele Kürbisse.« Meine Stimme war leise, beinahe ehrfürchtig geworden bei dem Anblick des vielen Gemüses.

»Ja, du sagst es.« Aiden klang weniger erfreut und betrachtete die orangen Bälle mit verkniffener Miene.

»Was machst du mit denen?«, fragte ich neugierig. Ich blickte ihn an und erkannte, dass er von seiner aktuellen Situation nicht begeistert war.

»Die Halloween-Gala«, murrte er und drückte sich von der Wand ab, um auf einen der Kürbisse auf dem Esstisch zuzugehen. Er hob ihn hoch und zeigte ihn mir. Dort war ein Gesicht eingeschnitzt, das mich böse anfunkelte. Beinahe wie Aiden. Der wiederum den Kürbis in seinen Händen böse betrachtete.

»Ah.« Die Halloween-Gala. Das Event in Ashland, auf das die meisten Wohlhabenden und Leute von hohem Stand warteten. Jedes Jahr an Halloween wurde die Gala hier im Anwesen der Archers veranstaltet. Doch es war nicht nur ein Sehen-und-gesehen-werden-Event, sondern auch ein guter Ort, um neue Geschäfte auszuhandeln und sich bei Geschäftspartnern beliebt zu machen. Und dazu gehörten Kürbisse. »Und ich soll dir jetzt helfen, sie zu schnitzen.«

»Ganz genau«, meinte er. Ich betrachtete das Gemüse. Okay, das waren wirklich viele Kürbisse. Nun verstand ich seine Laune.

»Warum hast du niemanden dafür engagiert? Du kannst doch jeden ausreichend bezahlen, damit er das für dich machen würde.«

»Ich habe darüber nicht mehr nachgedacht, vor allem, weil das mit Cat war und in den anderen Städten ein paar neue Aufträge für den Orden koordiniert werden mussten. Außerdem wollte mein Sekretär wegen einer neuen Partnerschaft meine Einschätzung.« Er atmete lange aus. »Gerade ist alles viel.« Sein beinahe verzweifelter Blick ließ mich weich werden.

»Okay, ich helfe dir«, teilte ich ihm mit. Die Bücher in meiner Hand legte ich auf eine der Kommoden und setzte mich dann an den Tisch, umgeben von lauter schönen Kürbissen. Ich war nie auf der Halloween-Gala gewesen. Vor allem, weil dort die Jäger der Umgebung anwesend waren. Ich war gespannt, wie es dieses Jahr sein würde. Aber ich wusste, dass alle schicke Abendkleidung tragen würden und sich so aufdonnerten, als wären sie auf einer Hollywoodpremiere.

»Danke, Pumpkin.« Er reichte mir ein Messer, Löffel und weitere Utensilien, mit denen ich die Kürbisse bearbeiten konnte. Aiden setzte sich neben mich und machte an seinem Kürbis weiter.

»Warum nennst du mich noch immer so? Bin ich orange?«, fragte ich. Obwohl er es mir bereits gesagt hatte. Aiden lachte auf.

»Nein, ich hatte es dir doch erklärt. Du kannst nichts mehr daran ändern.«

»Toll«, sagte ich. Er hatte recht, das orange Gemüse war einfach toll. Ich begann damit, den Kürbis auszuhöhlen und anschließend mit einem Stift aufzuzeichnen, was ich machen wollte. Ein süßes Gesicht blickte mir entgegen. Aiden schnitzte frei Hand, ohne sich etwas vorzuzeichnen. Es war ruhig zwischen uns. Jeder war vertieft in seinen eigenen Kürbis.

»Fertig.« Ich blickte auf und sah Aidens Kürbis an.

»Das ist doch jetzt nicht dein Ernst.« Ich betrachtete die lodernden Flammen auf dem Kürbis und zog die Augenbrauen in die Höhe.

»Was denn? Sieht doch toll aus«, meinte er und betrachtete sein Kunstwerk.

»Ja, so wie ich dich kenne, schnitzt du noch 'ne Hexe dazu.« Aiden betrachtete mich stumm, bevor er sich abwandte. Sein Gesicht blieb regungslos. Ich merkte, dass es ihn verletzt hatte. Das hatte ich nicht gewollt. Unsere Gespräche verliefen meist sarkastisch und immer mit dunklem Humor. Wir ärgerten uns, und uns beiden gefiel das. Meistens. »Sorry, das war blöd von mir«, sagte ich und fühlte mich augenblicklich schuldig. Ich hätte erwartet, dass es mir schwererfallen würde, mich zu entschuldigen. Doch es kam leicht wie eine Feder über meine Lippen, während ich Aiden von der Seite beobachtete. Er erstarrte und wandte sich zu mir.

»Okay.« Seine Mundwinkel hoben sich leicht an und er schnitzte weiter. Ich glaubte, dass wir an einem sensiblen Punkt angelangt waren. Unser Verhältnis basierte nicht mehr ausschließlich auf dem Sarkasmus und den Sprüchen, die wir uns gegenseitig an den Kopf warfen, sondern auch aus Gefühlen füreinander. In welcher Weise auch immer. Wir beide waren uns nicht mehr so egal wie zuvor. Wir kümmerten uns um den anderen. Sorgten uns. All die Blicke, kleinen Berührungen und Gesten zeugten davon. »Danke, dass du mir hilfst. Meine Brüder möchte ich nicht fragen. Sie glauben, dass ich alles unter Kontrolle habe. Aber das stimmt nicht. Manchmal weiß ich gar nicht, wie ich einen Tag überstehen soll, weil ich eigentlich viel zu wenig Zeit habe. Und obwohl diese Gala nie besonders spannend war, lieben wir sie. Es ist eine Art Tradition, und dieses Jahr wollte Alistair unbedingt Cat mitnehmen. Zu wissen, dass er das nicht kann, tut mir weh.«

Ich presste die Lippen aufeinander und beobachtete ihn, wie er kleine, feine Schnitte in den Kürbis setzte. »Das kann ich verstehen. Und es ist wirklich scheiße, dass es nicht klappt. Aber es ist nicht deine Schuld. Außerdem erwartet keiner von dir, dass du perfekt bist.

Du machst so viele Dinge. Da ist es ganz normal, dass man nicht alles sofort schafft. Aber um Hilfe zu bitten ist kein Verbrechen. Das fällt mir auch schwer, aber ich lerne, dass es nicht unmöglich ist, seine eigenen Einstellungen zu ändern. Vor allem wenn ich dich ansehe und erkenne, wie sehr du dich im Gegensatz zu unserer ersten Begegnung verändert hast. Du kannst stolz auf dich sein«, sagte ich zu ihm. Aiden schluckte sichtbar und sein Blick huschte von meinen Augen zu den Fenstern und wieder zurück.

»Danke. Es tut gut, das zu hören.«

»Ich sage nur das, was ich über dich denke.« Sein Lächeln schien breiter zu werden und ich konnte die Grübchen in seinen Wangen erkennen. Diese Grübchen. Scharf.

»Schön, wenn du das über mich denkst.« Wir schnitzten weiter, bis ich kleine tapsende Schritte hörte. Rufus kam in die Küche und betrachtete uns.

»Das ist sehr effizientes Arbeiten, muss man schon sagen«, sagte er abwertend. Er schlich zwischen meinen Beinen umher und sah mich von unten an.

»Bevor wir anfangen, können wir ein wenig schnitzen. Aber ich weiß noch etwas Besseres«, sagte ich motiviert. Rufus murmelte etwas Unverständliches.

Ich holte die Bücher und legte sie auf den kleinen freien Fleck auf dem Tisch. Rufus sprang auf die Kürbisse und machte es sich darauf gemütlich. »Du liest uns einfach vor, was dort steht.«

Ich schlug das erste Buch auf und deutete auf die Seiten. Keine Ahnung weshalb, aber Rufus konnte lesen. Wahrscheinlich hatte er es bei den verschiedenen Hexen gelernt. Keiner von uns wusste genau, wie lange dieser Kater schon lebte, aber es waren einige Generationen. Rufus sprach niemals über sein Alter. Schon allein die ganzen Grabsteine, auf die er gedeutet und über die er gelästert hatte. Einige davon waren mit der Jahreszahl 1878 beschriftet.

»Jetzt muss ich auch noch eure Arbeit übernehmen. Das ist ja ungehörig«, motzte er. Trotzdem beugte er sich ein wenig vor und begann vorzulesen. Ich hörte aufmerksam zu und versuchte herauszuhören, ob uns irgendeine dieser Hexen helfen konnte. Wenn wir wussten, wer dieselben Fähigkeiten oder ähnliche besaß, konnten wir nach den Grimoires dieser Hexen suchen. Nach lebenden Verwandten, die uns weiterhelfen konnten.

Rufus las und las. Ich blätterte zwischendurch die aktuelle Seite um. Als ich nach rechts sah, erkannte ich, dass Aiden einen ziemlich witzigen Kürbis schnitzte. Das Überbleibsel des Strunks war in der Mitte und stellte das Poloch für einen Katzenhintern dar. Ich musste mich wirklich zusammenreißen, um nicht zu lachen. Doch als ich erkannte, dass dort noch klein der Name *Rufus* eingeritzt war, konnte ich es nicht mehr halten. Prustend wandte ich mich von dem Kürbis ab.

Rufus unterbrach das Lesen. »Nicht hilfreich, Junghexe. Was wird das?«, fragte er.

Ich sah ihn lachend an.

»Was ist so lustig?«, hakte Rufus nach und betrachtete Aiden, der in mein Gegacker einstieg. Rufus betrachtete den Kürbis von Aiden und schnaubte. »Wirklich. Genauso geschmacklos wie du.« Rufus schnalzte mit der Zunge und schien die Augen zu verdrehen. Aiden verstummte, doch ich lachte nur umso lauter. Ich bekam beinahe keine Luft mehr. Irgendwann kam nur noch leises Husten aus mir heraus, während ich mir die Lachtränen von den Wangen wischte. »Fertig?«, fragte Rufus emotionslos.

»Ja, ausgelacht«, antwortete ich und blinzelte heftig, um die Nässe aus meinen Augen zu vertreiben.

»Gut. Dann weiter.« Rufus las und ich schnitzte einen kleinen Babykürbis. Zwischendurch entwich mir immer mal wieder ein leises Lachen. Aus Abfällen von einem anderen Kürbis zauberte ich kleine Flügel, sodass es ein Feenkürbis war. Zuckersüß. »Als Nächstes haben wir den Ne...« Rufus stolperte über seine eigenen Worte und hielt inne. »Das kann ich nicht aussprechen.« Er tippte mit seiner Pfote auf eine der Seiten.

Ich erkannte, dass wir beinahe ganz hinten angelangt waren. »Der Nekromant oder auch dunkler Hexer von Ashland«, las ich vor und legte meinen Kürbis weg. »Er lebte im späten 18. Jahrhundert in Ashland und befasste sich mit der Geister- oder auch Seelenbeschwörung. Seine angelernten Zauber und Rituale hatten Erfolg, und so schaffte er es, viele Familien mit deren Verstorbenen zusammenzubringen. Seine größte Errungenschaft war ein Zauber, der es ihm ermöglichte, selbst einen Blick in die Geisterwelt zu werfen. All seine Rituale konnten nur an Vollmond durchgeführt werden. Der Nekromant war ein gefeierter Bürger Ashlands. Doch keiner kannte seine wahre Identität. Eines Jahres verschwand er nach dem ersten Vollmond im November und tauchte nie wieder auf. Seine Hinterlassenschaften mit Relikten und Grimoires liegen irgendwo in Ashland versteckt.« Ich betrachtete den Namen, der in geschwungener Schrift geschrieben worden war. Mit meinen Fingern fuhr ich über die Tinte und fragte mich, ob ich schon einmal von ihm gehört hatte. Doch mir war seine Geschichte unbekannt.

»Das klingt verdammt vielversprechend«, sagte Aiden.

»Das ist es! Dort wird sogar extra erwähnt, dass er einen Weg gefunden hat, selbst in die Welt der Geister einzutreten.«

»Vielleicht ist er aber auch deswegen verschwunden«, vermutete Aiden und runzelte nachdenklich die Stirn. Ja, vielleicht.

»Aber es ist etwas, was uns helfen kann. Jetzt müssen wir nur noch herausfinden, wo diese Hinterlassenschaften von ihm sind«, redete ich euphorisch auf Rufus und Aiden ein. Hoffnung flammte in mir auf.

»Das einzige Problem wird sein, dass man nicht weiß, ob er Verwandte hatte«, meinte Aiden und runzelte die Stirn.

»Du hast recht. Ich frage später mal die anderen, ob sie vielleicht eine Idee haben, wer das sein könnte.« Aiden sah mich abwartend an.

»Was denn?«, fragte ich.

»Du kannst gehen und sie gleich fragen.« Ich schüttelte den Kopf. »Nein, ich habe dir gesagt, dass ich dir helfe. Das mache ich auch, aber vielleicht auf eine andere Art und Weise.« Mit einem breiten Grinsen betrachte ich ihn.

»Okay, ich denke, ich verstehe«, murmelte Aiden. Er legte das Messer aus der Hand und sah mich abwartend an. Ich atmete tief durch und hob die Hände.

»Bereit?«, fragte ich.

»Dich zaubern zu sehen? Immer.« In seinen grünen Augen lag Vorfreude. Funken stoben aus meinen Fingern auf und die Kürbisse begannen zu schweben. Eine Schublade in der Küche ging auf und die scharfen Messer flogen auf uns zu. »Aber nicht, um zu sterben«, sagte Aiden und duckte sich.

»Ganz ruhig«, wisperte ich und ließ meiner Fantasie freien Lauf. Jeder Kürbis bekam sein eigenes Gesicht. Oder ein Kunstwerk. Ich hatte im Laufe der Jahre eine ganze Pinterest-Pinnwand voller Kürbisse angelegt, die verschiedenste Motive hatten. Und all diese Bilder in meinem Kopf ließ ich in die Kürbisse schnitzen. Sie schwebten in der Luft umher, voraus der kleine Feenkürbis. Rufus sprang entsetzt von seinem Kürbis herunter, als dieser anfing zu schweben. Es dauerte bestimmt einige Minuten, da es viele Kürbisse waren, aber am Ende war jeder von ihnen geschnitzt. Vollkommen aus der Puste ließ ich mich auf den Stuhl fallen und wischte mir den Schweiß von der Stirn. Warum war das so anstrengend? Es war eine lange Zauberspanne, trotzdem sollte ich nicht so erschöpft sein.

»Alles okay?«, fragte Aiden und berührte meine Schulter.

»Ja, alles gut. Ein bisschen ausgelaugt«, gab ich zu.

»Vielleicht noch von gestern.«

Ich nickte, das könnte sein. Aiden betrachtete die Kürbisse, die fertig ausgehöhlt und geschnitzt vor ihm standen. »Das ist wirklich krass! Danke, Pumpkin.«

»Gern. Ich muss kurz die Unterlagen aus der Bibliothek holen, bevor ich meine Sachen packe«, sagte ich zu ihm und schob meinen Stuhl zurück.

»Okay. Ich räume mal das ganze Zeug auf.« Er stand auf und betrachtete die Kürbisse im Vorbeigehen. Mit wackeligen Beinen ging ich in die Bibliothek und versuchte mir meinen Schwindel nicht anmerken zu lassen. Die Unterlagen waren auf dem Tisch verteilt. Mit fahrigen Bewegungen sammelte ich sie zusammen und ordnete sie. Meine Finger zitterten, und ein Unwohlsein breitete sich in meiner Magengegend aus. Was war denn das jetzt? Seit wann machte mich das Hexen so schwach? Verwirrt runzelte ich die Stirn und stapelte die Ordner. Ich krallte mich am Stuhl fest und presste die Augen fest zusammen.

»Junghexe, was ist los?« Rufus kam in die Bibliothek und stupste mich mit seiner Nase an der Wange an.

»Mir ist irgendwie komisch«, murmelte ich.

»Ich glaube, du solltest nicht so viel zaubern. Gönn dir ein wenig Ruhe.« Wahrscheinlich hatte er recht.

»Ja, wir fahren wieder zur Hütte. Dann kann ich den anderen die Unterlagen geben und ich lege mich kurz hin.« Auch wenn mein Ego mir sagte, dass ich mich auf keinen Fall hinlegen sollte, sondern gefälligst meinen Hintern schwingen musste, um die Sachen des Nekromanten zu finden, wusste ich, dass es keinen Sinn haben würde. Ich musste mich ausruhen.

»Sehr vernünftig«, sagte Rufus. Dabei klang er wie ein Grandpa, der seine Enkelin lobte. Mit den Sachen unter dem Arm ging ich zu Aiden und lehnte mich in die Tür.

»Ich werde zur Hütte fahren, um die Unterlagen abzugeben und die Sache mit dem Nekromanten zu fragen. Wir schreiben, okay?«

Aiden sah von der Spüle auf, in der er die Messer sauber machte. »Ja. Warte, ich bringe dich noch raus«, sagte er schnell.

»Nein, ist schon gut. Mach hier fertig.« Er nickte und beobachtete mich dabei, wie ich ging. Meine Konzentration war einzig und allein darauf gerichtet, nicht hinzufallen. Ich lud die Ordner, Bücher und den Kater in das Auto und fuhr los. Der frische Wind, der durchs geöffnete Fenster in mein Gesicht wehte, ließ meinen Körper ein wenig entspannen. Rufus hatte sich auf dem Beifahrersitz eingerollt. Doch mit seinen wachsamen Augen fixierte er mich. Musste man Katzen eigentlich auch anschnallen? Egal, wir waren sowieso gleich da. Ich stieg aus, nahm die Sachen in die Hand und ging in die Hütte. Ich öffnete meine Arme und ließ alles auf den Tisch in der Küche fallen. Samuel schrieb ich eine Nachricht, dass die Sachen hier waren. Und Aiden. Bei ihm entschuldigte ich mich, dass ich so schnell abgehauen war. Dann ging ich nach oben und fiel ins Bett. Ich schlief sofort ein.

Vor 11 Monaten ...

MEROPE

»Hey, du hast das verloren.« Ich drehte mich von meinem Auto weg und erkannte einen gut aussehenden Mann vor mir. Seine blonden Haare waren ein wenig wuschelig, die grasgrünen Augen blitzten mich frech an und seine Lederjacke konnte ich bis hierher riechen. Er sah wirklich gut aus. Und das wusste nicht nur ich, sondern auch er. So selbstsicher, wie er grinste. Doch ganz ehrlich? Es gefiel mir, wenn Menschen wussten, was sie wollten und wer sie waren. Er lächelte mich schief an. Hatte er Grübchen? Das konnte ich nicht genau erkennen. Ich blickte auf seine Hand, mit der er mir einen kleinen weißen Zettel hinhielt. Hatte ich überhaupt einen Zettel gehabt? Ich denke nicht. Verwirrt nahm ich ihn an und betrachtete ihn.

»Danke, aber ich habe nichts verloren«, sagte ich und streckte ihm das Stück Papier wieder hin.

»Oh, ich dachte, das wäre dir aus deiner Jackentasche gefallen.« Ich besaß keine verdammte Jackentasche. Mein Blick wurde ernst. Sein Mund war leicht verzogen, so als könnte er sich nicht zwischen einem triumphierenden Grinsen und einem entschuldigen Lächeln entscheiden. Er streckte seine Hand aus und öffnete sie. Ich erkannte das lila Pulver, noch bevor es mich erreichte. Hexenjäger! Er griff nach mir. Ich konnte seinen Händen entkommen. Doch nicht dem Pulver, das sich in meiner Kehle festsetzte und mir das Atmen erschwerte. Röchelnd fiel ich und lag einen Moment später auf dem Parkplatz der Bibliothek. Ich blickte mich Hilfe suchend um. Doch es war zu spät. Der Jäger kam auf mich zu. Dann verschwamm alles vor meinen Augen.

Heute würde ich also sterben.

Kapitel 25

AIDEN

Es waren wirklich alle Kürbisse fertig. Doch ich hatte erkannt, wie erschöpft Merope nach dem Zauber gewesen war. Sie sah nicht gut aus. Die Kürbisse würden hier noch eine Weile bleiben müssen, bevor in ein paar Tagen der Ball stattfand. Doch die Kürbisse waren nicht mein einziges Problem. Denn es war üblich, dass jeder eine Begleitung mitbrachte. Vater hatte sich für diesen Anlass immer irgendein bekanntes Model eingekauft. Oder eine Frau, die auch durchaus andere Dienste erfüllte. Doch das wollte ich eher weniger. Deshalb überlegte ich schon die ganze Zeit, wen ich fragen konnte. Eine von meinen Ex? Nein, die eine war, sagen wir einfach … schwierig. Und als ich an das erste Mädchen dachte, das ich mitbringen wollte … wurde mir automatisch speiübel. Ich presste die Lippen aufeinander und atmete tief ein und aus, um meine Gedanken zu verdrängen, die sich wie ein aufbäumendes Pferd in den Vordergrund drängten.

Deshalb blieb mir nur eine Möglichkeit, und ich hoffte, dass diese funktionieren würde. Ich klopfte an die Zimmertür und hörte ein gedämpftes »Herein«. Als ich öffnete, schlug mir der Geruch von Duftkerzen und Kirsche entgegen.

»Aiden«, stellte Merope verwundert fest. »Was machst du denn hier?« Sie stand aus ihrem Bett auf und ich erkannte, dass sie eine Schlafanzughose mit kleinen Skeletten anhatte.

»Das ist ja eine stilvolle Hose«, witzelte ich und deutete auf die kleinen Figuren.

»Jaja.« Sie schnaufte und verschränkte die Arme vor der Brust. »Hast du deine eigene Anwesenheit allein nicht mehr ausgehalten, dass du sie jetzt unbedingt mit mir teilen musst?«, fragte sie mich und strich sich eine Strähne ihres schwarzen Haars aus dem Gesicht.

»Nein, ich wollte dir einfach zeigen, dass die Gesellschaft einer umwerfenden Persönlichkeit schön sein kann.«

»Ach, danke, das musst du mir nicht sagen, ich weiß bereits, dass ich toll bin. Und jetzt spuck schon aus, weshalb du hier bist. Ansonsten verlass mein Zimmer, ich will schlafen«, grummelte sie eher wenig gut gelaunt.

»Mit mir?«, fragte ich neckisch und verzog meinen Mund zu einem schiefen Grinsen.

»Ach, fick dich, Archer«, sagte sie.

»Meintest du: fick mich? Gern.«

Merope sah mich um Fassung ringend an und atmete einmal tief durch. »Du bist unmöglich.«

»Ja, da hast du recht. Wie war das jetzt mit dem *fick mich?*«, hakte ich nach.

Merope trat auf mich zu und tippte mit ihrem Zeigefinger an meine Brust. »Spuck es aus, Großer, oder verlass mein Zimmer. Ich bin nicht in der Stimmung für noch mehr Witze.«

»Aber vielleicht in einer anderen Stimmung?«, horchte ich nach und bekam nur ein Schnauben als Antwort. Sie drehte sich um und ging zu ihrem Bett.

»Ciao, Aiden.« Ich wurde nervös. Das war ich schon die ganze Zeit über. Deshalb versuchte ich, das mit meinen Kommentaren zu unterbinden.

»Okay, warte. Ich wollte dich etwas fragen.«

Sie setzte sich auf ihr Bett und seufzte. »Schieß los.«

»Also wegen der Halloween-Gala. Ich bräuchte noch eine Begleitung …«

Merope betrachtete mich abwartend, sie zog die Augenbrauen nach oben, als ich nicht weitersprach. »Das heißt?«

»Deswegen wollte ich dich …« Ich stellte mich an wie ein Kind, das sich nicht zu fragen traute, ob es mitspielen dürfe. Was stimmte denn nicht mit mir?

»Du wolltest was?« Sie blickte mich abwartend an.
Und ich sie.
»Fragen, ob du mit mir dort hingehen möchtest«, brachte ich heraus und versuchte dabei nicht angespannt zu wirken.

Meropes Augen weiteten sich und sie öffnete den Mund, jedoch drang kein Ton heraus. Sie runzelte die Stirn. »Warum fragst du mich? Hast du nicht noch genug Zeit, jemanden einzuladen?«, hakte sie nach.

»Doch, hätte ich schon, aber ...« Ich hörte auf zu sprechen und presste die Lippen aufeinander. Verdammt, warum waren soziale Interaktionen so schwer?

»Aber was, Archer? Muss ich dir alles aus der Nase ziehen?« Sie verschränkte die Hände und legte sie auf ihren Schoß.

»Ich würde gern mit dir dort hingehen«, sagte ich endlich und wartete gespannt auf ihre Reaktion.

»Weil?«, fragte sie und zog das Wort ein wenig in die Länge.

»Soll ich es dir aufschreiben? Merkt man das denn nicht? Ich mag dich und wollte deshalb gern mit dir hingehen«, gestand ich und atmete anschließend tief ein.

Merope sah mich verwundert an, so als hätte sie nicht erwartet, dass ich ihr das offenbaren würde.

»Wenn du keine Zeit oder Lust hast, dann werde ich mich nach jemand ...«

»Du hast mich gerade wirklich gefragt, ob ich deine Begleitung sein will? Um auf einen reichen, schnöseligen und politischen Ball zu gehen«, stellte sie beinahe ungläubig fest, als müsste sie es nochmals aussprechen, um es wirklich erfassen zu können.

War es denn so abwegig, dass ich sie fragte? »Gala«, sagte ich. »Aber ja.«

Merope lachte auf. »Unter ein paar Bedienungen.«

Ich machte mich bereit für das, was kommen würde. Wollte sie den Springbrunnen haben? »Die da wären?«, fragte ich, als sie mich abwartend fixierte.

»Ich möchte ein richtig geniales Kleid. Wirklich so wie auf einem Abschlussball. Pompös, elegant und wow!« Ihre Augen glitzerten, als sie davon erzählte.

»Bekommst du. Gib mir ein Kleid, das dir gut passt, und ich gehe einkaufen.«
»Und ich will die Kürbisse.«
»Die Kürbisse?«, fragte ich. Wozu brauchte sie das ganze Gemüse?
»Ja, ganz genau die. Ich will sie alle.«
Verwirrt runzelte ich die Stirn.
»Und das war's?«, fragte ich.
Sie nickte und sah mich mit schläfrigen Augen an. »Ja, das war's.« Sie stand auf, ging zu ihrem Schrank und drückte mir ein schwarzes Kleid in die Hand. »Das hier passt mir am besten. Nicht zu eng, nicht zu weit. Ich bin gespannt, was du für einen Kleidergeschmack hast.«
Ich ging zur Tür und lächelte ihr zu. »Er ist gut, wenn man betrachtet, mit welcher Frau ich zur Gala gehe.«
»Wenn du weitermachst, muss ich kotzen«, brummte Merope und verzog angeekelt das Gesicht. Ich musterte das Kleid.
»Trägst du auch mal etwas anderes außer Schwarz?«
Sie verzog die Lippen zu einem frechen Grinsen. »Ja. Manchmal trage ich gar nichts.«
Ich konnte nicht anders, als sie anzustarren.
»Und jetzt geh.« Mit einer fuchtelnden Handbewegung scheuchte sie mich aus dem Zimmer raus. Ich verließ es mit einem Lächeln.

Die Lichterkette und die Kürbisse waren bereits im gesamten Anwesen drapiert, sodass alles morgen Abend leuchten würde. Heute musste ich mich um die letzten Vorbereitungen kümmern und die finale Gästeliste an meinen Sekretär weiterleiten. Außerdem musste ich mich darauf einstellen, was ich von welchen Gästen haben wollte. Oder auf welche geschäftlichen Gespräche ich mich vorbereiten sollte. Es war von größter Wichtigkeit, meine Geschäftspartner bei der Stange zu halten, genauso wie den Bürgermeister.
Gerade sah mich die Verkäuferin eines renommierten Kleidergeschäfts ungläubig an.
»Sie wollen mir sagen, dass ich Ihnen so ein Kleid bis morgen hierherschaffen soll? Mit diesen Extrawünschen?«, fragte sie hysterisch. Ich nickte ihr zu und betrachtete sie vollkommen ernst.

»Ja, das möchte ich Ihnen sagen.«

»Es ist unmöglich, wir müssten die ganze Nacht daran arbeiten«, sagte sie.

»Dann tun Sie das. Ich zahle das Dreifache.« Die Frau blickte mich mit großen Augen an und schluckte sichtbar. Ich hatte sie am Haken. Sie betrachtete mich abwartend, musterte anschließend das Hemd, das ich trug, sowie die ordentlichen Lederschuhe und kniff die Augen misstrauisch zusammen.

»Na schön, ich hoffe, Sie wissen, welche Summe auf Sie zukommt. Dürfte ich noch Ihren Namen erfahren?«, fragte sie nach.

»Archer. Aiden Archer.«

Ihre Augen wurden groß. »Eine Schande, dass ich nicht wusste, wer Sie sind.« Sie grinste mich vielsagend an und sah in meine Augen, bevor sie mir einen Stift und einen Zettel über den Glastresen zuschob. Dabei beugte sie sich nach vorn, sodass ihr Ausschnitt ein wenig verrutschte. Sehr unauffällig. Da hatte ich bereits elegantere Manöver erlebt als das hier. Sie ließ sich nicht beirren und beobachtete mich unter gesenkten Wimpern.

»Würden Sie mir noch Ihre Nummer aufschreiben, damit ich Sie anrufen kann, falls sich etwas wegen des Kleides ergibt?«, flüsterte sie mir zu, um sich am Ende ihres Satzes auf die Unterlippe zu beißen.

»Ich komme morgen Abend her und hole es«, sagte ich mit einem leichten Lächeln auf den Lippen. Ich mochte keine Frauen, die sich mir vor die Füße legten, nur weil sie meinen Nachnamen gehört hatten. Das widerte mich regelrecht an. Und glaubte sie etwa, dass ich das Kleid für meine Großmutter besorgte? Die übrigens auch nicht mehr unter den Lebenden weilte.

»Okay, Mister Archer.«

Ich wandte mich zur Tür und verließ den Laden. »Auf Wiedersehen«, sagte ich noch.

Draußen stieg ich in den Wagen und fuhr zur Waldhütte. Ich würde kurz bei den Hexen vorbeisehen, ob sie etwas Neues zu dem Nekromanten herausgefunden hatten. Morgen war Halloween, und die ganze Welt schien mir das ins Gesicht zu schreien. Kürbisse, Skelette, gruselige Gebilde, Gräber und was man sich noch so alles vorstellen konnte.

Ich war nie ein sonderlich großer Fan von Halloween gewesen, das lag vor allem daran, weil dort die Gala stattfand. Wir mussten uns herausputzen, damit Vater uns den Anwesenden präsentieren konnte. Wie Trophäen in seiner Sammlung. Doch dieses Jahr würde es anders werden. Kein Vater, keine Bruderschaft. Ein kleiner Stich durchfuhr mein Herz, als das Gesicht meines Dads vor meinen Augen aufblitze. Er lächelte mich an. Wenn er stolz auf mich war, hatte ich nichts anderes gebraucht. Ich schüttelte den Kopf bei dem Gedanken, wie abhängig ich von seiner Bestätigung gewesen war. Wie sehr ich gewollt hatte, dass er zufrieden mit mir war. Wie er mich angesehen hatte, als ich ihn tötete.

Ein lautes Hupen holte mich aus meinen Gedanken und ich riss das Lenkrad gerade noch rechtzeitig herum. Der andere Fahrer wich mir ebenfalls aus und fuchtelte wütend mit der Hand herum. Verdammt. Meine Gedanken hatten mich so abgelenkt, dass ich beinahe mit einem anderen Auto zusammengestoßen wäre. Mir lief es kalt den Rücken hinunter. Das war keine Art und Weise, auf die ich gern abtreten würde. Ich konzentrierte mich auf die Straße und fuhr durch Ashland. Als der Wald in Sichtweite kam, entspannte ich mich automatisch. Mein Körper wusste, dass ein Teil von mir dort zu Hause war. Die Hexenhütte war für meine Brüder ein Unterschlupf. Vielleicht konnte sie es auch für mich sein. Wenn Rufus mir nicht drohte, dass er mich töten würde. Ich parkte mein Auto neben dem von Cataleya und stieg aus. Der Erste, dem ich begegnete, war natürlich der Kater. Wer auch sonst?

»Ah, der Jäger«, kommentierte Rufus.

»Ich bin kein Jäger mehr«, erwiderte ich.

»Aber Meropes Rockzipfel jagst du trotzdem hinterher«, sagte er gelassen und zuckte mit seinen pechschwarzen Ohren.

Kopfschüttelnd ging ich an ihm vorbei und öffnete die Tür zur Hütte. Der Duft nach Kaffee und Keksen erfüllte die Luft. Ich lugte zur Küche hinein und erkannte, dass Merope vor dem Ofen herumlungerte und ungeduldig durch das Glas blickte.

»Mein Gott, warum braucht das denn so lange«, sagte sie ungeduldig zu sich selbst und trank einen Schluck von ihrem Kaffee. Aus einer Musikbox erklang ein Lied, das von Hexen handelte. Ich musste unweigerlich lächeln.

»Was tust du da?«, fragte ich und lehnte mich an den Türrahmen. Merope zuckte zusammen und drehte sich erschrocken um. Ihre Wangen waren aufgeblasen und die Augen ganz groß. Sie schluckte den Rest ihres Kaffees hinunter und stellte die Tasse ab.

»Musst du mich so erschrecken?«, fragte sie und atmete tief durch, wobei sie sich gegen die Theke lehnte.

»Seit wann bist du so schreckhaft?«

»Seitdem du gefühlt jeden Tag hier angetanzt kommst«, sagte sie und sah wieder zu dem Ofen. Als würde es ihn dazu bewegen, den Inhalt schneller zu backen.

»Was machst du?«, stellte ich meine Frage erneut und ignorierte ihre Aussage. Die dunkelhaarige Hexe spähte in den Ofen.

»Ich backe«, beantwortete sie meine Frage.

»Was? Kinder?«, fragte ich. Merope betrachtete mich stumm.

»Wirklich? Hexenwitze?«

»Ja, Hexenwitze«, stellte ich klar. Sie schüttelte den Kopf. Als ich mich zu ihr hinunterbeugte, konnte ich erkennen, dass sich Kekse auf dem Blech befanden. »Ah, Kekse, um die Kinder anzulocken, damit du sie *dann* backen kannst.« Ich nickte anerkennend.

»Du hast das Mästen vergessen«, informierte Merope mich und fuchtelte mit ihrem Zeigefinger durch die Luft.

»Wenn schon, dann richtig. Sehr vorbildlich«, fügte ich hinzu.

»Ja. Wir Hexen sind ja alle gleich.« Oh, bei Merope war ich mir da nicht so sicher. Sie nahm sich eine kleine Ausstechform und drückte sie in einen Teig, der auf der Arbeitsplatte ausgerollt war. Ich betrachtete das Motiv. Kleine Geister. *Süß.*

»Was sind das für Kekse?«, fragte ich.

»Kürbiskekse. Ich habe von den ausgehöhlten Kürbissen etwas in die Hütte bringen lassen.« Wenn ich jetzt fragte, wie das genau passiert war, bekäme ich die Antwort: Magie. Mein Kopfkino begann mir unzählige Szenarien vorzuspielen, wie das Innere der Kürbisse durch Ashland bis zur Hütte geflogen war. Ja … Nein. Da musste es einen einfacheren Weg geben. Wahrscheinlich so ähnlich wie Teleportation.

»Hey, Aiden«, begrüßte mich Sara und kam in die Küche, nur um genauso wie Merope noch vor wenigen Momenten in den Ofen zu blicken. »Ich möchte endlich so einen Keks. Die riechen wirklich himmlisch«, jammerte Sara und sah über Meropes Schulter.

»Ja, ich auch. Aber die sollen auskühlen und ich muss sie noch verzieren.«

»Kannst du nicht einfach zaubern?«

»Nein! Bei Keksen wird nicht gezaubert«, stellte Merope klar. Anhand ihrer Stimme konnte ich erkennen, dass Widerspruch nicht geduldet war.

»Okay, okay. Dann warten wir eben. Kann ich dir dann wenigstens helfen?« Merope nickte und drückte Sara eine Ausstechform in die Hand.

»Ich werde mal oben nach Alistair schauen.«

»Aber geh nicht ganz nach oben auf den Dachboden«, warnte Sara mich mit eindeutigem Blick. Samuel und Alan. Ahhhh. Ich wollte nichts hören.

»Lalalala«, machte ich und schüttelte den Kopf.

»Ich wollte dich nur gewarnt haben.« Sie drückte erneut die Form in den weichen Teig und zog den kleinen Geist heraus.

»Danke. Sehr freundlich«, murmelte ich gepresst. Wie mein Bruder Sex hatte, wollte ich nicht wissen. Vor allem nicht wann und wo.

Ich ging die Stufen nach oben und klopfte an Cataleyas Zimmer.

»Ja«, hörte ich Alistair sagen und trat ein. Sein Gesicht hellte sich auf. »Hey, Aiden.«

»Na, wie sieht es hier aus?«

»Unverändert. Heute haben wir ihr wieder den Trank gegeben, und er hilft wirklich. Sie sieht lebendiger aus. Außerdem hat Merope uns von dem Nekromanten erzählt, und da wir davon ausgehen, dass das Ritual erst bei Vollmond durchgeführt werden kann, haben wir noch ein paar Tage Zeit, um das Grimoire des Nekromanten zu finden«, erzählte er mir.

»Super! Also müssen wir jetzt nur noch dem Nekromanten auf die Schliche kommen«, fügte ich hinzu.

»Ja, so ungefähr.« Alistair blickte auf seine Freundin hinunter und lächelte.

»Wie geht es dir, Ali?«, fragte ich und legte ihm meine Hand auf die Schulter.

»Es geht. Ich bin hoffnungsvoll und warte einfach nur gespannt ab. Und ich hatte mich schon wirklich auf die Gala gefreut. Ein bisschen traurig bin ich zwar deswegen, aber es ist okay. Nächstes Jahr.« Er klang zuversichtlich und das erleichterte mich. Ich hatte gedacht, dass er in seinen eigenen negativen Gedanken versumpfen würde. Doch er gab die Hoffnung nicht auf.

»Da hast du recht. Nächstes Mal machen wir es zur schönsten Halloween-Gala aller Zeiten«, versprach ich ihm und er nickte mir zu. Das war ein Versprechen, das ich halten würde. Alistairs und mein Verhältnis war nie besonders gut gewesen. Doch selbst als Kind hatte ich meine Versprechen ihm gegenüber immer eingehalten. Auch wenn es darum ging, ihm die Fresse zu polieren.

»Danke, dass du hergekommen bist«, sagte er.

»Na klar.«

»Ich weiß, dass dir alles hier sehr viel abverlangt. Umso dankbarer bin ich, dass du hilfst.« Alistairs Augen wurden feucht und ich umarmte ihn fest.

»Natürlich, Bruder.«

VOR EINIGER ZEIT ...

»Es ist eine Enttäuschung, Aiden«, sagte mein Vater und starrte mir erbarmungslos in die Augen. Ich schluckte, versuchte mich aufzurichten, größer zu machen, als ich mich in dieser Situation fühlte. Es funktionierte nicht.

Ich wusste, dass ich die Enttäuschung war. Die Blicke der anderen Mitglieder hafteten an mir wie Dutzende Wurfsterne, die in meinem Fleisch steckten und mir die Luft zum Atmen nahmen. Wer hatte jemals behauptet, dass es leicht sein würde, in der Bruderschaft zu sein? »Die Hexen müssen brennen, hast du verstanden? Es ist Gesetz. Jeder von uns hält sich daran. Und das musst du ebenso.«

Ich war seit einem Jahr Mitglied der Bruderschaft und hatte bis jetzt keine Hexe getötet. Es war wie Welpenschutz, doch nun erwartete man von mir, dass ich es tat. Heute war der Tag, um mich zu beweisen. Ich hatte allein einer Hexe gegenübergestande und war ihr hinterhergejagt. Dabei hatte ich sie verletzt, doch nicht getötet. Denn das ... konnte ich nicht. Wollte ich nicht. Mein Ziel war ein anderes.

»Ja, Vater, ich weiß.«

»Nur weil du es nicht richtig gemacht hast, müssen deine Brüder den verdammten Fluss absuchen. Du hast die Leiche hineinfallen lassen. Das ist ein Fehler, den ich nicht noch einmal akzeptiere, hast du verstanden?« Ich schluckte hart und hoffte, dass es niemand mitbekommen hatte, doch so, wie mich die Anwesenden betrachteten, schätzte ich, dass sie sogar meinen Angstschweiß riechen konnten. Langsam und auf jeder Bewegung bedacht nickte ich.

»Natürlich, es wird nicht wieder geschehen.« Ich hatte die Frau nicht töten wollen. Sie war eine ältere Dame gewesen, mit so viel Angst in sich, dass ich in ihren Augen hatte sehen können, wie sie um ihr Leben gebangt hatte.

»Gut.« Vater wandte sich an ein paar Männer, die eine undurchdringliche Miene aufgesetzt hatten. »Findet die Leiche der Hexe, sie muss brennen. Los!« Die Männer eilten aus dem Raum, und als die Tür ins Schloss fiel, zuckte ich zusammen. Warum musste ich allen so demonstrieren, wie viel Furcht ich in mir trug?

Vaters Blick richtete sich wieder auf mich. Meine Muskeln spannten sich an und ich presste die Kiefer aufeinander. Ich wusste, was passieren würde. In seinen Augen sah ich den Glanz der Vorfreude.

Kapitel 26

MEROPE

Aiden Archer war ein Arschloch. Zornig starrte ich das Kleid an, das über meinem Bett lag, und anschließend auf den Zettel in meiner Hand. Was fiel ihm ein?

Ich glaube, die Farbe steht dir ausgezeichnet.
- Aiden

Meine Fingerspitzen zitterten, so geladen war ich. Obwohl Aiden und ich nicht von Anfang an die besten Freunde gewesen waren, war ihm mit Sicherheit eine Sache an mir aufgefallen. Ich trug Schwarz. Ausschließlich. Ich liebte Schwarz. Ich war praktisch die Farbe Schwarz. Und alle, die mir erklären wollten, dass Schwarz eigentlich keine richtige Farbe sei, konnten sich gleich wieder umdrehen und verschwinden. Was hatte er sich dabei nur gedacht? Mein Blick fiel auf das lange, mit Edelsteinchen verzierte, elegante grüne Kleid. Ja, grün. Dunkelgrüner Stoff, der so weich hinunterfloss, als wäre es ein Traum.

Ich war so schockiert, dass ich mir noch nicht einmal vorstellen konnte, wie ich in diesem Ding aussehen würde. Außerdem lag auf dem Stoff eine kleine weiße Schatulle. Ich legte die Karte mit der Notiz zur Seite, obwohl ich sie lieber verbrannt hätte, und nahm den Deckel ab. Ich betrachtete den Ring darin. Er bestand aus silbernen Kettengliedern, die in der Mitte einen dunklen Stein festhielten. Er hatte dieselbe Farbe wie das Kleid. Unter dem Ring entdeckte ich eine weitere Notiz.

Der hier passt perfekt zu dem Kleid. Ich freue mich darauf, dich darin zu sehen. Fall bloß nicht hin.
- Aiden

Darunter war noch ein zwinkernder Smiley gezeichnet. Ich musste gestehen, Aiden hatte Geschmack. Das Kleid war alles, was ich mir jemals vorstellen konnte. Pompös, elegant, sexy. Ein Traum. Doch die Farbe … war schwierig. Ich betrachtete den samtigen Stoff und ließ meine Finger darüberstreichen. Da ich Aiden versprochen hatte zu kommen, hatte ich sowieso keine Wahl. Ich konnte nicht wirklich sagen, warum ich das überhaupt getan hatte. Er hatte so … verzweifelt ausgesehen, dass ich nicht anders konnte. Außerdem verkrampfte sich mein Bauch bei der Vorstellung, ihn mit einer anderen zu sehen. Über den Kuss wollte ich noch immer nicht reden. Manchmal verstand ich mich selbst nicht. Doch mein Kopf war zu voll, um alles auf einmal verarbeiten zu können.

Ich nahm das Kleid vom Bett und hielt es mir an den Körper. Vor dem Spiegel drehte ich mich dann ein wenig, sodass ich einschätzen konnte, ob es mir stehen würde. Einige Sekunden starrte ich mein Spiegelbild stumm an, bis ich nickte. Es war nicht so schlimm. Ich konnte über die Farbe hinwegkommen. Mit einem kleinen Grinsen wiegte ich mich von links nach rechts und betrachtete mich dabei. Der Stoff floss über meine Beine und hinterließ ein kühles Gefühl, das ich sogar durch die Hose spüren konnte. Ich legte das Kleid zur Seite und zog mich aus, bis ich nichts weiter trug außer den schwarzen Slip. Das Kleid hatte einen Reißverschluss am Rücken, der jedoch im Stoff unterging. Ich schlüpfte hinein und zog es nach oben. Mit einer kleinen Bewegung meines Fingers schloss sich der Reißverschluss. Dann wandte ich mich erneut dem Spiegel zu. Ja, es war wirklich schön.

Aiden hatte recht behalten, die Farbe stand mir gut. Der herzförmige Ausschnitt brachte meine Brüste gut zur Geltung, und die Steinchen, die sich darüber ergossen, schimmerten und funkelten. Sie reichten bis zu meinem Bauch und wurden gegen Ende immer weniger. Ich grinste. Meine Haare machte ich mir wellig. Der dunkle Lippenstift und das Augen-Make-up waren an das Kleid angepasst. Als ich fertig war, wollte ich nach unten gehen, doch blieb am Zimmer von Cat stehen. Alistair saß am Bett.

»Du siehst wunderschön aus«, sagte er und betrachtete mich von oben bis unten.

»Danke, Alistair«, bedankte ich mich. Er blickte zu Cat und stand auf.

»Ich lasse euch allein und hole mir was zu trinken.« Ich nickte ihm zu und stand wie angewurzelt mitten im Raum. Die Tür schloss sich hinter mir und ich atmete aus. Cats Kleid für die Gala hing an ihrem Schrank. Eine samtrote Meerjungfrau. Ab den Knien wurde es ausfallend, während es oben eng am Körper saß. Es schimmerte und wirkte weich.

»Du warst so aufgeregt, als du mir erzählt hast, dass du endlich ein schönes Kleid gefunden hast«, murmelte ich und trat an ihr Bett. »Ich wünschte, du könntest hier bei mir sein und auf die Gala mitkommen. Es ist nicht fair.«

Langsam setzte ich mich auf das Bett und nahm ihre Hand. Ihre Finger fielen schlaff in meine. Mein Herz zog sich zusammen. »Weißt du, ich trage heute kein Schwarz. Wie gern würde ich dir zeigen, was für ein tolles Kleid Aiden mir besorgt hat. Ich helfe ihm aus der Patsche. Und irgendwie glaube ich, dass ich ihn mag.«

Es tat gut, mit Cat darüber zu reden. Auch wenn sie nicht wirklich da war. Aber vielleicht hörte sie mich doch. »Wir haben uns geküsst. Aiden und ich. Alles überfordert mich, weil ich so viele Dinge im Kopf habe und Aiden sich zu allem Überfluss auch noch dort reinquetscht.«

Ich seufzte und strich über ihre roten Haare. »Wie gern würde ich hören, was du dazu sagst. Ist es richtig, dass ich keinen Hass in mir trage? Dass ich Aiden nicht mehr die Augen mit meinen Nägeln auskratzen möchte? Ich habe keine Ahnung. Auf jeden Fall ist es mehr als Feindschaft. Vielleicht ist es sogar mehr als all das, was ich bisher kennengelernt habe.«

Ich starrte Cat an. Möglicherweise würde sie bei den schockierenden Nachrichten aufwachen. Damit meinte ich nicht, dass ich vielleicht Gefühle für Aiden hatte, sondern eher, dass er mich dazu gebracht hatte, nicht Schwarz zu tragen. Wobei man beachten musste, dass das nicht wirklich auf freiwilliger Basis geschehen war. »Ich komm dich holen, Cat. Okay? Wir finden einen Weg.«

Ich drückte ihr einen Kuss auf die Wange. »Ich vermisse dich.« Nachdem ich mich dazu durchringen konnte, das Zimmer zu verlassen, wischte ich mir eine Träne fort. Ich musste aufhören, so viel zu weinen! »Alistair, ich gehe jetzt«, rief ich. Er kam die Treppe hoch und betrachtete mich.

»Viel Spaß«, sagte Alistair.

»Nächstes Jahr werde ich mehr Spaß haben. Wenn ihr mit dabei seid.«

»Darauf freue ich mich schon.«

»Ich mich auch«, erwiderte ich. Dann drückte ich ihn und spürte, wie er mir über den Rücken strich. In einem Jahr würde hoffentlich alles anders sein. Ich lief die Treppen hinunter und bemerkte, dass ich zu spät dran war. Keine Ahnung, wie ich das zustande gebracht hatte. Nun musste ich zusehen, dass ich schleunigst zu dem Haus der Archers kam.

Samuel und Aiden waren bereits davor dort gewesen, um bei den letzten Vorbereitungen zu helfen. Sara war bei ihrem Schwarm und kam dann direkt dorthin. Unten warf ich einen letzten prüfenden Blick in den Spiegel. Meine Haare waren wellig und fielen mir bis zur Mitte des Rückens. Mein Make-up war besser denn je. Ich fand mich so schön, dass ich ein Bild von mir machte und es an meine Mom schickte. Sie wusste, dass ich heute bei der Gala sein würde, und sie hatte mich gefragt, ob ich mir sicher sei, dass ich dort hingehen wolle. Doch ja, das war der Deal. Und wenn ich in mich hineinhorchte, wusste ich, dass ich es wollte. Ich hatte die Gäste der Gala beneidet. Schon wegen der Kleidung, die sie zu diesem Anlass trugen.

Ich legte einen unsichtbaren Zauber über mich, der mich wie ein Wintermantel wärmte. Zu diesem Kleid durfte ich keine Jacke tragen, da sie sonst den Effekt rauben würde. Ich nahm mir die Autoschlüssel und ging nach draußen. Rufus war nicht auf der Veranda. Keine Ahnung, wo sich der Kater herumtrieb. So schnell der Mini von Cat konnte, sauste ich zum Anwesen und parkte den Wagen ein wenig außerhalb des Geländes. Ich bemerkte die kühle Nachtluft um meine Füße und war froh, dass ich unter dem langen Kleid meine Boots trug. Mit dicken Socken. Es war einfach ein anderes Gefühl als in Ballerinas.

Lichterketten waren vorn am Eingangstor befestigt, das geöffnet und mit Kürbissen verziert war. Auch der Weg bis zu der Tür war voll davon. Es sah schön aus. Beinahe märchenhaft, so wie alles glänzte. Das konnte man Aiden nicht verübeln, er hatte sich Gedanken gemacht, wie es aussehen sollte. An der Eingangstür standen zwei Männer im Anzug, die mich kritisch musterten. In der Hand hielt einer der beiden ein Klemmbrett.

»Guten Abend, die Dame. Wir heißen Sie denn?«, fragte mich der rechte.

»Merope Carter«, antwortete ich. Seine Augen funkelten, da sich die Lichter darin spiegelten. Er sah auf der Liste nach und schüttelte den Kopf.

»Hier ist leider keine Merope Carter eingetragen.«

»Das kann nicht sein, ich muss draufstehen!« Verwirrt zog ich die Augenbrauen zusammen und rieb meine Finger gegeneinander.

»Haben Sie vielleicht einen zweiten Namen, den Mister Archer verwendet haben könnte?«, hakte er nach.

»Nein, ich habe keinen zweiten Namen«, überlegte ich laut und runzelte die Stirn. Die Erkenntnis schlug wie ein Blitz in mein Hirn ein. Super. »Steht da irgendwo Pumpkin?«, fragte ich und seufzte. Der andere Mann schmunzelte.

»Ja, ganz oben.« Er sah mich an und dann seinen Partner. »Wir müssen zugeben, dass wir bereits die ganze Zeit gerätselt haben, wer Pumpkin sein könnte.«

»Das bin ich«, sagte ich und presste meine dunklen Lippen zusammen.

»Okay, dann herzlich willkommen ...« Er wollte noch etwas sagen, hielt jedoch den Mund. Was, das würde ich nicht mehr erfahren.

»Danke, Ihnen einen schönen Abend.« Die Männer nickten mir zu, doch ich bemerkte das unterdrückte Grinsen, das sich auf ihren Lippen befand.

»Gleichfalls.« Sie öffneten mir die Tür und ich blieb wie angewurzelt stehen. An der Decke des Eingangsbereichs hingen mehrere Kronleuchter, die zuvor nicht dort gewesen waren. Lichterketten waren um das Geländer der weißen Marmortreppen geschlungen und auch die Kürbisse hatten ihren Platz gefunden. Ich hätte niemals gedacht, dass der riesige Eingangsbereich einmal aussehen würde wie ein Ballsaal. Doch das tat er. Es war unfassbar.

Ich trat über die Schwelle und erkannte Aiden, wie er mit einer Gruppe von älteren Männern redete. Als hätte er meinen Blick bemerkt, sah er lachend zu mir und erstarrte. Das Grinsen war wie weggewischt. Sein Gesicht war ausdruckslos, als er mich stumm musterte. Sein Blick fühlte sich auf meiner Haut wie glühende Kohlen an und ich starrte zurück.

Er trug einen schwarzen Anzug mit einer dunkelgrünen Fliege. Passend. Im Anzug sah er heiß aus. Verdammt heiß. Seine Haare waren ein wenig mehr gebändigt, als ich es von ihm gewohnt war, und die edlen Schuhe waren auf Hochglanz poliert. An seinem Handgelenk konnte ich eine teuer wirkende Uhr erkennen, die ich zuvor nie an ihm bemerkt hatte. Als ich Aiden wieder in die Augen blickte, verstummte die Welt um mich herum. Ich betrachtete ihn. Sah, wie schön er war, und ließ seine Erscheinung auf mich wirken. Ich hatte nicht das Gefühl, allein hier zu stehen, obwohl uns mehrere Meter und Menschen trennten. Die Verbindung, die in diesem Moment zwischen uns zu spüren war, kribbelte durch meinen Körper hindurch und ließ mich warm werden. Es war ein ähnliches Gefühl wie bei der Erschaffung eines Zirkels. Das Gefühl von Geborgenheit und Wertschätzung. Liebe. Ich lächelte, als ich feststellte, dass ich mich wirklich in ihn verliebt hatte.

Aiden redete kurz mit einem der Männer. Dann löste er sich von ihnen und kam auf mich zu. Seine festen Schritte schienen den Boden erbeben zu lassen. Eine Hand in der Hosentasche, in der anderen ein Glas. Sein Blick lag auf mir. So zielstrebig und sich dessen sicher, was er wollte, dass sich meine Mundwinkel hoben. Er bahnte sich einen Weg durch die Menge und ignorierte jeden, der ihn ansprechen wollte.

»Hallo«, sagte er leise, legte seine warmen Finger auf meinen Oberarm und beugte sich zu mir. Ich erstarrte und fragte mich, was er tat, bis ich den leichten Kuss auf der Wange spürte. »Du siehst umwerfend aus«, wisperte er in mein Ohr.

»Danke, das kann ich nur zurückgeben.« Aiden ließ seine Hand auf meinem Arm und betrachtete mein Gesicht. Dann berührte er meine Haare und spielte mit den Spitzen. »Hör auf, sonst kriege ich noch Spliss«, motzte ich gespielt. Er lachte auf und ließ meine Haare wieder fallen.

»Auch mit Spliss würdest du gut aussehen.«

»Ja, apropos schön. Der Name auf der Gästeliste«, sagte ich. Seine Grübchen traten hervor und der Schalk in seinen Augen blitzte auf.

»Ich wette, dass ich dafür noch deine Rache spüren werde. Habe ich recht?«, fragte er.

»Definitiv.«

»Nichts anderes hatte ich erwartet. Komm mit. Ich führe dich herum und wir versuchen den Menschen auszuweichen, die etwas von mir wollen.« Er streckte mir seinen Arm hin und ich hakte mich nach einem prüfenden Blick unter.

»Als Erstes brauchen wir etwas zu trinken«, meinte ich und fühlte mich wie ein eingeschüchtertes Reh. So viele Menschen waren einfach nichts, was ich gern mochte.

»Das wäre auch mein Vorschlag gewesen«, sagte Aiden und deutete mit seinem eigenen Glas auf einen Punkt hinter einer Menschengruppe. Die Lautstärke hielt sich in Grenzen, sodass man die Musik hören konnte. Als ich nach rechts blickte, fiel mir auf, dass es richtige Musiker waren und keine Soundbox.

»Du hast Livemusik.«

»Natürlich. Neunzig Prozent der Anwesenden sind alt. Die stehen auf so was. So wie es früher mal gewesen ist, pipapo und sowieso«, murmelte er und nahm einen Schluck aus seinem Glas. Ja, das ergab Sinn. Ich glaubte, irgendeiner der grauhaarigen Männer neben dem Springbrunnen war der Bürgermeister. Doch wer genau, konnte ich nicht sagen. Auf jeden Fall starrten sie mich an. Oder Aiden? Vielleicht auch uns beide. Das konnte möglich sein. Ich hasste es, im Mittelpunkt zu stehen. Dann verhielt ich mich wie ein in die Ecke gedrängter Hund. Bei der kleinsten Aktion rastete ich aus.

»Du hast das hier sehr schön hergerichtet«, lobte ich meine Begleitung. Er neigte den Kopf zu mir, als wollte er mir ein Geheimnis erzählen. Ein Kribbeln zuckte durch meinen Körper.

»Ich hatte wundervolle Hilfe beim Schnitzen der Kürbisse.«

»Das stimmt«, bestätigte ich. Er richtete sich auf, ließ von mir ab und trat auf einen Kellner zu, der ein Tablett mit Gläsern trug. Er stellte sein Glas darauf und nahm sich von einer anderen Kellnerin zwei neue. Eines reichte er mir. Ich spürte, wie mir die Kohlensäure in dem Getränk ins Gesicht sprudelte, und kräuselte die Nase. »Danke.« Ich hakte mich wieder bei ihm unter und wir gingen weiter.

»Es sind nicht nur alte Männer und Frauen hier, sondern auch ein paar in unserem Alter.« Er deutete auf die beiden Männer, die sich mit Sara unterhielten. Darunter konnte ich Jase erkennen. Den anderen hatte ich auch hier getroffen. Doch seinen Namen wusste ich nicht. Ich glaube, es war der, den ich mit meiner Magie zu Boden geschickt hatte, als er irgendeinen dummen Kommentar abgelassen hatte.

»Wie heißt der neben Jase?«, fragte ich Aiden.

»Das ist Boyd. Ein schlauer Mann. Er durchdenkt viel und findet dadurch Spuren, auf die ich nie komme. Ich bin froh, ihn zu haben.« Mein Blick richtete sich auf meine Freundin. Sara trug ein dunkelblaues funkelndes Kleid, das mich beinahe blendete. Ihre braunen Haare hatte sie hochgesteckt und die Augen funkelten durch den glitzernden Lidschatten. Ich fragte mich nur, wo ihr Schwarm abgeblieben war. Sollte er nicht mitkommen? Komisch.

»Samuel und Alan?«, fragte ich.

»Müssten hier irgendwo sein.« Bis jetzt konnte ich sie nicht entdecken.

»Okay, Aiden, was ist die Mission des Abends? Einfach nur schön aussehen?«

»Vielleicht noch freundlich zu den anderen Menschen sein. Sie bringen mir gutes Geld ein, das würde ich ungern verlieren«, gab er zu.

»Kann ich verstehen«, sagte ich. Ich sah, dass jeder Mann eine Frau oder einen anderen Mann an seiner Seite hatte. Auch zwei Frauenpaare konnte ich erkennen. Es war ein schöner Anblick. Die Männer in den schwarzen Anzügen und die Frauen so strahlend schön, dass ich gar nicht wusste, wo ich als Erstes hingucken sollte. »Danke für das Kleid.«

»Gern. Ich hatte ja erwartet, dass du es schwarz einfärbst.«

»Nein, es ist schön, und du hast recht behalten. Die Farbe steht mir wirklich.« Aiden sah mich zufrieden an.

»Sie betont deine helle Haut und bildet einen schönen Kontrast zu deinen Haaren. Außerdem passt es zu den Funken, die jedes Mal auftauchen, wenn du zauberst.« Verblüfft sah ich ihn an.

»Du hast dir gemerkt, in welcher Farbe die Funken fliegen?«

»Natürlich«, sagte er, als wäre es selbstverständlich. Ich war erstaunt, dass er sich diese kleine Information wirklich gemerkt hatte.

»Ich habe nicht nur gesehen, dass du Teufelsaugen hast, sondern auch die schönen grünen Funken«, sagte er.

»Interessant«, murmelte ich. Gerade wollte er etwas erwidern, als Jase mich anstupste.

»Hallo, Merope. Wie schön, dich hier zu sehen.« Seine blonden, lockigen Haare waren ein wenig zurückgelegt und er steckte ebenso wie Boyd in einem dunklen Anzug.

»Hey, gleichfalls. Ihr seht alle toll aus«, sagte ich an die drei gerichtet. Sara strahlte mich an.

»Danke, Merope. Du bist eine Erscheinung und vor allem eine wahrliche Überraschung. Mal etwas anderes als Schwarz«, sagte sie.

»Heute mal in Farbe«, murmelte Aiden und seine Augen blitzen mich frech an.

»Ja, irgendwie ist es passiert«, sagte ich und warf Aiden einen gespielt bösen Blick zu.

»Ich? Ich habe gar nichts damit zu tun«, verteidigte er sich und hob die Hände. Ich hatte schon Sorge, dass er das Glas in seiner Hand über unseren Köpfen ausschüttete.

»Schon klar. Aiden, ich kann die Unschuld in deinen Augen sehen«, meinte Sara und machte bei dem Wort Unschuld Anführungszeichen in die Luft, während sie die Augen verdrehte.

»Wie ein Lämmchen, ich kann es auch erkennen«, spielte Boyd mit und nickte Sara bestätigend zu. Jase zog währenddessen nur die Augenbrauen nach oben und sah seinen Freund an. Ich fragte mich, ob noch weitere Mitglieder des Ordens kommen würden. Bis jetzt stachen mir nur ältere Menschen ins Auge. Vielleicht kamen sie nach.

Als ich wieder zu Sara blickte, traute ich mich zu fragen, was mit ihrem Schwarm war.

Sie kniff die Lippen zusammen, bevor sie sprach. »Ja, er war ein Arsch und hat es nicht so ernst gemeint, wie ich es mir gewünscht hätte«, sagte sie geradeheraus und zuckte mit den Schultern. Als Sara bei uns eingezogen war, hatte ich damit gerechnet, dass sie nicht viel erzählen würde, da sie schlechte Erfahrungen mit James gemacht hatte, der sie nur benutzt und am Ende sogar hatte umbringen wollen. Doch vielleicht hatte sie gespürt, dass wir uns tatsächlich für sie interessierten. Sie war wie ein offenes Buch, und keine Frage war zu viel oder zu intim. Manchmal unterschätzte ich, wie selbstbewusst sie war und dass sie sich beinahe für nichts schämte. Auch Fehler zuzugeben. Das war eine Sache, die ich von ihr lernen konnte.

»Das tut mir leid«, sagte ich und legte ihr meine Hand auf den Arm.
»Danke«, entgegnete sie.
»Vielleicht kann die Gala deinen Abend aufheitern«, sagte Boyd und grinste Sara an. Sie blickte zurück und nickte.
»Da bin ich mir sicher.« Die zwei sahen sich an und ich blickte zwischen den beiden hin und her. Aha. Interessant. Aiden zog meine Aufmerksamkeit auf sich, als er grübelnd in die Menge starrte.
»Erwartest du noch jemanden?«, fragte ich.
»Nein, ich gucke nur, ob bereits alle da sind. Oder zumindest die meisten, damit ich endlich meine tolle einstudierte, von meinem Sekretär überprüfte Rede halten kann.« Sein gequälter Gesichtsausdruck ließ mich ein wenig schmunzeln.
»Tja, ich kann gern mit dir fühlen, aber mehr auch nicht.«
»Natürlich, du musst mit mir kommen«, klärte er mich auf.
»Wie, mit dir kommen?« Vor Schock blieb mir der Mund offen stehen und mein Puls beschleunigte sich.
»Du bist meine Begleitung«, stellte er nochmals fest.
»Wenn ich gewusst hätte, dass ich dann keine Wahl habe, hätte ich abgesagt.«
»Die Kürbisse, Merope«, erinnerte Aiden mich an unsere Abmachung.
»Nein, da können selbst die Kürbisse nichts mehr retten.«
Er verzog entschuldigend das Gesicht und griff nach meiner Hand. Ich ließ mich von ihm mitziehen und hätte dabei am liebsten meine Augen zugekniffen. Die Blicke der Anwesenden lagen auf Aiden und somit automatisch auf mir. Mein Gott, bitte nicht. Ich fühlte mich augenblicklich unwohl. Doch als Aiden seine große Hand zwischen meine Schulterblätter legte, ich seine Haut auf meiner spürte und er mich dazu noch aufmunternd anlächelte, verflog ein wenig von der Angst, die sich im Magen zusammenbraute. Wir stiegen die Treppe hinauf und blieben auf der fünften Stufe stehen. Aiden brauchte nicht mal einen Ton zu sagen, da wurde es mit einem Schlag totenstill im Saal. Man könnte sogar eine Stecknadel fallen hören.
»Guten Abend. Wie schön, Sie hier im Archer-Anwesen zur alljährlichen Halloween-Gala begrüßen zu dürfen. Leider weilt unser Vater, Armin Archer, nicht mehr unter uns, jedoch möchten wir diese Tradition weiterführen. Es ist ein Abend, der jedes Mal einen gewissen Zauber

in sich trägt, und ich freue mich auf die Gespräche, die wir heute miteinander führen werden.« Aiden warf mir einen Seitenblick zu. »Außerdem freue ich mich, dass Sie alle in Begleitung erschienen sind. Wie Sie sehen, habe ich ebenfalls eine reizende junge Dame an meiner Seite.«

Ich glaubte, mir wurde schlecht. Gezielt suchte ich den Blick von Sara und bemerkte ihr amüsiertes Gesicht. Anscheinend konnte man erkennen, dass ich mich hier oben nicht wohlfühlte. Was würde ich in diesem Moment dafür geben, wenn Cat hier wäre.

»Für Speis und Trank ist gesorgt. Deshalb wünsche ich Ihnen jetzt schon einmal einen schönen Abend.« Aiden hob sein Glas und wartete, bis die Anwesenden das auch getan hatten. Die Menschen riefen durcheinander und tranken. Ich trank mit und spürte, wie der teure Champagner meine Kehle hinunterfloss. Hoffentlich würde der Alkohol bald Wirkung zeigen. Aiden führte mich wieder die Treppe hinunter und gab mein leeres Glas einem Kellner, der es mit einem freundlichen Lächeln entgegennahm. »Und, war gar nicht so schlimm, oder?« Aiden nahm seine Hand von meinem Rücken.

»Ich musste mich nicht übergeben, das war schon mal nicht schlecht.« Er grinste.

Ich machte eine kleine Pause, bevor ich weitersprach: »Das war eine nette Rede.«

»Nett ist die kleine Schwester von Scheiße, aber danke. Sie war ein wenig abgeändert von der Version, die mir mein Sekretär gegeben hat.«

Ich schmunzelte. Natürlich.

»Ich lasse mir nicht gern etwas vorschreiben.«

»Dann sind wir ja schon zu zweit.« Eine Hand berührte mich an der Schulter und ich drehte mich zu Jo um. Die Cousine der Archer-Brüder. Gefolgt von ihrem Bruder Brian.

»Hey«, sagte sie und zog mich in eine Umarmung.

»Hallo, schön, euch zu sehen«, sagte Aiden.

Ich betrachtete sie und ihr langes goldenes Kleid, in dem sie steckte. »Wie geht es euch? Hey, Brian.« Er nickte mir zu und betrachtete meinen Aufzug.

»Uns geht es gut, endlich raus aus dem Internat. Ihr seht fabelhaft aus. Und du hast 'ne ganz schön gute Rede geschwungen, Cousin«, meinte Jo grinsend.

»Ja, irgendjemand muss es ja machen«, sagte er und zog sie in eine schnelle Umarmung. Brian klopfte er auf die Schulter und stellte sich dann wieder neben mich. Die Hand erneut zwischen meinen Schulterblättern. Die Wärme auf meiner nackten Haut schien Wunder zu wirken und die Anspannung zog sich zurück.

Jo verzog den Mund zu einem freudigen Grinsen. »Wir werden uns etwas zu trinken besorgen. Bis später.«

»Macht das«, sagte ich. Die beiden bewegten sich in Richtung eines Kellners, um ihm eines der Gläser abzunehmen. Zum Glück hatten sie nicht nach Alistair und Cat gefragt. Ob Aiden es ihnen gesagt hatte? Vielleicht hatten sie aus Respekt nicht gefragt. Aiden wurde von einem Mann angetippt, sie unterhielten sich munter und ich stand daneben und hörte zu. Es ging um irgendein neues Produkt auf dem Markt und welche Kampagne Aiden für geschickter hielt. Gähn. Ich schlief bei den Themen beinahe ein. Der Mann verschwand wieder. Aiden und ich atmeten gleichzeitig aus.

»Hast du Hunger?«, fragte Aiden mich und ich nickte. »Okay, ich hole dir etwas.« Bevor ich protestieren konnte, ging er und ließ mich hier stehen. Na toll. Ich versuchte irgendjemanden zu finden, den ich kannte. Doch ich entdeckte keinen meiner Freunde, auch Samuel und Alan hatte ich noch immer nicht gesehen. Doch ich sah auf den zweiten Blick jemanden, der mir vertraut war. Sybils Schwester. Sie waren nicht im selben Zirkel, doch ich kannte sie. Ich ging zu ihr hinüber und ergriff ihre Hand. Wenn ich schon mal eine erfahrene Hexe vor der Nase hatte, dann musste ich fragen.

»Hallo, Ana, wie geht es dir? Wo ist Sybil?«

Die grauhaarige Frau legte den Kopf schief und strich über meine Schulter. »Merope, schön, dich hier zu treffen. Danke, mir geht es gut.« Sie blicke zur Seite, wich meinem Blick aus, bevor sie weitersprach. »Sybil konnte ich leider nicht überzeugen, hierherzukommen, aber ich wollte mir das nicht entgehen lassen. Sybil ist in letzter Zeit ein wenig seltsam. Möglicherweise liegt es am Alter, da werden wir doch alle ein wenig komisch.« Ihre Stimme hatte eine angestrengte Tonlage, und ich spürte, dass etwas nicht stimmte.

»Ich bin froh, dass du gekommen bist.«

Ana nickte und fuhr sich über ihr glitzerndes Kleid. »Ich sehe in deinen funkelnden Augen, dass du etwas anderes von mir wissen möchtest. Wenn man Mutter ist, sieht man es in den Augen, wenn jemand etwas haben will.« Sie betrachtete mich. Vielleicht wusste sie mehr. Während Sybils größte Fähigkeiten auf Ritualen und Zaubern beruhten, war Ana belesen. Das hatte ich zumindest aus dem ganzen Klatsch und Tratsch gezogen.

»Ich brauche Hilfe, vielleicht weißt du ja etwas darüber. Kannst du mir etwas über den Nekromanten von Ashland erzählen?«, fragte ich sie und schlang meine Finger noch ein wenig fester um mein Glas. Die Augen von Ana wurden größer, und sie sah mich lange an, bis sie antwortete.

»Meinst du den dunklen Hexer? Reden wir über denselben?«

Zustimmend nickte ich. Er wurde auch *der dunkle Hexer* genannt, doch der geläufigere Name war *der Nekromant*.

»Ich weiß, dass er in einem der alten Bücher stehen muss, die viele der Hexen von Ashland enthalten. Aber mehr als das kann ich dir nicht sagen. Mehr hat man nie über ihn herausgefunden. Man munkelt jedoch, dass er verflucht wurde.«

»Interessant, danke. Ich muss seine Hinterlassenschaften finden, aber ohne zu wissen, wo er gewohnt hat oder wie er hieß, wird das ein bisschen schwer.«

»Jedoch hatte er Kontakt mit Geistern; wenn du mit ihnen sprichst, dann wirst du vielleicht etwas herausfinden.«

Alles führte zu den Geistern. Unfassbar. Ich kam wirklich nicht drum herum, mich länger mit ihnen zu beschäftigen, außer um sie zu überreden, ins Licht zu gehen und ihren Frieden zu finden. Dass ich mir dabei teilweise selbst in die Hose machte und danach nicht mehr schlafen konnte, wusste keiner. Noch nicht einmal Cat. Es war so intim. Und es war mir peinlich, dass ich mich davor fürchtete. So sehr, dass ich noch nicht einmal darüber nachdenken wollte. Ich hatte außerdem keine Lust, noch mal mit Gegenständen beworfen zu werden.

»Danke, dann werde ich versuchen, etwas herauszubekommen.«

»Mach das, meine Liebe. Ich wünsche dir noch einen schönen Abend«, sagte sie. Ana schenkte mir ein letztes Lächeln, bevor sie auf eine Gruppe Menschen zuging und sich mit einer alten Dame unterhielt. Toll, mein Plan, etwas herauszufinden, hatte an dieser Stelle nicht funktioniert. Womöglich würde ich noch mal die Chance erhalten.

Doch ich wusste ehrlich gesagt nicht, wen ich fragen konnte. Aiden tauchte in meinem Blickfeld auf und hielt mir einen kleinen Teller mit Häppchen vor die Nase. Er wirkte abgehetzt.

»Was ist passiert? Musstest du dir die Häppchen erkämpfen?«, fragte ich und griff mir eines davon.

»Nein, aber einige Leute wollten mich in Anspruch nehmen.«

»Und dann hast du dich freigekämpft?«

Er schnaubte und schob sich selbst eines der Häppchen in den Mund. »So ähnlich«, murmelte er.

»Na, wenigstens hast du nicht mit deiner Waffe rumgefuchtelt.« Aiden verschluckte sich und hustete. Ich seufzte. »Heißt also, du hast sie bei dir«, stellte ich fest. So durchschaubar. Aiden wischte sich in der Zeit die Tränen von den Wangen und versuchte wieder Luft zubekommen. Er räusperte sich und sah mich mit feuchten Augen an.

»Ich sage gar nichts«, gluckste er und hob die freie Hand vor sich.

»Oh, das hast du bereits«, teilte ich ihm entschuldigend mit und legte meine Hand auf seine Schulter. Die Musik verstummte und die Menschen wurden leiser.

»Was soll das bedeuten? Kommt der Überraschungsgast?«, fragte ich vorlaut. Aiden blickte mich vorsichtig an.

»So ähnlich. Das hier ist der erste Tanz.«

Kapitel 27

AIDEN

Merope erstach mich förmlich mit dem Blick ihrer bernsteinfarbenen Augen.

»Nicht dein Ernst«, zischte sie mir zu, als die Leute sich von uns entfernten und damit die Tanzfläche freigaben. Der Eingangsbereich des Anwesens war früher schon für Bälle verwendet worden, weshalb es kein Problem darstellte, eine freie Fläche zu haben und genügend Platz für die Gäste außen herum.

»Das ist die Tradition«, versuchte ich mich zu retten.

»Du hast schon sehr viele Traditionen deiner Familie gebrochen. Warum nicht diese?«, fragte sie mich, als ich ihre Hand nahm und den Teller einem Kellner in die Hand drückte. Ja, ich hatte die wichtigsten Regeln der Bruderschaft gebrochen. *Gebe dich niemals mit Hexen ab.* Ups, ich würde gleich mit einer tanzen. Doch hinter meinen eigenen lauten Gedanken zuckte ein Schmerz in meiner Brust, der mich an meinen Vater erinnerte. Ich wollte nicht sagen, dass er ein guter Mann gewesen war. Denn das war er nicht. Aber dennoch war er mein Vater. Ein kleiner Teil meiner Seele vermisste ihn, auch wenn der Großteil darüber erfreut war, dass er nie mehr jemandem wehtun würde. Nicht meinen Brüdern und nicht mir.

»Weil ich auch eines Tages tanzen wollte«, flüsterte ich. Meine Stimme klang selbst in meinen Ohren belustigt, woraufhin Merope empört schnaubte. Ich führte sie in die Mitte der Tanzfläche und legte meine Hand an ihre Taille. Sie spannte sich unter meinen Fingern an.

Sie selbst legte ihre zarte Hand auf meine Schulter und blickte mir ins Gesicht. Ihre Blicke huschten umher, als würde sie zu erfassen versuchen, wer uns ansah. Die einfache Antwort war – alle. »Hey, konzentrier dich nur auf mich«, flüsterte ich ihr zu und ihr Blick fand meinen. Braun traf auf Grün und wir hielten uns gefangen. Tanzten unseren eigenen Tanz, bevor die Musik auch nur einsetzte.

»Okay«, wisperte sie zurück. Ihr Atem streifte meine Wange, und kurz wollte ich schon die Augen schließen, um ihre Hände auf meinem Körper noch intensiver spüren zu können. Stattdessen drückte ich ihre Hand überprüfend. Als ob ich sichergehen wollte, dass sie echt war und keine Einbildung. Dass ich wahrlich nicht allein hier stand, sondern jemanden an meiner Seite hatte. Ich betrachtete ihre dunklen Lippen und die schwarz umrandeten Augen, die dem hellen Braun ihrer Iriden nur noch mehr Glanz verliehen. Sie war einnehmend schön. Merope lächelte mich zwar nicht an, doch sie wirkte nicht mehr so verkrampft wie vor wenigen Momenten noch. Das erleichterte mich. Die Band begann zu spielen und ich bewegte mich. Machte den Schritt, den ich bei unserer ersten Begegnung nicht machen konnte.

»Ich halte mich einfach an dich«, murmelte sie und sah mir fest in die Augen.

»Das ist ein guter Plan. Gefällt mir.«

Sie schüttelte kaum merklich den Kopf und folgte meinen Bewegungen. Keine Ahnung, woher diese Tradition kam, dass der Gastgeber tanzen musste. Das konnte auch nur von einer Hochzeit kommen. Merope und ich tanzten. Und es machte gefährlich viel Spaß. Ich glaubte sogar kleine grüne Magiefunken um uns herum zu sehen. Oder bildete ich mir nur ein, dass der Moment so magisch war?

Merope wandte ihren Blick nicht von mir ab. Keine einzige Sekunde, und ich ebenso wenig. Die Gäste um uns herum verschwanden. Sogar das Plätschern des Springbrunnens war nicht zu hören. Nur die Musik und wir. Mehr brauchte es nicht. Während wir uns bewegten, hatte ich das Gefühl, dass sich unsere Gesichter näher kamen und wir die Anspannung des jeweils anderen spürten. Diesen Moment, kurz bevor etwas Aufregendes passierte.

Meropes Blick huschte zwischen meinen Augen und meinen Lippen hin und her. Es war offensichtlich, dass wir beide uns küssen wollten.

Und ich war absolut dafür, dass wir es auch taten. Ich beugte mich ein wenig weiter vor und spürte bereits ihren warmen Atem an meiner Wange, als die Musik aufhörte. Ich blinzelte, zog mich von meiner Tanzpartnerin zurück und sah mich um. Die Gala. Da war ja was.

Merope wirkte ebenso verdattert und setzte dann aber blitzschnell ein falsches Grinsen auf. Es sah furchtbar aus, so sehr versuchte sie es.

Die Leute klatschten und einige andere Pärchen betraten freudestrahlend die Tanzfläche. Ich führte Merope wieder unter die Menschen und spürte, dass sie eine Gänsehaut hatte. »Ist dir kalt?«

»Kalt?«, fragte sie ungläubig. »Ich verglühe gleich«, murmelte sie.

Nun wurde mir auch heiß. In anderen Regionen meines Körpers. Ich versuchte mich zusammenzureißen und nicht daran zu denken, dass sie mir gerade quasi gesagt hatte, dass sie erregt war. Der Abend stellte sich als komplizierter heraus, als ich gedacht hatte. Als ich wieder zur Tanzfläche blickte, erkannte ich Samuel und Alan, wie sie eng umschlungen tanzten. Mein Bruder hatte seinen Kopf an die Schulter seines Freundes gebettet und die Augen geschlossen, während sie sich sanft hin und her wiegten. Ein wohliges Gefühl umhüllte mich. Alan so geborgen zu sehen war unbeschreiblich wertvoll für mich. Ich wusste, dass es ihm gut ging. Und Alistair würde es auch wieder gut gehen. Es musste so sein.

»Aiden Archer«, sagte eine Stimme und ich drehte mich um. Der Inhaber einer anderen Firma, mit der wir kooperierten, trat vor mich.

»Michael Angelos, schön, dich zu sehen«, sagte ich aufgesetzt freundlich.

»Gleichfalls.« Er reichte mir die Hand und ich zwang mich dazu, sie zu ergreifen. Eigentlich hätte ich mich viel lieber mit der Frau neben mir unterhalten. Aber das hier war leider kein Vergnügen, sondern mein Job.

»Wie läuft das Leben als Leiter von *Archer Industries*?«, fragte er.

»Gut. Sehr gut. Ich bin froh, dass alles so reibungslos verläuft. Und wie geht es dir?«

»Das ist schön. Danke, auch sehr gut. Bei uns ...« Und dann erzählte er. Merope neben mir beachtete er gar nicht. Irgendwann bemerkte ich, wie sie sich versteifte. Als ich Michael wieder ansah, erkannte ich, dass er ihr in den Ausschnitt starrte. Schlagartig wurde ich wütend.

»Da Sie mich die letzten zehn Minuten absolut ignoriert haben, Sie es noch nicht einmal für nötig gehalten haben, sich vorzustellen, brauchen Sie nicht zu denken, dass Sie mir jetzt in den Ausschnitt glotzen dürfen«, sagte Merope ruhig. Michael hatte die Augenbrauen hochgezogen und wandte sich an mich.

»Da hast du dir aber eine eingekauft.« Er lachte und glotzte Merope ein weiteres Mal volle Kanne in den Ausschnitt.

»Ich denke, es ist besser, wenn du jetzt gehst, Michael«, sagte ich ruhig. Doch die Wut konnte man deutlich aus meiner Stimme heraushören. Michaels Gesichtszüge entgleisten.

»Was soll das denn jetzt heißen? Nur weil du dir irgendeine zickige Schlampe angeschleppt hast, soll ich gehen?«, stellte er fassungslos fest.

Ich ballte meine Hände zu Fäusten und trat einen Schritt auf ihn zu.

»Nein, weil du nicht weißt, wie man mit Frauen umgeht. Deshalb sage ich dir noch einmal freundlich, dass du dich jetzt verpissen sollst. Außerdem werden wir keine Verträge mehr mit euch machen. Das kann ich dir hiermit versprechen.«

Michael erblasste noch ein wenig mehr. »Wie meinst du das denn? Das ist doch kein Grund, Aiden. Komm schon!« Er griff mir an den Arm. Ich schlug seine Hand blitzschnell weg.

»Auf Wiedersehen. Wenn ich dich hier innerhalb der nächsten zehn Minuten noch einmal bemerken sollte, dann prügel ich dich aus meinem Haus«, knurrte ich und klopfte ihm auf die Schulter.

Michael verschwand schnaubend.

Ich griff nach Meropes Hand und verschränkte ihre Finger mit meinen. »Alles okay?«, fragte ich sie. Merope nickte.

»Ich hoffe, du weißt, dass ich diesen Schnösel auch allein fertiggemacht hätte.«

»Natürlich. Doch das musste ich einfach tun. Ekelhaftes Verhalten. Tut mir leid, dass er dich so genannt hat«, sagte ich zu ihr.

»Das macht mir nichts aus. Wirklich.« Sie sah mich an und ich nickte ihr zu. Wir gingen weiter, und als ich Alans blonden Schopf entdeckte, steuerte ich direkt auf ihn zu. Neben ihm stand Samuel, der Alan mit einem zufriedenen Blick betrachtete. Ich war glücklich, dass mein Bruder ihn hatte.

»Hey«, sagte Alan, als er uns kommen sah. »Wow, Merope. Du siehst wundervoll aus.«

»Danke. Du und Samuel aber auch. Die Anzüge stehen euch ausgezeichnet.« Alan grinste und schloss Merope kurz in seine Arme. Samuel tat es ihm gleich.

»Wo wart ihr denn? Wir haben euch gesucht. Und dann wart ihr plötzlich auf der Tanzfläche.«

Der Blick, den Alan draufhatte, verriet mir genau, was sie gemacht hatten. Und als Samuels Wangen ein wenig rot wurden, wollte ich gar nicht mehr erfahren. Irgendwie kamen die beiden nie so ganz voneinander los. Seit über einem Jahr. »Okay, anderes Thema. Hast du Peter gesehen? Ich wollte ihn etwas fragen. Ach, und übrigens, Jo und Brian sind hier.«

Alan schüttelte den Kopf. Er ließ seinen Blick über die Leute schweifen. »Bis jetzt nicht. Meinst du etwa *den* Peter?«

Ich nickte. Peter war früher mit Vater befreundet gewesen, irgendwann hatte er den Kontakt abgebrochen und die Bruderschaft verlassen. Wie er das geschafft hatte, ohne dabei getötet zu werden, konnte ich mir nicht erklären. Peter verriet es mir auch nicht. Nachdem er von Vaters Tod hörte, hatte er sich bei mir gemeldet, und ich hatte die Hoffnung, dass er Sachen wusste, die vor langer Zeit geschehen waren.

»Wenn ich ihn entdecke, schicke ich ihn zu dir.«

»Gut, ich werde mich noch mal auf die Suche nach ihm machen. Kann ich dich kurz allein lassen?«

Sie wirkte überrascht, dass ich diese Frage überhaupt stellte. »Wir sind weder aneinandergekettet noch verheiratet. Ich kann gut allein bleiben«, stellte sie fest. Ihre belustigte Miene ließ mich schmunzeln.

»Aber stell dir vor, wir wären verheiratet ...«, führte ich an.

»Aiden«, murmelte sie warnend.

»Ich habe gesagt, stell dir vor. Wenn du meine Frau wärst, würde ich dir vermutlich Gift in deinen Kaffee schütten, weil du mir so auf die Nerven gehst.«

Sie zog die Augenbrauen nach oben. »Und wenn du mein Mann wärst, würde ich den Kaffee trinken.« Sie sah mich so ernst an, dass mein Lächeln verrutschte. Alan prustete los und Samuel schüttelte belustigt den Kopf.

»Würdest du wirklich?«, fragte ich nach.

»Aiden, geh!«, sagte sie.

»Okay, okay.«

Ich wandte mich zu den Gästen und redete im Vorbeigehen mit ein paar von ihnen. Mit dem besten Lächeln, das ich vorzuweisen hatte, kämpfte ich mich durch die Menge und suchte nach Peter. Ich entdeckte ihn hinten in der Ecke, mit einem Teller voller Lachshäppchen.

»Hey, Peter«, begrüßte ich ihn.

»Ah, Aiden.«

»Ich wollte dich fragen, ob du mir bei etwas helfen könntest«, kam ich sofort zur Sache. Peters Haare waren länger geworden und hatten nicht mehr den militärischen Look wie auf den alten Bildern, die ich bei Vater im Schreibtisch gefunden hatte.

»Na klar, sag, was brauchst du?«

»Was sagt dir der Name Nekromant? Hast du von jemandem gehört, der mal in Ashland war? Vielleicht in irgendwelchen Unterlagen oder so?«

Peter verzog das Gesicht.

»Du weißt doch, dass ich mich damit nicht mehr beschäftigen will. Das Kapitel mit der Jägergeschichte ist für mich abgeschlossen, und ich finde es wirklich toll, was du aus der Bruderschaft gemacht hast, aber ich würde mich aus der Sache lieber heraushalten.«

Peter hatte es nie begrüßt, jemanden zu töten. Selbst bei den Hexen hatte er sich zurückgehalten.

»Ja, ich kenne deine Einstellung. Dennoch könnte es sein, dass du dir so etwas gemerkt hast. Und es ist wirklich wichtig«, stellte ich mit Nachdruck klar.

Peter kaute auf dem Lachshäppchen herum, bevor er es hinunterschluckte und mich stumm musterte. Gespannt starrte ich ihn an.

»Okay, okay. Dein Hundeblick ist ja schrecklich.« Hundeblick?

»Dein Vater hat diesen Namen einmal fallen lassen. Das war noch vor eurer Zeit. Er war beinahe besessen von dem Nekromanten. Vor allem, weil es ein ungelöstes Geheimnis war. Die Identität wurde nie aufgedeckt, und dein Vater hatte es sich zur Aufgabe gemacht, alles Erdenkliche dazu herauszufinden. Doch es gab nicht viel. Irgendwann war er so sauer, dass er noch nicht einmal mehr den Namen hören konnte. Aber ein paar Aufzeichnungen hatte er dazu. Nur kann ich dir nicht sagen, wo er sie hingeschafft hat.« Ich nickte und versuchte selbst nachzudenken, wo mein Vater diese Unterlagen versteckt haben könnte. Doch mir fiel auf die Schnelle auch nichts ein.

»Danke dir.«

»Sehr gern. Übrigens ist die Gala ein Erfolg.«

»Das ist schön zu hören«, sagte ich und lächelte. Kaum war ich einige Schritte gegangen, zog mich mein Sekretär William zur Seite. Sein Gesicht war leichenblass. Ich war mir sicher, dass es um die Sache mit Michael ging.

Kapitel 28

MEROPE

Ich hätte mich auf dem Weg zur Toilette beinahe verlaufen. Obwohl ich schon öfters hier gewesen war, wusste ich nicht, wie ich mich zurechtfinden sollte. Es war bereits kurz vor Mitternacht, und langsam merkte ich, wie dieser Abend an meinen Kräften zerrte. Generell hatte ich nicht wirklich viel Elan. Alles schien mich niederzudrücken. Doch heute hatte es einige Momente gegeben, in denen ich mich frei gefühlt hatte. Die Blicke von Aiden schienen noch immer an mir zu haften und mich weiterhin zu bewegen. Ein Grinsen stahl sich auf mein Gesicht, und als ich in den Spiegel blickte, sah ich mich.

Ich fühlte mich schön. Das hatte ich wirklich gut hinbekommen. Ich drehte mich ein wenig hin und her, betrachtete nochmals genau das Kleid mit den Steinchen und dem weichen Stoff. Dann ging ich aus dem Toilettenraum und auf den langen, dunklen Gang. Ich konnte die leise Musik und das Stimmenwirrwar hören. Mein erhitzter Körper wurde langsam kühl und ich runzelte die Stirn. Was passierte jetzt?

Mein Blickfeld wurde bläulich und ich presste die Lippen aufeinander. Nein. Doch nicht jetzt. Ich hatte absolut keine Zeit für einen Geist. Entschlossen, ihn zu ignorieren, ging ich weiter und blieb vor einem der Fenster stehen. Das Licht des Mondes erhellte den Fleck, an dem ich stand. Ich würde keinen Geist entdecken! Das hoffte ich zumindest. Am Ende wurde ich von ihm noch durch das Fenster gestoßen.

Bis jetzt konnte ich niemanden erkennen. Ich sah nach rechts, den Gang entlang. Anschließend nach links, und da war jemand. Meine Atmung beschleunigte sich. Tränen traten mir automatisch in die Augen und ich schnappte nach Luft. Unmöglich. Levi. Dort stand Levi und blickte mich an. Seine hohe Gestalt schien sich schützend über mich zu beugen. Mein Körper kribbelte vor Aufregung und ich schüttelte leicht den Kopf.

»Levi«, flüsterte ich und streckte meine Hand nach ihm aus. Seine braunen Haare standen genauso wild von seinem Kopf ab wie an dem Tag seines Todes. An seiner Brust war kein Blut. Er hatte seine tödliche Wunde nicht mit in die Geisterwelt genommen. Er musterte mich, hob den linken Mundwinkel. Über seine Wange lief eine kleine Träne und er ergriff meine Hand. Ich spürte seine Finger, wie er meine Hand hielt, und schluchzte auf.

»Ich habe mir so oft vorgestellt, wie es sein würde, dich noch einmal zu sehen. Du musst wissen, dass wir dich vermissen. Dass wir dich so schrecklich vermissen«, schniefte ich. Die Tränen liefen meine Wangen hinunter, und ich konnte meine Emotionen nicht in Worte fassen. Mein Herz schlug schnell und pumpte stetig Blut durch meine Adern. Nicht so wie bei Levi. Ich konnte ihn nicht berühren, obwohl ich es versuchte. Doch er konnte es bei mir. Und das spendete mir Trost. Er gab mir Hoffnung.

»Ich wünschte, du wärst hier.« Er öffnete den Mund und sagte etwas. Mein Lächeln gefror und ich begann zu zittern.

»Levi.« Er hörte auf zu sprechen. »Ich kann dich nicht hören.« Sein Gesichtsausdruck wurde verzweifelt und er setzte noch einmal an.

»Nein, ich verstehe dich nicht«, stellte ich niedergeschlagen fest und blickte ihm in die Augen. Ich schüttelte den Kopf und spürte die Angst. Wie sie mich von innen heraus vergiftete. Mich lähmte. Sich einen Weg über meine Beine bis in die Arme suchte und einen brennenden Schmerz verteilte. Levi sah mich bedauernd an. Er drückte meine Hand und versuchte es noch einmal. Doch wieder sah ich nur, wie sich sein Mund bewegte. Mehr nicht. Ich konnte nicht hören, was mein Freund mir sagen wollte.

Ich hatte mir diesen Moment so oft vorgestellt und gewünscht. Ich hatte davon geträumt. Und nun, wo er hier war, konnte ich meine bescheuerte Magie nicht einsetzen. Sie funktionierte nicht. Ich war unfähig. So unfähig. Die Tränen waren nicht aufzuhalten, und so weinte ich vor Levis Augen. Er blickte mich mit schmerzverzerrtem Gesicht an und trat auf mich zu. Legte seine Arme um mich und hielt mich. Ich spürte den Druck auf meinem Körper, doch keine Wärme.

So stand ich einfach nur da. Mit hängenden Armen. Nicht in der Lage, Levi zu berühren oder ihn zu verstehen. Einzig und allein ihn zu sehen und zu spüren. Und dafür war ich dankbar. Wenigstens das. Doch ich wusste, dass er mir etwas mitteilen wollte. Ich schniefte und öffnete die Augen. Levi blickte auf mich hinunter und sprach. Ich konnte an seinen Lippen ablesen, was er mir sagte. *Ich vermisse dich.*

»Oh, ich dich auch, Levi«, sagte ich heiser und meine Sicht verschwamm vor meinen Augen. Dann erkannte ich, wie er langsam verblasste. Seine Gestalt wurde durchsichtiger.

»Nein.« Er sah mich an. Hielt meinen Blick fest, während er verschwand langsam. »Bitte bleib hier. Bleib bei mir. Ich brauche dich. Ich konnte dich noch nicht einmal hören. Du darfst noch nicht gehen!«, rief ich aufgebracht. Er schüttelte bedauernd den Kopf und fuhr sich mit den Händen übers Gesicht. »Es tut mir so leid, dass ich dich nicht hören kann. Bitte geh nicht, Levi. Bitte«, flehte ich. Er streckte seine Hand aus und ich wollte sie ergreifen. Doch ich glitt hindurch. Als ich wieder aufsah, war er verschwunden. »Nein«, hauchte ich und umklammerte meine eignen Oberarme.

Warum konnte er nicht länger bleiben?

Warum hatte ich ihn nicht verstanden?

Ich spürte in mir diese Wut auf mich selbst. Sie kochte nach oben und ich schlug mit der flachen Hand gegen die Wand. Ich konnte nicht mal mehr meine eigenen Kräfte verwenden. Was war ich nur für eine Hexe? Ich lief blindlings in eines der Zimmer und schlug die Tür hinter mir zu. Dann nahm ich mir ein Kissen von dem Bett, das darin stand, und kreischte so laut hinein wie ich konnte. Ich war nutzlos, unfähig, und wegen mir würden wir alles verlieren.

Ich hatte keine Ahnung, wie lange ich auf dem Bett gelegen hatte. Vielleicht waren es nur ein paar Minuten gewesen. Vielleicht Stunden. Ich spürte den anhaltenden Schmerz in meiner Brust. Er erinnerte mich daran, was passiert war. Zeigte mir, wie schwach ich war. Ich wollte einfach nur schreien und weinen. Mein Blick war auf den Mond gerichtet. Von unten konnte ich weder Musik noch Stimmen hören. Vielleicht war es kurz vor Sonnenaufgang. Ich bemerkte nicht, dass jemand in das Zimmer hereinkam, bis mich eine Hand am Arm schüttelte.

»Merope?«, fragte eine sanfte Stimme neben meinem Ohr. Ich sagte nichts, blieb liegen, doch ich nickte leicht. »Was ist passiert? Ich habe mir Sorgen gemacht.«

Erst jetzt realisierte ich, dass es Aiden war, der mit mir sprach. Sein Geruch drang an meine Nase und seine warmen Finger trieben die Kälte fort, die der Besuch von Levi zurückgelassen hatte. Mein Herz krampfte sich zusammen. Ich konnte von dem Gedanken nicht mehr loskommen.

»Kann ich etwas für dich tun?«, fragte er. Ich setzte mich auf. Er verstummte, legte seine Hand an meine Wange und wischte die bereits getrockneten Tränen weg. Auf seine Frage hin schüttelte ich den Kopf. »Okay, soll ich dir etwas zum Anziehen besorgen?«

Ich betrachtete ihn. Bemerkte, dass er noch immer unwiderstehlich aussah und seine Augen im Licht des Mondes glänzten. »Ist die Gala vorbei?« Meine Stimme klang krächzend. Ich räusperte mich.

»Ja.« Er runzelte die Stirn. »Warum?«

»Weil ich gerade alles vergessen muss«, erklärte ich ihm. Ich beugte mich vor und legte meine Lippen auf seine. Spürte den leichten Druck seines Mundes und bemerkte, dass er für einen Moment stocksteif wurde, bis er mich ebenfalls küsste. Mit den Händen glitt er meine Arme hinab und ich kletterte auf seinen Schoß. Streifte die Jacke von seinen Schultern und knöpfte das Hemd auf, während ich ihn weiterküsste.

»Was wird das, Merope?«, fragte er, als er sich einen Moment von mir löste.

»Ich denke, du weißt, wo das hinführen wird«, raunte ich ihm ins Ohr und küsste seine Mundwinkel ganz sanft. Er grub seine Finger in meine Oberarme und wandte den Kopf ab. Ich erstarrte.

»Ja, das weiß ich. Aber wir sollten nicht ... nicht jetzt. Verdrängen macht alles schlimmer.« Aiden schob mich leicht von sich hinunter und sah mich entschuldigend an.

»Du bist der erste Typ, der an dieser Stelle Nein sagt«, sagte ich. Ein leiser Unterton von Belustigung schwang in meiner Stimme mit. Doch ich war mir nicht sicher, ob er sie auch hören konnte.

»Es gibt für alles ein erstes Mal. Ich habe hier etwas Bequemeres zum Anziehen. Und ich mache uns Tee. Dann kannst du mir erzählen, was passiert ist«, schlug er vor.

»Ich mag keinen Tee«, motzte ich.

»Ja, das weiß ich, aber Kaffee macht dich nur wach, und ich denke, dass dir Schlaf guttun wird.«

»Hast du Milch?«

»Klar. Ich bin gleich wieder da«, sagte er, während er mir schwarze Kleidungsstücke entgegenstreckte. Dann ging er aus dem Raum. Ich saß einige Momente stumm auf dem Bett und erhob mich kraftlos. Er hatte mich abblitzen lassen. Ich lachte auf. Keine Ahnung, warum es mich erheiterte, einen Korb von Aiden Archer bekommen zu haben. Nicht einmal *das* bekam ich hin.

Mit fahrigen Bewegungen zog ich mich um. Band mir meine Haare zu einem hohen Pferdeschwanz und schminkte mich mit Tüchern ab.

Als ich fertig war, setzte ich mich wieder auf das Bett und legte die Decke über mich. Alles hier roch nach Aiden. Das Kissen, auf dem ich lag, das Bett, das ganze Zimmer. Und ich nahm diesen Geruch erst jetzt wirklich wahr. Ließ mich hineinfallen und schloss die Augen. Mein Kopf brummte, und ich wollte eigentlich gar nicht mehr daran denken, was geschehen war. Sondern vergessen und nichts mehr fühlen. Die Tür öffnete sich und Aiden kam mit zwei Tassen herein. Die größere der beiden streckte er mir hin.

»Milch mit Honig und etwas Zimt«, sagte er. Der Geruch der warmen Milch stieg mir in die Nase und ich lächelte.

»Danke schön«, flüsterte ich. Aiden setzte sich neben mich und schaltete die kleine Nachttischlampe an.

»Was ist passiert? Ich dachte nicht, dass wir nur einmal zusammen tanzen würden.«

»Tut mir leid, dich enttäuscht zu haben«, sagte ich mit sarkastischem Ton und entlockte Aiden ein Schmunzeln.

»Nein. Jetzt ernsthaft, was ist passiert?« Seine Stimme wurde sanfter und er drehte sich zu mir.

Ich zögerte, öffnete meinen Mund und schloss ihn wieder. Konnte ich seinen Namen noch mal aussprechen?

»Wenn du es nicht erzählen willst, dann musst du das nicht. Ich kann auch einfach nur hier bei dir bleiben.«

»Na ja, es ist dein Zimmer«, murmelte ich.

»Ich würde es dir liebend gern überlassen.« Ich sah in seine grünen Augen, mit denen er mich aufmunternd musterte. Vielleicht würde es helfen, darüber zu reden. Mit ihm.

»Vorhin, als ich verschwunden bin, da habe ich … da habe ich Levi getroffen.« Meine Stimme brach und ich atmete aus. Kniff die Augen zusammen und umklammerte die Tasse in meinen Händen fester. »Er war hier, Aiden. Er stand dort, und er konnte mich berühren«, erzählte ich. Sofort schien die Berührung von Levi auf meiner Haut aufzuflammen. Es fühlte sich so an, als würde ich erneut auf dem Gang stehen, Levi vor mir. Als ich die Augen öffnete, begegnete ich Aidens fassungslosen Blick.

»Und er wollte etwas sagen. Aber ich …« Der Knoten in meiner Brust krampfte sich so stark zusammen, dass ich es nicht mehr aushalten konnte. Ich ließ los. Die ersten Tränen flossen über meine Wangen und ich schniefte auf. Aiden stellte seine Tasse weg, nahm mir meine ab und ergriff meine Hand. Bettete sie zwischen seine und fuhr mit seinen langen Fingern über den Handrücken.

»Ich bin hier«, sagte er und drückte meine Hand.

»Ich konnte ihn nicht verstehen. Kein einziges Wort«, wisperte ich.

»Woran kann das liegen?«

»Ich habe keine Ahnung.« Die nächsten Worte kamen mir nur zögerlich über die Lippen, weil es mir peinlich war, doch ich musste es loswerden. »Ich fühle mich so unfähig. So oft habe ich mir vorgestellt, wie Levi mich besucht und ich mit ihm reden kann, aber nun, wo er da war, hatte ich nicht die nötige Macht. Was für eine Hexe bin ich schon?«

»Eine verdammt gute. Du hältst all diesem Druck stand. Und mit deiner Fähigkeit hätten die meisten schon längst das Handtuch geworfen. Wenn ich mir vorstelle, dass mitten in der Nacht ein Geist neben mir sitzt und mich beim Schlafen beobachtet, dann würde ich einen Herzinfarkt bekommen«, stellte Aiden klar.

»Oh, glaub mir, den bekomme ich regelmäßig, und danach kann ich nicht mehr schlafen.«

»Ja, Schlafentzug ist mir auch bekannt«, murmelte er. Da war ein schmerzvoller Grund, der ihn wach hielt. Aiden meinte, es seien Erinnerungen. Woran? Vielleicht wie er Hexen verbrannte? Bei diesen Gedanken würde ich auch nicht schlafen können. »Aber was ich sagen will, ist, dass du beeindruckend bist. Und so stark.«

»Nicht so wie Cat«, sagte ich und dachte an meine Freundin.

»Hör auf, dich mit anderen zu vergleichen. Vielleicht bist du stärker als Cat oder auch nicht. Aber das zählt nicht. Das Leben ist kein Wettbewerb. Du bist stark auf deine eigene Art und Weise. Und das ist bemerkenswert. Sei besser als du selbst. Versuch über dich hinauszuwachsen. Du kämpfst gegen dich selbst an. Immer. Nur um am Ende besser zu werden. Und jeden Tag musst du neue Herausforderungen meistern. Doch so kommst du voran. Wenn du dich selbst schlägst und gewinnst. Wenn die Version von heute die Version von gestern besiegt.«

Ich bemerkte, mit wie viel Überzeugung er das sagte, und zog leicht die Augenbrauen nach oben.

»Hast du das vor dem Spiegel geübt?«

Aiden seufzte und schüttelte den Kopf. »Nein, das sind nur meine Gedanken.«

»Ziemlich viele Gedanken, dafür, dass du eigentlich nie etwas sagst, und dass wenn du es tust, größtenteils nur Scheiße rauskommt.«

Er starrte mich an und blinzelte, bevor er auch nur den Mund öffnete. »Sogar an deinem tiefsten Punkt hast du noch immer nicht deinen Sarkasmus verloren.«

»Wie denn auch? Er liegt mir im Blut. Wenn, dann müsste mich jemand ausbluten lassen.«

Aiden grinste. »Ich dachte immer, dein Sarkasmus wäre nur gut gelernt«, meinte er.

»O nein. Sarkasmus ist keine Ausstrahlung, die du dir basteln kannst. Es ist Kunst.« Aidens Grinsen wurde breiter. Und ich merkte, dass ich lächelte. Er half mir, lenkte mich ab.

»Danke, dass du mir zuhörst«, sagte ich ohne jeglichen Sarkasmus oder Humor. Ich meinte es ernst. Es fühlte sich gut an, angehört zu werden. Auch wenn ich es von ihm niemals erwartet hätte.

»Gern. Du kannst jederzeit zu mir kommen, wenn du reden möchtest. Ich verspreche auch zu versuchen, keine blöden Kommentare abzugeben.«

»Gut, dann werde ich das nächste Mal auf dich zukommen. Und wenn du reden möchtest, egal über was, dann kannst du auch zu mir kommen. Ich dachte nie, dass ich das mal sagen würde, aber ich denke, wir könnten Freunde sein«, sagte ich. Sein Blick schrie: Nur Freunde? Fürs Erste waren wir das. Partner, Freunde, keine Feinde. Und das war ein guter Anfang. Über den Rest würde ich später nachdenken.

»Sind wir jetzt Kaffeetanten, die sich zu Klatsch und Tratsch treffen?«, fragte er mit einem Lächeln auf den Lippen.

»Nein, eher zwei verkorkste junge Erwachsene mit übernatürlichen Problemen«, erwiderte ich.

»Okay, gefällt mir.«

»Ja, mir auch.«

Aiden machte die Lampe aus und legte sich hin. »Lass uns schlafen. Morgen geht es weiter«, sagte er. Ich kuschelte mich in die Decke, mein Blick lag auf Aiden und seiner auf mir. »Und dann versuchen wir herauszufinden, was mit deinen Kräften nicht stimmt.«

»Okay. Bist du noch immer der Meinung, dass deine Antwort heute Nein lautet?«, flüsterte ich und sah, wie Aiden versuchte herauszufinden, was ich meinte. Sein Gesicht hellte sich auf.

»Ich bleibe bei meinem Wort. Es reicht mir heute, einfach neben dir zu liegen und für dich da zu sein.«

Ich wartete, ob er noch etwas sagen würde.

»Aber leicht wird diese Nacht nicht«, stellte er fest. Wenigstens hatte ich ihn nicht kaltgelassen, nachdem er mir die Abfuhr verpasst hatte. Mit einem Grinsen auf den Lippen merkte ich, wie meine Lider schwerer wurden. Doch ich hatte keine Angst vor der Dunkelheit oder Geistern. Denn mir war klar, Aiden war hier.

Kapitel 29

MEROPE

Ich wachte lange vor Aiden auf und stellte als Allererstes fest, dass ich in seinen Armen lag. Kurz versteifte ich mich, doch dann erkannte ich, dass es keinen Grund dafür gab. Deshalb verweilte ich einige Momente in der Position und spürte seinen warmen Atem im Nacken. Seine Hand lag auf meinem Bauch und hielt mich fest. Es fühlte sich gut an. Meine Haut kribbelte, als ich daran dachte, wo er mich berührte und dass es mir gefiel. Es war viel zu gut, um aufzustehen, aber ich brauchte Kaffee. Ich hob seinen Arm an und hielt sofort inne, als er grummelte und mich wieder zu sich ziehen wollte. Ich stopfte ein Kissen unter seinen Arm und versuchte kein Geräusch von mir zu geben, da ich vermutete, dass er ziemlich schnell aufwachen würde. Mein Kleid hing über einem der Stühle und die Sonne ließ den grünen Stoff weich schimmern. So leise wie möglich ging ich Richtung Treppe. Ein Geräusch von unten ließ mich zusammenzucken und ich hielt lauschend inne.

»Mann, Mann, Mann. Hauptsache, Möchtegernprinzessin spielen, aber den treuen Begleiter nicht mitnehmen«, grummelte eine mir nur allzu bekannte Stimme. Rufus kam die Treppe hoch und stapfte mit trotzigen Schritten weiter, ohne vom Boden aufzusehen. Sein Schwanz peitschte gestresst von links nach rechts. »Hat sie denn vergessen, was wir machen müssen?«

»Nein, hat sie nicht«, sagte ich. Rufus sprang in die Luft. Er flog so hoch, dass er beinahe über das Geländer der Treppe geflogen wäre.

»Junghexe!«, rief er empört, nachdem er auf dem Boden gelandet war und einen Buckel machte. Er fauchte und zeigte mir seine süßen, spitzen Zähne.

»Hallo, Rufus. Soll ich überhaupt fragen, wie du hier reingekommen bist?« Der Kristall um seinen Hals wackelte.

»Ihr seid einfach unmöglich. Diese Hexen! Jetzt habe ich ein Katzenleben weniger.«

»Herzinfarkt?«, fragte ich.

»Schlaganfall«, antwortete er mürrisch und folgte mir, als ich nach unten ging. Die Kürbisse und Lichterketten waren noch dort, doch der Rest war weg. Die Küche sah im Gegensatz zu draußen normal aus. Das Erste, was ich tat, war, mir einen Kaffee zu machen, damit ich einen klaren Kopf bekam. »Wenn ich dich so betrachte, dann würde ich sagen, dass du und der Jäger ...«

»Haben wir nicht«, murmelte ich und entspannte mich, als ich das Vibrieren der Kaffeemaschine hörte. Daneben konnte ich eine Flasche Pumpkin Spice Sirup erkennen. Hatte Aiden den extra für mich gekauft?

Rufus lachte auf und ich spürte seinen aufmerksamen Blick auf mir. »Na schön, da du sowieso weißt, was ich sagen wollte, hat es dieselbe Wirkung.« Der Kater ging auf der Theke auf und ab, während ich darauf wartete, dass der Kaffee endlich fertig war. Danach schüttete ich etwas von dem Sirup hinein. Wie aufmerksam das von Aiden war.

»Ja genau, Rufus. Du machst meinen Morgen gleich viel besser.« Sollte er glauben, was er wollte.

»Das brauchst du mir nicht zu sagen, das weiß ich.« Ich wollte aufstöhnen, doch Rufus würde sich das nicht ohne Kommentar entgehen lassen. Also machte ich nichts, außer einen Schluck des Kaffees zu nehmen und zu hoffen, dass alles besser werden würde. Denn es schien so, als würde es täglich schlechter werden. Die Probleme häuften sich, und meine eigene Magie verabschiedete sich von mir. Außer jemand hatte mir irgendwelche Drogen in mein Getränk gemischt und ich hatte mir nur vorgestellt, dass Levi vor mir stand. In Wirklichkeit war ich einfach nur high. Das wäre die schöne Variante von dem, was ich gestern erlebt hatte. Doch es war so unwahrscheinlich wie Rufus, der in einem Tutu fünf Runden um den Springbrunnen rannte. Ich lehnte mich an die Spüle und betrachtete den Kater. Das Tutu würde ihm wirklich gut stehen.

»Hast du etwas Neues herausgefunden?«, fragte er.

»Nein. Gestern hatte ich nicht die Gelegenheit, etwas herauszufinden.« Rufus kicherte und ich schloss die Augen. So war das nicht gemeint. Doch Rufus war das herzlich egal.

»Guten Morgen«, sagte Aiden, der auf einmal in der Tür stand. Er musterte erst mich und dann den Kater. Als er Rufus erblickte, erstarrte er für einige Momente und zog die Augenbrauen nach oben. Er blickte zwischen mir und ihm hin und her.

»Guten Morgen, Jäger.«

»Hey, Rufus«, sagte Aiden und trat einen Schritt in die Küche. Wirkt es nur so oder hatte er ein wenig Bammel vor dem Kater?

Rufus schleckte sich über das kleine Maul und zuckte mit den Ohren. »Keine Angst, Blondie, ich weiß, dass ihr miteinander geschlafen habt. Ich sagte doch: Sobald du ihr wehtust, werde ich dich töten.«

Erschrocken schnappte ich nach Luft.

»Wir haben nicht miteinander geschlafen«, meinte Aiden trocken und zog die Brauen zusammen.

Entsetzt schnaubte ich. »Du hast *was* gesagt?«

»Was denn?« Seine Stimme klang, als hätte er Kreide gefressen.

Ich stellte den Kaffee neben mir ab und sah Rufus entgeistert an. »Du spinnst doch.«

»Da bin ich nicht der Einzige«, sagte er und deutete mit seiner Pfote auf Aiden.

»Danke«, sagte dieser schnaubend und holte sich etwas aus dem Kühlschrank. Die Muskeln an seinen Armen spannten sich an, und ich konnte nicht anders, als ihn anzustarren. Rufus' Gekicher in meinem Ohr pikste mich wie ein lästiger Stein im Schuh. Wir hatten gestern nur … gekuschelt. Und daran erinnerte ich mich nicht wirklich.

»Da ich nicht hier bin, um euer Geschmachte füreinander mit anzusehen, wollte ich wissen, ob ihr schon neue Entdeckungen gemacht habt«, fragte Rufus erneut. Ich schüttelte den Kopf.

»Wie bereits gesagt, nein. Ich habe gestern Ana, Sybils Schwester, gesehen und sie gefragt, ob ihr der Name etwas sagt. Sie meinte, dass sie ihn schon einmal gehört habe, aber nicht mehr wüsste.« Aiden betrachtete mich, während er aus einer Flasche trank.

»Ich habe mit Peter gesprochen, einem ehemaligen Mitglied der Bruderschaft. Er meinte, dass Vater besessen von dem Nekromanten war und versucht hat herauszufinden, was es mit ihm auf sich hatte«, sagte er und schraubte den Deckel auf die Öffnung.

»Da hat er wahrscheinlich kein Glück gehabt«, meinte Rufus.

»Richtig. Er ist daran verzweifelt. Seitdem hat er nie wieder darüber gesprochen. Das muss aber bedeuten, dass es irgendwo Unterlagen zu ihm gibt.« Ich horchte auf. Hatten wir etwa eine Spur? Das Gefühl von Hoffnung keimte in mir auf.

»Gut, dann zeig mir, wo wir etwas finden könnten, und dann suchen wir«, entschied ich für alle. Schnell trank ich meinen Kaffee aus und trat neben Aiden an die Spüle. Er nahm mir die Tasse aus der Hand, die ich gerade abspülen wollte.

»Das können wir auch später machen«, meinte er. Aiden stellte meine Tasse neben die Spüle und ging aus der Küche. »Wir könnten im ganzen Haus suchen. Ich denke nicht, dass er solche wichtigen Dokumente in seinem Schreibtisch zurückgelassen hat. Vielleicht sind sie auch gar nicht hier im Haus.«

»Das werden wir wohl gleich herausfinden. Am besten arbeiten wir uns etagenweise vor. Ich fange hier unten an«, sagte ich.

»Ich gehe nach oben«, meinte Aiden.

»Und ich werde sehen, wo ich eine Tür aufbekomme«, murmelte Rufus.

»Wie bist du eigentlich ins Haus gekommen?«, fragte Aiden und betrachtete den Kater.

Rufus zuckte mit dem Schwanz. »Wenn du das Fenster offen lässt, bist du selbst schuld.« Er flitzte die Treppen hinauf. Aiden und ich wechselten einen langen Blick. Seine Augen sahen heute anders aus. Sie waren voller ungesagter Dinge und Sehnsucht, die sich ebenso in meinem Herzen angesammelt hatte. Ich sah, dass er reden wollte. Vielleicht wollte ich das auch. Aber das mussten wir auf später verschieben. Er nahm zwei Stufen auf einmal. Ich hörte seine Schritte, auch wenn er schon aus meinem Sichtfeld verschwunden war. Mit einem Seufzen machte ich mich daran, zuerst in der Bibliothek zu suchen.

Ich konzentrierte mich auf die Umgebung und betrachtete die vielen Bücher, Tische und Lampen genauestens. Prägte mir jedes dunkle Regal ein und den Anblick der Buchrücken, bevor ich meine Hände hob und einen Aufdeckungszauber anwandte. Die grünen Funken flogen um mich herum und stoben durch den Raum. Es wurde hell. An den Stellen, an denen sich etwas Verborgenes befand, konnte man einen hellen Fleck erkennen. Es funktionierte bei kleinen Dingen wie einem Notizbuch oder etwas in der Art. Für größere Sachen brauchte man einen mächtigeren Zauber, aber dazu hatte ich nicht die Kraft. Ich blickte mich um. Doch es waren wirklich nur Bücher hier. Keine versteckten Dinge. Ich machte weiter, und nach dreißig Minuten verließ ich die Bibliothek. In der Küche erwartete ich nicht, etwas zu finden.

»Merope!«, rief Aiden von oben. Schnell rannte ich die Treppen hinauf, wobei ich schwer atmete. Ich war noch nie sportlich gewesen. Doch das war sogar für meine Verhältnisse schlecht. Warum war ich so schlapp? »Sieh dir das an«, sagte Aiden. Ich folgte seiner Stimme und erkannte, dass wir uns in einem Raum auf der obersten Etage befanden. Er war hell eingerichtet, mit schönen Bildern und einem edlen Bett. Wahrscheinlich das Zimmer von Aidens Mutter. Ich sah ihn, wie er vor einem kleinen Schminktisch stand und ein Buch in der Hand hielt. Ich spähte über Aidens Schultern und blickte in das Notizbuch.

»Was ist das?«, fragte ich und versuchte zu erkennen, was dort stand.

»Da sind Informationen enthalten, die mein Vater gesammelt hat«, stellte er fest. Aiden schüttelte leicht den Kopf. »Hier steht, dass er viele Hexenzirkel ausgeraubt und *befragt* hat.« Ein kalter Schauder lief mir über den Rücken.

Er blätterte weiter. Aiden machte eine lange Pause, bevor er weitersprach. »Hier stehen einzelne Informationsfetzen, auch zum Nekromanten. Wo er sich an bestimmten Tagen aufgehalten hat und was er tat. Geisterbeschwörung. Totenversammlung.« Aiden blätterte weiter. Sogar eine Skizze war zu erkennen. Doch ich konnte lediglich einen Mann mit Kapuze erkennen. Oder etwa eine Frau? Da gesagt wurde, dass *ihn* niemand jemals gesehen hatte, konnte man nicht sagen, ob es eine Frau oder ein Mann war. »Hier steht: ›Ich habe keine Hexe gefunden, die für mich eines der Rituale des Nekromanten durchgeführt hätte. Lieber starben sie, als dass sie mir halfen. Nach dem Ritual hätte ich sie wieder gehen lassen.‹«

Ich lachte bitter auf. *Wer's glaubt.* »Was wollte er denn bitte mit einem Zauber?«, fragte ich und runzelte die Stirn.

»Keine Ahnung, aber das heißt, dass er die Sachen hier irgendwo versteckt haben muss. Wenn es ihm so wichtig war, dann hat er es in seiner Nähe gehabt. Griffbereit.« Aiden klang hoffnungsvoll. Ich führte einen Aufdeckungszauber aus, doch hier war nichts zu finden. Ich runzelte die Stirn. Ein grüner Funke flog an Aidens Gesicht vorbei.

»Hier ist nichts mehr.«

»Dann lass uns gehen.« Aiden ging zur Tür und öffnete sie, als ich ihn aufhielt.

»Stopp.« Mein Blickfeld wurde auf einen Schlag bläulich und ich presste die Lippen aufeinander. Ich sah mich suchend um, in der Hoffnung, Levi noch einmal zu sehen. Zu hören. Mein gesamter Körper war angespannt. Wartete nur darauf, in Aktion zu treten. Die Kälte kroch in meine Knochen und ließ mich zittern.

»Was ist? Ein Geist?« Ich nickte. »Super, dann frag gleich mal, wie wir Cats Seele wiederbekommen.« Ich schlug ihm gegen den Oberarm. Er zuckte entschuldigend mit den Schultern und ließ seinen Blick ebenfalls durch den Raum schweifen. Als könnte er den Geist sehen.

»Lustig«, kommentierte ich. Im ersten Moment konnte ich nichts erkennen, doch dann war dort ein leichtes Flimmern. Ich sah genauer hin. Konzentrierte mich auf die Stelle. Blondes Haar, grüne Augen, ein warmes Lächeln auf den Lippen. Die Mutter der Archers. Mein Atem stockte und ich blinzelte. Ihre Umrisse waren verschwommen, doch ich erkannte sie. Wusste, wer sie war. Ich war ihr bereits mit Alistair begegnet. Damals, als wir nach Sara gesucht hatten, um ihr den Arsch zu versohlen. Fast hätte ich gelacht, doch ich bemerkte, wie intensiv mich Juliana musterte.

»Und wie sieht der Geist aus?«, fragte Aiden gelangweilt. Sie hatte gesagt, dass sie wiederkommen würde. Hier war sie nun.

»Es ist deine Mutter, Aiden«, sagte ich sanft. Seine Miene fiel in sich zusammen und er betrachtete mich ungläubig.

»Warte, was? Was sagt sie?«, fragte er aufgeregt. Ich sah zu Juliana, hoffte, dass es funktionierte, doch als sie den Mund öffnete, verstand ich keinen Ton.

»Das ist mein Problem, Aiden. Ich kann sie nicht hören. Kein einziges Wort«, murmelte ich enttäuscht. Das Gefühl, das ich gestern fortgesperrt und den Platz mit Aidens Wärme und Lebendigkeit gefüllt hatte, kam wieder hervor. Nahm seinen alten Platz ein und verscheuchte die Wärme. Ich spürte die Kälte um mich herum überdeutlich.

»Wieder nicht?«, fragte er mich. »Das gehört doch zu deiner Grundausstattung.«

»Bin ich ein verdammtes Auto? Nein«, fuhr ich ihn an.

»Aber sehen kannst du sie?«, fragte er nach.

»Ja, nicht hören, aber sehen. Etwas stimmt nicht mit mir.« Aiden runzelte die Stirn und betrachtete mich eingehend. Mir war schlecht. Ich wandte mich zu Juliana. »Ich kann dich nicht verstehen. Kannst du irgendwie … beschreiben, was du mir sagen möchtest?« Sie überlegte und runzelte die Stirn. Ihre Umrisse verblassten immer mehr und ich wurde panisch. »Juliana?«, fragte ich. An der Stelle, wo sie zuvor gestanden hatte, konnte ich niemanden mehr erkennen. »Scheiße!«, rief ich.

»Was ist?«, fragte Aiden. In seiner Stimme schwang Panik mit.

»Ich kann sie nicht mehr sehen«, sagte ich niedergeschlagen.

»Verdammt. Was ist denn los?«

»Ich habe keine Ahnung«, murmelte ich und starrte in die Luft, in der Hoffnung, dass sie noch mal auftauchen würde. Doch ich sah nichts, sondern merkte etwas unter meinen Fingern, obwohl ich nichts berührte. Eine raue, kühle Oberfläche. Stein. Ich runzelte verwirrt die Stirn und fragte mich, was das war. Dann spürte ich eine Berührung an meiner Schulter. »Ich glaube, deine Mutter zeigt mir Eindrücke. Doch ich kann noch nicht sagen, von was genau. Vielleicht passend zu dem, was sie mir sagen wollte.«

Aiden trat neben mich. Ich schloss die Augen und ließ alles auf mich zukommen, was Juliana für mich bereithielt. »Stein. Ich fühle Stein unter meinen Fingern.« Der Geruch von etwas Frischem stieg in meine Nase, gemischt mit einem moosartigen Duft. »Es riecht feucht. Juliana, ist es hier im Haus, was du mir zeigen willst?« Ein Bild des Anwesens tauchte vor meinem inneren Auge auf und ich nickte. »Okay, also hier im Haus. Aiden, hast du 'ne Idee?«, fragte ich und konzentrierte mich wieder auf meine Sinne. Etwas Nasses schien sich über mein Gesicht zu legen und ich hörte das Rauschen von Wasser. »Wasser, es rauscht nicht, sondern«, ich horchte genauer, »es plätschert.« Ich riss die Augen auf. Sah in Aidens Gesicht und erkannte, wie er strahlend dreinblickte.

»Der Springbrunnen«, riefen wir beide und stürmten nach unten.

Kapitel 30

AIDEN

»Als ob dieser bescheuerte Springbrunnen noch einmal nützlich sein würde«, murmelte Merope. Wir standen vor dem steinernen Brunnen und betrachteten ihn stumm. Meine Mutter war hier. Wie gern würde ich sie sehen können. Das Bedürfnis danach schien endlos zu sein.

»Ist meine Mom noch da?«, fragte ich Merope. Sie schüttelte den Kopf und ihr langer Pferdeschwanz wackelte hin und her.

Entschuldigend zog sie die Augenbrauen zusammen. »Vielleicht kommt sie wieder.«

»Okay«, murmelte ich enttäuscht. Ich trat an den Brunnen heran und betrachtete ihn. Er bestand aus drei Becken. Ein kleines, ein mittleres und ein großes.

»Sollen wir irgendeinen Spruch sagen? Sesam öffne dich oder so?«

»Mit Sicherheit nicht«, murmelte ich und beugte mich zum Brunnen.

»Wie gern würde ich deinen Kopf jetzt dort eintauchen«, sagte Merope und trat hinter mich. Für eine Sekunde dachte ich, dass sie es machen würde.

»Wir haben Besseres zu tun, als baden zu gehen.« Sie grummelte unzufrieden, beugte sich zum Brunnen und suchte mit. Keine Ahnung, nach was genau wir Ausschau hielten, aber wenn meine Mutter uns zu dem Brunnen geführt hatte, dann würde es schon einen Sinn haben. Ich fuhr mit den Fingern über den Rand des Beckens und versuchte irgendwelche Kerben oder einen Mechanismus zu finden. Wir suchten, tasteten alles ab, doch fanden nichts.

»Was macht ihr denn da?«, fragte Rufus, der elegant die Treppe herunterkam.

»Wir suchen etwas Außergewöhnliches an dem Springbrunnen.«

»Wie diese Orchidee hier?«, fragte der Kater und ging unter den Springbrunnen, nur um mit seiner Nase an eine Stelle zu tippen. Ich legte mich auf den Boden, um selbst zu sehen, was er meinte, und atmete erstaunt auf.

»Woher weißt du das denn schon wieder?«, fragte Merope und beugte sich zu mir. Tatsächlich, unter dem Rand des Beckens auf der Innenseite war eine kleine Orchidee. Die Lieblingsblume meiner Mutter. Deshalb hatte ich den Orden nach ihr benannt.

»Begebt euch mal auf meine Ebene, da seht ihr viele Dinge, die euch entgehen«, meinte Rufus. Ich strich über die Blume und sah, dass sie wackelte. Ich kniff die Augen zusammen und drückte darauf. Mit einer kurzen Verzögerung konnte ich die Erhebung der Orchidee in den Stein drücken. Ich hörte nichts. Und sah nichts. Auch Merope und Rufus blickten mich abwartend an. Ich zuckte mit den Schultern. Mit einem lauten Rumpeln begann sich der Brunnen zu bewegen. Schnell kam ich darunter hervor und sah mit großen Augen dabei zu, wie der Brunnen, samt Boden verschoben wurde. Das Geräusch von Stein auf Stein hallte von den hohen Wänden der Eingangshalle wider.

»Was zum Henker«, murmelte ich und betrachtete staunend das Loch im Boden. Ich trat näher heran und erkannte eine Treppe, die nach unten führte.

»Ich würde sagen, das wollte deine Mutter uns zeigen.«

Ich nickte, davon überwältigt, dass dort ein geheimer Raum lag. »Komm«, sagte ich zu Merope und ging vor. Es war dunkel, deshalb holte ich mein Handy heraus, um uns ein wenig Licht zu machen. Ein langer Gang führte uns weiter. Hier unten roch es nach Staub, den man mehr als deutlich im Licht des Handys erkennen konnte. Spinnweben hingen in den Ecken. Doch die Tapete sah gut aus. Es führten zwei Gänge von dem jetzigen weg. Links und rechts.

»Sollen wir uns trennen?«

»Ja, was soll hier unten schon sein?«, fragte ich.

»Keine Ahnung? Alles, was dein Vater sich hat einfallen lassen. Nach was genau suchen wir? Einem Buch? Oder einem Trank? Vielleicht hat er das gar nicht mehr, was er in dem Notizbuch gemeint hat.«

»Das werden wir gleich wissen. Wo ist eigentlich Rufus?«, fragte ich und leuchtete hinter Merope.

»Der ist oben geblieben. Er meinte irgendetwas von Stauballergie oder so.« Ich grummelte und bog in den rechten Gang ein. Merope ging nach links. »Wenn etwas ist, dann schrei«, sagte ich.

»Ja, dasselbe gilt für dich«, erwiderte sie und ging zielstrebig den Gang entlang. Ihre Hände leuchteten wieder in dem hellen Grün. Als würde ich schreien, das konnte sie vergessen. Vorsichtig ging ich weiter und betrat einen großen Versammlungsraum mit einem meterlangen Holztisch. Wie konnte es sein, dass ich nichts davon wusste? Vater hatte mir doch eigentlich alles gesagt. Fast alles, verbesserte ich mich.

Ich konnte einen weiteren Raum erkennen, die Tür war geschlossen und alt. Die Türklinke war kühl, als ich sie hinunterdrückte. Ich ging hinein und erkannte ein Büro. War Vater hier gewesen, wenn er sagte, dass er auf Geschäftsreise sei? War er hier gewesen, als wir im Haus von James angegriffen wurden? All die Fragen kamen auf mich zu.

Ich atmete tief ein und aus. Dann sah ich mich um. Wo konnte Vater etwas Wichtiges verstecken? Ich ging auf die Regale zu, fühlte mit den Händen nach einer Lücke oder einem Luftzug. Beim letzten Regal, direkt hinter dem Stuhl, spürte ich einen leichten Luftzug.

Hier war etwas.

Ich zog jedes Buch heraus, doch so funktionierte der Mechanismus nicht. Mir fiel nichts an diesem Regal auf, was anders wäre, bis auf die Blume. In jedes der Regale war oben eine Blume eingeschnitzt. Hier war es die Orchidee. Wer wusste, dass meine Mutter sie mochte, der würde auch den Eingang finden. Ich streckte mich und drückte darauf. Ein Klicken ertönte und ich grinste triumphierend. Das Regal öffnete mir den Blick auf einen kleinen Raum. Er war kaum größer als unsere Waschküche. Lachhaft, dass hier keine Fallen waren. Ich ging hinein. Regale, gefüllt mit jeder Menge Zeug. Ich suchte nach allem, was mit dem Nekromanten zu tun haben könnte. Hob Blätter, Ordner und Artefakte an. Irgendwann entdeckte ich vier ordentlich aufgereihte Bücher. Die anderen lagen hier kreuz und quer herum. Doch bei diesen war penibel darauf geachtet worden, dass sie in einer Reihe standen. Jedes davon mit AA betitelt. Ich zog das erste heraus. Aiden Archer. Augenfarbe: grün. Haarfarbe: blond. Größe: …

Dort war alles über mich aufgelistet. Von meiner Geburt bis jetzt. Oder besser gesagt, bis vor einem Jahr.

Ich bin gespannt, ob Aiden nach dem Kampf mit James und dem Zirkel wieder zurückkehren wird. Er ist so ein guter Soldat, der meine Befehle ausführt. Ich weiß nicht, weshalb er sich seinen Brüdern so zugehörig fühlt. Sein Verlangen danach, mir zu gefallen, machte es fast schon zu einfach, ihn zu dem zu formen, was er ist. Der perfekte Nachfolger. Ein Hexenschlächter, so wie ich es bin. Er wird die Bruderschaft gut weiterführen, wenn mir etwas passieren sollte.

Mir wurde schlecht und ich schüttelte den Kopf. Dann griff ich zu den anderen Büchern. Alistair Archer. Alan Archer. Ich würde mir oben noch einmal alles genauer ansehen. In Ruhe. Das letzte Buch mit den initialen AA schlug ich ebenfalls auf. Ich erwartete den Namen Armin Archer. Doch dort stand etwas anderes. Meine Finger zitterten über dem Namen und ich atmete schneller. Was war das?

Amberly Archer. Sie war ein Jahr nach Alan geboren. Und starb, als sie gerade einmal ein paar Wochen alt war. Wir hatten eine Schwester? Warum erinnerte ich mich nicht daran? Ich stand definitiv unter Schock. Schweiß trat auf meine Stirn, als ich über die Seite strich. Ich wusste nicht, was ich denken sollte. Mein Herz pochte viel zu laut in meinen Ohren. Eine kleine Schwester. Mit bebenden Fingern schlug ich die Seiten auf und las.

Es war ein Fehler, sie umzubringen. Oder vielleicht auch nicht. Durch ihre Adern floss Hexenblut. Das hätte ich niemals dulden können. Allein deshalb nicht, weil es nicht mein Kind war. Dazu kam noch, dass es ein Mädchen war.
Schwach.
Juliana wird dafür büßen. Sie hat mich mit einem Hexer betrogen. Einem widerwärtigen Ding. Und sie denkt, ich hätte keine Ahnung. Frauen. Sie wird sich wünschen, dass sie nie mit dem Hexer geschlafen und das Kind niemals als meines ausgegeben hätte. Denn diese glühenden Augen des Säuglings waren eindeutig. Den Rest konnte ich leicht herausfinden.

Nachdem ich das Kind umgebracht hatte, kam mir der Gedanke, dass es vielleicht nicht schlecht wäre, eine Hexenjägerin bei uns zu haben, die selbst eine Hexe ist. Ich versuchte, freiwillige Hexen für den Zauber des Nekromanten zu finden, doch keine wollte. Also ließ ich mein Vorhaben fallen. Eine tote Hexe mehr oder weniger.

Wer auch immer dieses Buch hier lesen wird, ich war es. Juliana Archer starb in meinem Auftrag. Doch erst nachdem sie die Jungs so großgezogen hat, dass sie trainingsfähig sind. Die Arbeit halse ich mir nicht auf. Vielleicht bin ich sowieso schon tot, wenn das jemand sehen wird.

Mir war kotzübel. Gleich würde ich auf den Teppich reihern. Tränen traten mir in die Augen und der Zorn in meinem Inneren wurde nur größer. Er wütete in meiner Brust wie eine befreite Bestie. Zerschlug jeden positiven Gedanken, den ich mit meinem Vater verbunden hatte.

Ich trat gegen eines der Regale und fegte den Tisch auf der anderen Seite des Raumes um. Verwüstete alles, was mir in die Hände kam. Nicht nur dass wir eine kleine Schwester gehabt hatten, der das Recht auf Leben verwehrt worden war, weil sie Hexenblut in sich trug. Sondern auch dass er meine Mutter getötet hatte. Weil sie ihn betrogen hatte.

Meine Welt drehte sich und mir wurde schwarz vor Augen. Ich bekam keine Luft mehr. Wir hatten Mom gesehen, wie sie dort am Boden gelegen hatte, voller Blut. Ihre Augen blickten starr zur Decke und sie regte sich nicht mehr. Bis jetzt hatten wir gedacht, dass es ein Hexer gewesen war, der sie getötet hatte, weil Vater uns das erzählt hatte. Doch welcher Hexer tötete jemanden mit einem Messer? Mit vielen Stichen?

Ich konnte es mir damals nicht beantworten, weil es einfach nicht üblich war. Hexen und Hexer kämpften mit ihrer Magie. Ich presste die Augen zusammen und schluchzte.

Warum hatte ich das nicht früher hinterfragt?

War ich so blind gewesen?

Die einfache Antwort lautete – Ja. Ich war so gutgläubig und gehorsam, hatte all das geglaubt, was er mir erzählte. Wut, so viel Wut in meinem Körper, die mich brennen ließ. Wut auf ihn, weil er grausam und abstoßend gewesen war. Wut auf mich, weil ich naiv gewesen war und nach Anerkennung gebettelt hatte. Mich klein und abhängig gemacht hatte. Weil ich nicht aufgestanden war und mich gewehrt hatte, sondern es ertrug. Es über mich hatte ergehen lassen, als wäre ich nichts wert. Und genau das war es. Für ihn hatte ich niemals einen Wert gehabt, nur eine Funktion. Ein guter Hexenjäger zu sein. Ein Mörder. Vater hatte Mom getötet. Die Erkenntnis schoss in mein Hirn und setzte etwas in mir frei. Einen Tatendrang.

Ich musste das Merope erzählen. Brauchte jemanden, der sich mit mir zusammen Gedanken darüber machte. Mitfühlte. Denn meinen Brüdern wollte ich das nicht vor die Füße werfen. Vor allem nicht Alistair. Er würde zerbrechen. Ich würde zerbrechen. Vielleicht tat ich das gerade. Und ich wusste, nur Merope konnte mich davon abhalten, vollständig zu zerbersten. Ich ging aus dem Raum, mit den Büchern unter dem Arm, und rief nach Merope. Keine Antwort.

»Merope?«, rief ich erneut. Dieses Mal klang meine Stimme panischer. Wenn ihr was passiert wäre … Ich rannte den Gang entlang, bis ich ihre Füße sah. Als ich den Raum betrat, erkannte ich, dass Merope auf dem Boden lag. Bewusstlos. Lila Pulver schwirrte in der Luft herum. Ich schnappte nach Luft. Hexenkraut. Wie lange lag sie schon dort?

»Merope?«, fragte ich und rüttelte an ihr. Ich hob sie hoch und trug sie so schnell ich konnte aus dem Raum, rauf in den Eingangsbereich.

»Rufus, wie lange waren wir weg?«, fragte ich. Der Kater sprang von der Treppe auf und kam eilig auf uns zu.

»Zwanzig Minuten?« Es war eher eine Frage, die er mir stellte.

»Scheiße!« Wenn sie wirklich seit zwanzig Minuten das Kraut einatmete, wusste ich nicht, ob sie das schaffen würde.

»Was ist passiert?«, fragte der Kater und betrachtete die bewusstlose Merope.

»Hexenkraut«, sagte ich und prüfte ihren Puls.

»Das ist jetzt aber nicht gut. Ich dachte, du passt auf sie auf.«

Das hatte ich auch gedacht.

VOR EINIGER ZEIT ...

Vater ging voraus, während ich wachsam die Umgebung absuchte. Mir würde kein Fehler unterlaufen. Die laute Musik der Party, die nur ein paar Häuser weiter stattfand, beschallte die gesamte Straße und den Anfang des Waldes. Es war die perfekte Deckung für unser Vorhaben.

Das hier war meine erste Mission, auf die Vater mich mitnahm. Ich war vor einigen Wochen endlich in die Bruderschaft aufgenommen worden, nachdem ich genug über die Hexen gelernt hatte. Was ihre Magie alles zerstörte und wie sie Menschen schadete. Ich verstand, weshalb wir uns dafür einsetzten, die Bedrohung zu beseitigen. Mein Vater war ein Held wegen dem, was er tat. Denn die Hexen, die ich gesehen hatte, waren abgrundtief böse. Sie wollten anderen wehtun und sie töten. Jemand musste sie aufhalten.

Unser Ziel war ein Haus, das nahe dem Waldrand stand. Licht brannte darin und ich konnte ein paar Schemen erkennen, die sich bewegten. Oder sollte ich lieber Hexen sagen? Denn deswegen waren wir hier, um sie zu töten. Das dachte ich zumindest, einen anderen Grund würde es nicht geben, weshalb wir hierhergekommen waren und uns durch das Unterholz bis zur Rückseite des Hauses vorkämpften.

Mein Puls flatterte vor Aufregung, und ich musste mich konzentrieren, um Vater nicht wie ein Bulle in den Nacken zu atmen. Hinter mir konnte ich die anderen Männer hören. Die Anspannung schien mit jedem Schritt zu wachsen und mich einzunehmen.

»Du wartest hier am Waldrand«, wisperte Vater in meine Richtung. Ich nickte ihm zu und blieb stehen. Sah den dunkel gekleideten Personen dabei zu, wie sie auf das Haus zuschlichen und sich aufteilten. Vier vorn, drei hinten. Vater an der Spitze. Von hier aus hatte ich einen uneingeschränkten Blick, um das Geschehen zu beobachten. Die Spannung veränderte den Geschmack der kühlen Nacht. Ein Bruder klingelte an der Tür und ich hielt gespannt den Atem an. Nun bildeten sich keine weißen Atemwölkchen mehr vor meinem Gesicht. Einer der Schatten, die ich durch das Fenster erfasste, bewegte sich und stand vom Tisch auf. Die Vordertür öffnete sich. Vater sprach für ein paar Sekunden, bevor sie den Mann, den ich im Eingang erkannte, über den Haufen rannten und in das Haus stürmten. Ich hörte keine Schreie, da sie in der Musik untergingen. Doch ich spähte durch das Fenster und sah, wie die beiden Personen, die am Tisch gesessen hatten, aufsprangen und losrannten. Nach hinten, dorthin, wo die anderen nur darauf warteten, dass ihnen die Tür geöffnet wurde. Ich schluckte und versuchte alles durch das milchige Fensterglas zu erfassen.

Zwar hatte Vater gesagt, ich solle hierbleiben, doch ich war viel zu neugierig, um seinen Befehlen zu gehorchen. Was würde er schon mit mir machen? Ich trat aus dem Wald und ging auf den vorderen Eingang zu. Zuvor blickte ich mich um, ob jemand das Geschehene beobachtet hatte. Nachdem ich mich versichert hatte, dass niemand etwas mitbekommen hatte, trat ich ein. Im Eingang hingen Bilder der Familie. Hexen. Ich verzog angeekelt das Gesicht. Vom Esszimmer aus hörte ich Weinen, Stimmen, die durcheinanderriefen. Mein Blick hing an einem der Fotos, und ich wusste nicht, was ich tun sollte. Das war Emerys Haus.

Ich stürmte in den Raum, der voller Hexenjäger war. Auf dem Boden erkannte ich Emery in einer zusammengekrümmten Haltung. Ihre Mutter lag bewusstlos neben ihr.

»Was wollt ihr von meiner Familie?«, fragte Emerys Vater und versuchte, seine Hände aus den Kabelbindern zu lösen. Er war ein Mensch. Nur den Hexen schadete das Hexenkraut, das ich noch in der Luft riechen konnte. Emery blinzelte benommen und wollte sich aufsetzen, doch die Fesseln an ihren Armen hinderten sie daran.

»Vater«, sagte ich emotionslos. Zu schockiert, um Gefühl in meine Stimme hineinlegen zu können.

»Ich habe dir doch gesagt, dass du draußen warten sollst«, rügte er mich und verengte seine Augen.

»Ja, aber das ist Emery«, erklärte ich, so als würde es eine Rechtfertigung dafür sein, den Befehl missachtet zu haben. Ich deutete auf das Mädchen mit den dunklen Wellen, die ihren Blick auf mich lenkte. Sie versuchte etwas zu erkennen, runzelte allerdings nur die Stirn. Ihre Sinne waren betäubt. Eingeschränkt, doch nicht vollkommen vergiftet. Es war ein grausamer Anblick, bei dem sich mir das Herz zusammenzog.

»Aiden?«, klang es krächzend aus ihrem Mund. Ich presste die Lippen aufeinander.

»Wer soll das sein? Ist auch egal, sie ist eine Hexe.« Seine Stimme klang endgültig. Ich schüttelte den Kopf.

»Vater, sie ist meine Freundin. Wir verbringen jeden Tag in der Schule zusammen, sie ist nicht böse. Auf keinen Fall!« Ich hörte aus einer Ecke ein belustigtes Schnauben, doch ignorierte es.

»Meine Familie ist nicht schlecht, dein Sohn hat recht«, flehte Emerys Dad. Im nächsten Moment schlug Vater ihm ins Gesicht. Ich musste schlucken, um nicht aufzukeuchen.

»Sie hat dich getäuscht, Sohn. Man kann keinen Hexen trauen, noch nicht einmal, wenn sie kleine Babys sind. Sie müssen sofort ausgelöscht werden, damit die Gefahr, die von ihnen ausgehen wird, nicht entstehen kann. Diese hier haben zu lange gelebt.« Vaters Augen trugen einen harten Ausdruck in sich, der mir verriet, was er tun würde. Doch das durfte nicht passieren.

»Vater, nicht! Wirklich, hör mir zu! Sie ist der netteste Mensch, den ich kenne. Ich wollte sie zu unserer Halloween-Gala einladen.« Er zeigte keine Reaktion. »Ich bin in sie verliebt!«, schob ich hinterher. Egal wie verletzlich ich mich in diesem Moment machte. Emery war ein Mädchen, das mir das Gefühl gab, etwas Wertvolles zu sein. Die Blicke, die sie mir zuwarf, wenn ich sie anlächelte, brachten in mir ein Kribbeln zum Vorschein, das sich wie elektrische Schläge anfühlte. Ich mochte sie seit Monaten, doch hatte ihr nie etwas gesagt.

Vater drehte seinen Kopf zu mir herum.

»Das bist du nicht! Wir verlieben uns nicht in Hexen«, spuckte er aus. Eine Ader an seiner Schläfe pulsierte. »Sie wird sterben. Entweder du gehst oder siehst zu.« Er wandte sich von mir ab und stach dem Mann mit seiner Jägerklinge in die Brust. Ein schmatzendes Geräusch ertönte, und ich schnappte nach Luft. Nein. Ein anderer schlitzte im selben Moment die Kehle der Mutter auf.

»Aiden?«, fragte Emery. Sie klang, als wäre sie betrunken. »Ja, ich bin hier«, rief ich und wollte auf sie zustürmen. Hände griffen nach mir und hielten mich davon ab, zu meiner Freundin zu gelangen. »Nein! Lasst los«, brüllte ich und versuchte die Männer von mir abzuschütteln. Vater wandte sich Emery zu, griff in ihre Haarpracht und zog ihren Kopf nach hinten, sodass die Kehle entblößt war. »Vater, hör auf!«, schrie ich. Mit all meiner Kraft trat und schlug ich um mich, doch gegen drei Männer, die mich hielten, hatte ich keine Chance. Sie waren stärker als ich, größer, erfahrener.

»Du wirst lernen. Und wir fangen hier an.« Er zog an Emerys Haaren, wodurch sie einen wimmernden Laut über ihre vollen Lippen brachte.

Ich spürte, wie meine Augen brannten, und zerrte weiter an den Händen, die mich nicht gehen ließen.

»Vater, lass sie am Leben. Sie ist meine Freundin! Nichts von dem, was Hexen ausmacht, stimmt mit ihr überein. Lern sie kennen!«

Er sah zu mir. »Bitte«, flehte ich und spürte, wie flehend mein Gesicht verzerrt war. Ein kühler Luftstoß fegte durch den Raum und ließ mich spüren, dass meine Wangen tränenverschmiert waren. Die Kälte schien sich an den feuchten Stellen abzulegen und zu gefrieren. Mir wurde eiskalt. Ich wollte nicht, dass es passierte, denn ich wusste, dass meine Freundin ein verdammt toller Mensch war, der anderen half, wenn sie Hilfe brauchten, und immer ein offenes Ohr hatte, wenn ich meine Mutter vermisste. Ihr konnte ich alles erzählen. Und sie mir.

»Nein, Hexe bleibt Hexe«, sagte er und richtete seine volle Aufmerksamkeit auf Emery.

»Vater«, brüllte ich und zog an den Männern, die mich fixierten. Meine Schulter schmerzte, doch das war egal. Ich musste Emery retten, bevor er sie umbrachte.

»Hexen müssen sterben.« Er schlitzte ihr die Kehle auf. Emerys Wimmern ging in einem Gurgeln unter. Blut lief über ihren Hals und tränkte das hellblaue Shirt. Es sog sich voll wie ein Schwamm. Vaters Hände wurden ebenfalls dunkelrot. Ich hörte meine eigenen Schreie nicht. Es war mir egal, was für eine Schande ich für ihn war. Er hatte sie umgebracht. Meine Freundin. Diejenige, auf die ich mich jeden Tag freute, wenn ich zur Schule ging. Diejenige, mit der ich am allermeisten lachen konnte. Diejenige, die sich nach zu Hause anfühlte. Mit der ich am liebsten noch mehrere Stunden in der Schule geblieben wäre, obwohl der Unterricht vorbei war.

Nun war sie tot.

Ermordet von meinem eigenen Vater. Weil sie eine Hexe war. Auch wenn ich ihre Identität nicht gekannt hatte, wusste ich dennoch, was für ein Mensch sie war. Wie ihr Wesen funktionierte. Sie wollte Psychologin werden, an einer renommierten Universität studieren und Ashland verlassen. Doch das war nicht mehr möglich. Sie würde nie wieder die Chance haben, mit mir zur nächsten Stunde zu schlendern, während sie mir davon erzählte, was ihre aktuellen Lieblingsbücher waren. Ich würde nie wieder die Möglichkeit haben, ihr zuzuhören. Mich in ihrer Stimme zu verlieren und dort Sicherheit zu finden. Es ließ mein Herz zerbersten. In den letzten Monaten hatte sie sich zu meinem Anker entwickelt, an den ich mich immerzu klammerte.

Ich starrte Vater in die Augen, versuchte sein Gesicht auszumachen, doch mein Blickfeld war zu verschwommen, als dass ich ihn hätte erkennen können.

Eine Wut nistete sich in meinem Herzen ein, die jegliche Zuneigung zu ihm wie ein gieriges Tier verschlang. Er würde dafür büßen, was er getan hatte, dass er ihr noch nicht einmal die Möglichkeit gegeben hatte, sich zu erklären. Ihr nicht die Chance geboten hatte, zu zeigen, dass sie keine Hexe war, die jemandem schaden wollte. Er hätte auf mein Wort vertrauen sollen, doch er nahm mich nicht ernst. Ich erkannte die Freude am Töten in seinen Augen. Und sie machte mir furchtbare Angst.

»Das kannst du nicht tun«, brüllte ich und versuchte mich weiterhin freizukämpfen, obwohl Emery bereits tot war. Es brachte mir nichts mehr, außer Probleme. Doch für sie war es das wert.

Vater lachte und wischte die blutige Klinge an Emerys Hose ab. Er ließ sich Zeit, damit ich zusehen konnte. Das Gefühl bekam, machtlos zu sein. Und das war ich.

Doch das würde sich ändern. Ich würde Emerys Tod rächen, denn sie war nicht die böse Hexe, über die ich was gelernt hatte. Sie hatte es nicht verdient. Meinem Vater war es egal. Sie war ihm egal. Meine Worte waren ihm egal. Ich war ihm egal. Er würde es bereuen. Ich versprach mir selbst, dass ich es nicht zulassen würde, dass er nochmal jemandem wehtat, den ich liebte.

»Ich hoffe, du überlegst dir gut, was du sagst.« Vater kam auf mich zu und schlug mir ins Gesicht. Irgendwann kam der Zeitpunkt, an dem er merken würde, dass er einen gewaltigen Fehler gemacht hatte. Denn ich vergaß nichts von diesem Moment. Es hatte sich wie ein Brandeisen in die Überbleibsel meines Herzens geschmort. Ich würde sein braver Sohn sein, das sollte er denken, aber in Wirklichkeit würde ich mich rächen, wenn er es am wenigsten erwartete. Sobald der richtige Zeitpunkt gekommen war. Dafür musste ich stark werden, klug und berechnend.

Vater schlug weiterhin auf mich ein. So oft, dass ich das Bewusstsein verlor. Der Schmerz wegen Emery wich als Letztes, bevor ich nichts mehr fühlte. Hoffentlich würde es so bleiben. Doch ich würde wieder aufwachen, und ich wollte nicht wissen, was mich dann erwartete.

Kapitel 31

MEROPE

Mein Kopf war kurz vorm Explodieren. Blinzelnd öffnete ich die Augen und sah mich um. Aidens Zimmer. Was war denn jetzt passiert, dass ich schon wieder in Aidens Bett lag? Verwirrt runzelte ich die Stirn, schlug die Decke zurück und stand auf.

Was sich als Fehler herausstellte, denn ich plumpste prompt wieder zurück und blieb dort einige Momente sitzen, weil sich alles um mich herum drehte. Als ich das Gefühl hatte, nicht mehr von dem Schwindel niedergestreckt zu werden, versuchte ich erneut aufzustehen. Mit wackeligen Beinen ging ich zur Tür und trat auf den Flur. Ich brauchte kaltes Wasser, um meinen Körper zu beruhigen. Um aufzuwachen. Mittlerweile wusste ich, wo das Bad war. Ich drückte die Klinke hinunter und öffnete die Tür. Als ich erkannte, dass Aiden vor mir stand, erstarrte ich.

Nicht weil ich so überwältigt von ihm war, was definitiv der Fall war, sondern wegen der langen Narben, die sich über seinen gesamten Rücken zogen. Von oben nach unten. Von rechts nach links. Kreuz und quer. Und jede sah schmerzvoller aus als die vorherige. Aiden blickte mich mit ausdrucksloser Miene über den Spiegel an. Als würde er auf meine Reaktion warten. Hatte er erwartet, dass ich bei dem Anblick schreiend davonlaufen würde? Ich hätte mich dafür entschuldigen sollen, dass ich hereingeplatzt war. Oder einfach wieder verschwinden. Doch das fiel mir nicht im Traum ein.

»Wer hat dir das angetan?«, flüsterte ich mit einem solch gewaltigen Zorn in der Stimme, dass mein Rachen brannte. Mein gesamter

Körper war angespannt. Und mein Geist fuhr auf. Innere Unruhe breitete sich aus, und das Bedürfnis, denjenigen zu verletzen, der ihm das angetan hatte, wuchs mit jeder verdammten Sekunde. Er drehte sich um. Jetzt konnte ich die Narben nur noch im Spiegel erkennen. Die Einkerbungen der Striemen schimmerten hell an den Rändern.

»Jemand, um den wir uns keine Sorgen mehr machen müssen«, murmelte er und lachte emotionslos auf. Aiden griff sich das Shirt. Und ging wieder in sein Zimmer. Ich folgte ihm, etwas unsicher auf den Beinen. Er sah mich nicht an, doch ich hörte den besorgten Ton in seiner Stimme. »Wie geht es dir?«, fragte er.

»Mir geht es gut, aber das ist mir gerade egal.« Ich konnte stehen und atmen, und was passiert war, würde ich danach herausfinden. Doch nun ging es um ihn.

»Mir aber nicht, Pumpkin.« Er blickte mich über die Schulter an, rieb sich mit der Hand über das Gesicht und presste seine Lippen aufeinander. Ich konnte die Narben deutlicher erkennen, je näher ich auf ihn zuging. Intuitiv wusste ich, wer ihm das angetan hatte. Für mich stand nur diese eine Möglichkeit im Raum.

»Dein Vater«, murmelte ich und starrte auf Aidens Rücken. Es war klar, dass er sich rückwärts vom Bett entfernt hatte, als ich ihm sagte, dass er kein Oberteil trägt, kurz nachdem er aus seinem Albtraum aufgewacht war. Ich hatte mich gewundert, dass er sich so seltsam verhalten hatte. Doch er hatte nicht gewollt, dass ich die Narben sah.

Aiden bewegte sich nicht mehr. Starrte für einen Moment aus dem Fenster und presste die Kiefer aufeinander. Sein gesamter Körper schien unter vollster Spannung zu stehen, so sehr ballte er seine Hände zu Fäusten. Ich trat auf ihn zu und hob meinen Arm. Dabei war ich mir bewusst, dass Aiden mich wieder über seine Schulter hinweg musterte. Vorsichtig legte ich meine Hände auf seinen Rücken. Er atmete scharf ein und ließ den Kopf hängen.

Ich berührte ihn, ließ meine Finger über die Narben gleiten und fuhr sie nach. Überlegte, mit was man solche Verletzungen verursachen konnte. Er wurde lockerer und die Anspannung wich aus seinem Körper. Seine warme Haut zuckte unter meinen Berührungen. Ein Seufzen entfuhr ihm. Es klang so traurig und verloren, dass sich mein Herz schmerzlich zusammenzog. Ich legte mein Kinn an seinen Rücken und schlang die Arme um ihn. Presste meinen Körper gegen seinen und legte meine Hände auf seinen Bauch. Er ergriff sie und hielt mich fest. Seine Muskeln spannten sich merklich an.

»Es tut mir leid, dass dir das angetan wurde«, sagte ich. Er nickte.

»Mir auch«, antwortete er traurig. Ich war so wütend. Weshalb hätte Armin seinem ältesten Sohn das antun sollen? »Beim ersten Mal war ich noch ein Kind, es war kurz nachdem ...« Er hörte auf zu sprechen und schluckte hörbar.

»... eure Mutter starb?«, vollendete ich seinen Satz. Aiden kniff die Augen zusammen, dabei bemühte er sich sichtlich, nicht zu weinen. Sein Gesicht war verkniffen. Er versuchte seine Emotionen einzuschließen.

»Ja«, krächzte er. Ich machte mich von ihm los und trat vor ihn. Sah in sein verzerrtes Gesicht und legte meine Hände an seine Wangen.

»Es ist okay«, sagte ich zu ihm. Als er seine Augen öffnete und die ersten Tränen über seine Wangen liefen, traf ich auf den Schmerz, der in seinen Augen glitzerte. Wie strahlende Sterne. Eine ganze Galaxie an Trauer, Wut und Schmerz. So viel davon, dass es mich beinahe erschlug.

»Nein, ist es nicht. Ich habe ihm vertraut, geglaubt, dass ich all die Jahre das Richtige tue. Ich habe niemals an ihm gezweifelt. Und sogar seine Bestrafungen entgegengenommen, wenn ich etwas falsch gemacht hatte. Was ich gar nicht getan hatte. Ich dachte, ich wäre nicht gut genug und müsste perfekt sein. Der Vorzeigesoldat. Eine Waffe. Ein verdammter Schoßhund. Doch in Wahrheit war es nur seine verkorkste Vorstellung. Und ich war so dumm, ihm alles recht machen zu wollen. Ich hasse mich dafür, dass ich mich selbst zerstört habe! Und heute ... dort unten habe ich Bücher gefunden über meine Brüder und mich. Dort war alles aufgeschrieben. Seine Gedanken über uns, wie er uns manipulierte und zu seinen Marionetten machte. Doch dort war auch noch ein viertes Buch.« Er schloss die Augen, bevor er weitererzählte.

»Es war das Buch über meine kleine Schwester.«

Ich öffnete den Mund, war jedoch nicht in der Lage, etwas zu sagen. Die Archers hatten eine kleine Schwester? Dann erzählte mir Aiden alles, was er dort gelesen hatte. Von dem Mord an seiner

Schwester bis hin zu dem Punkt, als Armin geschrieben hatte, dass er Aidens Mutter getötet hatte. Als Aiden zu Ende erzählt hatte, sah er mich stumm an.

»Es tut mir leid, dass dein Vater ein solches Ungeheuer war«, murmelte ich und umarmte ihn. Er schloss seine Arme um meine Taille und bettete seinen Kopf auf meiner Schulter. Sein heißer Atem strich über meinen Hals, während ich mit den Fingern über seinen Rücken fuhr. Ich berührte die Narben und spürte, wie sich jede einzelne in meinen Kopf brannte, in der Erinnerung, was für Monster unter uns weilten. Denn die schlimmste Bestie war der Mensch.

»Danke, dass du hier bist, Merope. Ich wüsste nicht, wem ich es sonst erzählen sollte«, flüsterte er.

»Immer«, flüsterte ich zurück. »Willst du es deinen Brüdern sagen?«

»Ja, ich möchte es ihnen erzählen. Aber erst, wenn wir das hier überstanden haben.« Ich küsste Aiden auf die Schulter und fuhr mit meinen Fingern durch seine Haare.

»Weißt du, Aiden, du bist verdammt stark«, murmelte ich an seinen Hals und schloss die Augen. Genoss es, für ihn da sein zu können. Zu merken, dass jemand meine Nähe suchte. Und wirklich brauchte. Wir gaben uns gegenseitig den Halt, den wir allein niemals finden konnten. Ich streichelte seinen Rücken und spürte, wie er zusammenzuckte. »Tut mir leid«, murmelte ich.

»Nein, es ist nur …« Er machte eine Pause. »Ekelt es dich nicht an?«

Verwundert blinzelte ich.

»Deine Narben?«, fragte ich.

Er nickte.

»Nein. Hör auf, so etwas zu denken! Diese Narben zeigen, dass du überlebt hast. Dass du bereits so viel mehr hast durchmachen müssen als andere. Und dass du bereit warst, dich trotz deiner Familie aus dem Käfig zu befreien, in den du bereits als Kind gesteckt wurdest. Du hast einen anderen Weg eingeschlagen und an dir gearbeitet, weil du es wolltest. Deinen Mut hätten nicht viele gehabt. Also schäme dich niemals für die Narben, die dir ein anderer angetan hat und an denen du über dich selbst hinausgewachsen bist.« Er betrachtete mich stumm. Blinzelte mich an. Die Sorge war aus seinen Augen verschwunden.

»Danke.« Mehr sagte er nicht. Er löste sich ein wenig von mir, nur um seine Finger unter mein Kinn zu legen und meinen Kopf anzuheben. »Ich bin froh, dass du da bist«, murmelte er, bevor er mich küsste. Seine Lippen legten sich auf meine, und ich schlang meine Arme um seinen Hals.

Seine Hände lagen auf meinem Rücken und glitten nach unten zu meiner Hüfte. Ich hatte das Gefühl, Aidens Tränen schmecken zu können. Aber vielleicht war das auch nur Einbildung. Er drängte sich mir entgegen, legte seine Hand in meinen Nacken und drückte mich sanft zurück. Er fuhr durch meine Haare, über meine Arme und meine Taille.

Ja, das war es, was ich brauchte. Was er brauchte. Es fühlte sich gut an. Ich konnte mich in den Moment zwischen Aiden und mir fallen lassen. Seine Küsse brachten mich dazu, mehr zu wollen. Seine Hände auf meinem Körper. Aiden trat hinter mich. Ließ seine Hände über mich gleiten. Ich legte den Kopf zur Seite und bot ihm meinen Nacken dar. Mit rasendem Herz wartete ich darauf, was er tun würde. Seine Lippen küssten eine Spur von meinem Ohr bis zur Schulter.

Er saugte an meiner Haut. Dort, wo ich wusste, dass er den rasenden Puls spüren konnte. Ich erschauderte und spürte, wie er mir das Shirt über den Kopf zog. Mit schnellen Bewegungen streifte ich mir die Hose von den Beinen. Seine Augen funkelten vor Vorfreude.

Ich stand nur noch in meiner schwarzen Unterwäsche vor ihm. Er ging in die Knie und legte seine Fingerspitzen federleicht auf meine Waden, strich über sie hinweg. Währenddessen hielt er meinen Blick fest. Ich sah auf ihn herab, wie er vor mir kniete und mich so betrachtete, als wäre ich das, worauf er schon immer gewartet hatte. Er küsste meinen Körper, liebkoste jedes Stückchen ausgiebig, bis er sich erhob und quälend langsam meinen BH öffnete. Strich mit den kühlen Fingerkuppen über meine mit Gänsehaut überzogenen Brüste und küsste mich.

Er schmeckte nach allem, was ich mir wünschte. Ich ließ los. Machte mich von meinen Gedanken frei. Und gab mich dem Moment hin. Dann zog ich an seinem Gürtel, zog ihm die Hose hinunter und grinste. Er löste sich von mir und atmete mir schwer ins Ohr. »Du bist so schön«, raunte er und fuhr mit seiner rechten Hand in meine

Haare, während ich mit meinen Händen nach unten wanderte und ihn zum Stöhnen brachte.

»Du auch«, wisperte ich und betrachtete seine grünen Augen. Das spitzbübische Grinsen in seinem Gesicht und die geröteten Lippen. Spürte die Wärme seines Körpers, während er mit seinen Fingern an dem Bund meiner Unterhose zupfte. Die würde ich als Nächstes verlieren. Seine Finger fuhren unter den Stoff und er tastete sich weiter vor. Ich legte den Kopf in den Nacken und Aiden küsste den Ansatz meiner Brüste. Seine Finger trieben mich in den Wahnsinn. Ich ließ mich von ihm zum Bett führen, während er mich fast besinnungslos küsste. Mein Körper schien in Flammen zu stehen. Er brachte mich zum Brennen. Und ich erkannte, dass ich gern für ihn brannte. Ich hatte nur noch ihn in meinem Kopf. Und ich wollte nur ihn spüren. Überall, wo ich konnte.

Verdammte Axt, Aiden war ausdauernd. Mein Blick lag auf ihm, während er mit seinen Fingern weiterhin über meinen nackten Körper strich. Ich war müde und eine verträumte Atmosphäre lag über uns.

»Du schreist ja doch nicht deinen eigenen Namen beim Sex, wie ich angenommen hatte«, sagte ich. Er gluckste und strich mit seinen langen Fingern über meinen Hals.

»Aber du meinen.« Ich spürte, wie mir die Röte in die Wangen schoss. Sein Grinsen war ansteckend. Beim Anblick seiner verstrubbelten Haare musste ich mich daran erinnern, wie ich meine Finger darin vergraben hatte, während er …

»Junghexe? Lebst du wieder?«, rief Rufus. Ich riss die Augen auf und Aiden setzte sich aufrecht hin.

»Nicht sein Ernst?«, grummelte Aiden und verdrehte die Augen.

»Wo war er überhaupt?«, fragte ich, während ich mir schnell ein Shirt über den Kopf zog.

»Er wollte etwas gegen das Hexenkraut holen, damit es dir besser geht.« Ich sah Aiden ungläubig an, der sich seine Hose anzog. Meinen Blick wandte ich dabei nicht von ihm ab.

»Wie hätte er das bitte transportieren sollen?«, fragte ich neugierig.

»Mit 'nem Rucksack vielleicht?« schlug er vor. Ja klar. »Oder wollte er nur nachsehen, ob ihr noch etwas in der Hütte habt? So genau habe ich dem Kater nicht zugehört.«

»Wenn mir noch einer sagt, dass ihr zwei nicht miteinander geschlafen habt, dann verzichte ich ein Jahr lang auf meinen Thunfisch«, sagte Rufus, der unangekündigt in der Tür stand und uns musterte. Zum Glück hatte Aiden jetzt eine Hose an.

»Hallo, Rufus«, begrüßte ich ihn und zog mir ebenfalls eine Jogginghose an.

»Schön, dass es dir wieder gut geht, Junghexe. Wie geht es dir? Hast du Schmerzen?«

»Äh … nein. Alles gut.« Aiden hatte mir erzählt, dass ich in eine Falle der Jäger gerannt und von Hexenkraut ausgeknockt worden war. Irgendwie hatte ich es in der letzten Zeit mit dem Gift. Ich spürte merklich, wie meine Magie darunter litt.

Ich zog mir die Socken nach oben, was Aiden ein Lachen entlockte.

»Sind das etwa Geister auf deinen Socken?« Er zog ungläubig die Augenbrauen nach oben. Kleine weiße Geister waren in verschiedenen Ausführungen darauf zu erkennen. Es gab einige, die grinsten, andere zogen eine Grimasse.

»Ja, sind es. Hast du ein Problem damit?«, fragte ich bissig.

»Weniger an die Socken denken, sondern mehr an die Arbeit. Ihr habt etwas, richtig?«, fragte Rufus und ich nickte.

»Ja, ich habe das Grimoire des Nekromanten gefunden, konnte es aber noch nicht ansehen, weil dann die lila Wolke auf mich heruntergekommen ist.« Aiden, der jetzt auch ein Shirt trug, trat neben mich.

»Wir wussten nicht, wie lange du das Zeug schon eingeatmet hattest.«

»Lange genug, dass ich meine Zauberkraft kaum noch spüren kann«, murmelte ich und seufzte. Das hatte uns noch gefehlt. Aiden legte eine Hand auf meine Schulter und sah mich eindringlich an.

»Du brauchst einfach nur ein bisschen Zeit.«

»Wir haben nur noch bis Vollmond Zeit. Was ist, wenn es bis dahin noch immer nicht funktioniert?«

»Dann finden wir einen anderen Weg. Aber du brauchst dir absolut nichts vorzuwerfen«, sagte er. Ich nickte und versuchte mich darauf zu konzentrieren, was wichtig war. Endlich ein Ritual zu finden, das mich in die Geisterwelt brachte.

»Habt ihr das Grimoire geholt?«, fragte ich.

»Ja, es liegt in der Bibliothek«, meinte Rufus. Ich ging voraus, der Kater flitzte die Treppe hinunter, und als wir in der Bibliothek angekommen waren, saß er auf dem Tisch und wartete bereits auf uns. Das Buch hatte edle goldene Verzierungen. Es war größer als die Grimoires meiner Großmutter und sah auch deutlich älter aus. Vorsichtig fuhr ich über das Leder und versuchte das Buch aufzuschlagen. Doch es ließ sich nicht öffnen.

»Verdammt. Rufus. Kennst du einen Öffnungszauber«, fragte ich ihn. Er schüttelte den Kopf. Ich zog noch mal daran und es öffnete sich. Es hatte wohl nur geklemmt. »Vergiss es«, murmelte ich und blätterte durch die Seiten. Dort befanden sich viele Rituale, die etwas mit Geistern oder dem Tod zu tun hatten. Neugierig blätterte ich durch die verschiedenen Themen. *Tote durch den Schleier herbeirufen. Geister für Lebendige sichtbar machen.* Und viele weitere solcher Zauber standen dort.

»Das klingt alles ziemlich nach dir«, murmelte Aiden und zog die Brauen gespannt zusammen.

»Ja, ein wenig. Vielleicht kann ich nächstes Mal eure Mutter für euch sichtbar machen. Dann kannst du sie sehen«, schlug ich vor. Aidens Gesicht hellte sich auf und die Freude darin war deutlich zu erkennen.

»Glaubst du, das kriegst du hin?«

Ich hoffte es. Denn ich wollte ihm diesen Wunsch wirklich erfüllen, deshalb würde ich alles dafür tun, um ihm das zu ermöglichen.

»Ich bin 'ne gute Hexe, was denkst du denn?«, sagte ich selbstbewusst, zwinkerte ihm zu und beobachtete, wie er auflachte.

»Gut zu wissen.« Ich sah auf der nächsten Seite nach. Wieder ein anderes Ritual. Alle wirkten ähnlich, doch hatten eine andere Wirkung. Sie waren so spezifisch, dass ich ganz begeistert war, in dem Grimoire zu lesen. Irgendwann blendete ich Rufus und Aiden komplett aus und tauchte in die Welt des Nekromanten ab. Sogar Erfahrungsberichte hatte er niedergeschrieben. Ich las mehr und mehr, versank in den Worten und saugte alles Erdenkliche in mich auf wie ein Schwamm. Bis ich über ein Ritual stolperte. *Das Betreten der Geisterwelt.* Ich tippte mit meinem Finger auf die Überschrift und begann zu lesen.

»Ich glaube, das hier ist es. Hört zu. ›Dieses Ritual ermöglicht es einer Hexe oder einem Hexer, in die Geisterwelt abzusteigen und eine beliebige Anzahl an Begleitern mitzunehmen. Je nach Stärke der Hexe. Dennoch muss man damit rechnen, dass auch die Seelen Magie rauben, wenn man sie aus der Geisterwelt mitnimmt. Vor diesem Ritual sollte man sich genau überlegen, wer hinter den Schleier tritt und wie viele Seelen man mitnehmen möchte. Um den Übergang zur Geisterwelt zu gewährleisten, muss die Hexe oder der Hexer an die Schwelle ihres oder seines Todes gelangen. Erst dann ist es möglich, mit dem dazugehörigen Zauber die Seele von dem Körper zu trennen. Doch wenn es der Hexe oder dem Hexer nicht gelingt, ihre oder seine Seele in die Geisterwelt zu befördern, dann ist sie oder er verloren. Es ist schwierig, die Geisterwelt zu finden und anschließend den eigenen Körper. Außerdem muss die Hexe oder der Hexer die Seelen der Mitreisenden wieder in die passenden Körper setzen. Das heißt, für jede Seele aus der Geisterwelt muss eine Hülle bereitstehen. Auch Skelette können als eine solche fungieren, da sie sich beim Kontakt mit der Seele wieder von selbst zusammensetzen und ihre vorherige Form annehmen.‹«

Aiden pfiff laut, als ich zu Ende gelesen hatte.

»Das heißt also, dass du dich fast umbringen musst, damit du überhaupt die Chance hast, Cats Seele zu finden?«, fasste er das Ritual zusammen.

»Ja, das heißt es«, murmelte ich und las noch einmal von vorn. Ich musste gestehen, dass ich mir Gedanken machte. Mich fragte, was alles schiefgehen könnte. Doch ich musste positiv bleiben. Daran denken, was auf dem Spiel stand. An meine beste Freundin denken. Ich hatte die besten Voraussetzungen für dieses Ritual. Vielleicht kam ich aufgrund meiner Fähigkeiten leichter in die Geisterwelt.

»›Das Ritual muss an einem Vollmond durchgeführt werden, da die Macht des Mondes einen großen Einfluss auf das Gelingen des Zaubers hat.‹« Aiden las noch weitere Ansprüche an das Ritual vor und machte dann ein Bild von der Doppelseite. »Möchtest du das wirklich tun?«

»Das steht nicht zur Debatte. Natürlich werde ich es tun. Sie ist meine Freundin und ich werde sie dort rausholen. Koste es, was es wolle«, meinte ich mit Nachdruck.

»Auch wenn der Preis dein Leben ist?«

»Selbst dann«, sagte ich mit fester Stimme und blickte ihn entschlossen an. Ich würde es mir nicht anders überlegen, und das sollte er ruhig wissen.

Aiden seufzte. »Gut, dann sehen wir zu, dass wir bis zum nächsten Vollmond alles von dieser Liste zusammenbekommen. Wir müssen mit den anderen reden.«

»Ja, das machen wir. Jetzt wird es ernst, Aiden.«

Im Geiste bereitete ich mich darauf vor, zu sterben.

Kapitel 32

AIDEN

Sara tippte mit ihren Fingern auf dem Tisch herum. »Dir ist schon bewusst, dass der Nekromant aufgrund seiner Taten verflucht wurde? Er wurde in etwas Grausames verwandelt.«

Samu räusperte sich. »Manche sagen, er sei gestorben. Andere, dass er so grausam war, dass es sein Fluch ebenso ist. Ich frage mich, in was er verwandelt wurde.«

Rufus maunzte, und ich hätte schwören können, dass er gerade die Augen verdrehte. »Glaubt doch nicht immer alle Schauergeschichten, Junghexen.«

»Das ist schön für ihn. Aber ich bin nicht der Nekromant. Außerdem weißt du nicht, was genau er getan hat, um verflucht zu werden«, erwiderte Merope und nippte an ihrer Tasse. Wir saßen am großen runden Tisch in der Hütte und erzählten den anderen von unserer Entdeckung in dem Grimoire des Nekromanten.

Sogar Alistair saß hier unten. Den Spiegelkristall hatte er bei sich und starrte unentwegt hinein. Seine blonden Haare waren verstrubbelt und der Bart in seinem Gesicht zeugte davon, dass er schon länger nicht mehr unter der Dusche gewesen war. Ich hoffte, dass das bald ein Ende hatte und er endlich wieder ohne Sorgen leben konnte.

Der nächste Vollmond war am 8. November. Das hieß, wir hatten noch ein paar Tage, um alles für das Ritual vorzubereiten. Vor allem Merope musste sich darauf einstellen, in die Geisterwelt einzutreten. Sie wusste nichts von meinem Plan. Denn ich würde sie auf gar keinen

Fall allein dorthin gehen lassen. Das war schon mal sicher. »Was stand da noch bei dem Ritual dabei?«, fragte Alan und runzelte die Stirn.

»Wir brauchen einige Dinge für den Ablauf. Außerdem benötigen wir für die Hülle, in die die Seele wieder eingesetzt werden soll, einen Anker. Das bedeutet, eine Person, die der Seele nahesteht.«

Alistair sah von dem Kristall auf.

»Das ist dann wohl mein Job«, sagte er.

Sie nickte. »Ich brauche jemanden, der mich mit seiner Magie durch das Ritual führt.« Samuel räusperte sich augenblicklich. Als bestünde kein Zweifel, dass er das tat.

»Du kannst auf uns zählen, auch wenn ich die Idee für waghalsig halte«, meinte Sara.

»Ja, das verstehe ich. Aber nenn mir eine andere Möglichkeit, Cat wieder zurückzuholen.«

»Ja, du hast recht, das verstehe ich auch. Trotzdem mache ich mir Sorgen um dich, obwohl das Ritual noch nicht mal angefangen hat«, lenkte Sara nach einigem Zögern ein.

Meropes Blick ging zu mir und ich betrachtete sie eingehend. Ihre Brauen waren zusammengezogen und eine tiefe Furche hatte sich auf ihrer Stirn gebildet. Sie wirkte sehr nachdenklich und schien ein wenig abwesend zu sein.

»Dann tut alles in eurer Macht Stehende, um mich bei dem Ritual so gut wie möglich zu begleiten«, sagte sie fest entschlossen, bevor sie aufstand und nach oben ging. Ich wartete einige Augenblicke, dann folgte ich ihr und blieb vor ihrem Zimmer stehen. Ich merkte schnell, dass sie nicht dort war, sondern bei Cat. Vorsichtig klopfte ich an, bevor ich die angelegte Tür ein wenig weiter aufschob. Meropes Augen waren tränenverschleiert. Ich sah sie nur abwartend an. Denn ich hatte das Gefühl, dass sie diejenige war, die etwas sagen wollte.

»Was ist, wenn ich es nicht schaffe? Wenn ich sie nicht rechtzeitig herausholen kann, wenn ich sie verliere?« Ihre verzweifelte Stimme bohrte sich in meinen Gehörgang wie ein Akkuschrauber, den man dort befestigt hatte. Ich wollte nicht, dass sie sich so anhörte. So klein und schwach. Denn das war sie nicht.

»Jedem hier in dieser Hütte ist bewusst, dass du dein Bestes geben wirst. Und ich glaube fest daran, dass du es schaffst«, sagte ich. Sie legte ihre Hand auf Cataleyas Arm.

»Stell dir vor, weder ich noch sie kommen da raus«, murmelte sie.

»Aber das wird nicht passieren«, sagte ich und trat neben sie, legte meine Hand auf ihre Schulter und drückte sanft zu. Sie schloss die Lider und ergriff meine Finger mit ihren.

»Das werden wir noch sehen«, sagte sie und wandte sich ihrer Freundin zu.

»Möchtest du etwas trinken? Oder brauchst du etwas zu essen?«, fragte ich sie und ging wieder zur Tür. Sie schüttelte den Kopf.

»Nein, aber vielleicht ein bisschen Zeit allein wäre ganz schön.« Ich nickte und trat auf den Gang hinaus.

»Wenn du etwas brauchst, dann ruf einfach nach mir. Ich werde sofort da sein.« Mir war wichtig, dass sie das wusste. Sie sah mich noch einmal an und nickte.

»Danke schön.«

»Nichts zu danken«, erwiderte ich und schloss die Tür hinter mir.

Dann ging ich wieder hinunter in die Küche, in der alle saßen. »Wenn Merope in die Geisterwelt geht, werde ich mit ihr gehen«, verkündete ich. Die anderen hoben ihre Blicke und starrten mich nach meiner Verkündung an.

Für einige Momente sagte keiner etwas, bevor Alan das Schweigen brach. »Bist du dir sicher? Das wird ganz schön gefährlich. Außerdem kennst du die Risiken nicht. Du bist normal. Kein Hexer, du trägst keine Magie in dir. Was ist, wenn deine Seele einfach drübenbleibt und du nicht mehr wegkannst?«

Ich nickte. »Ich weiß, dass es gefährlich wird, aber ich lasse sie dort nicht allein hin. Außerdem wird jeder von euch gebraucht. Ich werde sie vor Ort unterstützen, wo ich nur kann.«

Samuel und Sara musterten mich mit zusammengekniffenen Augen, als würden sie abschätzen wollen, ob ich es wirklich ernst meinte. Doch das tat ich. Ich wollte nicht, dass sie allein dort hinunterging und sich der Gefahr ohne jemanden an ihrer Seite stellte. Ich mochte sie. Viel zu sehr, als dass ich sie verlieren könnte.

»Da ich davon ausgehe, dass Merope nichts von deinem Vorhaben weiß, wäre es besser, wenn wir ihr nichts erzählen«, sagte Sara. Ich nickte ihr zu und Samuel stimmte ein. Meine Brüder beobachteten das Gespräch still. Ich spürte ihre bohrenden Blicke überdeutlich auf mir. Sie schienen ebenso wie Sara und Samuel abzuschätzen, ob ich es ernst meinte.

»Ganz genau.«

»Gut. Ich finde es toll, dass du uns helfen willst. Vor allem, dass du mit in die Geisterwelt gehst«, meinte Samuel und nickte mir anerkennend zu.

»Was will man machen? Ich könnte auch auf eine langweilige Art und Weise sterben. In der Geisterwelt hört sich doch ganz spannend an.«

Sara lachte. Doch meine Brüder bedachten mich mit besorgten Blicken. Mein Entschluss stand fest, und daran würde sich nichts mehr ändern.

Kapitel 33

VOR EINIGER ZEIT ...

»Du hast meine Befehle nicht befolgt, Aiden.« Mein Vater und ich befanden uns in dem leeren Raum, der an sein Büro angrenzte. Hier kam ich nur zu einem bestimmten Zweck hinein. »Du bist der Älteste. Es ist egal, was deine Brüder tun. Du musst makellos sein«, sagte er mit angespannter Stimme. Ich hatte die Hexe nicht vor ihren Kindern töten wollen. Eigentlich hatte ich sie gar nicht töten wollen. Ich hatte nichts falsch gemacht. Doch in seinen Augen war ich unfähig. Durch das Töten, den Rausch, den es angeblich auslöste, sollte ich vergessen, was mit Emery gesehen war. Doch es würde nicht funktionieren. »Hast du verstanden?«

»Ja, Vater«, murmelte ich und schluckte. Traute mich nicht, ihm in die Augen zu blicken, weil ich dort die Boshaftigkeit erkennen würde, die mich verunsicherte.

»Hast du verstanden?«, fragte er lauter und griff grob nach meinem Kopf. Er zwang mich, ihn anzusehen. Weil er wusste, dass ich Angst hatte. Und das war etwas, was er nicht duldete. Angst war Schwäche. Und die, die schwach waren, wurden eliminiert.

»Ja, Vater«, sagte ich mit fester Stimme, in der Hoffnung, dass sie nicht zittern würde. Doch das tat sie. Vaters helle Augen blickten mich zornig an und die Ader auf seiner Stirn pulsierte. Ich presste meine Lippen fest aufeinander. Dann holte er aus und schlug mir mit der Faust ins Gesicht. Ich wurde so hart getroffen, dass ich auf den kalten Marmorboden fiel. Der Geschmack von Blut machte sich in meinem Mund breit und ich spuckte auf den Boden. Meine Wange war taub und kribbelte. Ich bekam panische Angst, doch wenn ich sie ihm zeigte, würde er weitermachen, bis ich nichts mehr von mir gab. Er griff in meine Haare und zog mich hoch. Alles drehte sich, doch ich ließ es zu. Wehrte mich nicht, denn das hatte keinen Sinn. Es würde nichts verändern, sondern nur verschlimmern.

»Du bist eine Schande. Ich war der älteste meiner Brüder, und ich war makellos.« Er zog mein Gesicht an seines heran und ich konnte den Whiskey in seinem Atem riechen. Er biss sich in meine Nase. »Du wirst niemals so gut sein wie ich«, knurrte Vater. Er trat zurück und deutete auf mich. Mein Körper war steif. Eingefroren. Aus Angst, mich falsch zu bewegen. »Zieh dein Shirt aus«, flüsterte er und betrachtete mich eingehend. Die Vorfreude strahlte in seinen Augen. Ich zögerte nicht. Auch wenn mein Körper es wollte.

»Ja, Vater«, sagte ich gehorsam mit fester Stimme. Ich ließ das Shirt fallen. Das Geräusch glich einem Bombeneinschlag. So klang es für mich. Ich versuchte meinen Atem zu kontrollieren und meinem Körper zu befehlen, keinen Schweiß zu produzieren. Keine Angst zulassen. Egal wie. Um jeden Preis.

»Du weißt, wer nicht perfekt ist, wird bestraft. Und du bist weit entfernt davon. Das hier wird dir eine Lehre sein«, murmelte er und holte etwas aus seiner Hosentasche. Es schnalzte und innerlich zuckte ich zusammen. Bekam keine Luft, doch zwang mich dazu, weiter zu atmen und keine Regung zu zeigen. Ich würde das hier überleben. Dafür musste ich nur das hier überstehen. Ich blickte nicht auf seine Hand, weil ich das, was darin lag, nicht betrachten wollte. »Es wird dir doch eine Lehre sein, oder?«, fragte er mich. Ich starrte ihn an. Rang mich dazu durch, ihm zu antworten.

»Ja, Vater«, sagte ich. Kein Zittern, kein Beben belegte meine Stimme. Sie war kalt und gehorsam.

»Gut. Wie schön, dass du selbst erkennst, dass dir diese Strafe zusteht.« Er grinste und umkreiste mich. Wie ein Tier seine Beute. Ich stand aufrecht. Starrte an die Wand und versuchte meinen Geist abzuschalten. Mich selbst auszusperren, damit ich nicht so viel fühlen würde. »Ich würde sagen, zwanzig reichen.« Mir wurde schlecht. Noch bevor ich ein weiteres Mal Luft holen konnte, ertönte der erste

Schlag. Zuerst spürte ich nichts, bis mein Rücken in Flammen stand. Ich fühlte, wie meine Haut aufriss, die Peitsche sich mit erheblicher Wucht in das Fleisch schnitt. Kühles Blut lief hinunter und tropfte auf den Boden. Das war der erste. In meinen Augen brannten Tränen, doch kein Laut war über meine Lippen gekommen. Sonst würden es mehr werden.

»Du bist nicht gut genug.« Zweiter Schlag.

»Eine Schande für die Familie Archer.« Dritter Schlag.

»Du musst besser sein als deine Brüder.« Vierter Schlag.

»In unserer Familie gibt es keine Schwäche.« Fünfter Schlag. Stumme Tränen liefen über meine Wangen, während ich meinem Vater dabei zuhörte, wie schlecht ich sei.

»Du wirst niemals gut genug sein!« Sechster Schlag. Es ging immer so weiter, und irgendwann hörte ich nicht mehr wirklich zu. Da war nur noch lautes Rauschen. Mein Blick war auf die Wand gerichtet. Ich hatte keine Ahnung wieso, aber nun kniete ich vor meinem Vater, während er einen Schlag nach dem anderen auf meinen Rücken niedersausen ließ. Mein Körper stand in Flammen und der Schmerz zog sich durch all meine Nerven, doch ich sagte nichts. Gleich würde es zu Ende sein. Ich hatte es beinahe geschafft.

»Wenn du dich nicht anstrengst, werde ich das nächste Mal nicht nur dich bestrafen.« Mein Herz stolperte aus dem Takt, als ich verstand, was er damit sagen wollte. Er würde meine Brüder das nächste Mal dieser Strafe unterziehen. Bis jetzt hatte er sie in Ruhe gelassen. Ich war derjenige, der die Strafen abbekam. Nicht sie. Und das sollte auch so bleiben. »Merk dir das! Ich hoffe, du wirst mich nicht enttäuschen«, sagte er und ich blinzelte.

»Lass mich bei der nächsten Mission selbst eine jagen, ich werde dir die Leiche auf den Scheiterhaufen zerren.« Ich würde irgendeine Leiche nehmen, die herumlag. Hoffentlich schaffte ich es unbemerkt.

Vater nickte. Ich presste die Lippen fest aufeinander, als ich merkte, dass Vater seinen Arm hob. Dann kam der letzte Schlag und plötzlich wurde alles schwarz.

Ich öffnete die Augen und erkannte, wo ich war. Auf dem Innenhof der Lagerhalle. Mein Vater hob die Waffe und zielte auf … Alan. Meinen kleinen Bruder. Ich erstarrte, hörte den Knall und sah, wie sich eine Person vor ihn schob. Und gleich darauf zu Boden ging. Levi fiel, Cora schrie markerschütternd. Und während jeder zu Levi eilte, rannte ich auf meinen Vater zu, der gerade versucht hatte, meinen Bruder zu töten. Sein Kind! Ich riss ihn zu Boden und schlug auf ihn ein. Er wehrte sich, während er lachte.

»Du wirst mich nicht aufhalten können«, sagte Vater, als er mich von sich stieß und mir einen Tritt in den Magen verpasste. Doch das musste ich. Denn mir wurde klar, dass meine Brüder niemals vor ihm sicher sein würden. Er wollte einen von uns töten. Umbringen. Seine Kinder, weil wir nicht nach seiner Pfeife tanzten.

»Und du wirst uns das letzte Mal herumkommandiert haben«, erwiderte ich und stürzte mich erneut auf ihn. Schlug auf ihn ein. Blind vor Wut und getrieben von den schmerzerfüllten Schreien in meinem Ohr. Er raubte unser Leben. Unterjochte uns seinen Vorstellungen, und er würde nicht damit aufhören. Nun war er bereit, einen von uns zu töten. Mit dieser Angst hatte ich seit Jahren gelebt. Er konnte mich haben. Doch meine Brüder nicht. Als James uns töten wollte, hatte ich die beiden vorgeschickt, weil ich Angst davor hatte, meinen eigenen Namen zu nennen. Obwohl ich selbst als Erstes an der Reihe sein wollte, damit es endlich zu Ende war. Es war ein Moment der Schwäche. Doch ich hatte gelernt, sie nicht zuzulassen, sondern einzusperren.

»Du bist nicht stark genug, Aiden. Selbst nach den ganzen Lektionen und Bestrafungen bist du noch immer ein Schwächling. Du Nichtsnutz«, maulte Vater. Er lachte und lachte. Da wurde mir klar, dass ich niemals gut genug für ihn wäre. Und dass wir ewig in Angst vor ihm leben mussten. Und das würde ich uns nicht antun. Wir hatten etwas Besseres verdient als ein Leben voller Furcht. Vater lachte mich aus, während ich auf ihn einschlug. Er dachte, ich würde ihm nicht mehr antun, doch da irrte er sich. Denn das Leben meiner Brüder stand über seinem. Ich zog meine Jägerklinge und schlitzte ihm die Kehle auf, so wie er es bei Hunderten, wenn nicht sogar Tausenden Hexen getan hatte. Ich sah das Blut, wie es aus seinem Hals spritzte, und fühlte Hoffnung in mir aufkeimen. Es war makaber. Der Duft nach Freiheit drang in meine Nase. Vielleicht würden wir frei sein. Endlich frei. »Aiden?«, fragte er mich mit weit aufgerissenen Augen und griff sich an den Hals. »Was hast du getan?« Ich stand auf und blickte auf ihn hinunter, wie er mich ungläubig anstarrte und leicht den Kopf schüttelte. Das Gurgeln, gemischt mit dem Kreischen von Cora, war ein Geräusch, das sich für immer in mir festsetzen würde.

»Ich war stark, Vater«, sagte ich mit Tränen in den Augen. Als er sich nicht mehr bewegte, blickte ich gen Himmel und schloss die Lider. Ja, ich konnte es spüren. Die Schuld und Freiheit, ein bittersüßer Geschmack auf meiner Seele, der sich über meinen Geist legte.

Jemand rüttelte mich an der Schulter und ich atmete erschrocken ein. Blinzelte und erkannte Dunkelheit um mich herum.

»Aiden«, sagte eine Stimme und ich sah grüne Funken, die an mir vorbeiflogen. Ich realisierte, zu wem sie gehörten.

»Pumpkin?« Dann erkannte ich ihr Gesicht, das durch ihre Hände beleuchtet wurde. Sie blickte mich an. Beugte sich über mich und wischte mir die Tränen von den Wangen. »Habe ich dich geweckt?«, fragte ich mit rauer Stimme.

»Du hattest ... eine Erinnerung.«

Ich musste lächeln, weil sie nicht mehr Albtraum sagte. »Tut mir leid.«

Sie legte ihre warmen Handflächen an meine Wangen. »Nicht entschuldigen.«

Ich nickte ihr zu. Zog sie zu mir herunter und umarmte sie. Schloss sie in meine Arme und hielt sie fest. Klammerte mich an sie.

»Möchtest du reden?«, fragte sie an meinem Ohr. Ich biss auf meine Lippe und überlegte. Wollte ich? Keine Ahnung. Doch diese tiefe Traurigkeit in mir schmerzte wie ein Messer in der Brust.

»Ich habe meinen Vater getötet.« Kaum hatten die unerwarteten Worte meinen Mund verlassen, zitterte ich. Ich hatte diesen Satz nie ausgesprochen, weil ich Angst davor hatte, wie real es sich anhören würde. »Er ist tot, weil ich ihn getötet habe«, stellte ich klar. Merope strich über meine Arme und zog mich hoch. Wir saßen aufrecht im Bett. Sie ließ sich auf meinen Schoß nieder und legte ihre Hände an meinen Rücken. Berührte meine Haut. Die Narben. Sofort erinnerte ich mich wieder an meine Bestrafungen.

»Das weiß ich.«
»Ich bin ein schrecklicher Mensch.«
»Weshalb hast du es getan?«
Ich runzelte die Stirn. »Warum?«, fragte ich nach. Sie nickte. »Weil er meinen Brüdern wehtun wollte. Bereits vor Jahren. Und als er Alan erschießen wollte, da musste ich es tun. Wir wären niemals sicher vor ihm gewesen. Und hätten niemals ein normales Leben führen können. Es hätte immer nur Druck, Gewalt und Tod gegeben. Ich wollte so sehr dort heraus. Den Bestrafungen entgehen …« Meropes Finger fuhren über meine Narben und ich stockte. Ich sah ihren fragenden Blick. »Eine Peitsche. Wenn ich nicht seinen Anforderungen entsprochen habe, war das die Strafe dafür. Zwanzig. Manchmal mehr. Und ich wusste, dass es niemals enden würde, wenn ich nicht zu dem wurde, was er wollte. Wenn ich die Hexen nicht tötete, würde er mich wieder betrafen und irgendwann auch meine Brüder. Deshalb musste ich es vertuschen.« Meine Stimme zitterte und brach gegen Ende. Merope küsste meine Wange und hielt mich fest.

»Es tut mir so leid. Niemand ist so schlecht, um so etwas durchmachen zu müssen.« Sie stockte und runzelte die Stirn, wobei sie sich ein wenig zurücklehnte, um mich besser betrachten zu können. »Was denn vertuschen?« Ich schluckte. Vielleicht war der richtige Moment gekommen.

»All die Hexen, die ich in den Augen meines Vaters getötet habe, leben. Sie sind niemals gestorben. Ich habe sie vor ihrem Schicksal bewahrt.« Mir schnürte sich die Kehle zu, als ich all die Erinnerungen wieder heraufbeschwörte, die ich weggesperrt hatte, um meine Rolle bestmöglich spielen zu können. All die Frauen, die mich mit großen Augen angeblickt hatten und in den Wäldern verschwunden waren.

»Was?«, hauchte Merope. Ihre Augen waren geweitet, Tränen schimmerten darin. »Du hast keine Hexen getötet?«

Ich schüttelte den Kopf und ein erleichtertes Lachen kam über meine Lippen. »Niemals. Keine einzige.« Merope schluchzte auf und blinzelte, als könnte sie nicht wirklich fassen, was ich gerade gesagt hatte.

Vielleicht realisierte ich es selbst nicht. Denn ich hatte es nie zuvor ausgesprochen. Zuvor war ich allein mit mir und meinen Gedanken, meinen Geheimnissen gewesen. Nun hatte ich Merope, mit der ich diese teilen konnte. Sie hörte mir zu, war für mich da. Gab mir das Gefühl von Geborgenheit.

»Und damals auf der Lichtung, da wollte ich dich gar nicht dorthin bringen. Ich wollte dich nicht töten«, gestand ich und schüttelte den Kopf. »Aber Troy war in der Bibliothek dabei und hat dich auch gesehen. Wenn er dich zuerst entdeckt hätte, wärst du sein Opfer geworden. Aber ich musste dich mitnehmen, ansonsten hätte er Fragen gestellt. Ich hätte dich lebend von der Lichtung bekommen, aber dann kam Cat.«

»Wieso hast du mir nichts davon erzählt?«

Ich runzelte die Stirn, überlegte, versuchte die richtigen Worte zu finden.

»Ich habe mich an das Gefühl gewöhnt, der Böse zu sein. Der Mörder. Irgendwann habe ich nicht mehr darüber nachgedacht, dass ich eigentlich viel mehr als das bin.«

»O Aiden. Ich kann dir nicht sagen, wie leid es mir tut, dass ich dir all diese Hexenmorde vorgeworfen habe. Aber warum hast du nichts gesagt?«

»Weil ich wusste, dass du mir nicht glauben würdest. Keiner hätte das.« Sie verzog die Lippen und nickte.

»Das ist möglich, aber warum sagst du es mir dann jetzt?«

»Weil du hier neben mir liegst, du dich um mich sorgst, weil du mich magst, obwohl du dachtest, dass ich Hexen getötet habe.«

»Du hast dich verändert. Das Jägerverhalten war weg und du hast versucht, dich zu bessern.«

»Nein, ich habe versucht, ich selbst zu sein. Der wahre Aiden, den ich unter meiner Rolle als Hexenjäger Aiden Archer aufgebaut habe.«

»Wie hast du es angestellt?«

»Was meinst du?«

»Wie hast du deinem Vater vorgespielt, dass du ihm treu ergeben bist? Wie hast du die Hexen am Leben gehalten?«

Ich runzelte die Stirn und schluckte. »All die Jahre habe ich diese Fassade getragen, sie aufgebaut, bis sie eine uneinnehmbare Festung wurde, und nun soll ich die Zugbrücken hinunterlassen? Um was zu tun?«

»Dir helfen zu lassen die Fassaden einzureißen. Damit du endlich der sein kannst, der du eigentlich bist.« Merope umschloss meine

Wangen mit ihren Händen und zog mich näher zu sich. »Damit du leben kannst. Dein Leben, nicht das einer Ideologie.«

Ich sah in ihre bernsteinfarbenen Augen und erkannte darin Hoffnung. Für mich, für sie, für uns.

»Okay.« Ich begann zu erzählen, von allem. Jedem kleinen Detail, das mir einfiel. Bis ich schlussendlich die Geschichte meines Lebens erklärt hatte. Keine Geheimnisse waren verborgen geblieben. Merope wusste von allem. Sie kannte jede Furcht, jeden Traum, jede Faser meiner Seele.

Ihr Blick war hellwach.

Der Ausdruck in ihrem Gesicht hatte sich während meiner Erzählung in die verschiedensten Emotionen gewandelt. »Wissen deine Brüder davon?«

»Nein, ich habe ihnen nie davon erzählt.«

»Vielleicht solltest du das. Dringend.«

Ich überlegte, ließ mir ihre Worte durch den Kopf gehen und horchte in mich hinein. »Was, wenn sie mir nicht glauben?«

»Das werden sie, ich tue es auch.«

»Kannst du mir verzeihen?«, fragte ich Merope und sah sie abwartend an.

»Was meinst du denn?«

»Die Sache mit meinem Vater. Dass ich ihn getötet habe. Ich habe einen Menschen getötet. Meinen eigenen Vater. Ich bin ein Mörder. Kann man das verzeihen? Kannst du mir das verzeihen?«

Merope schüttelte den Kopf.

»Ich sehe den Grund, den Schmerz, den er dir zugefügt hat. Den Käfig, den er um euch, um *dich* errichtet hatte. Jemanden zu töten ist nichts, was leichtfertig passiert, und wenn du dir keine Gedanken darüber machen würdest, dann wärst du wie er. Die wichtigere Frage ist eher, kannst du dir selbst irgendwann verzeihen?«

»Ich habe keine Ahnung«, gab ich zu. Ich dachte an meinen Vater.

»Dann gib dir Zeit, um dir darüber bewusst zu werden. Früher oder später wirst du eine Antwort bekommen, und solange bin ich an deiner Seite.«

Ich betrachtete diese wunderschöne Frau, die auf meinem Schoß saß und mich anhörte. Mir das Gefühl vermittelte, wichtig zu sein und dass meine Gefühle eine Daseinsberechtigung hatten. Das kannte ich nicht. Es war erleichternd zu wissen, dass jemand da war, der sich um einen kümmerte. »Und ja, ich kann dir verzeihen. Und ich kann dich lieben.« In meinem Herzen explodierte etwas. Freude, Erleichterung und so viel mehr. Wenn Merope dazu bereit war, mir eine zweite Chance zu schenken, konnte ich sie mir vielleicht auch selbst geben. Ich küsste sie, zog sie ein wenig zu mir herunter und hielt mich an ihr fest. Als ich wieder die Augen öffnete, grinste sie. Einige Sekunden lang herrschte Stille, in der wir uns nur betrachteten.

»Danke, dass du mir zugehört hast. Danke, dass du da bist.«

»Das wird ab jetzt nicht mehr anders sein.« Ihre Augen fielen ihr immer wieder zu, sie versuchte mit angestrengtem Blinzeln der Müdigkeit entgegenzuwirken.

»Du kannst auch gern eines der anderen Zimmer benutzen, wenn du schlafen möchtest. Ich wollte dich nicht aufwecken«, bot ich ihr an. Merope schüttelte den Kopf.

»Warum, willst du mich etwa loswerden?«, fragte sie und schmunzelte.

»Nein, aber ich möchte dich nicht noch mal wecken.«

»Ich war sowieso gerade wach«, murmelte sie und sah weg.

»Geht's dir nicht gut?«, fragte ich alarmiert und betrachtete sie eingehend. Merope schüttelte den Kopf.

»Nein, ich habe mir nur Gedanken gemacht über … na ja, alles. Außerdem habe ich unten vor dem Fenster einen streunenden Geist gesehen.«

»Hat er irgendetwas gemacht?«, fragte ich.

»Nein, hat er nicht, trotzdem konnte ich danach nicht mehr schlafen. Geister machen mir Angst«, sagte sie. Ich wollte schon grinsen, als ich erkannte, dass sie das komplett ernst meinte. Sie hatte wirklich Angst vor Geistern.

»Wieso das?«, fragte ich.

»Sie sind tot, und außerdem hasse ich Horrorfilme.«

»Was hat das denn damit zu tun?«, fragte ich und legte meinen Kopf ein wenig schief.

»Weil es sich so anfühlt, wenn ein Geist vor deinem Bett steht. Jedes Mal bleibt mein Herz fast stehen. Ernsthaft, das ist kein Spaß. Und teilweise wissen sie nicht, wie sie heißen und reden wirres

Zeug. Denken, dass ich ihnen helfen kann, wobei ich noch nicht einmal weiß, wie ich meine eigenen Kräfte richtig benutzen soll. Es ist keine Fähigkeit, die ich mir ausgesucht hätte.« Sie knetete ihre Hände, die weiterhin glühten und unsere Gesichter erhellten. »Es tut mir leid, dass du damit auf dich allein gestellt bist«, sagte ich und strich über ihren Rücken. Schob meine Hände unter das Shirt und fuhr ihre Wirbelsäule entlang. Ich bemerkte, dass sie erschauderte und die Augen schloss. »Das nächste Mal, wenn ein Geist kommt, bin ich an deiner Seite. Zwar kann ich nicht viel ausrichten, aber für dich da sein«, sagte ich. Sie lächelte traurig und nickte.

»Danke.«

»Das tue ich liebend gern, Pumpkin.« Vielleicht waren wir dazu bestimmt gewesen, uns zu finden. Zwei kaputte Seelen, die sich gegenseitig ergänzten. Und einander Halt gaben, weil sie wussten, wie hart es allein war.

VOR EINIGER ZEIT …

»Alistair, wir müssen sie töten! Du kannst nicht mit ihr zusammen sein«, sagte ich zu meinem jüngeren Bruder, der mich wütend anstarrte.

»Nein, werden wir nicht, denn nur weil sie eine Hexe ist, heißt das nicht, dass sie böse ist!«, erwiderte er. Das wusste ich. Doch es war zu gefährlich für Alistair, ich wollte nicht wissen, was *er* mit ihm machen würde, wenn er davon erfuhr. Dasselbe wie mit mir? Das durfte nicht passieren. Cat musste sterben, um meinen Bruder zu schützen.

»Jede Hexe muss getötet werden.«

Musste sie nicht.

Ich hasste es zu sehen, wie die meisten Hexen bei unseren Missionen starben. Die Hexen, die ich jagte, verschwanden immer. Entweder die Leichen fielen mir in den Fluss, waren in einem Gebäude, das niederbrannte, oder stürzten einen Abhang hinunter. Die Leichen waren nie zu finden. Weil es sie nicht gab. Es war nicht schwer, in dem Tumult Hexen verschwinden zu lassen. Immerhin hatte ich ein paar Jahre

Erfahrung darin. Wenn Vater das mitbekommen würde, dann würde ich einen grausamen Tod sterben und niemand würde meine Brüder beschützen. Sie vor dem bewahren, was Vater war. Ein abartiges Monster. Doch nur solange ich die Fassade als perfekter Sohn aufrechterhielt, würde mir keiner dabei über die Schulter gucken, wie ich eine Hexe jagte und ob es wirklich ihre Leiche war, die ich zum Scheiterhaufen schleppte, oder nur irgendeine, die herumlag.

Mir war aufgefallen, dass die Jäger teilweise nicht darauf achteten, welche Hexe sie töteten. Das Einzige, an was sie sich erinnerten und woran sie sich erfreuten, waren die Schreie und das Gefühl der Macht. Mehr nicht.

»Ich verstehe nicht, wie du noch immer so hinter Vater stehen kannst! Es ist widerlich, was unsere Familie getan hat! Was sie weiterhin tut. Kannst du es denn nicht sehen? Cat ist kein schlechter Mensch, sonst wäre ich nicht mit ihr zusammen.« Alistairs Augen waren feucht und sein Gesicht war rot vor Anspannung. Ich wusste, wie er sich fühlte. Seine Cat war meine Emery, doch er war wichtiger. Mein Bruder durfte nicht verletzt werden und nicht für den Verrat, den er in den Augen der Bruderschaft beging, getötet werden.

»Es ist unser Vermächtnis«, leierte ich die Worte herunter, die Vater von uns erwartete. Die ich von mir erwartete, damit meine Fassade aufrecht blieb.

»Fick dich, Aiden. Wenn du sie tötest, musst du mich auch umbringen«, brüllte Alistair, ging aus dem Zimmer und knallte die Tür zu. Ich schluckte, blieb ein paar Momente starr stehen, bevor das betäubende Gefühl des Versagens nachließ und sich der Schmerz in der Brust breitmachte. Ich wollte nicht diese Beziehung zu meinen Brüdern. Doch ich hatte sie selbst gewählt.

Das Bild von Mom stand auf dem Schreibtisch und ich griff danach. Strich mit dem Daumen über ihr Gesicht.

»Ich wünschte, du wärst hier bei mir. Du würdest wollen, dass ich auf Alan und Alistair aufpasse. Immerhin bin ich der Älteste. Hoffentlich mache ich das Richtige. Vielleicht wärst du stolz auf mich.« Salzige Tränen liefen meine Wangen hinab und ich wischte sie mir schnell weg. Mein Leben war voller Verzweiflung, Tarnung und Furcht. Ich wusste, dass irgendwann der Moment gekommen war, ab dem es so nicht mehr weitergehen konnte. Die Frage war nur: Was würde dann passieren? Würde ich meine Brüder retten können vor all den Gefahren? Würde ich meinem Leben früher oder später ein Ende setzen, weil ich es nicht mehr aushielt, für sie der Böse zu sein? Obwohl es das Letzte war, was ich wollte. Würden wir alle sterben?

Kapitel 34

MEROPE

In den letzten Tagen hatten wir alle nötigen Vorbereitungen getroffen, damit wir heute das Ritual des Nekromanten durchführen konnten. Dabei war ich oft bei Aiden gewesen. Sehr oft. Und ich hatte die Zeit bei und mit ihm sehr genossen. Meinen Eltern hatte ich nicht gesagt, was wir vorhatten. Sie hätten mich davon abgehalten, auch wenn es verboten war, sich in die Angelegenheiten der anderen Zirkel einzumischen. Ich denke, da hätten sie einen Schlussstrich gezogen. Das wollte ich nicht, deshalb wussten sie nichts. Ich hoffte, dass ich sie wiedersehen würde. Sara und Samuel hatten mit mir zusammen den Zauber für das Ritual gelernt. Ich musste mich darauf vorbereiten, so nah an den Rand des Todes zu gelangen wie es nur ging und dabei nicht die Konzentration zu verlieren.

»Bist du bereit?«, fragte Sara, die neben mich getreten war. Ich blickte auf den See, vor dem wir standen. Der Vollmond spiegelte sich darin und erhellte die Nacht. Das silbrige Licht berührte mein Gesicht und ließ es noch bleicher erscheinen als zuvor. Alistair hatte Cat auf seinen Armen. Wenn ich ihre Seele zurückholen konnte, dann musste ihr Körper hier sein und auf mich warten. Der Trank, den wir ihr gegeben hatten, wirkte nicht mehr so wie beim ersten Mal. Er ließ nach und konnte Cats Körper nicht mehr lange stabilisieren. Es war uns bewusst, dass das passieren würde, doch zu realisieren, dass es jetzt um alles ging, war heftig.

»Ja.« Sara nickte mir zu. Dann sah ich noch mal zu Aiden, der mich mit einem aufmunternden Blick bedachte. Ich ging zu ihm und umarmte ihn. Sog seinen Duft ein und schloss die Augen. Spürte die Wärme seines Körpers.

»Du schaffst das, Merope«, wisperte er gegen meine Haare und drückte mir anschließend einen Kuss auf die Stirn. »Wenn du wieder heil zurückkommst, dann bekommst du einen richtigen Kuss.« Ich musste grinsen.

»Das ist ja mal 'ne Motivation«, erwiderte ich.

»Finde ich auch«, flüsterte er. Dann gab er mich frei. Samuel sah auf die Uhr.

»Noch zwanzig Minuten, dann steht der Mond am höchsten. Du kannst schon mal reingehen.« Ich nickte ihm zu und legte meine Lederjacke ab. Ich machte den ersten Schritt in das Wasser und wäre am liebsten wieder umgekehrt. Es war eiskalt. Sofort begannen meine Zähne zu klappern. Ich ließ mich weiter ins Wasser gleiten, bis es mir zum Bauch reichte, dann legte ich mich hin. Spürte, wie die Nässe meinen Körper überzog und mein Blut ins Stocken brachte. Die stechende Kälte an meiner Kopfhaut fühlte sich an, als würden Tausende kleine Nadeln in meinen Schädel stechen. Ich musste sterben. Na ja, fast zumindest. Als ich meinen Blick nach oben richtete, erkannte ich den Mond. Er leuchtete so schön, erhellte mein Gesicht und ließ mich positiv denken. Ich war schon immer ein Kind der Nacht gewesen. Der Mond hatte mich bereits früh fasziniert.

»Okay, Merope. Wir fangen an«, sagte Sara. Ich schielte zu Cat, die in Alistairs Armen lag, und nickte. Jetzt würde ich sie zurückholen. Ja, ich war bereit. Ich schloss die Augen und konzentrierte mich auf meinen Geist, versuchte alles um mich herum auszublenden. Außer den Zauber, diesen sprach ich in meinen Gedanken. Sara und Samuel berührten mit ihren Händen das Wasser und murmelten einen Vereisungszauber. Das Wasser kühlte weiter herunter. Und um mich herum bildete sich eine Eisschicht, oder kam mir das nur so vor? Ich wusste es nicht. In meinem Kopf hörte ich nur den Zauber für den Übergang in die Geisterwelt. Eine Bewegung im Teich ließ mich kurz zusammenzucken, doch ich wusste, dass es Samuel und Sara waren, die zu mir kamen. Sie mussten den Zauber an mir durchführen.

Meine Hände wurden genommen und dann begann das Ritual. Meine Augen blieben die gesamte Zeit über geschlossen. Als Samuel und Sara die ersten Worte aussprachen, murmelte ich sie mit. Ein magischer Gesang bildete sich daraus und wurde mit jeder Wiederholung mächtiger. Ich spürte die kribbelnden Funken um mich herum, bemerkte aber, dass ich weder meine Füße noch meine Hände spüren konnte. Sara und Samuel wurden lauter. Ich hörte, wie etwas in den See geschüttet wurde. Asche. Spürte etwas auf meinem Gesicht. Salbeiblätter. Weitere Zutaten wurden in den See gelegt und ich bemerkte einen leichten Sog an mir.

Als würde ich von einem riesigen Staubsauger angesaugt werden. Doch ich war noch in meinem Körper. Unsere Stimmen wurden lauter, hallten von den Tannen wider, die ringsherum standen, und prallten auf den eisigen See. Meine Zähne klapperten immer noch. Ich versuchte trotzdem, den Zauber richtig auszusprechen. Der Sog an mir wurde größer und stärker. Ich ließ es zu. Im nächsten Moment hatte ich das Gefühl zu fliegen. Direkt am Mond vorbei.

Ich öffnete die Augen und fand mich neben dem See wieder. Ich stand am Rand und betrachtete mich selbst und … Aiden? Was tat er denn da? Verdammter Kerl. Sara hielt meine Hand, doch Samuel nicht meine andere, sondern Aidens. Sie hatten das geplant. Mussten sie fast, denn ansonsten wäre das hier nicht möglich gewesen. Ich war sauer und hoffte, dass Aidens Seele einfach da bleiben würde, wo sie war. Doch da sah ich, wie sie aus seinem Körper aufstieg, glühend und strahlend. Als der Ball neben mir landete, formte sich Aidens Körper daraus.

»Sag mal, hast du 'nen Knall?«, fragte ich ihn und schlug mit meiner Hand nach ihm. Sie flutschte durch ihn hindurch.

»Ja, anscheinend schon. Komm jetzt. Wo müssen wir hin?«, scheuchte er mich. Obwohl meine Wut auf ihn groß war, wusste ich, dass wir uns beeilen mussten. Dieser Zauber verlangte viel Kraft von uns allen.

»Ich würde mal sagen, zum Schleier. Wenn wir uns konzentrieren, dann können wir uns vielleicht sofort dorthin beamen«, mutmaßte ich. Denn so taten das die Geister auch.

»Das klappt in der Geisterwelt?«, fragte er mit großen Augen.

»Ja, tut es. Stell dir die Lichtung vor und dass du dort hinwillst.« Er kniff die Augen zusammen und presste seinen Mund aufeinander. Beinahe hätte ich aufgelacht, doch ich musste mich konzentrieren.

Ich visualisierte die Lichtung und den Riss vor meinen Augen. Erinnerte mich daran, wie die Luft dort roch, und atmete aus. Ein Sog zog an mir. Ich blinzelte und schon stand ich mit Aiden vor dem Riss. Erleichtert lachte ich auf und sah zu ihm. Er betrachtete mit großen Augen den Riss.

»Okay, jetzt verstehe ich, warum so ein Drama darum gemacht wird«, sagte er schockiert. Einige Geister tummelten sich um uns herum, blickten uns jedoch nicht an.

»Ja, genau. Den müssen wir dann irgendwie versiegeln. Ansonsten kommen mehr Geister in unsere Welt. Es reichen schon diejenigen, die dort sind.«

Aiden lächelte mir aufmunternd zu.

»Na dann. Rein in die Geisterwelt«, sagte er. In seiner Stimme konnte ich Furcht, Aufregung und Anspannung erkennen. Er ergriff meine Hand und drückte sie aufmunternd.

Ich war überrascht, dass es so einfach ging, jemanden zu berühren. Davon hatte ich in den Grimoires gelesen. Wenn man sich konzentrierte, konnte man einen anderen Geist berühren, da man in derselben Welt war.

Ich nickte Aiden zu und gemeinsam traten wir durch den flimmernden Riss hindurch. Wind kam auf und rüttelte an uns, blies mir die Haare aus dem Gesicht. So fest, dass ich die Augen schließen musste. Ein Ruck ging durch unsere Körper, und ich klammerte mich an Aidens Arm fest. Wenn ich fiel, dann mit ihm.

»Ganz langsam, Pumpkin.« Ich sah mich um und stellte fest, dass wir in einem Wald waren. Der Riss auf der Lichtung im Wald führte in einen Wald. Interessant. Geister schwirrten umher oder starrten vor sich hin. Andere sprachen miteinander, und ich hörte sogar jemanden lachen. Doch wie es hier hinter dem Schleier ablief, wollte ich gar nicht herausfinden. Dafür hatte ich absolut keine Zeit. Ich griff in meine Hosentasche und zog etwas heraus. Den Kristallanhänger von Cats Mutter. Der bedeutete ihr viel, und mit ihm konnten wir sie hier hinter dem Schleier finden. Die Aufregung in mir vibrierte durch meinen gesamten Körper. Ich würde Cat wiedersehen. Nun musste ich sie nur noch ausfindig machen. Ich hielt den Anhänger fest umklammert und betrachtete den Wald. Es war derselbe wie bei dem Abstieg, den ich mit Sybils Zirkel versucht hatte. Doch funktioniert hatte das nicht. Nun war ich hier. Mit Aiden an meiner Seite.

»Warum bist du mitgekommen?«

»Weil ich dich nicht allein lasse«, stellte er klar. Er setzte sein Leben aufs Spiel. Für mich.

»Warum?«, hakte ich nach.

»Weil du mir etwas bedeutest. Und deshalb tue ich alles, damit du hier heil wieder herauskommst.« Mein Herz machte einen gewaltigen Satz, als ich das hörte.

Doch wir hatten keine Zeit, also konzentrierte ich mich auf den Kristall und ging los. Wie zuvor spürte ich einen Sog, doch dieses Mal führte er mich in eine spezielle Richtung. Ich hatte das Gefühl, dass man sich hier unten anders bewegte. Es funktionierte alles schneller. So als würden wir gar nicht laufen, sondern eher schweben. Auch Aiden blickte überrascht zu seinen Füßen, die sich nicht im Geringsten rührten. Ich folgte dem Sog, der uns immer näher brachte. Der Kristall in meinen Händen glühte und pulsierte. Was ging denn jetzt ab? Wir schwebten schneller und schneller. Plötzlich hielten wir an. Als wären wir automatisch zu unserem Ziel transportiert worden. Ich erkannte nichts Besonderes. Uns umgaben Tannen, und in einiger Entfernung konnte ich Geister erkennen, die uns beobachteten. Das war kein gutes Zeichen. Cat war nirgends zu sehen.

»Sie ist nicht da«, stellte ich nüchtern fest.

»Aber wo sollte sie sonst sein?«

Ich schüttelte den Kopf und schluckte angestrengt. Den Stein hielt ich weiterhin umklammert und spürte pulsierende Macht, die von ihm ausging. Sollte er nicht leer sein? Bildete ich mir die Energie nur ein?

»Keine Ahnung. Lass uns weitersuchen.« Ich drehte mich erneut zu den Geistern um und erkannte, dass sie näher gekommen waren. Ihre Blicke fokussiert, einschätzend, abwartend. Das war nicht gut. Sie sahen so aus wie die Geister, die es damals auf Cat abgesehen hatten.

»Aiden?« Ich blinzelte, als ich die mir vertraute Stimme hörte. »Mom«, sagte Aiden und ich drehte mich um. Dort stand sie, Juliana Archer, mit einem Lächeln auf den Lippen. Tränen liefen ihre Wangen hinunter. In Aidens Augen erkannte ich unbändige Freude.

Er strahlte, sodass seine Grübchen hervorkamen. Mein Herz schien vor Glück zerspringen zu wollen.

»Aiden, du bist hier«, sagte sie und ging auf ihren Sohn zu, um ihn in die Arme zu schließen. Aiden umklammerte seine Mutter und schluchzte in ihre Schulter. Ich stand nur daneben und betrachtete die Szene. Mein Herz wurde warm, als ich sah, mit wie viel Liebe Juliana ihrem Sohn über den Kopf strich.

»Mom, ich muss dir so viel sagen.«

»Ich weiß, aber das müssen wir bei einer anderen Gelegenheit machen. Als Erstes solltet ihr Cat holen und dann schnellstmöglich von hier verschwinden. Diese Geister sind euch nicht wohlgesonnen.« Sie deutete hinter uns und ich erkannte, dass sie wieder näher gekommen waren.

»Was wollen sie?«, fragte er und sah seine Mutter Hilfe suchend an.

»Sie werden versuchen, euch aufzuhalten.«

Ich fokussierte mich auf einen der Geister und zog die Augenbrauen zusammen. Diese Frau ... ich kannte sie. Als sie bemerkte, dass ich sie betrachtete, lächelte sie mich an. Verwirrt runzelte ich die Stirn.

»Dann müssen wir schleunigst von hier weg und Cat aufgabeln. Hast du eine Ahnung, wo sie ist?«, fragte ich. Julianas Blick richtete sich auf mich.

»Merope, es ist schön, dich zu sehen.« Juliana legte für einen Moment ihre Hand an meine Wange. »Ja, das weiß ich. Immerhin habe ich sie versteckt.« Ein angestrengter Ausdruck legte sich über ihr Gesicht.

»Scheiße, was war das?«, rief Aiden auf einmal. Er wurde zur Seite gestoßen.

Etwas zerrte an mir und ich wurde wie von Geisterhand von den Füßen gerissen. Ich sah zu Aiden und rappelte mich auf.

Ein Ruck ging durch ihn und im nächsten Moment auch durch mich.

»Jemand ist an euren Körpern!«, rief Juliana schockiert.

»Das kann nicht sein, meine Freunde passen darauf auf«, entgegnete ich. Aiden straffte seine Schultern.

»Alles, was sie an eurem Körper tun, geht auch auf eure Seele über. Sie müssen um jeden Preis beschützt werden. Wenn euch jemand in der realen Welt erschießt, dann werdet ihr hierbleiben. Ihr werdet sterben.«

Ich wägte unsere Möglichkeiten ab. Mein Blick fiel wieder auf die Geisterfrau, die ein strahlendes Grinsen auf den Lippen trug. Sie hatte etwas damit zu tun. Das wusste ich. Ich konnte es förmlich spüren.

»Aiden, du musst zurück. Dringend. Ich weiß, du hast deine Mom gerade erst wiedergesehen, aber wenn keiner unsere Körper beschützt, dann werden wir nie wieder die Möglichkeit haben, sie zu treffen. Geh zurück, aber bring niemanden um. Vielleicht gibt es eine andere Lösung.«

Er betrachtete mich eingehend und presste die Lippen aufeinander. »Ich kann dich hier nicht allein zurücklassen.«

»Deine Mutter ist bei mir. Ich werde Cat holen und wir kommen zurück. Beide. Dann wird alles gut.«

Aiden sah mich verbissen an, als ich mir an den Bauch griff. Etwas Hartes hatte mich getroffen. Ich stöhnte und presste die Lippen aufeinander.

»Es wäre echt schön, wenn wir nicht sterben, Aiden«, ächzte ich und hustete anschließend.

»Okay, bring mich zurück. Und wehe, du kommst nicht heil wieder.« Er wandte sich an Juliana, während ich seine Hand ergriff. »Ich liebe dich, Mom.«

»Ich dich auch, mein Junge.«

Ich schloss die Augen und konzentrierte mich auf Aidens Körper, suchte ihn im See. Wusste, dass er neben mir lag, meine Hand hielt.

»Aiden, sag den anderen, sie sollen niemanden töten. Nur unschädlich machen, okay? Danke, dass du mir gefolgt bist«, flüsterte ich und lächelte ihn an.

»Dir würde ich selbst in die Hölle folgen.« Dann küsste ich ihn. Es kribbelte überall. Ich genoss das kurze Gefühl.

»Wir sehen uns auf der anderen Seite«, murmelte ich an seine Lippen und drückte seine Hand. »Bis gleich.«

Tief atmete ich ein und aus. Stellte mir vor, wie er wieder in seinen Körper glitt und die Geisterwelt verließ. Meine Hände kribbelten und grünes Licht strahlte um uns herum. So hell, dass ich es sogar mit geschlossenen Lidern erkennen konnte.

»Bis gleich, Pumpkin.« Das war das Letzte, was ich hörte, bevor Aiden mit einem Ruck verschwand.

Kapitel 35

AIDEN

Ich keuchte auf und sah mich um. Das Wasser um mich herum spritzte und ich spürte, wie eiskalt mir war. Der Schmerz in meiner Brust ließ mich schwer Luft bekommen, und ich musste einige Sekunden innehalten, bevor ich mich richtig bewegen konnte.

Merope trieb weiterhin neben mir im Wasser, und ich konnte erkennen, wie eine Person am Ufer des Sees stand und uns gierig musterte. Sie gehörte zu Sybils Zirkel. Sie griffen uns an? Weshalb? Was wollten sie von uns?

»Was wollt ihr hier?«, fragte ich und zog meine Jägerklinge hervor. Ich hörte, wie die Tropfen von mir zurück in den See fielen und leise vor sich hin plätscherten.

»Gerechtigkeit.« Sie hob ihre Hand und ließ einen Magieball auf mich sausen. Ich sprang zur Seite, kam platschend im Wasser auf und sah zu Merope, die glücklicherweise nicht getroffen wurde.

Die Arme der Hexe waren mit schwarzen Schlieren verziert. Hatte ich so etwas nicht auch bei Merope gesehen, als sie versucht haben, sie in die Geisterwelt zu bringen? Damals hatte ich mich gefragt, ob ich mir das nur eingebildet hatte, doch jetzt hatte ich die Befürchtung, dass es Wirklichkeit war. Was bedeuteten diese Schlieren?

Ich sah zu, dass ich aus dem Wasser kam, und stürmte auf die Hexe zu. Versuchte einen Treffer mit meiner Klinge zu landen, doch sie schleuderte in einem so schnellen Rhythmus die Energiebälle auf mich, dass ich nicht die Möglichkeit hatte, zu ihr vorzudringen.

Ein paar Meter entfernt lag meine Lederjacke, in der sich meine Waffe befand. Ich rannte dorthin, machte einen Hechtsprung, als ein weiterer Magieball auf mich zuflog, und rollte mich ab. Grass klebte an meinem nassen Körper. Doch das war gerade mein kleinstes Problem. Ich konnte aus dem Augenwinkel meine Freunde und Brüder entdecken, die ebenso wie ich mit den Hexen zu kämpfen hatten. Sybil erkannte ich gegenüber von Alistair und Sara.

»Ihr dürft sie nicht töten!«, rief ich ihnen zu und griff nach meiner Waffe. »Nur unschädlich machen!« Ich hoffte, dass sie mich gehört hatten, und zielte auf die Hexe vor mir, doch als ich erkannte, dass sie bereits nicht mehr vor mir stand, sah ich mich verwirrt um. Super, diese dinosaurierwürdigen alten Damen hatten so viel Wissen, dass ich für sie wie ein unfähiger Grashüpfer wirken musste, der von einem Fleck zum anderen rannte, ohne etwas zu bewirken.

»Booh«, machte es hinter mir und ich duckte mich intuitiv. Eine Druckwelle fegte über mich hinweg, und ich nutzte den Moment, um der Hexe mit meiner Klinge in die Beine zu schneiden. Genau am Oberschenkel. Mit Glück hatte ich die Oberschenkelarterie verfehlt und die Frau würde überleben.

Die Hexe brüllte und ich hörte das Zischen ihrer Haut, als sich das Gift hineinfraß.

Ich nickte zufrieden.

Die Hexe ging zu Boden und presste eine Hand auf ihren Oberschenkel. Ihr giftiger Blick bohrte sich in mein Gesicht.

Ich benötigte dringend etwas, um sie zu fixieren. Oder sie würde einfach ohnmächtig werden. Schnell beugte ich mich über sie und legte ihr meine Hände an den Hals. »Tut mir leid.« Dann drückte ich zu. Sie versuchte ihre Arme zu bewegen, doch ich presste mein Knie darauf, sodass sie keine Möglichkeit dazu hatte.

»Runter«, krächzte sie. Ihre Augen verdrehten sich, bevor sie schlaff wurde.

Ich stand auf und ließ von ihr ab, doch da wurde ich von einem elektrischen Schlag getroffen, der meinen Körper außer Gefecht setzte. Der Schmerz explodierte in meinem Kopf und legte alles lahm. Ich fiel wie ein Klappstuhl zusammen und kam krachend auf dem Boden auf. Mein Blick war auf den See gerichtet, in den Sybil zielstrebig stapfte und ihre glühenden Hände an Merope legte.

Ich wollte schreien, sie davon abhalten, irgendetwas mit Merope zu machen, doch ich konnte nichts sagen. Mein Körper war nicht zu gebrauchen.

Der See erstrahlte für einen Moment, bevor Meropes Körper sich aufbäumte. Das Wasser schlug Wellen, ließ den See aufbrausen.

Sybil trat mit einem boshaften Grinsen von ihr zurück und kam aus dem See, nur um auf mich zuzukommen. Ihre Schritte waren fest und zielstrebig. Was war mit Alistair und Sara passiert?

»So, Archer-Junge. Endlich bekommst du das, was du verdienst. Für alles, was deine Sippe getan hat, und dafür, dass du Merope aus dem Ritual gezogen hast.« Sie beugte sich zu mir herunter und legte den Kopf schief. Ihre Finger leuchteten verheißungsvoll und kamen meinem Gesicht immer näher.

Ich wusste, dass ich draufgehen würde, denn ich konnte mich nicht verteidigen, und es war niemand da, der es tat. Doch ich war noch nicht bereit dazu. Immerhin wollte ich endlich leben. Mit Merope.

Ihre Finger legten sich auf mein Gesicht und ich spürte die elektrische Spannung, die von ihrer Hand ausging. Sie schien mehr zu werden, immer bedrohlicher.

»Merope!«, brüllte jemand.

Sybil zog ihre Hand von meinem Gesicht zurück und drehte sich um.

Ich blickte zu Cat, die sich gerade aufrappelte und versuchte, die Situation zu erfassen. »Sybil?«, fragte sie empört und bemerkte mich. »Nee, oder?« Enttäuschung machte sich auf ihrem Gesicht breit. Sie ballte ihre Hände zu Fäusten, und ich erkannte, wie die Flammen darum züngelten.

Merope hatte es geschafft.

Cat war wieder am Leben. Sie hatte sie gefunden und sicher nach Hause gebracht.

Alistair und Cat würden wieder vereint sein. Sollte es Alistair gut gehen, was ich inständig hoffte, denn ich sah ihn nicht.

»Du hättest sterben sollen«, murmelte Sybil und knurrte.

»Pech für dich.«

Cat ließ einen Blitz auf Sybil zu sausen, dem sie nicht schnell genug ausweichen konnte.

Die alte Hexe flog über mich hinweg und kam krachend hinter mir auf. Da war bestimmt etwas gebrochen.

Cat kam auf mich zu und beugte sich über mich. Mit ihren glühenden Händen glitt sie über meinen Körper und ich erkannte, wie kleine Blitze in ihre Hände flossen. »Du hattest da ein bisschen Strom in dir, ich hoffe, es macht dir nichts, dass ich ihn an mich nehme.«

Langsam spürte ich, wie wieder Leben in meinen Körper zurückkehrte. Ich konnte mit den Fingern wackeln, genauso mit meinen Zehen. »Danke«, presste ich hervor, als ich spürte, dass meine Zunge nicht mehr schwer im Mund lag.

»Gern doch.« Sie streckte mir ihre Hand hin und zog mich hoch.

»Schön, dass du wieder da bist! Das soll jetzt nicht unsensibel klingen, aber ... wo ist Merope?«

Cat presste bedauernd die Lippen zusammen.

Kapitel 36

MEROPE

Der Platz neben mir war leer. Ich öffnete die Augen und sah mich blinzelnd um.

»Beeindruckend«, meinte Juliana und lächelte traurig. Sie hätte gern mehr Zeit mit ihrem Sohn gehabt, und das konnte ich nachvollziehen. Liebend gern hätte ich den beiden diese Zeit gewährt.

»Ich finde einen Weg, wie ihr euch wiedersehen könnt.«

»Ich weiß.« Sie nickte entschlossen.

Stolz durchspülte mich, weil sie an mich glaubte. Sich sicher war, dass ich es schaffen würde.

»Los, ich bringe dich zu Cat.« Sie griff nach meiner Hand und zog mich mit sich.

Ich blickte zu den Geistern, und als hätten sie nur darauf gewartet, setzten sie sich in Bewegung. Doch im nächsten Moment wurde ich fortgerissen und kam wenig später auf dem Waldboden auf. Die Wucht des Schwebens machte mir zu schaffen, sodass ich eine elegante Landung nicht hinbekam.

»Alles okay?«, fragte Juliana mich.

Ich rappelte mich auf und nickte ihr zu. »Alles bestens.«

»Gut.« Sie öffnete ihre Hände und eine schillernde Barriere zeigte sich. Zuvor hatte sie sich perfekt in das Waldbild eingefügt, doch nun konnte ich genaue Umrisse erkennen. Sie wurde durchlässig, und mit einer weiteren Handbewegung verschwand die Barriere komplett.

»Merope?«

Ich erkannte meine beste Freundin. Sie strahlte mich an. Ihre Augen glänzten, und sie flog auf mich zu, nur um durch mich hindurchzugleiten. Als sie wieder stand, runzelte sie die Stirn.

»Konzentrier dich, Cat«, murmelte sie. Dann legte sie erneut ihre Arme um mich. Dieses Mal konnte ich sie spüren. Ich drückte sie an mich.

»Cat«, flüsterte ich. Blinzelte wie wild, weil ich nicht glaubte, dass sie hier war. Spürte ihren Körper an meinem und atmete tief ein und aus. Meine Tränen waren nicht aufzuhalten, und so ließ ich sie laufen. Atmete den Stress und die Sorgen von meiner Seele. Ich konnte endgültig ausatmen und aufatmen. Sie war hier. Ich hatte sie gefunden.

»Ich wusste, dass du kommen würdest«, murmelte sie gegen meinen Hals und strich mir über den Rücken.

»Gut, dass du an mich glaubst«, sagte ich und löste mich von ihr.

»Das habe ich immer getan.«

Juliana räusperte sich.

»Ich möchte euch ja nicht hetzen, aber ich sehe, dass dort hinten Geister kommen. Ziemlich viele. Also solltet ihr lieber von hier verschwinden.«

Ich keuchte. Spürte, wie ein Feuer sich in meinen Adern breitmachte und mir das Atmen erschwerte. Ein Schmerz explodierte in meiner Brust und ließ mich aufstöhnen. Er vergiftete mich. Ich zog die Brauen zusammen und spürte, wie mir eine Schweißperle die Stirn hinunterlief.

Cat sah mich mit hochgezogenen Augenbrauen an und fluchte. Ihr Blick lag auf meinen Händen, und als ich nach unten blickte, erkannte ich schwarze Linien, die sich meinen Arm hinaufschlängelten. Erschrocken schnappte ich nach Luft und versuchte sie wegzuwischen, doch es funktionierte nicht. Währenddessen schien mich der Schmerz zu lähmen. Cat kam auf mich zu und griff nach meinem Arm. Mein Blickfeld verschwamm. Ich sah Cat vor mir zwei- ... dreimal. Oder sogar viermal.

»Du musst hier weg. Sofort«, sagte ich und griff nach Cataleyas Händen. Konzentrierte mich auf ihre Seele, erinnerte mich daran, wo ihr Körper lag. Wie sie aussah, wie sie sich anfühlte.

»Merope, hör auf! Was passiert mit dir?«

»Ich weiß es nicht, lass mich dich fortbringen, bevor ich es nicht mehr kann.« Cats Hände umklammerte ich immer fester, um sie daran zu hindern, sich loszureißen.

»Nein, aber du musst hier auch weg.«

»Du als Erstes.« Ich stellte mir vor, wie ihre Seele endlich wieder mit ihrem Körper vereint wurde.

»Hör mir zu, Me–« Sie war im nächsten Augenblick weg. Ich atmete keuchend ein und aus, während ich versuchte nicht umzukippen. Alles um mich herum drehte sich. Meine Arme kribbelten.

»Was ist das?«, fragte ich und bemühte mich, es wegzuwischen.

»Es sieht nach dunkler Magie aus«, sagte Juliana und betrachtete die Linien.

»Was kann ich dagegen machen?«, fragte ich sie.

»Keine Ahnung, aber ich denke, dass es nur geht, wenn du bei deinem Körper bist. Du solltest zurückkehren.«

»Nein, nicht solange der Riss noch offen ist. Er muss versiegelt werden, und da ich schon mal in der Geisterwelt bin, kann ich das gleich erledigen.« Es war locker dahergesagt, doch was auch immer mit mir passierte, es zehrte an meinen Kräften. Ich musste schnell handeln. Als ich wieder auf meine Hände blickte, dachte ich an meine Großmutter. Sie hatte dieselben Linien auf ihren Händen und im Gesicht gehabt. Schwarze Magie. Aber wer zur Hölle sollte die verwenden?

»Wir sollten zusehen, dass wir zum Riss kommen, um ihn zu versiegeln, damit du nach Hause gehen kannst.«

Ein Pfeifen zog meine Aufmerksamkeit auf sich, und ich sah, wie die Geister ihre Arme hoben. Etwas Waberndes bildete sich und kam auf uns zu.

Schnell stellte ich mich vor Juliana und formte mit meinen bebenden Fingern einen Schild, der sowohl sie als auch mich umgab. Die dunklen Schlieren knallten dagegen. Mit jedem Aufprall spürte ich, wie der Schild brüchiger wurde. Ich presste die Lippen aufeinander. Schweiß lief mir die Stirn hinab und ließ mein Blickfeld verschwimmen, als er mir ins Auge lief. Es brannte und ich versuchte ihn wegzublinzeln.

Eine Hand griff nach mir. Juliana zog mich mit sich. Meine Haare flogen wild umher und ich konnte nichts mehr sehen. Den Schild hatte ich fallen lassen, als ich gepackt wurde. Hoffentlich konnte Juliana schneller schweben als die Geister, die hinter uns her waren und mit dunkler Magie um sich warfen. Waren die Geister schuld an dem Tod meiner Großmutter? Aber das konnte ich mir nicht wirklich vorstellen. Juliana hielt mich, als wir stoppten. Ich erkannte die Lichtung, den Riss. Er flimmerte weiter vor sich hin. Die Geister mit der komischen Frau kamen gerade an. Sie flog nach vorn, ihre schwarze Hand nach mir ausgestreckt.

Ich erkannte eine lange Narbe, und da fiel es mir wie Schuppen von den Augen. Es war die Geisterfrau, die vor dem Fenster meiner Großmutter gestanden hatte. Warum hatte ich sie nicht gleich erkannt? Lag etwa ein Tarnzauber über ihr?

Schnell schlug ich ihre Hand weg und schleuderte ihr meine explodierende Magie entgegen, die sie auf die andere Seite der Lichtung beförderte.

»Keiner geht durch diesen Riss!«, rief ich und trat selbst hindurch. Juliana folgte mir unaufgefordert. Ich griff nach dem Kristall und spürte auf einmal die wallende Magie, die von ihm ausging. Zuvor hatte ich gedacht, dass ich es mir eingebildete. Ich hatte keinen Zirkel dabei, der mich unterstützen konnte, sondern nur diese Energiequelle, die elektrisierende Macht durch meinen Körper schickte. Sie wollte freigelassen werden. Diese Kraft war so groß, dass ich sie nicht besitzen wollte. Denn jetzt wurde mir bewusst, weshalb der Kristall so geladen war. Wegen James. Als Cataleya ihn getötet hatte, wurde seine Magie aufgesaugt, genauso wie alle, die er zuvor durch seine Morde gesammelt hatte. Darin steckten Hexenleben, die beendet worden waren. Einzig und allein, um einen selbstsüchtigen Hexer stärker zu machen. Und nun hatte der Kristall seine Magie. Ich hatte seine Magie.

Ich streckte meine Hände dem Riss entgegen und betrachtete die Geister, die mich wutentbrannt musterten. Schwarze Wolken voller dunkler Magie umgaben sie. Es musste bedeuten, dass ihnen jemand diese Magie gegeben hatte, jemand, der stark genug dazu war. Wenn man einen dunklen Zauber kannte, der von erfahrenen Hexen ausgeführt wurde, wäre es möglich. Ein Bild von Sybils Zirkel blitzte durch meinen Kopf. Warum sie?

Die Geister kamen näher, und ich schleuderte ihnen Magie entgegen. Sie brüllten, als sie getroffen wurden. Mein Körper vibrierte bei der Macht, die mich durchspülte.

Dann begann ich mit dem Zauber. Nutzte die Kraft des Kristalls und des Vollmondes. Die Magie wallte durch meine Venen und brachte meinen Körper zum Beben. Meine Hände glühten heller denn je, ließen den Zauber zum Riss fließen. Ich hörte die Stimmen der Geister, wie sie sich aufrappelten und sich an den Riss quetschten. Doch bei einer Berührung würden sie von der Magie erfasst werden. Der Zauber wurde mit jeder Wiederholung mächtiger und größer. An der Stelle, wo man das Ende des Risses erkennen konnte, sah ich, wie er sich langsam zusammenzog. Der Zauber wirkte.

Ich sprach weiter. Meine Stimme wurde lauter und lauter. Die Macht, die aus meinen Fingerspitzen floss, war so groß, dass es mir die Haare aus dem Gesicht wehte. Trotzdem schwitzte ich unaufhörlich weiter. Die gesamte Lichtung schien erhellt zu werden und zu pulsieren. Funken schwebten in der Nacht umher und zeugten davon, welch enorme Magie aufgewandt wurde. Der Riss im Schleier schrumpfte. Schloss sich immer mehr, und die Geister verstanden langsam, was wir vorhatten. Ich würde es schaffen. Ich war stark genug, um den Riss zu schließen. Ein Lächeln bildete sich auf meinem Gesicht. Nun war er so groß wie ein Baum. Und er schrumpfte weiter.

Mich traf etwas Dunkles und ich wurde von den Füßen gerissen. Mit einem dumpfen Aufschlag landete ich auf der Wiese. Durch die Wucht des Aufpralls wurde mir die Luft aus der Lunge gepresst. Schwer atmend rappelte ich mich auf. Die Linien an meinen Händen krochen mit einem Mal nach oben und der Riss öffnete sich wieder. Die Geisterfrau und ihre Freunde quetschten sich hindurch. Schnell stand ich auf und sprach meinen Bannzauber. Er würde wirken. Mit einer gewaltigen Geschwindigkeit glitt er von meinen Fingern und traf einen Geist nach dem anderen. Jedoch konnte ich die Frau nicht mehr aufhalten. Sie flog davon. Verdammt. Mein Atem ging schwerer, und es bereitete mir Schmerzen, mich zu bewegen. Doch ich richtete mich auf und begann von Neuem mit dem Zauber. Der Kristall um meinen Hals pulsierte nicht mehr so stark wie zu Beginn, und das machte mir Angst. Denn mir war klar, ich hatte nicht mehr allzu viel Zeit. Meine Arme wurden schwerer und ich spürte, wie ich immer weniger Energie hatte. Nein. Das durfte nicht passieren. Meine Freunde konnten sich nicht gegen die Geister wehren. Keiner der Menschen in der realen Welt konnte das.

Ich konnte auch auf keine Unterstützung hoffen. Keiner meiner Freunde würde mir hier helfen können. Das musste ich allein schaffen. Mit schwitzigen Händen bündelte ich immer mehr Magie und ließ sie auf den Riss frei. Fokussierte mich nur darauf. Der Riss schloss sich. Quälend langsam. Er stoppte, verweilte so, wie er gerade war. Ich konzentrierte mich verbissen darauf, dass er sich schloss.

Die schimmernden Enden bewegten sich wieder. Verkleinerten sich und die grüne Magie in meinen Händen wurde heller und heller. Strahlte. Erhellte die Lichtung. Ich konnte es vielleicht schaffen. Mit der Magie der De Vere-Familie. Dann spürte ich einen Windhauch, der sich kälter anfühlte als zuvor. Er riss an mir und wurde heftiger. Nein. Aus dem Augenwinkel sah ich einen Geist. Die Geisterfrau. Und sie hatte weitere Geister dabei. Alle waren von tiefster Dunkelheit umhüllt. Verdammt.

Juliana flog auf die Geister zu und versuchte sie wegzutreiben.

Die Geisterfrau schoss einen dunklen Tentakel auf mich und zog an mir. Ich wollte stehen bleiben. Den Zauber nicht noch einmal unterbrechen. Wenn ich es jetzt nicht schaffte, wusste ich nicht, ob es beim nächsten Mal noch funktionieren würde. Vor allem, weil ich mit jeder Sekunde müder wurde. Der Kristall um meinen Hals pulsierte nicht mehr so stark wie zuvor. Er wurde immer schwächer. Der Riss musste jetzt verschlossen werden! Ansonsten wusste ich keinen anderen Weg. Meine Stimme wurde lauter und hallte über die Lichtung. Das Licht wurde heller, doch der Griff um meine Mitte fester. Er zog mich einige Schritte zurück, wirbelte mir die Haare ins Gesicht und brachte mich aus meiner Ruhe. Ich konnte mir selbst nicht helfen, weil ich nicht ablassen durfte.

Ich *musste* durchhalten.

Ich presste meine Zähne zusammen, den Blick starr auf den Riss gerichtet, als ich einen Schatten sah.

Jemand quetschte sich in unsere Welt. Ich dachte, er würde auch so vertrieben werden wie die anderen Geister, doch dieser hier trat in mein Licht ein und lächelte mich an.

»Hallo, Merope«, sagte Levi. Ich lachte ungläubig auf und schüttelte freudig den Kopf.

»Levi.« Er trat neben mich, stellte sich der Geisterfrau, die mir ihre Magie entgegenschleuderte, in den Weg. Er begann zu leuchten. Und aus dem Glühen setzte sich eine ganz spezielle Magie frei. Seelenmagie. Der Drang, jemandem helfen zu wollen, und das so sehr, dass der Geist ein Stückchen seiner Seele dafür hergab. Der schützende Schild schlang sich um mich. Levi stand davor und hielt der aufschlagenden dunklen Magie stand. Verschaffte mir Zeit.

Doch ich erkannte, dass sich jemand von der anderen Seite näherte. Weitere Geister. Sie umzingelten uns. Panisch sah ich hinüber und erkannte, wie ein geballter Schattenstrahl all der Geister auf die Kuppel von Levi niedersauste und sie mit einem lauten Knall platzen ließ. Levi stöhnte neben mir auf und errichtete die Schutzkuppel erneut. Doch er war nicht schnell genug. Die Geisterfrau ließ die nächste Welle auf mich niedersausen. Eine zweite Person stellte sich vor mich und aktivierte ebenfalls ihre Seelenmagie. Juliana. Das helle Licht verband sich mit dem von Levi. Ein winziger Spalt war noch zu erkennen, den die Frau zielstrebig anpeilte.

»So nicht, Schwester. Finger weg«, hörte ich eine kratzige Stimme. Als ich zum Riss blickte, erkannte ich, wie meine Großmutter herausstieg. Sie hatte Mühe hindurchzukommen.

»Schwester?«, fragte ich und runzelte die Stirn. Ihr Blick war auf die Geisterfrau mit der Narbe gerichtet. Sie war ihre Schwester? Wir waren verwandt? Ach du heilige Scheiße!

»Großmutter?«, fragte ich sie und schluckte, als sich unsere Blicke trafen.

»Merope. Herzlich willkommen in deiner Dunkelheit, Kindchen. Ich sagte doch, dass du sie kennenlernen wirst.«

Ich konnte gerade einfach nicht über sie nachdenken, geschweige denn ihr antworten.

Im nächsten Moment erstrahlte sie ebenfalls. Der Spalt, der noch geöffnet war, wurde geschlossen.

So stand ich unter einer strahlend hellen Kuppel und die Magie zwischen meinen Fingern explodierte. Ich schrie gegen den Sturm an und legte alles an Kraft hinein. Meine Arme zitterten und meine Beine fühlten sich bereits taub an. Ich ließ einen letzten mächtigen Strahl los, der den Riss schloss, und sackte ihn mir zusammen, als ich den Zauber beendete. Ich atmete erschöpft aus. Befreit. Die schwarzen Schlieren bewegten sich auf meiner Haut und krochen meinen Körper hinauf. Ich erkannte, dass ein kleiner Lichtpunkt auf der Lichtung schwebte. »Das darf nicht sein«, murmelte ich und schüttelte den Kopf. Ich trat auf den Riss zu. Dort war tatsächlich ein Loch. Und dahinter erkannte ich die lungernden Geister. Hungrig darauf, ihrer Welt zu entfliehen. Ich presse die Lippen aufeinander und sah, dass der Riss im gleichen Takt glühte wie der Kristall um meinen Hals. Meine Füße wurden schwerer, meine Gedanken ließen sich nicht mehr richtig greifen, doch ich musste den Riss versiegeln, sodass noch nicht einmal mehr die geringste Möglichkeit bestand, dass so etwas wie das hier noch mal passierte. Ich nahm den Kristall ab, sprach den Zauber von Neuem, wiederholte ihn.

Spürte, wie er meine letzten Kraftreserven aufsaugte, und setzte den Kristall mit zitternden und schwarzen Fingern in das Loch. Er passte wie ein fehlendes Puzzleteil. Ich presste meine Hände auf den Kristall, meine Stimme war zu einem Schreien übergegangen und ich legte alles in diesen Zauber hinein. Schweiß lief mir die Stirn hinab und mein Herzschlag tönte in meinen Ohren. Der Wind wirbelte meine Haare herum, riss und zerrte an mir. Meine Beine knickten unter mir weg, doch ich schaffte es irgendwie, mich wieder aufzurichten.

Ich gab nicht auf. Ein Knall nach dem anderen ertönte und schickte Energiewellen durch die Barriere hindurch. Die Angst in mir wurde größer. Doch Großmutter, Levi und Juliana sicherten mich. Ich sprach ein letztes Mal den Zauber, bis der Kristall komplett mit dem Schleier verschmolzen war, ein Teil davon wurde. Ein Knall schnalzte über die Wiese und ich wurde von dem Riss fortgeschleudert.

Meine Ohren klingelten, und ich musste ein paarmal blinzeln, bevor ich wieder zu mir kam. Etwas verwirrt setzte ich mich auf und sah mich um. Keiner stand mehr. Mit Freude stellte ich fest, dass ich nicht erkannte, wo sich der Schleier befunden hatte. Ich hatte es geschafft. Wirklich geschafft! Und die Geister, die von der dunklen Magie umgeben waren, lösten sich mit einem Kreischen auf.

Juliana, Levi und meine Großmutter kamen auf mich zu. Auf ihren Gesichtern konnte ich Furcht erkennen.

»Ich ... ich kann nicht mehr.«

»Doch, du musst aufstehen und wieder in deinen Körper gelangen«, befahl Großmutter und packte mich.

Ich wunderte mich, dass sie nicht mehr blind war. Ihr Griff war unerbittlich und für eine alte Frau stark. Eigentlich sollte ich mir nicht von ihr helfen lassen.

Levi griff unter meinen anderen Arm, während Juliana uns mit einem gewaltigen Ruck von der Lichtung bis zum See brachte.

»Was passiert mit mir?«, fragte ich. Es klang, als wäre ich betrunken.

»Ein Absorptionszauber. Er tötet dich. Lässt deine Seele sterben«, sagte Großmutter. »Den haben sie von mir.«

Am liebsten hätte ich sie verflucht, aber dazu fehlte mir einfach die Kraft. Ich richtete meinen Blick auf den See. Aiden stand neben meinem Körper, der immer noch auf dem Wasser trieb. Meine Arme sahen genauso grausam aus wie in der Geisterform. Sie waren mit den schwarzen Schlieren überzogen. Sie reichten bereits bis zu den Ellenbogen und schlängelten sich von Sekunde zu Sekunde weiter nach oben. Ich erkannte, wie ein blutüberströmter Alistair auf Cat zurannte, die dabei war, Sybil an einen Baum zu fesseln.

»Cat«, sagte er und umarmte sie. Freudentränen schimmerten in seinen Augen.

»Hey.« Cat küsste Alistair. Strich ihm über die Haare und schmiegte sich an ihn. Trotz des Blutes.

Ich war mir sicher, dass Juliana lächelte, das tat ich auch, als ich sah, dass die beiden endlich wieder vereint waren.

Dort waren meine Freunde. Sara, Samuel, Alan und nun auch wieder Cat und Alistair, die versuchten, die letzten Hexen unschädlich zu machen. Selbst Rufus war dabei. Nur Aiden stand knietief im Wasser und starrte auf mich. Wartete darauf, dass ich aufwachen würde. Ich hatte nicht bemerkt, dass ich nun auf dem Boden kniete. Wann war ich gefallen? Nichts. Ich spürte nichts. Hände wollten mich nach oben ziehen.

Welche Hände? Wer würde mir hier helfen wollen? Ich wusste es nicht mehr. Ich wusste fast nichts.

Doch ich wusste, dass Cat wieder hier war, genauso wie Aiden. Den Rest würden sie hinkriegen. Auch ohne mich.

Ich betrachtete sie. Mit einem Lächeln auf den Lippen. Cat, Alan, Alistair, Sara, Samuel, Rufus und Aiden. Sie waren meine Freunde, meine Familie und so viel mehr. Die Menschen, die ich liebte und niemals damit aufhören würde. Denn sie waren mein Zirkel, ob vollständig oder nicht.

Alles fühlte sich so leicht an. Stimmen drangen an mein Ohr. Ich kannte alle drei von ihnen. Mochte sie alle gern hören, doch hatte keine Ahnung, wer sie waren. Mein Kopf wurde schwerer.

Ich dachte an die kleine Rosie. Jetzt würden wir uns wiedersehen. Meine Augen fielen fast zu.

Ich konnte meinen Tod spüren. Er war still und kalt, beinahe friedlich. Ich fürchtete mich nicht, sondern hieß die Dunkelheit willkommen. Langsam schloss ich die Augen und ließ das Ende meines Lebens über mir hereinbrechen. Mit einem Lächeln auf den Lippen und einem Herz gefüllt mit Erinnerungen. Der Tod begrüßte mich.

AIDEN

Meropes Augen waren schwarz. Die Schlieren krochen weiter ihre Arme hinauf. Doch sie kam nicht zurück. Merope wachte nicht auf. Panik schnürte meine Brust zu und ich trat an sie heran.

»Wieso kommt sie nicht wieder?«, fragte ich panisch und sah zu Sybil, die mit der bewusstlosen Hexe an den Baum gezaubert war. Sie kamen nicht weg.

»Ich weiß es nicht«, sagte sie mit einem boshaften Grinsen. Die Eiseskälte umspülte meine Beine.

»Der Zauber tötet sie. Nicht wahr? Es ist dunkle Magie.« Ich wartete ihre Reaktion ab. Das Einzige, was ich erhielt, war ein Lachen.

Ich betrachtete Merope. Ihre Haut wurde blasser.

»Irgendjemand muss ihr doch helfen können«, rief ich und sah nach den anderen. Sie hielten die letzten drei Hexen in Schach und versuchten sie zu überwältigen. Merope hatte gesagt, dass wir sie nicht töten sollen.

Doch warum kam sie nicht wieder?

»Komm zurück!«, brüllte ich und rüttelte an Merope. Hoffte, dass sie aufwachen würde. Dass sie es schaffte, doch die Schlieren breiteten sich unaufhaltsam auf ihrem Körper aus.

»Ich denke, wir können nicht viel machen«, sagte Rufus plötzlich hinter mir. Wo kam er denn nun her?

Nein, das durfte nicht möglich sein. Sie hasste mich nicht mehr. Sie mochte mich und ich sie. Wir hatten all die vergangenen Wochen gemeistert, und jetzt, wo alles anfangen sollte, war es bereits zu Ende? Das durfte nicht sein! Eine Bewegung im Wasser ließ mich innehalten. Rufus paddelte ins Wasser und sprang im nächsten Moment auf Meropes leblosen Körper. Was hatte er denn vor?

»Aiden, sag den anderen, dass ich sie vermissen werde. Vielleicht kann ich so ihr Leben retten.«

»Wie denn?«, fragte ich und betrachtete ihn.

»Durch ein Opfer.« Rufus' Kristall, der um seinen Hals hing, leuchtete hell und strahlend.

»Nein, nimm diesen Kater weg!«, rief Sybil, und ich hörte, wie sie sich zu befreien versuchte.

Die dunklen Schlieren von Meropes Körper lösten sich von ihrer Haut und legten sich langsam um Rufus' Katzenkörper. Immer mehr umschlangen ihn wie eine tödliche Ranke.

Egal, was gerade passierte, der Kater war komplett von den Ranken umschlungen. Gefangen von der schwarzen Magie, die Merope tötete. »Sag ihnen, dass sie die Familie waren, die ich immer wollte und ...« Bevor er seinen Satz zu Ende sprechen konnte, zerfiel er. Und die Magie zersprang mit ihm. Leuchtende Funken stoben um uns herum und tanzten im Wind. Schwebten in den Himmel, immer höher und höher, bis Rufus' glühende Überreste sich mit den Sternen vermischten und schließlich verschwanden. Ich blickte in die Nacht und versuchte mir die Schönheit von Rufus' Überbleibsel in meinem Kopf einzuprägen. Als ich nach unten blickte, erkannte ich, dass die meisten Schlieren von Meropes Armen gewichen waren.

Rufus hatte sie wirklich gerettet. Er hatte sich geopfert, um sie zu retten. Ich konnte es nicht glauben. Und niemand hatte sich von ihm verabschieden können. Einzig und allein ich war Zeuge seines Todes. Und er würde nichts gebracht haben, wenn Merope nicht aufwachte.

»Er hat das meiste des Zaubers mit sich genommen«, murmelte Sybil enttäuscht und ich hörte ein Schniefen. »Aber vielleicht wacht sie trotzdem nicht auf.« Der Klang der Hoffnung, der in ihrer Stimme lag, gefiel mir nicht.

»Das wird sie.« Ich konnte kein Weiß in ihren Augen erkennen. Mein Herz schlug schnell in meiner Brust. Das Blut rauschte in meinen Ohren wie Wellen im Meer. Ich konnte nicht still stehen, doch mich auch nicht bewegen. Meine Gedanken rasten, doch mein Körper war steif. Ich wartete. Hoffte. Doch nichts geschah. War er umsonst gestorben? Das durfte nicht sein. Meine Augen wurden feucht, als ich Merope betrachtete, wie sie dort im Wasser trieb. Vollkommen bewegungslos.

Mit verschleiertem Blick sah ich weg und betrachtete die Sterne am Himmel. Rufus.

»Aiden, was ist passiert?«, fragte Cat mit brüchiger Stimme. Die anderen bemerkten die Tränen in meinen Augen.

»Sie wacht nicht mehr auf und Rufus, er ist ... tot.«

»Was?«, fragte Samuel ungläubig.

»Warum?«

»Was ist passiert?«

»Weshalb?«

All die Fragen prasselten auf mich ein, doch ich konnte sie nicht beantworten. Brachte die Kraft nicht auf, zusammenzufassen, dass er sich für nichts geopfert hatte. Ich griff blindlings nach Meropes Hand, um Halt zu finden, und drückte sie. Und Merope drückte zurück. Ich schnappte nach Luft und sah auf sie herab. Das Schwarz in ihren Augen zog sich zurück und ich konnte wieder ihre bernsteinfarbenen Iriden erkennen, die meinen Blick suchten.

»Du sagtest doch ›Bis gleich‹. Hat nur einen Moment länger gedauert«, krächzte sie und presste kurz die Augen zusammen.

»Du bist schrecklich«, hauchte ich ungläubig. Ich half ihr beim Aufstehen und merkte, wie schwach sie war. Ihre Beine trugen sie nicht. Cat kam ins Wasser gerannt, drückte ihre Freundin und ließ ihre glühenden Hände über ihren Körper gleiten.

»Ich kenne keine bemerkenswertere Hexe als dich, Merope Carter«, sagte Cat und küsste sie auf die Wange. Jeder umarmte sie. Ich sah zu, wie sich die Frau, in die ich mich verliebt hatte, von den Toten wieder zurückgekämpft hatte und nun mit einem Lächeln vor uns stand. Unsere Blicke verhakten sich, und einen Moment starrten wir uns nur an, bis ich auf sie zutrat und in die Arme schloss. Dann küsste ich sie.

»Wann ist das denn passiert?«, fragte Cat neben uns.

»Als du deinen Dornröschenschlaf gehalten hast«, erwiderte Alistair und ich hörte das Schmunzeln in seiner Stimme. Währenddessen schmeckte ich Merope in meinem Mund. Ich wollte sie am liebsten nie wieder gehen lassen. Als sie sich von mir löste, sah ich das bezaubernde Lächeln auf ihren Lippen.

»Ich dachte eigentlich, dass ich nie wieder zu euch zurückkehren werde. Was ist passiert ... wie ist das überhaupt möglich?«, fragte sie uns. Ich blickte zum Himmel und presste meine Lippen aufeinander.

»Es war Rufus. Er hat den dunklen Zauber auf sich genommen«, murmelte ich. »Irgendwie aufgesogen. Vielleicht durch den Kristall? Ich weiß es nicht, aber er hat sich geopfert.«

Sara wischte sich die Tränen aus den blauen Augen.

»Warte, was? Rufus ... er ist ... tot?«, fragte Merope uns und ihre Stimme brach.

Cat nickte ihr zu. Auch in ihren Augen konnte ich Tränen erkennen. Ob sie vor Freude weinte, weil Merope wieder da war, oder vor Trauer, dass Rufus fort war, konnte ich nicht sagen. »Ja, er ist weg.«

Merope schüttelte ungläubig den Kopf und sah mich fragend an. »Das ist euer Ernst«, stellte sie erschrocken fest und presste sich eine Hand vor den Mund. »Er ist wirklich tot.« Ich drückte Merope und presste ihr einen Kuss auf den Scheitel.

»Ja, ist er«, murmelte Alan und umarmte Samuel, der bedrückt in den Himmel sah.

»Das ist vielleicht unpassend, aber was ist mit dem Riss? Er ist geöffnet und weitere Geister kommen heraus. Nicht dass noch eine Seele verschleppt wird. Wie verschließen wir ihn?«, fragte Alistair.

»Hast du den Kristall von mir dabei? Darin ist all die Macht der verstorbenen De Vere-Hexen gespeichert. Wir können ihn für ein Ritual verwenden. Falls ihr eines habt«, sagte Cat und blickte zu Merope.

»Nein, es tut mir leid, der Kristall und die Magie sind weg«, sagte Merope.

»Aber …«

»Weil der Riss bereits verschlossen ist. Nun müssen wir nur noch die Hexen zur Rechenschaft ziehen, die für all das verantwortlich sind.« Merope griff nach meiner Hand und zog mich mit sich. Ich ließ mich von der dunkelhaarigen Hexe führen, während ich sie stützte.

Kapitel 37

MEROPE

»Du hast *was* gemacht? Allein?«, fragte Cat.

»Ich hatte den Kristall.«

»Aber … du hast so viel Kraft aufgewandt …«

»… dass ich gestorben bin. Man muss dazu sagen, dass der Zauber von euch dazu beigetragen hat.« Ich blickte anklagend zu Sybil und ihren Zirkelhexen. »Okay, es war eigentlich der Zauber meiner Großmutter, aber ihr habt ihn verwendet.«

Sybil schnaubte und wandte ihren Blick ab.

»Warum?«, fragte ich und betrachtete die Hexe. Meine Mutter hatte erwähnt, dass Großmutter bereits etwas Schlimmes getan hatte, von dem sie selbst noch nichts wusste. Bevor sie versucht hat, meine Mutter zu töten. Was, wenn sie ihre eigene Schwester getötet hatte, um ihre Macht zu erhalten? »Dabei ging es um die Schwester meiner Großmutter, habe ich nicht recht?«

Sybil presste die Lippen hart aufeinander und sah angestrengt weg. »Sie war vor dem Fenster meiner Großmutter, als ich sie im *Eschenhaus* besucht habe. Sie war der Geist, der Cataleyas Seele entführt hat.«

Sybils Augen glänzten feucht und ich erkannte den Grund.

»Ihr wart zusammen. Du sagtest beim Totenfest zu mir, dass du auch jemanden verloren hast, der dir die Welt bedeutet hat, und meine Großmutter hatte Schuld an ihrem Tod. Richtig?«

Sybil rührte sich nicht, bis sie schließlich seufzte und nickte. Eine Träne lief ihr über die Wange.

»Aber was hatte ich mit der ganzen Sache zu tun?«, fragte Cat und runzelte verwirrt die Stirn.

»Du bist eine starke Hexe. Ich hätte Trish in dich hineinsetzen können. Dann hätte sie wieder leben können. Bei mir. Doch es hat nicht funktioniert. Die Zeit war zu kurz. Trish hat deine Seele mitgenommen, um die Hülle bereitzuhalten. Der Kristall mit der pulsierenden Magie hat sie direkt hingeführt. Doch ich habe herausgefunden, dass es nur verwandten Seelen möglich ist, in deren Hüllen zu schlüpfen.«

»Deshalb habt ihr es bei meiner Großmutter versucht.«

»Ja, aber die alte Carter hat sich so heftig gewehrt, dass sie schließlich bei dem Ritual starb. Ihr Wille war schon immer so stark.«

»Wie habt ihr den Schutzzauber gebrochen?«

»Magie.«

»Dunkle Magie«, fügte eine Hexe mit Brille hinzu.

»Warum habt ihr mitgemacht?«, fragte ich die anderen Hexen.

»Sie schulden es mir. All die Jahre habe ich Gefallen erfüllt, und nun war es an der Zeit, sie einzufordern.«

Ich betrachtete die Hexen.

»Als meine Großmutter starb, wolltet ihr mich, weil ich ebenfalls mit ihr verwandt bin. Aber Aiden hat mich herausgeholt, bevor ihr das Ritual beenden konntet.«

Sybil brummte zustimmend.

»Vorhin habt ihr es erneut versucht. Der Zauber, der mich so geschwächt hat. Ihr wolltet ihre Seele hier einsetzen, sobald meine komplett tot ist.«

Aiden schüttelte ungläubig den Kopf und lachte bitter auf.

»Ich wusste, dass etwas komisch war, und jetzt weiß ich auch, dass ich mir die Schlieren nicht eingebildet habe. Die hast du nämlich schon bekommen, als sie versucht haben, dich in die Geisterwelt zu bringen. Aber damals waren sie noch nicht so ausgeprägt wie heute.«

Aiden schüttelte den Kopf.

Dann hatten sie wahrscheinlich auch die Geister auf der Lichtung befreit.

»Und was machen wir nun mit ihnen?«, fragte Sara und trat vor, um die Hexen eingehend zu mustern.

»Bringt mich um«, sagte Sybil und blickte mir fest in die Augen. »Tötet mich einfach.«

Die anderen Hexen sprachen dagegen, sie teilten den Todeswunsch von Sybil nicht.

Mir war klar, dass sie zu Trish wollte. Doch das würde sie nicht mehr können, da ich ihre Seele auf der Lichtung zerstört hatte. Sie war zerfetzt worden wie ein Stück Papier im Tornado.

»Nein, das werden wir nicht tun. Es wäre zu leicht.«

Sybil schnaubte ungläubig und richtete sich auf.

»Was habt ihr dann vor?«, fragte sie.

Ich spürte noch immer, dass mein Körper schwach war. So ausgezehrt von alledem.

Bevor Sybil etwas sagte, griff ich nach ihrer Hand. Handelte aus meinem Bauch heraus. Spürte nach dem letzten Funken zurückgebliebener Magie und ließ ihn frei.

»Nein«, brüllte sie, versuchte ihre Hand wegzuziehen. »Bitch!«, rief sie aufgebracht und funkelte mich wutentbrannt an. »Verdammte Hexe!« Ihr Brüllen hallte über die gesamte Lichtung.

»Eigentlich bin ich beides«, erwiderte ich grinsend. Vielleicht ahnte sie, was ich vorhatte. Die dunklen Schlieren auf ihrem Arm lösten sich von ihrer Haut und schlängelten sich um meinen Arm, gingen auf mich über. Ich konnte ihr die Dunkelheit nehmen. Ja, sogar die Magie, die ich in ihr spürte. Ich zog daran, riss sie mit meiner Kraft heraus und saugte sie in mich auf. Schließlich verdrehte sie ihre Augen und fiel nach hinten. Die dunkle Magie stieg aus ihrem Mund. Ich hole sie zu mir, und wie von selbst floss sie in die schwarzen Linien auf meiner Haut, drang in meinen Mund ein und machte mich stärker. Doch die dunkle Magie veränderte mich nicht, sie passte sich der Dunkelheit an, die ich bereits in mir trug. Ich beugte mich über die alte Hexe zu meinen Füßen und klopfte ihr an die Wange.

»Was war das?«, fragte Alan, und ich spürte seinen Blick auf mir.

»Das war ihre Magie. Nun ist es meine. Sie hat bereits zu viel Schlechtes bewirkt, als dass sie etwas anderes damit machen würde.« Ich wandte mich der nächsten Hexe zu.

Sie betrachtete mich abfällig, reichte mir aber ihre Hand. Vielleicht hatte sie genug von alledem hier gehabt.

Wieder hoben sich die dunklen Ranken von dem Arm und legten sich um meinen. Es war neue Energie. Nicht wie etwas Schlechtes. Sondern eher, als wäre es schon immer ein Teil von mir gewesen, den ich nun wiederfand. Die Dunkelheit, die meine Großmutter gemeint hatte. Vielleicht hatte sie schon mein gesamtes Leben auf mich gewartet. Darauf, dass ich endlich zu ihr kam, um mein wahres Ich zu entdecken. Zu sterben, um die Kräfte freizusetzen. Um im Reinen mit mir selbst zu sein.

Die Hexe zuckte, bis die dunkle Magie auch aus ihrem Mund herauskam. Ich nahm sie in mich auf und spürte mit jedem Moment, wie ich stärker wurde.

Ich nahm dieses Mal zwei Hexen auf einmal. Beide schrien auf, als die Ranken sich auf mich übertrugen. Ich bemerkte, wie Aiden vortrat und mich musterte. Sein Blick lag auf mir und ich lächelte ihm zu. Was musste ich für einen Anblick abgeben? Die Magie stieg auf und nahm mir auch diese. Langsam, aber sicher hatte ich das Gefühl, wieder zu leben.

»Das konntest du davor aber noch nicht, oder?«, fragte Aiden erstaunt. Ich schüttelte den Kopf.

»Nein.« Die letzte Hexe sah zu ihren bewusstlosen Freundinnen und streckte mir ihre Hand entgegen. Ein ergebener Seufzer kam über ihre Lippen.

Die schwarzen Linien ihrer Hände kamen zu mir wie ein Haustier, das ich rief. Legten sich um meine Arme und drangen in mich ein. Ich saugte sie auf. Magie. Hell wie dunkel, ich machte sie zu meiner. Spürte die Macht, die mich durchrauschte, und genoss sie. Ich machte mir keine Gedanken darüber, was das für eine Fähigkeit war und was ich noch alles damit anstellen konnte. Ich hatte Hexen ihre Magie abgezapft, so wie James, doch sie lebten noch.

»Fertig«, sagte ich und trat von den Hexen zurück, die alle ohnmächtig am Baum lehnten.

Cat trat nach vorn und löste die magischen Fesseln, die sie um den Zirkel gelegt hatte.

»Danke für deine Treue, Merope«, sagte sie und drückte mich an sich. »Danke, dass du für mich gestorben bist.«

»Immer wieder gern«, sagte ich.

»Nein, bitte nicht noch mal«, rief sie und schüttelte den Kopf.

»Merope, das war der Wahnsinn. Ich habe so etwas noch nie gesehen«, meinte Sara und drückte sich an uns, bis es in einer riesigen Gruppenumarmung ausartete. Samuel wirkte absolut euphorisch, als er sich an uns alle presste.

»Das war wirklich erstaunlich«, meinte Alistair. Ich musste auflachen. Das warme Gefühl von Familie rollte über mich hinweg und bettete mich ein.

»Ja, und ich habe keine Ahnung, was das überhaupt ist«, sagte ich und sah auf meine Arme.

»Weißt du, andere Menschen lassen sich tätowieren und du hast eben das hier«, meinte Aiden. »Ich finde es cool.« Er grinste, bevor er mich küsste. Und ich küsste ihn zurück. Erleichtert, dass dieses Abenteuer endlich vorbei war.

Kapitel 38

MEROPE

Es waren bereits zwei Tage seit dem Verschließen des Risses vergangen. Aiden, Alan und Alistair würden mit ihrer Mutter reden. Von nun an jederzeit. Durch das Grimoire des Nekromanten hatte ich das richtige Ritual. Außerdem hatte ich das Gefühl, dass meine Kräfte stärker als jemals zuvor waren. Ich fühlte mich richtig, so wie ich war. Und ich hatte keine Angst mehr vor meinen Kräften. Wir standen versammelt am See. Dort, wo Aiden und ich in die Geisterwelt übergegangen waren. Und an dem Ort, wo Rufus sein Leben im Tausch für meines gelassen hatte. Wir hatten Blumen unter einem schönen Baum gepflanzt. Ich konnte mir wirklich gut vorstellen, wie er dort saß, mit kritischem Blick und angelegten Ohren.

Auf der Lauer, bereit, den nächsten Kommentar vom Stapel zu lassen. Ich musste schmunzeln. Das Haus war so leer ohne ihn. Kein mürrischer Kater, der sich zu mir ins Zimmer schlich oder auf meinen Schoß sprang.

Wir hatten uns etwas überlegt. Da wir keinen Körper von Rufus hatten, den wir begraben konnten, hatten wir ein großes Glas mitgenommen. Jeder von uns dachte an seinen liebsten Moment mit Rufus, und mit Magie konnten wir ihn dort hineinlegen. Und jedes Mal, wenn wir hierher zurückkamen und an ihn dachten, konnten wir das Glas öffnen und uns all die schönen Momente mit ihm ansehen.

Und vielleicht würde es sich für einen Moment so anfühlen, als wäre er hier bei uns. Am meisten bereute ich, dass ich mich nicht von ihm verabschieden konnte. Er war mein Freund gewesen. Unser Kater, der sich keinen Kommentar verkneifen konnte und trotzdem so viel Liebe gegeben hat. Alle hatten etwas in das Glas hineingegeben. Ich war die Letzte. Die hell leuchtenden Funken darin waren die Erinnerungen, und sie repräsentierten, wie Rufus von uns gegangen war.

Aiden hatte mir davon erzählt. Ich spürte den kalten Wind auf meinen nassen Wangen und dachte an all die Momente, die ich mit Rufus gehabt hatte. Als er mir geholfen hatte, die Geistermale von meinem Körper zu entfernen, sich beim Kürbisschnitzen über Aiden lustig gemacht hatte oder mir einfach nur zugehört hatte, als ich voller Sorgen war. All diese Momente und noch so viele mehr gab ich in das Glas. Ich sah die Bilder von Rufus in dem Glas herumschweben und merkte, wie meine Sicht verschwamm. Aiden legte mir seine Hand auf die Schulter.

»Rufus. Wir werden dich niemals vergessen, und ich werde mich niemals dafür bedanken können, was du mir geschenkt hast. Du hast dein Leben für meines gegeben. Danke für all die kleinen Dinge. Dass du auf uns geachtet hast. Mit und über uns gelacht hast. Ich glaube, dass du uns sehr geliebt hast, und das haben wir dich auch. Und das wird niemals aufhören. Unsere Herzen sind für immer mit der Liebe zu dir gefüllt. Es ist nicht mehr dasselbe ohne dich. Deine Pfotentapser werde ich jedes Mal hören, wenn ich die Hütte betrete. Und ich kann nicht in Worte fassen, wie sehr dein Verlust schmerzt. Aber ich hoffe, dass wir dich eines Tages wiedersehen werden.« Ich verschloss das Glas und versiegelte es mit einem Zauber. Dann brachte ich es zu dem Baum. Legte es zwischen die Blumen und versteckte all das mit einem Zauber. Nur wir konnten es sehen. Daneben war ein kleines Schildchen.

Rufus. Kater, Freund und Retter. Für ewig in unseren Herzen. Nun auf leisen Pfoten.

Ich atmete tief aus und sah zu meinen Freunden. Sie alle hatten glänzende Augen. Sogar Aiden. Ich lehnte mich gegen ihn und spürte den Rückhalt, den er mir gab.

»Das hast du schön gesagt«, meinte er und drückte mir einen Kuss auf den Scheitel. Ich atmete seinen Geruch nach Tannen und Gewürzen ein. Schloss die Augen.

»Danke«, wisperte ich. Cat nahm meine Hand und drückte sie. »Ich hoffe, es war okay für dich«, sagte ich zu ihr.

»Alles war perfekt«, meinte sie. Ich dachte daran, dass Cat und Rufus sich schon seit Cats Geburt kannten. Den Schmerz, den sie empfand, konnte ich mir nicht ausmalen. Doch ich denke, dass ich ihn in der kurzen Zeit so lieb gewonnen hatte, dass mein Schmerz ein ähnlicher war.

»Ich denke, dass wir einen schönen Weg gefunden haben, ihn zu beerdigen«, sagte Samuel und lächelte uns zu. Seine Hand fand meinen Arm. Doch er machte nichts an meinen Gefühlen, sondern gab mir Kraft. Ich drückte seine Hand.

»Zu Hause haben wir noch viele von den Kürbisplätzchen. Und dazu können wir auf Rufus anstoßen«, meinte Alistair.

»Das ist eine gute Idee«, pflichtete Aiden ihm bei. Wir stimmten zu. Ich ging gemeinsam mit Aiden am Ende der Gruppe. Die anderen vorweg. Eine Frage war mir seit der Sache auf der Lichtung nicht mehr aus dem Kopf gegangen.

»Fürchtest du dich?«, fragte ich ihn.

»Vor?« Aiden runzelte irritiert die Stirn.

»Mir. Ob du dich vor mir fürchtest«, wisperte ich, weil ich zu viel Angst hatte, die Frage laut auszusprechen. Er schüttelte den Kopf und schmunzelte.

»Welchen Grund hätte ich dazu?«

»Na ja, ich bestehe irgendwie aus schwarzer Magie und kann Seelen absaugen. Außerdem werden meine Augen jetzt schwarz, wenn ich zaubere, und das stelle ich mir ziemlich gruselig vor.« Aiden legte mir seinen Arm um die Schulter.

»Ehrlich gesagt, finde ich das ziemlich cool. Und außerdem, du bist schön. Egal ob mit schwarzen oder den roten Teufelsaugen. Ich liebe dich, weil du einfach Merope bist. Ein sturer Kürbiskopf mit mehr Herz, als ich mir jemals gedacht hätte.«

»Was hast du gesagt?«, fragte ich schockiert und sah ihn mit geweiteten Augen an. Er überlegte. Dann sah ich, wie er es realisierte.

»Ich liebe dich«, sagte er erneut. So als wäre es ganz klar.

»Du kannst das doch nicht einfach so sagen«, meinte ich und schüttelte ungläubig den Kopf.

»Ich liebe dich«, sagte er erneut. Ich schlug ihm gegen seinen Bauch.

»Hör auf damit«, befahl ich. Er beugte sich zu mir herunter und legte seine Lippen an meine Ohrmuschel.

»Ich hasse dich«, sagte er mit seiner tiefen Stimme, die mir eine Gänsehaut bescherte.

»Oh, das gefällt mir schon besser«, sagte ich und lachte.

»Nein, aber wirklich. Ich liebe dich mit all meiner Seele.« Ich sah in seine schönen grünen Augen, spürte seinen Blick auf meinem Gesicht und das Lächeln auf meinen Lippen.

»Ich denke, das tue ich auch.« Vielleicht konnte ich die Worte noch nicht aussprechen, aber Aiden wusste, dass ich dasselbe für ihn empfand.

»Du denkst nur?«, fragte er schockiert, doch das Lächeln auf seinen Lippen zeigte, dass er nur mit mir spaßte. »Komm schon, sag es, kleine Hexe«, forderte er mich auf. Aiden legte seine Hände an meine Seiten und kitzelte mich. Ich quietschte auf und wand mich aus seinen Armen. Dann rannte ich los und er lief mir hinterher. Jagte mich durch den Wald. So wie es sich für eine Hexe und einen Hexenjäger gehörte.

»Lass mich bloß in Ruhe«, rief ich und versteckte mich hinter Alistair und Cat, die mich angrinsten.

»Das kannst du vergessen!«, sagte er und rannte um die beiden herum. Schnell lief ich zwischen meinen Freunden hindurch, benutzte sie als lebende Hindernisse, um nicht in die Fänge von Aiden zu gelangen.

Lachend blieb ich stehen und hob die Hände. Mein Grinsen fiel in sich zusammen und Aiden stellte sich schützend neben mich.

Dort war jemand auf unserer Veranda. Ich kniff die Augen zusammen und runzelte die Stirn. Ein Mann mit dunklen, welligen Haaren und skeptisch blickenden grünen Augen saß dort. Er musterte mich genauestens. Seine markanten Gesichtszüge waren schön anzusehen. Die feine gerade Nase, die ausgeprägte Kieferpartie und die hohen Wangenknochen, die sein Gesicht markant beschrieben. Eine Locke des Haares fiel ihm in die Stirn. Seine Statur war schlank, grazil und die kleinste Bewegung ließ er elegant wirken.

Ich runzelte die Stirn und betrachtete ihn. Diese Augen kannte ich. Die anderen hatten den Fremden ebenso bemerkt und waren stehen geblieben. Wie hatte er unsere Hütte gefunden? Sie war doch mit einem Schutzzauber versteckt.

»Wer bist du?«, fragte ich und trat einen Schritt nach vorn. Er breitet die Arme aus und entblößte seine Zähne, dabei waren die Eckzähne spitz. Nein, das konnte nicht sein.

»Oh, was für eine wundervolle Frage, Junghexe«, sagte er. Nein. Ich trat einen Schritt auf den Mann zu und sah in die grünen katzenhaften Augen. Die Pupillen waren nicht rund, sondern länglich. Unmöglich. Doch hier stand er.

»Rufus«, rief ich und rannte auf ihn zu. Er stand auf und fing mich auf, als ich mich in seine Arme warf. »Wir haben dich gerade beerdigt!«

»Damit hättet ihr doch warten können, bis ich wirklich tot bin.« Er drückte mich an sich, und ich spürte, wie meine Augen brannten. Schon wieder. Ich löste mich von ihm und betrachtete ihn. Cat kam angerannt und warf sich ebenfalls in seine Arme. Sara war die Nächste.

»Wie ist das möglich?«, fragte Cat und betrachtete Rufus, der als Mensch vor uns stand. Seinen verschmitzten Gesichtsausdruck hatte er nicht verloren.

»Oh, das ist eine lange Geschichte. Und ich hätte jetzt echt Lust auf Bier. Mein Gott. Als Katze kannst du das nicht trinken, alles schon probiert«, sagte er. Jeder von uns starrte ihn an. »Ich bin keine Zirkusattraktion«, stellte Rufus klar, als er unsere Blicke bemerkte, und ging in die Hütte. Dabei versuchte er, nicht über die ganzen Kürbisse zu stolpern, die hier überall herumstanden. In der Küche machte er den Kühlschrank auf und holte ein paar Flaschen Bier raus. Er hielt Cat eines hin.

»Nein danke, keins für mich.« Rufus reichte ihr den Karottensaft. Dann drückte er jedem anderen ein Bier in die Hand, bis auf mich. Dafür ging er zur Kaffeemaschine und schaltete sie ein. Jeder von uns stand weiterhin dumm da und starrte den Kater an, der kein Kater mehr war.

»So, jetzt setzt euch hin und ich erzähle euch eine Geschichte«, begann er. Rufus drückte mir den schwarzen Kaffee in die Hand und führte mich zu einem Stuhl. Er setzte sich neben mich. »Der Nekromant von Ashland. Oder auch der dunkle Hexer. Endlich kann ich es aussprechen«, sagte er und klatschte in die Hände. Die spitzen Zähne waren nicht zu übersehen.

Verwirrt runzelte ich die Stirn. Aussprechen. Ja aber natürlich. Zuerst ließ sich das Grimoire nicht öffnen, doch sobald ich Rufus' Namen genannt hatte, funktionierte es. Das war mir gar nicht aufgefallen, weil es nicht mit Absicht geschehen war.

»Du bist der Nekromant. Dein Grimoire lässt sich nur mit deinem echten Namen öffnen!«

Rufus nickte mir anerkennend zu. »Schlaue Junghexe«, kommentierte er.

»Das heißt, du bist auch ein Hexer«, ergänzte Samuel und musterte Rufus.

»Auch richtig. Ein ziemlich alter, auch wenn ich mich fabelhaft gehalten habe, wie man sieht«, murmelte er und fuhr sich durch die Haare. Ich grinste.

»Dein Selbstbewusstsein hast du nicht verloren«, sagte ich.

»Und du nicht deinen Geschmack für Kerle, die dich töten wollten«, gab er zurück und Aiden räusperte sich. Ich presste meine Lippen fest aufeinander. Cat lachte laut los.

»Na ja, auf jeden Fall war ich verflucht. Gezwungen in eine Katzengestalt, und ich konnte nicht über meine wahre Identität reden, ansonsten hätte ich euch schon verraten, wie alt ich bin. Wie gesagt, ich sehe noch immer fantastisch aus. Allerdings wusste ich nicht, dass es überhaupt eine Möglichkeit gibt, den Fluch zu brechen. Denn meine Taten waren nichts, womit ich mich heute beweihräuchern würde. Durch mein eigenes Opfer habe ich bewiesen, dass ich etwas aus purer Liebe tue, ohne einen eigennützigen Hintergedanken.« Rufus sah mich an. Mit seinen grünen Augen musterte er mich. »Indem ich mich für meine Freundin, meine Familie geopfert habe, wurde ich befreit. Also danke, Merope, dass ich dich genug lieben konnte, um dich zu retten und mich zu befreien.« Ich hatte feuchte Augen und strahlte ihn an. Seine spitzen Zähne kamen zum Vorschein, als er lächelte.

»Ich bin froh, dass du hier bist. Vor allem musst du mir helfen herauszufinden, was ich jetzt überhaupt bin.« Rufus winkte ab, während er einen Schluck seines Biers nahm.

»Das wäre doch gelacht, Junghexe.«

Kapitel 39

RUFUS

ZWEI TAGE ZUVOR …

*I*ch war nicht tot. Erstaunlich. Eigentlich hatte ich erwartet, dass ich nie wieder zu Bewusstsein kommen würde. Doch stattdessen lag ich hier nackt im Wald und sah aus wie aus dem Dschungel entlaufen. Meine Haare waren im Arsch. Meine Haare? Nicht mein Fell? Verwirrt blinzelte ich und spürte zum ersten Mal meinen Körper. Nahm ihn voll und ganz wahr. Kein Katzenkörper. Sondern ein menschlicher. Unmöglich. Ich hätte nicht mehr leben sollen. Die dunkle Magie von Meropes Zauber hatte mich zerstört. Doch wie konnte ich dann hier sein? War es möglich … dass ich meinen eigenen Fluch gebrochen hatte? Aber wieso wusste ich nicht, dass ich das konnte? So viele Fragen im Kopf und so wenig Kleidung am Körper. Ich war es gar nicht gewohnt, etwas anzuziehen. Mein prächtiger Körper hatte immer genügt. Doch nun erkannte ich die Nachteile daran, kein seidiges Fell mehr zu tragen. Mir war kalt. Richtig kalt. Keine Ahnung, wo ich war und welches Datum wir hatten, aber ich brauchte dringend etwas zum Anziehen. Das war das Erste. Also ging ich los. Streifte durch den Wald. Immer in eine Richtung laufend. In der Hoffnung, bald hier rauszukommen. In all den Jahrhunderten, in denen ich gelebt hatte, war mir noch nie so kalt gewesen. Doch ich musste mir ja unbedingt aussuchen, mich für die Junghexe zu opfern. Nein, ich bereute nichts, was ich getan hatte. Okay, einige Dinge schon, aber nicht, dass ich Merope von dem Zauber befreit hatte. Sie war eine gute Hexe und hatte es als Letzte verdient zu sterben. Da waren meine Taten schrecklicher gewesen. Ich hatte es wahrlich verdient, mit dem Fluch belegt zu werden. Nach einiger Zeit konnte ich ein kleines Haus erkennen. Dort brannte Licht. Ich hatte nur kurz Zweifel, dort anzuklopfen. Gespannt wartete ich, ob mir jemand aufmachen würde. Es drangen leise Stimmen heraus, und darauf folgten Schritte, die durch den Flur stapften. Keinen Moment später wurde die Tür geöffnet und ein älterer Mann sah mich an. Von oben bis unten.

»Entschuldigen Sie die Störung, ich brauche Hilfe«, sagte ich freundlich. Die buschigen grauen Brauen des Mannes hoben sich.

»Was ist denn passiert?«, fragte er.

Gute Frage. Mal überlegen. Ich bin ein jahrhundertealter Hexer, da wird mir wohl eine Lüge einfallen. »Ich war campen und baden. Als ich aus dem Wasser gekommen bin, waren all meine Sachen weg.« Ja, glaubwürdig. Ich hoffte nur, dass hier in der Nähe ein Fluss oder See war, der meine Geschichte bestätigte.

»Sie gehen um diese Jahreszeit campen?«, fragte er mich ungläubig. Ich nickte. »Das ist ja ungeheuerlich mit Ihren Sachen. Kommen Sie rein. Ich bringe Ihnen Kleidung, und dann können Sie auch gleich etwas essen und trinken.«

Ich lächelte den Mann an.

»Danke, das ist wirklich sehr nett. Würden sie mir noch verraten, wie genau der Name von der Stadt ist. Den habe ich vergessen«, meinte ich.

»Natürlich. Wir sind in Starlight Valley.« Das sagte mir absolut nichts. Hoffentlich war es noch in Amerika. Ich hatte keine Ahnung, weshalb ich hier in Starlight Valley gelandet war. Der Mann bedeutete mir, ihm zu folgen, und wir liefen die Treppe nach oben. Das Haus war rustikal eingerichtet und ich erkannte viele gemalte Bilder.

»Danke, dass Sie mir helfen.«

»Wo würden wir denn hinkommen, wenn wir uns gegenseitig im Stich lassen?« Da hatte er recht. Er kramte in Schubladen und Schränken, fischte verschiedene Dinge heraus und reichte sie mir. Sogar Schuhe hatte er mir in die Hand gedrückt.

»Die sehen so aus, als würden sie Ihnen passen.«

»Danke.« Er zeigte mir das Bad und ließ mich allein. Als ich die Tür schloss, atmete ich einen Moment durch, bevor ich mich selbst im Spiegel betrachtete. Es war ungewohnt, mich so zu sehen, wie ich eigentlich aussah, bevor mich der Fluch getroffen hatte. Schwarze, gewellte Haare, grüne Augen und eine schmale Nase. Doch einige Merkmale hatte ich von meiner Katzengestalt behalten. Meine Pupillen waren schlitzförmig und die Zähne waren nach wie vor spitz. Schnell betrachtete ich meinen Hintern. Mit einem zufriedenen Lächeln stellte ich fest, dass sich dort kein Schwanz befand. Ich benutzte die Dusche und zog mich anschließend an, bevor ich nach unten ging. »Ich habe mich gar nicht vorgestellt«, sagte ich und reichte dem Mann meine Hand. »Rufus.«

»Ernie, und das ist meine Frau Berta.« Er gab den Blick auf eine grauhaarige Frau mit einer großen runden Brille auf der Nase frei. Sie war klein und schlank. Man könnte sie als zierliche Frau beschreiben.

»Hallo, danke, dass ich hier sein darf.«

»Das ist selbstverständlich. Sollen wir die Polizei informieren?«, fragte sie mich und stand auf.

»Nein, ich möchte am liebsten einfach nur nach Hause.« Mein Herz wurde warm, als ich an den Zirkel dachte. An die Hütte. An Merope und Cat. Die beiden Hexen, die mich in so einer Zeit am meisten geprägt hatten. Aus dem einfachen Grund, weil sie mich so geliebt hatten, und das auf ihre ganz eigene Art und Weise.

»Das verstehen wir. Wo müssen Sie denn hin?«, fragte Ernie mich.

»Nach Ashland.«

»Das sind drei Stunden Fahrt von hier. Wenn Sie möchten, können wir Sie morgen dort hinbringen.« Ich sah das alte Ehepaar an und fühlte die Dankbarkeit tief in meinem Herzen explodieren.

»Sie müssen das nicht tun«, versuchte ich sie abzuwiegeln.

»Wir sind Rentner. Das ist das Spannendste, was uns in den letzten Jahren passiert ist. Deshalb machen wir das sehr gern«, meinte Ernie.

»Ich werde Ihnen alles zurückzahlen, was ich Ihnen schulde.«

»Ach, so ein Unsinn, und jetzt setzen Sie sich. Ich bringe Ihnen etwas zu essen«, sagte Berta und ging in die angrenzende Küche.

»Danke, wirklich.«

»Sehr gern. Und jetzt erzählen Sie, woher kommen Sie?« Ernie setzte sich zu mir. Währenddessen suchte ich nach der Magie in mir und fand sie schließlich. Sie war ein wenig eingerostet, aber noch da. Zufrieden vollführte ich einen Schutzzauber, damit diesen freundlichen Leuten niemals etwas Schlechtes widerfahren würde.

»Ich komme aus Ashland, das ist eine kleine Stadt mit den schönsten Herbstbäumen, die man jemals gesehen hat …« Bei dem Gedanken, dass ich morgen wieder bei meiner Familie sein würde, machte mein Herz einen Sprung.

Kapitel 40

AIDEN

Wir hatten es geschafft. Cat war gerettet, Merope nicht gestorben und Rufus wiederauferstanden. Außerdem steckte er nicht mehr in einem Katzenkörper fest. Das war doch eine super Leistung.

»Das ist also dieses *Saints & Sinners*«, murrte Rufus, als wir den Diner betraten. »Riecht wie in 'ner billigen Pommesbude.« Merope lachte auf und schlug Rufus auf den Oberarm. Er hatte jetzt Oberarme. Merkwürdig. Ob ich mich daran gewöhnen würde, dass er kein motzender Kater mehr war, sondern ein motzender Mensch? Wahrscheinlich nicht.

»Nur weil es so riecht, heißt es nicht, dass es schlecht ist«, entgegnete Sara und schüttelte den Kopf. Die braunen Wellen fielen ihr über die Schultern. Da sie hier arbeitete, verstand ich den Drang, den Diner zu verteidigen.

»Wir werden ja sehen.« Wir setzten uns an den hintersten Tisch, an dem wir gemeinsam Platz hatten. Merope strahlte mich an, als ich mich zu ihr setzte. Unter ihren Augen lagen dunkle Schatten. Die Ereignisse waren nicht spurlos an uns vorbeigezogen. Ich warf einen Blick auf ihre Hände, nur um festzustellen, dass die schwarzen Ranken weiterhin dort waren. Eine Narbe von ihrem Kampf mit dem Tod. Den sie verloren und gewonnen hatte. Wie man es nahm. Als sie meinen Blick bemerkte, zuckte Unsicherheit über ihr Gesicht. Sie versteckte ihre Hände zwischen den Beinen und blickte mit einem aufgesetzten Lächeln aus dem Fenster.

»Nicht«, flüsterte ich ihr zu und zog an ihren Armen. »Das ist nichts, wofür du dich schämen musst.« Sie sah mich mit ihren bernsteinfarbenen Augen an und rieb sich über die dunklen Ranken.

»Sie sind hässlich«, sagte sie.

»Nein, sie sind wunderschön. Sie zeigen jedem, wie stark du bist.«

»Oder dass ich einen schlechten Geschmack bei Tattoos habe.«

»Wenigstens nicht bei Männern«, erwiderte ich. Merope lachte auf und schüttelte den Kopf.

»Was tuschelt ihr denn da drüben?«, fragte Rufus, dem eine Locke seines schwarzen Haares ins Gesicht fiel. Alistair und Alan warfen mir einen belustigten Blick zu. Wir drei kamen nicht so wirklich mit dem menschlichen Rufus klar. Wir mussten uns aneinander gewöhnen.

»Nichts, was für deine Ohren bestimmt ist«, meinte Merope.

»Für mich ist alles bestimmt, Junghexe.« Ich glaube, das war etwas, das er niemals ablegen würde. Junghexe. Es gehörte zu ihm.

»Sag mal, wen hast du eigentlich schon alles nackt gesehen?«, fragte Samuel interessiert. Wie, nackt gesehen? Merope, Cat und Sara sahen sich an und lachten los.

»Alle Hexen und …«, Rufus' Blick richtete sich auf mich, »… ich glaube, einen von den Archers. Wen genau, keine Ahnung.« Ich zog die Augenbrauen in die Höhe.

»Du hast Merope nackt gesehen?«, fragte ich und konnte nicht verhindern, dass mein Gesicht vor Wut heiß wurde.

»Ja, war echt schön. Muss schon sagen, du hast einen tollen Körper«, sagte Rufus an Merope gewandt und nickte ihr anerkennend zu.

»Danke. Wir werden ab jetzt Regeln ausmachen. Wenn du in mein Zimmer willst, dann musst du davor anklopfen.«

»Wenn ich ein eigenes bekomme, dann werde ich nicht in dein Zimmer gehen.«

Cataleya räusperte sich und sagte: »Das kriegen wir auf jeden Fall hin.«

»Dann bin ich ja beruhigt. Ich dachte schon, dass ich weiterhin unten schlafen muss.« Rufus riss die Augen auf. »Ich kann mir Möbel kaufen.« Er runzelte die Stirn. »Oder auch nicht. Ich habe ja gar kein Geld«, stellte er fest. Er presste die Lippen aufeinander.

»Ich gehe mit dir Möbel kaufen«, sagte Cat.

»Das würdest du tun?«, fragte er und griff nach ihrer Hand.

»Na klar, du bist mein Freund.«

»Danke, das musst du aber nicht.«

Cat grinste ihn an und legte ihre Hand auf seine. »Das tue ich aber.«

»Und ich werde mit dir shoppen gehen«, verkündete Sara freudestrahlend.

»Gut, dann wird mein Kleiderschrank wenigstens nicht so schwarz wie der von Merope.«

»Das habe ich gehört«, murrte sie neben mir.

»Es ist auch wirklich kein Geheimnis, falls du das dachtest«, sagte Rufus.

Merope verdrehte die Augen und sah dann warnend zu mir. »Wehe.«

»Suchst du etwa dein …« Sie beugte sich zu mir und legte ihre Hand auf meinen Mund, um mich zum Schweigen zu bringen. Ich streckte die Zunge raus und leckte sie ab.

Merope zog die Hand angewidert zurück. »Du bist doch wirklich ekelhaft.«

»Genau darauf stehst du doch«, sagte ich und kassierte augenblicklich einen Schlag gegen den Oberarm. Merope schien gern Schläge zu verteilen. Vor allem bei mir.

»Das wünschst du dir, genauso wie gutes Aussehen«, sagte sie.

»Oder besseren Frauengeschmack«, konterte ich.

»Arschloch«, meinte sie trocken, bevor sie einen Schluck ihres Milchshakes nahm.

»Das ist ja wirklich wie bei einem alten Ehepaar«, murmelte Cat und sah erst ihre Freundin und schließlich mich an. Wenn sich so ein altes Ehepaar verhielt, wollte ich das für immer haben. Mit ihr. Merope und ich blickten uns an. Ja, das war Hassliebe, die für immer bestimmt war.

Kapitel 41

MEROPE

Aiden grinste wie ein Idiot, und ich denke, dass ich das auch tat. Verrückt. Ich blickte aus dem Fenster. Der Herbst war schön. So schön, dass ich ihn das ganze Jahr behalten wollte. Doch leider kam irgendwann der Frühling und die Sonne begann wieder zu scheinen. Dann verschwand die Dunkelheit. Doch ich erinnerte mich daran, dass ich einen Teil davon in mir trug. Ich nahm eine Bewegung auf dem Parkplatz des *Saints & Sinners* wahr. Als ich meinen Blick darauf richtete, erkannte ich zwei Geister. Sie standen dort und sahen mich an. Ich konnte Hoffnung in ihren Gesichtern entdecken. Rufus ergriff meine Hand.

»Soll ich dir zeigen, wie du ihnen helfen kannst?«, fragte er mich, und unsere Freunde wurden still.

»Woher weißt du, dass …« Er sah nach draußen.

»Weil ich einst die gleichen Fähigkeiten wie du hatte. Ich kenne diesen Blick«, sagte er. Ich betrachtete ihn. Ja, das würde Sinn ergeben, wenn er sich schon so sehr auf Geister konzentriert hatte.

»Du konntest Tote sehen?«, fragte Cat. Das war etwas, was er gestern nicht erzählt hatte.

»Ja, aber jetzt besitze ich normale Magie. Auch nicht mehr so stark wie zuvor. Aber ich bin froh, ein Mensch zu sein und wenigstens noch ein wenig zaubern zu können.«

Ich griff nach seiner Hand.

»Hilf mir. Zeig mir, was ich machen muss.« Die Pupillen seiner katzenhaften Augen zogen sich zusammen und weiteten sich anschließend. Es fühlte sich gut an, um Hilfe zu fragen. Und ich spürte, dass es leichter als zuvor war.

»Das lasse ich mir nicht zweimal sagen.« Ich quetschte mich an Aiden und Alistair vorbei, genauso wie Rufus es auf der anderen Seite des Tisches tat. Ich warf Aiden noch einen letzten Blick zu. Und er ..., er betrachtete mich mit Stolz. Mein Herz hüpfte. Seine Augen funkelten und ein leichtes Lächeln lag auf seinen Lippen. Ich wusste, davon würde ich niemals genug bekommen. Genauso wie von seinen Grübchen. Wir verließen den Diner und blieben auf dem Parkplatz stehen. Für alle, die nicht wussten, was jetzt passierte, sah es so aus, als würden wir hier einfach nur herumstehen und reden. Ein Mann und eine Frau blickten mir entgegen. Mittleres Alter. Sie wirkten traurig, und an ihren Köpfen klebte Blut, das teilweise über ihr gesamtes Gesicht verschmiert war. Ich ging noch einen Schritt auf sie zu.

»Hey, kann ich euch helfen?«, fragte ich sie und lächelte leicht. Der Mann runzelte die Stirn. Mir fiel auf, dass mein Blickfeld nicht mehr bläulich wurde und keine Kälte mehr in meine Knochen vordrang. Einer der Nebeneffekte meines neuen Ichs. Meiner eigenen persönlichen, magischen Dunkelheit.

»Du kannst uns sehen?«, fragte er und schüttelte ungläubig den Kopf.

»Ja, das kann ich.«

»Unsere Freunde und Familie konnten das alles nicht. Ich denke, wir sind gestorben«, wisperte er ehrfürchtig und griff nach seiner Frau. Doch seine Hand rutschte durch ihre milchige Erscheinung hindurch.

»Ja, das seid ihr. Aber ich versuche, euch zu helfen. Könnt ihr irgendwo ein helles Licht erkennen?«, fragte ich sie. Die Frau drehte sich suchend um.

»Nein. Ich glaube, wir sind bei einem Autounfall gestorben. Das Letzte, an das ich mich erinnern kann, ist, dass wir ins Auto gestiegen sind, nachdem ...« Sie stockte und Tränen sammelten sich in ihren Augen.

»Nicht weinen, Schatz.« Der Mann betrachtete seine Frau einfühlend, doch machte keine weiteren Anstalten, sie zu berühren. Er wandte sich an mich. »Unsere ... wir hatten unser Kind, unsere Tochter verloren und kamen gerade aus dem Leichenschauhaus. Wir mussten bestätigen, dass sie es ist.« Mein Herz zog sich zusammen.

»Das tut mir leid«, sagte ich und sah kurz zu Rufus, der mich interessiert musterte. »Rufus, sie können kein Licht sehen, was mache ich nun?«

Er grinste. »Merope, das ist deine Aufgabe. Du wirst das Licht für sie sein. Ein Portal zwischen Leben und Tod. Probier es aus. Achte nicht darauf, es richtig machen zu wollen, sondern mach es einfach. Spüre deine Kraft.«

Ich betrachtete ihn einige Sekunden verwirrt, bis mir bewusst wurde, dass er mich nicht verarscht. Ich glaubte ihm, und ich glaubte nun an mich.

»Bevor du uns weiterschickst«, hielt der Mann mich auf, »wollten wir fragen, ob du vielleicht unsere Tochter getroffen hast. Wir hatten die Hoffnung, dass sie hier irgendwo ist.« Der hoffnungsvolle Unterton, der in seiner Stimme mitschwang, bescherte mir eine Gänsehaut. »Sie trug ein Tutu und …«

»Heißt Rosie«, murmelte ich und dachte an das kleine Mädchen, das vor wenigen Tagen noch an meinem Bett gesessen hatte. Ihre Gesichter hellten sich auf.

»Ja, genau! Rosie.« Ich nickte.

»Sie ist bereits ins Licht zu ihren Großeltern gegangen. Und sie hatte gefragt, ob es lange dauern würde, bis ihr nachkommt.«

Der Mann lachte auf, und ich konnte Tränen erkennen, die sein Gesicht hinunterrollten. »Nein, so lange anscheinend auch nicht.« Ich trat noch ein Stück weiter auf sie zu und handelte intuitiv. »Dann werde ich versuchen, euch zu eurer Tochter zu bringen«, verkündete ich.

Die beiden nickten und traten nah an mich heran. Ich schloss die Augen und dachte an die kleine Rosie in ihrem Tutu und mit der schönen Frisur.

Wie sie mich mit ihren großen Augen angestarrt hatte. Trotz der Freude, die sie bei ihrem Besuch mitgebracht hatte, so ging sie und hinterließ Trauer. Doch nun konzentrierte ich mich darauf, den Frieden zu spüren, den sie empfunden haben muss, als sie in das Licht gegangen war. Ich ließ die Stille um mich herum einkehren und fand meine eigene Seele in mir. Ließ mich von dem Gefühl der Macht, die in ihr schlummerte, umfangen und leiten. Ja, da war das Gefühl des Lichts. Wärme, Liebe und Frieden. Und ich spürte, wie es sich ausbreitete und sich über meinen Körper legte. Dann öffnete ich die Augen und streckte meine Hände aus. Spürte, wie der Mann und die Frau sie ergriffen und mich anlächelten.

Ich konnte fühlen, wie sich ihre Finger um meine schlossen. Ich konnte sie wirklich berühren. Jetzt konnte ich viel mehr, als ich mir jemals gedacht hätte. Die Vorfreude in ihren Augen ließ mich grinsen. Und ich erkannte, dass ich strahlte. Hell und stark, trotz der Dunkelheit, die mich zierte. Doch ich denke, dass es im Leben auf die richtige Balance ankommt. Hell und Dunkel. »Ich wünsche euch eine gute Reise«, sagte ich, als ich erkannte, wie das Licht auf sie übersprang und einhüllte. Langsam, aber sicher verblassten sie.

»Danke«, sagten die beiden, bevor sie ganz verschwunden waren. Und ich glaubte für einen Moment Rosie zu hören. Irgendwann würde ich sie wiedersehen, doch noch nicht so bald, wie ich geglaubt hatte.

»Gut gemacht«, sagte Rufus und legte mir einen Arm um die Schulter. »Du wirst eine gute Schülerin sein.«

»Wer sagt, dass ich das sein will?«

»Ich sehe es in deinen Augen, Junghexe«, sagte er erfreut. Gemeinsam mit Rufus ging ich wieder rein. Selig über das, was ich tun konnte. Ich hatte das Gefühl, dass meine Fähigkeiten einen Sinn erfüllten und für etwas Gutes da waren. Für das Leben und den Tod.

Kapitel 42

AIDEN

Ich presste die Lippen fest aufeinander, weil ich nicht wusste, wie ich beginnen sollte. Alan und Alistair blickten mich abwartend an.

»Du wolltest mit uns sprechen?«, fragte Alistair und hob die Augenbrauen.

Wir saßen gemeinsam in der Bibliothek, in der die Sonne den Staub zum Vorschein brachte und ihn wie kleine Magiefunken wirken ließ.

»Ja, ich weiß ehrlich gesagt nicht, wie ich anfangen soll.« Ich druckste herum, bevor ich die vier Bücher mit unseren Initialen auf den Tisch legte. Auch das von Amberly. Unserer Schwester.

»Warum? Wovon willst du uns denn erzählen?« Alan zog fragend die Augenbrauen zusammen.

Tief atmete ich aus, bevor ich das Shirt nach oben zog und meinen Rücken zu Alistair und Alan wandte.

»Von mir.«

Ich hörte die bedrückende Stille, das scharfe Einatmen. Spürte den Schock, der sich wie eine dicke Daunendecke über uns gelegt hatte.

»Wie? Von was? ...«

Ich drehte mich wieder um und ließ das Shirt fallen.

»Von wem?«, fragte Alistair und ergänzte Alan.

»Die sind von Dad. Meine erste Bestrafung war kurz nachdem ich in die Bruderschaft aufgenommen worden war, weil ...« Ich erzähle ihnen von allem. Von Emery, Dad, den Hexen, die lebten. Davon, dass ich niemanden getötet hatte. Mit jedem Wort durchspülte mich Erleichterung und ich merkte, wie ich mich immer weiter von dem alten Aiden verabschiedete. Von der Fassade, der Rolle, die ich bereits viel zu lange gespielt hatte. Meine Brüder waren die letzte Instanz, die mich von einem neuen Leben trennte. Einem eigenen. Jetzt musste ich sie nicht mehr beschützen. Nicht mehr auf diese Weise. Das würde ich immer tun. Aber nicht so, wie ich es all die Jahre getan hatte. Als ich endete, sah ich die beiden abwartend an.

»Es tut mir leid, dass du damit allein warst. Wenn du nur etwas gesagt hättest ...«

»Dann hätte ich euch mit hineingezogen, und das wollte ich nicht«, unterbrach ich Alistair, dessen Gesicht schmerzverzerrt war.

»Danke, dass du das für uns auf dich genommen hast. Dass du all die Jahre allein damit gekämpft hast.« Alan stand auf, kam um den dunklen Tisch, an dem wir saßen, und umarmte mich. Hielt mich fest und ließ mich seine Zuneigung spüren. Vor ein paar Jahren hätte ich gesagt, dass es nicht möglich sei, dass meine Brüder so etwas wie Liebe für mich empfinden würden.

Alistair kam ebenfalls dazu und schloss sich an.

»Du bist ein toller Bruder.«

Mein Herz machte einen Satz. Ja. Das war es, was ich mir schon immer vorgestellt hatte. »Aber da gibt es noch etwas«, sagte ich und deutete auf die Bücher. Alan und Alistair betrachteten sie eingehend.

»Was ist das?«

»Vater hat über uns Buch geführt. Über unsere Fortschritte, wie er uns manipuliert hat. Alles steht dort drin.« Ich reichte jedem von ihnen sein eigenes Buch und wartete darauf, bis sie es sich durchgelesen hatten. »Das ist ekelhaft«, kommentierte Alan und warf das Buch mit einem lauten Knall auf den Tisch.

»Ich weiß.«

Alistair schüttelte ungläubig den Kopf, so als könnte er nicht fassen, dass Vater so etwas getan hat. Er klappte das Buch zu.

»Und das hier ...«, ich hob die Aufzeichnungen von Amberly hoch, »... solltet ihr euch auch ansehen. Es ist das von unserer Schwester.« Mein Atem stockte, als ich ihre Gesichter sah.

»Schwester?«, fragten beide voller Unglaube. Ich hatte das Gefühl, dass ihnen gleich die Augen aus dem Kopf fallen würden.

Ich schlug das Buch auf und deutete auf den Namen. *Amberly Archer.*

»Wieso wussten wir nichts davon?«, fragte Alistair.

Ich blätterte weiter, bis ich an der Stelle angelangt war, an der Amberlys Tod aufgeführt wurde. Und warum er sie umgebracht hatte. Es waren nur wenige beschriebene Seiten. Wenig Leben.

Außerdem hatte er dort von Moms Tod geschrieben, auch das zeigte ich den beiden. Ich wartete ihre Reaktion ab, sah, wie sich langsam die Tränen sammelten. Wegen Amberly und Mom. Wegen allem, was er getan hatte. Was er uns angetan hatte.

»Wir hätten eine Schwester. Ich wäre nicht der Jüngste gewesen.«

Alans Aussage entlockte mir ein kleines Auflachen und Alistair ein Schmunzeln, doch die Trauer war weiterhin präsent.

»Danke, dass du uns das gezeigt hast, und vor allem, dass du uns erzählt hast, wer du bist. Zu wem du wurdest.«

»Zu jemandem, der ich von nun an nicht mehr bin. Ehrlich gesagt, hatte ich Angst, euch davon zu erzählen, weil ich nicht wusste, wie ihr reagieren würdet. Aber Merope hatte recht. Ihr glaubt mir. Dafür möchte ich euch danken.«

Merope wollte das Grimoire aufschlagen. Als es sich nicht öffnen ließ, schnaubte sie genervt und sagte »Rufus«. Im nächsten Moment öffnete es sich problemlos. Sie fuhr mit ihren Fingern über die Seite. Mein Blick blieb wieder an den schwarzen Linien hängen, die bis zu ihren Ellenbogen hinaufreichten. Sie erinnerten mich immer wieder daran, was gesehen war.

»Können wir das Codewort nicht in *Merope* umwandeln, sodass ich nicht jedes Mal deinen Namen sagen muss?« Rufus beugte sich zu meiner Freundin hinunter und schüttelte den Kopf.

»Niemals.«

»Das werden wir ja sehen.«

Alan und Alistair saßen neben mir, während wir gespannt darauf warteten, ob das, was Merope vorhatte, funktionieren würde.

»Ich dachte, du wolltest lernen.«

»Da hatte ich eher das Gefühl, dass du unbedingt unterrichten willst, um mir dein Zeug aufzuzwingen.«

»Du hast mich doch gebeten, nein, geradezu angefleht, dass ich dir helfe!«

Meine Brüder zogen die Augenbrauen nach oben. Wir warfen uns einen Hilfe suchenden Blick zu.

»Wenn ihr Zeit braucht, um eure Streitigkeiten zu besprechen, gehen wir gern raus«, sagte Alan und deutete auf die Tür der Bibliothek.

»Nein, ihr bleibt schön hier«, meinte Merope. »Rufus, was jetzt?«

»Du kannst doch lesen, Junghexe, oder täusche ich mich da?«

Merope würde ihn gleich erwürgen.

»Wenn ich deine Hilfe nicht brauche, dann geh doch einfach. Ich mache das allein.«

Die beiden waren explosiv zusammen. Aber unterhaltsam.

Rufus schnaubte empört und blätterte im Grimoire herum. Dann tippte er mit seinem Finger auf eine Seite, richtete sich wieder auf und verschränkte die Arme vor der Brust. »Und los.«

Merope straffte die Schultern und atmete tief ein. Sie hob die Hände, grüne Funken tanzten zwischen ihren Fingern und rieselten wie frisch gefallener Schnee auf den Tisch nieder. Ihr Blick landete auf mir, und ich konnte erkennen, wie ihre Augen mit einem Mal schwarz wurden, bis nichts Weißes mehr zurückblieb. Die Schlieren auf ihrem Arm bewegten sich wie kleine Schlangen. Es war ein beeindruckendes Bild.

Merope sprach einen Zauber, dessen Worte ich nicht greifen konnte. Es klang wie ein Lied in einer anderen Sprache. Nichts, was ich verstand. Jedoch hörte ich, wie schön es war.

Das Licht im Raum wich einer schummrigen Dunkelheit, während ein pfeifender Wind hindurchschoss. Kein Fenster war geöffnet. Merope richtete ihre schwarzen Augen auf mich und dunkle Linien bildeten sich unter ihrem untersten Wimpernkranz, die bis zu ihrer Wange reichten. Jeder von uns streckte ihr die Hand entgegen. In der Mitte des Tisches lag ein Spiegel.

Merope nahm ein Messer in die Hand und schnitt jedem von uns in die Handfläche. Wir ließen das Blut auf das Glas tropfen, bis Merope nickte und wir uns wieder zurückzogen. Währenddessen kreiste sie mit den Fingern über dem Spiegel, und immer mehr grüne Funken rieselten herab, flogen in die Höhe, tanzten vor meinem Gesicht. Auch der Wind wurde heftiger. Riss an unseren Haaren und an der Kleidung.

Es fiel mir schwerer, zu atmen, weil die Luft so schnell an mir vorbeirauschte, dass ich sie nicht einatmen konnte. So fühlte es sich an.

Die Kerzen auf dem Tisch brannten munter weiter und ließen sich nicht von dem tornadowürdigen Wind beeindrucken.

Meropes Stimme wurde lauter und lauter, der kleine Kronleuchter an der Decke wackelte und klirrte. Dann wurde es auf einmal still. Der Wind verschwand, und man hörte nur noch das leise Klimpern der einzelnen Kristalle des Kronleuchters.

Vor einem der Bücherregale konnte ich eine kleine Bewegung erkennen. Etwas passte nicht ins Bild. Wurde klarer, formte sich zu etwas.

»Mom«, sagte Alan und stand so schwungvoll auf, dass der Stuhl nach hinten flog.

»Alan, Alistair, Aiden«, sagte sie und kam auf uns zu. Ihre langen blonden Haare fielen ihr in weichen Wellen über die Schultern, während ihre grellgrünen Augen aufblitzten. Es waren dieselben wie von Alistair.

»Mom«, hauchte ich und stand auf.

Merope lächelte zufrieden und sah mir dabei zu, wie ich auf meine Mutter zuging.

»Ihr seid so groß geworden. Ich bin so unfassbar stolz auf euch. Ihr seid so stark. So gut. Niemals hätte ich mir vorgestellt, euch wirklich noch mal zu treffen. So, dass ihr mich auch sehen könnt!«

»Ich dachte nicht, dass es funktioniert, aber du bist es wirklich, oder?«, fragte Alistair und legte den Kopf schief.

»Ja, ich bin es.«

»Das hier habe ich mir immer vorgestellt. So viele Male, und ich wusste genau, was ich dir sagen wollte. Aber jetzt habe ich keine Ahnung mehr.«

»Ich denke, dass wir uns jetzt öfter treffen können. Meropes Fähigkeiten sind erstaunlich mächtig, und ich denke, mit der Anleitung von …« Sie betrachtete den dunkelhaarigen Mann eingehend. »… Rufus, nicht wahr?«

Dieser nickte zustimmend.

»Merope, deine Magie kann nur noch besser werden«, sagte Mom und betrachtete Rufus. »Faszinierend, dass du nun ein Mensch bist. Ich habe dich damals als Kater kennengelernt.«

»Und ich dich als kleines Kind.« Rufus zog den Mundwinkel hoch. »Es ist schön zu sehen, dass du deine Kinder treffen kannst.«

»Das finde ich auch.« Mom musterte uns von oben bis unten, umkreiste uns, so als wollte sie jede noch so kleine Faser in sich aufnehmen.

»Erzählt mir etwas Schönes.«

»Na ja, Vater ist tot.« Alan zuckte mit den Schultern und nickte, als müsste er es selbst nochmals bestätigen.

»Ich verstehe, warum ihr erleichtert seid, ich bin es auch. Doch er hatte durchaus seine guten Zeiten, bevor er zum Monster wurde.« Mom blieb wieder vor uns stehen.

Rufus ging aus der Bibliothek und schloss die Tür leise hinter sich.

»Mom, was ist mit Amberly?«, fragte ich und sah, wie sie ihr Gesicht schmerzhaft verzog.

»Amberly«, murmelte sie. Ein trauriges Lächeln bildete sich auf ihren Lippen. Die Augenbrauen waren zusammengezogen und ihre Stirn lag in Falten. »Ich habe ihren Namen schon lange nicht mehr ausgesprochen. Doch jeden Tag an sie gedacht. Sie war eure Schwester, aber das wisst ihr bereits.« Mom deutete auf den Stapel mit Büchern, die auf einem der anderen Tische lagen.

»Ja, das wissen wir.«

»Dann kennt ihr die ganze Geschichte.«

»Aber war sie wirklich eine Hex…«, setzte Alistair an, als die Tür wieder geöffnet wurde und der Rest unserer Freunde hereinkam. Samuel, Cataleya und Sara.

»Darüber können wir beim nächsten Mal genauer sprechen. Stellt mir eure Freunde vor. Ich möchte die Leute kennenlernen, die euch glücklich machen.«

Alistair holte Cat zu sich, Alan Samuel und ich Merope. Sara und Rufus sahen sich gegenseitig einen Moment prüfend an, schüttelten dann einstimmig den Kopf.

»Mom, das hier ist unsere Familie.«

Die Augen meiner Mutter leuchteten vor Tränen, als sie uns betrachtete. Freude darüber, dass wir endlich glücklich waren. Nun unser eigenes Leben beginnen konnten.

»Schön, euch kennenzulernen«, sagte sie und wischte sich über die Wangen. Sie war nicht die Einzige, die weinte. Ich presste Merope an mich und küsste sie auf den Scheitel. Ja, so hatte ich es mir vorgestellt.

Das war es, was ich schon immer haben wollte.

Freunde, Familie, Liebe.

Merope.

Epilog

MEROPE

*I*ch war so lange in der Dunkelheit, dass ein Stück von mir selbst zu ihr wurde. Und ein anderes wurde zu Licht. Ich war ein Teil davon. Eine Totenhexe. Ein Portal zwischen den Lebenden und den Toten. Durch die Zeit, die ich mit dem dunklen Zauber in der Geisterwelt verbracht hatte, befand ich mich auf einer permanenten Schwelle zum Tod. Wenn ein Geist endlich in das Licht gehen wollte, dann kam er zu mir. Und durch meine Berührung konnte ich ihn befreien. Rufus hatte mir so viel erklärt, wie ich an einem Abend auffassen konnte. Es war fantastisch, dass Rufus sich in diesem Bereich so gut auskannte. Seine eigene Fähigkeit, mit den Toten zu kommunizieren, war weg. Aber ich glaube, dass er sehr viel Spaß damit hatte, mich herumzukommandieren. Vielleicht würde ich meine Großmutter noch mal sehen, wenn ich mir bewusst darüber war, ob ich das wollte.

Ich kam aus dem Bad, als ich beinahe in jemanden hineingelaufen wäre. »Oh, sorry … Levi!« Ich machte große Augen und betrachtete meinen Freund.

»Hey, du«, sagte er. Seine dunkle Stimme drang in meine Ohren. Ich schloss kurz die Augen.

»Ich kann dich verstehen!« Nicht nur ein Stein, sondern Tausende fielen mir von meiner Brust und ließen mich aufatmen.

»Na endlich«, erwiderte er.

»Ich glaube, das, was du mir sagen wolltest, hat sich erledigt.«

»Ja, so ziemlich. Ich wollte dir das von dem Brunnen erzählen. Aber als ich das nicht hinbekommen habe, habe ich mich an Juliana gewandt. Und zum Glück hat es geklappt.«

»Ja, das hat es. Danke, dass du mich auf der Lichtung beschützt hast.« Er schenkte mir ein Lächeln.

»Das würde ich immer tun. Ihr seid meine Familie. Du bist meine Familie.« Ich nickte und betrachtete ihn. Dann griff ich nach seiner Hand. Mir war es möglich, Geister zu berühren. Die schwarzen Schlieren würde ich als Narben stets auf meiner Haut tragen. Erinnerungen daran, was ich gemeistert hatte und dass ich niemals den Glauben an mich selbst verlor. Denn ich war gestorben und wiederauferstanden.

Ich sah in Levis blaue Augen.

»Möchtest du ins Licht? Frieden finden? Ich könnte dir helfen«, bot ich ihm an. Er hatte es verdient, endlich seine Ruhe finden zu können. Doch er schüttelte den Kopf.

»Nein, das kann ich noch nicht. Ich muss erst sichergehen, dass Cora lebt. Und sich nicht selbst zerstört. Ohne zu wissen, dass sie sich aufrafft, kann ich keine Ruhe finden.« Ich dachte an Cora. Levis Freundin. Unsere Freundin, die uns nach seinem Tod verlassen hatte.

»Das kann ich verstehen. Ich hoffe, dass es ihr besser geht«, sagte ich ehrlich und schenkte ihm ein mitfühlendes Lächeln.

»Ich auch«, murmelte er, und in seinen Augen konnte ich den Schmerz erkennen. Sie hatten sich sehr geliebt. Und nun musste er zusehen, wie es ihr schlecht ging. Was für eine grausame Folter das sein musste. Ich war mir beinahe sicher, dass wir Cora nochmals wiedersehen würden.

»Wenn du siehst, dass sie Hilfe braucht, sag mir, wo wir hinmüssen, und wir werden dort sein.«

Levi sah mich an und legte seine Hand an meine Wange.

»Du bist ein wundervoller Mensch. Es ist so schön, dich zu kennen.«

»Dich auch, Levi.« Ich schloss ihn in die Arme und drückte ihn an mich. Spürte seinen Körper. Vollkommen. Das war meine Fähigkeit. In diesem Moment brach ich all die Regeln des Normalen und befand mich zwischen Leben und Tod. Erneut. Doch dieses Mal fühlte es sich richtig an.

»Danke, Merope. Wir sehen uns wieder.« Ich wusste, dass er wiederkommen würde. Das spürte ich. Er trat einen Schritt zurück und löste sich in Luft auf. Mit einem Lächeln auf den Lippen ging ich hinunter in den Garten. Meine Freunde warteten bereits auf mich. Doch bevor ich mich zu den anderen Hexen und Hexern stellte, blieb ich vor Aiden stehen und küsste ihn. Er legte seine Hände auf meinen Körper und zog mich an sich.

»Du weißt, dass ich dich echt gut finde?« Ich würde es noch immer nicht sagen. Aber irgendwann war der richtige Zeitpunkt für meine Liebesbekundung.

»Und du weißt, dass ich dich echt heiß finde?«, murmelte er zurück und gab mich dann frei. Aiden und ich waren etwas, das ich niemals verstehen würde. Und das wollte ich auch gar nicht. Das Kribbeln zwischen uns reichte mir vollkommen und war viel mehr wert als jede Erklärung der Welt. Ich trat neben Cat und Rufus. Griff nach ihren Händen und sah meine Freunde an. Meine Familie.

Samuel und Sara standen mir gegenüber. Auch sie grinsten mich breit an. Die Archer-Brüder lehnte der Reihe nach an der Hauswand und betrachteten uns, wie wir in ihrem Garten standen. Mein Herz gehörte hierher. Das war mein Zuhause. Wir begannen, sprachen das Ritual und wandten unsere Köpfe zu dem Mond, der noch voll genug war, um uns genug Kraft zu spenden. Worte flossen aus unseren Mündern und formten etwas. Funken flogen um uns herum. Und während die Augen meiner Freunde alle leuchteten, waren meine schwarz. So wie die dunkelste Nacht. Es war gut so. Jeder hatte etwas verloren, doch so viel gewonnen. Wir hatten uns. Der Zauber knüpfte ein Band, das sich von einem zum anderen zog. Immer stärker wurde. Die Magie wallte durch unsere Körper und brachte uns dazu, lauter zu werden. Den Zauber schneller zu sprechen. Ein Blick zu Aiden verriet mir, dass er mich mit den schönsten Augen der Welt betrachtete. Voller Liebe und Vertrauen. Ich musste grinsen. Er war richtig für mich. So schnell würde er mich nicht mehr loswerden. Das Band zwischen den Hexen und Hexern war stabil, stark und voller pulsierender Magie. Rufus und Cat drückten meine Hände, ließen mich spüren, welche Aufregung durch sie hindurchwallte. Und ich spürte dieselbe. Ich war mir sicher, dass alles so war, wie es sein sollte. Mein

Blick schweifte über die Menschen um mich herum. Ich sah meinen Zirkel an. Das Pentagramm unter unseren Füßen zeugte von dem Ritual, das wir vollendet hatten. Mit einem Grinsen stellte ich eine Sache fest: Die Hexen von Ashland waren zurück.

ENDE

Danksagung

Wow, schon wieder eine Danksagung. Die von *Witches & Hunters* ist erst gestern gewesen, oder?
wirft Blick auf den Kalender
Huch. Ja, ok. Doch schon knappe 365 Tage her. Na ja. In diesem Jahr ist so viel passiert und ich kann mich gar nicht glücklicher schätzen, dass du zu meinem Buch gegriffen hast. Doch dieses Buch wäre nichts ohne die nachfolgenden Menschen:

Astrid, was soll ich sagen? Ich glaube Danke ist schon längst nicht mehr genug. Es gibt nicht so viele Worte, um meine Gefühle dafür auszudrücken, was du möglich machst und wie dankbar ich bin, ein Teil davon zu sein. Du stehst mit Herzblut hinter jedem Drachen, gibst keinen von uns auf und lässt Träume in Erfüllung gehen. Ich hoffe für uns alle, dass du niemals damit aufhören wirst! Du bist wundervoll. <3

Stephan, wenn ich die Lektorate mit dir zusammenfassen müsste, würde ich sie mit diesen Worten beschreiben: Intensiv, lustig, lehrreich und eine Chance zu wachsen. Danke für alles, was du mir zeigst und beibringst. Es macht furchtbar viel Spaß mit dir zu arbeiten und dich an meiner Seite zu wissen, auch wenn es um flubbigen Glibber geht. ;D Ich freue mich auf das nächste Lektorat mit dir!

Marie, das Cover ist genial! Dieses grün, ich liebe es! Wirklich wunderschön. Und vielleicht kriegen wir ja irgendwann mal unseren Regenbogen mit *Witches* Büchern hin … wer weiß?

Michaela. Danke, dass du die Fehler aus meinem Manuskript vertreibst und dir immer so große Mühe gibst, mir passende Eselsbrücken mitzugeben!

Valentina, du bist ein Vorbild für mich, ein SEHR großes, deshalb ehrt es mich sehr, dass du einen Blurb für *Witches & Souls* verfasst hast! Tausend Dank, ich liebe ihn! Und ich bin mir sicher, Merope und Aiden auch!

Chiara. Du hast mir gezeigt, dass plotten gar nicht so schlimm ist, wie ich befürchtet hatte. Du stehst mir immer mit Rat und Tat zur Seite, unterbrichst das, was du gerade tust, wenn ich einmal nicht weiterweiß und wirst nicht müde, über meine Sorgen zu sprechen. Ich danke dir für die unzähligen Stunden in denen wir an unseren Geschichten gearbeitet, gemeinsam prokrastiniert und über unsere Träume gesprochen haben. Auf viele weitere davon! Ich bin froh, dich zu haben und glaube ganz fest an dich, genauso wie an deine Geschichten. <3 #kauftihrbuchdasbalderscheintesistsupergut :D

Jana. Du bist genial! Deine Illustrationen zaubern mir jedes Mal wieder ein Lächeln ins Gesicht! Ich hoffe, dass wir noch viele weitere Bücher schmücken werden.

Mama und Papa, ich danke euch beiden von tiefstem Herzen, dass ihr mich nicht verhungern lasst, wenn ich mich abends im Bücherzimmer verschanze und in meine Geschichten abtauche. Ich glaube, ohne euren Kochservice, wäre ich verloren!
Danke an meine Familie, die immer hinter mir steht und mich anfeuert.

Maria, dein Optimismus beflügelt mich jedes Mal. Du zauberst mir immer ein Lächeln ins Gesicht. Vor allem, wenn du in die Buchläden stapfst und den Buchhändler*innen mitteilst, dass sie meine Bücher bestellen müssen. Mit der Begründung, dass ich sie geschrieben habe und sie einfach gut sind.

Lennart, ich habe gesagt, du stehst in der nächsten Danksagung. *Here you go.* Jetzt musst du das Buch »leider« kaufen. :D

Opa F., du bist immer wieder erstaunt, wie solch abgedrehtes Zeug aus meinem Kopf kommen kann, doch gleichzeitig merke ich immer wieder, wie stolz du auf mich bist, wenn ich dir von einer neuen Idee oder einem weiteren Vertrag erzähle. Du hörst mir immer aufmerksam zu und bist immer für eine Lesung aus meinem aktuellen Buch zu haben. Danke, dass du mich immer unterstützt und mit mir träumst, deshalb ist dieses Buch für dich. <3

Opa M., wir kannten uns knappe drei Jahre, doch zu meinem dritten Geburtstag hast du es leider nicht mehr geschafft. Ich konnte dir nie erzählen, wie es in der Schule war oder was mich sonst beschäftigte. Und du konntest mir keine Geschichten von dir erzählen, mir keine Weisheiten mitgeben, so wie es die meisten Opas tun und du hast nie meine Erfolge miterlebt. Genauso wenig wie die Niederlagen. Doch, ich bin mir sicher, dass du trotzdem da warst, auch wenn ich dich nicht sehen konnte. Du bist immer da und passt auf mich und unsere Familie auf. Daran glaube ich ganz fest. Ich hoffe, dass ich dich stolz machen konnte und vermisse dich sehr. Das Buch ist für dich. <3

Danke an meine Freunde, die mich unterstützen und mir die Daumen drücken.

Selina, ohne dich, ohne mich. Dir kann ich alles erzählen, zu jeder Zeit. Danke, dass es dich gibt. (Danke an Gaby und Franz, dass es Selina gibt :D)

Helen, du bist immer so interessiert und ich scheine dich mit meinen Büchern noch nicht gelangweilt zu haben, das freut mich sehr!

Babsi, siehst du? Du stehst drinnen! Danke, dass du mich seit meiner Kindheit begleitest und immer gute Laune verbreitest, mit dir kann ich immer lachen. Außerdem hast du mir eines meiner Lieblingsbücher geschenkt, es ist eines der Gründe, weshalb ich nun selbst schreibe.

Danke an meine Patreons! Ich habe niemals geglaubt, dass sich auch nur eine Person für mich und meine Bücher interessieren würde. Nun habe ich sogar Menschen, die mich auf diese Art unterstützen. Ihr wisst gar nicht, wie viel mir das bedeutet. Danke an Morgane & Kerstin, ihr seid der Wahnsinn. <3

Danke an meine Autorenvorbilder, die ich, seit all den Jahren mit so viel Staunen betrachte. Lena Kiefer, Stefanie Hasse, Nina McKay, Laura Kneidl, Caroline Brinkmann, Rose Snow und Marie Rapp.

Danke an meine Bloggerinnen! Ihr habt den Release zu etwas besonderem gemacht! Ich hoffe, ihr hattet genauso viel Spaß wie ich. Danke, Sophie, Lea, Jenny, Neele, Julia, Vanessa, Sahra und Carmela für eure Unterstützung. <3

Danke an alle, die meinten, dass Merope ihre eigene Geschichte braucht! Ihr seid der Hammer! Ohne euch, wäre das nicht möglich gewesen.

Danke an dich! Du hast Meropes Geschichte gelesen und ihr eine Chance gegeben. Ich hoffe, du hast sie so sehr geliebt, wie ich es tue. In der Danksagung zu *Witches & Hunters* habe ich geschrieben, dass wir die Hexen und Jäger vielleicht wiedersehen, denn ich wollte so unfassbar gerne die Geschichte von Merope erzählen. Nun gibt es aber noch weitere Geschichten der Hexen, die erzählt werden wollen. Wie geht es Cora? Was steckt hinter Rufus' Geschichte? Wie lebt er nun als Hexer weiter? Du siehst, die Hexen sind noch nicht fertig. Möchtest du gerne mehr lesen? Dann lass es mich und den Verlag wissen, so kommen vielleicht weitere Teile in Frage. Du entscheidest, ob es weiter geht und lass mich dir eins sagen, es wird hextastisch! Danke für deine Unterstützung! Ich freue mich über Rezensionen auf Plattformen wie Amazon, Thalia, Goodreads, Read-o etc.

Und zum Schluss, derselbe Satz wie vor einem Jahr: Vielleicht sehen wir uns in der Welt der Hexen und Jäger wieder? Was sagst du dazu?

Xoxo und hextastische Grüße,
   Janina

P.S.: Ach, und danke an meine krasse leuchtende Tastatur, die niemals aufgehört hat im Tipprhythmus Regenbögen abzufeuern und mich so dazu angetrieben hat Merope und Aidens Geschichte schneller zu schreiben.

Stefanie Hasse
Der dunkelste Fluch
ISBN: 978-3-95991-167-2, Klappenbroschur, EUR 14,90

»Maître, Ihr seid der Mächtigste hier,
aber Sebastien wird noch tausendmal mächtiger als Ihr.«
Nach dem Tod seiner Mutter litt Sebastien de Beauvais unter seinem Stiefvater und entkam nur knapp dem Tod. Heute sollte er einer der mächtigsten Hexer der Welt sein, doch seine Kräfte schwinden und er ist auf einen Trank angewiesen, der seine Magie auflädt – oder auf Alex, deren Gegenwart dasselbe bewirkt. Ausgerechnet die Frau, die Gefühle liest, anstatt sie zu fühlen, lockt in ihm Emotionen hervor, die bei seiner Berufung ausgelöscht wurden.
Alexandra Foster stieß durch eine Verkettung von Zufällen zu der Gruppe junger Hexen. Zum ersten Mal in ihrem Leben hat sie Freunde, gehört dazu. Doch als die Bedrohung durch die Dunkelmagier ansteigt, erkennt sie, dass ihre besondere Art, die Welt zu sehen, der Schlüssel zu etwas ist, was die Hexenwelt lange nicht mehr gesehen hat …

Helena Gäßler
Die Seele eines Spukhauses
ISBN: 978-3-95991-773-5, Klappenbroschur, EUR 14,90

Der Schlüssel zu einem Spukhaus ist zu begreifen, dass es eine Seele besitzt.
Und lange genug zu überleben, um sie zu heilen.

In einer Welt voller Luftschiffe und Dampfmaschinen wirken Geister wie ein lästiges Überbleibsel der Vergangenheit. Als Exorzistin liegt es an Magnolia Feyler, Gebäude von ihrem Spuk zu befreien. Sie versteht die Häuser wie keine andere, erkundet ihre Geschichte und heilt ihre Wunden. Doch alles ändert sich, als sie den größten Auftrag ihrer Karriere annimmt: Shaw Manor, ein Schloss, in dem es seit Jahrzehnten spukt.

Magnolia steigt tief hinab in die verwinkelten Gemäuer und die Vergangenheit des Anwesens. Hinab in ein Netz aus Familiengeheimnissen, vergessenem Leid und Maschinen, die ein bedrohliches Eigenleben entwickelt haben. Wird sie den Spuk lüften oder am Ende selbst von den Mauern verschlungen werden?

Du brauchst Lesenachschub und möchtest dich überraschen lassen oder wünschst Empfehlungen? Da können wir helfen!
Wir stellen für dich ganz individuell gepackte Buchpakete zusammen – unsere

DRACHENPOST

Du wählst, wie groß dein Paket sein soll, wir sorgen für den Rest.

Du sagst uns, welche Bücher du schon hast oder kennst und zu welchem Anlass es sein soll.
Bekommst du es zum Geburtstag #birthday
oder schenkst du es jemandem? #withlove
Belohnst du dich selber damit? #mytime

Je mehr wir wissen, umso passender können wir dein Drachenmond-Care-Paket schnüren. Du wirst nicht nur Bücher und Drachenmondstaubglitzer vorfinden, sondern auch Beigaben, die deine Seele streicheln. Was genau das sein wird, bleibt unser Geheimnis …

Die Wahrscheinlichkeit ist groß,
dass sich das ein oder andere signierte Exemplar in deiner Box befinden wird. :)

Wir liefern die Box in einer Umverpackung, damit der schöne Karton heil bei dir ankommt und als Geschenk nicht schon verrät, worum es sich handelt.

Lisan bringt das kleinste Drachenpaket zu dir, wobei *klein* bei Drachen ja relativ ist.
Djiwar schleppt dir in seinen Klauen einen seitenstarken Gruß aus der Drachenhöhle bis vor die Tür.
Xorjum hütet dein großes Paket wie seinen persönlichen Schatz und sorgt dafür,
dass es heil bei dir ankommt – und wenn er sich den Weg freibrennt!

Zu bestellen unter www.drachenmond.de